L'héritier d'un Grec

*

Un trône pour Samia

*

Scandaleuse liaison au casino

JENNIE LUCAS

L'héritier d'un Grec

AZUR

HARLEQUIN

Collection : Azur

Ce roman a déjà été publié en 2020

Titre original :
CHRISTMAS BABY FOR THE GREEK

HARPERCOLLINS FRANCE
83-85, boulevard Vincent-Auriol, 75646 PARIS CEDEX 13
Service Clients — https://www.harlequin.fr/contenu/contactez-nous
ISBN 978-2-2805-2274-8 — ISSN 0993-4448

Édité par HarperCollins France.
Composition et mise en pages Nord Compo.
Imprimé en octobre 2025 par ScandBook UAB en Lituanie
en utilisant 100% d'électricité renouvelable.
Dépôt légal : novembre 2025.

FSC
www.fsc.org
MIXTE
Papier | Pour une gestion forestière responsable
FSC® C021394

Pour limiter l'empreinte environnementale de ses livres, HarperCollins France s'engage à n'utiliser que du papier fabriqué à partir de bois provenant de forêts gérées durablement et de manière responsable.

1

L'air embaumait du parfum des roses de Noël. Partout, les guirlandes et les décorations aux couleurs vives étincelaient sous la neige. Holly Marlowe, qui adorait cette période de l'année, en avait toujours préservé la magie pour sa petite sœur depuis la mort de leurs parents. Mais désormais elle haïrait Noël jusqu'à la fin de ses jours. Il n'y avait rien de pire que cette cérémonie de mariage pour un 24 décembre.

— Vous pouvez embrasser la mariée, dit le pasteur avec un large sourire.

Elle observa la scène le cœur brisé. Oliver, son patron qu'elle aimait en secret depuis trois ans, se pencha vers sa jeune épouse, Nicole, qui n'était autre que la sœur cadette de Holly.

Alors qu'un murmure d'approbation parcourait l'assistance dans la vieille église de New York City, Holly eut un haut-le-cœur. Mal à l'aise dans sa robe rouge de demoiselle d'honneur, elle leva les yeux et s'absorba dans la contemplation des vitraux.

Lorsque prit fin le baiser interminable, la mariée jeta son bouquet vers les premiers rangs et brandit triomphalement la main de son époux pour exhiber son alliance.

— C'est le plus beau Noël de ma vie ! s'écria-t-elle.

Un tonnerre de rires et d'applaudissements lui répondit, mais un nœud serrait la gorge de Holly, qui se reprocha d'être égoïste. Nicole et Oliver s'aimaient, elle aurait dû se réjouir pour eux. Elle s'obligea à sourire quand l'organiste entonna un Alléluia éclatant.

Lorsque le couple descendit l'allée centrale vers la sortie, Holly se retrouva brusquement face au témoin d'Oliver, qui était aussi son cousin et le P-DG de la société où il travaillait avec Holly.

Stavros Minos.

Très grand, brun et large d'épaules, le puissant milliardaire grec semblait déplacé dans la vieille église en pierre. L'air vibrait autour de lui comme s'il avait besoin de plus d'espace. *Lui*, au moins, n'avait pas été contraint de revêtir un déguisement ridicule, comme Holly. Il portait un simple costume, suprêmement élégant néanmoins. On n'imaginait pas Stavros Minos se plier à un quelconque code vestimentaire.

Tout à coup, Holly surprit les yeux noirs du Grec qui la dévisageaient, comme pour scruter les profondeurs de son âme.

Puis son regard ironique se porta sur le couple des jeunes mariés qui continuaient à avancer sous les vivats. Un sourire empreint de cruauté creusa les commissures de ses lèvres sensuelles. Avait-il tout deviné ?

La bouche sèche, Holly se ressaisit. Non, ce n'était pas possible. Personne ne devait jamais savoir qu'elle avait été amoureuse d'Oliver. En plus d'être son patron, il était désormais le mari de sa sœur. Il fallait absolument faire comme si de rien n'était.

D'ailleurs, il ne s'était jamais rien passé et elle n'avait confié à personne ses sentiments. Surtout pas à Oliver, qui n'aurait jamais soupçonné que sa secrétaire se consumait pour lui d'un amour éperdu et sans espoir. Tout le monde l'ignorait. Sauf, peut-être, Stavros Minos...

Vingt ans plus tôt, alors qu'il sortait à peine de l'adolescence, le play-boy grec et milliardaire avait fondé seul, et sans aucune aide, une entreprise de haute technologie qui régnait à présent sur la moitié du globe. Il faisait souvent la une des journaux, tant pour ses prouesses d'homme d'affaires que pour ses conquêtes féminines. Tandis que la musique d'orgue résonnait à l'entour, Stavros enveloppa Holly d'un regard pénétrant et lui offrit son bras.

Elle le prit à contrecœur et avec une expression faussement indifférente. Quelle injustice qu'un homme riche et puissant comme lui puisse être en même temps aussi beau et séduisant !

Au bureau, elle l'évitait toujours soigneusement lorsqu'elle avait des dossiers à traiter avec l'une ou l'un de ses trois attachés de direction.

Frémissant malgré elle, Holly figea sur ses traits un sourire de circonstance, jusqu'à la sortie. Elle en avait mal aux joues.

Sur le parvis de l'église, au fond d'une petite rue historique du Financial District, les invités jetèrent sur le couple de jeunes mariés une pluie de pétales rouges et blancs qui se répandirent sur le fin manteau de neige. La lumière déclinait sous un ciel gris et bas. À la hauteur de la limousine, Holly lâcha le bras de Stavros et s'engouffra à l'intérieur, en baissant la tête pour cacher ses yeux humides.

Elle ne devait pas être triste. Pas aujourd'hui. Ni jamais. Il fallait au contraire se réjouir pour sa sœur et Oliver qui allaient la quitter pour se lancer ensemble dans une nouvelle vie à l'autre bout du monde.

Nicole s'installa en face d'elle dans un nuage de tulle blanc et se tourna vers Oliver.

— Voilà ! Nous sommes mariés !

— Enfin ! répondit Oliver avec le charme nonchalant qui le caractérisait. Qui l'eût cru, n'est-ce pas ? Franchement, je ne pensais pas qu'une femme me mettrait un jour la corde au cou.

— Jusqu'à ce que tu me rencontres, susurra Nicole en lui offrant ses lèvres.

Il se pencha avec un sourire.

— Exactement.

Stavros Minos prit place à côté de Holly, qui ne put s'empêcher de sentir son parfum grisant quand la portière se referma derrière lui.

— Alors, Stavros, lança Oliver en s'adressant à son cousin. Cette cérémonie t'a-t-elle donné des idées ?

— Non merci, très peu pour moi, répliqua le puissant magnat d'un ton glacial.

Comment osait-il se montrer aussi grossier ? songea Holly, incrédule. Mais il était connu pour sa phobie de l'engagement et n'avait aucune raison de s'en cacher.

— J'ai failli inviter oncle Aristides, s'esclaffa Oliver. Après tout, il fait partie de la famille. Mais j'ai pensé que cela te déplairait.

— C'est très généreux de ta part.

Holly enviait le calme froid de Stavros. Elle avait déjà le cœur à vif, et Nicole insistait pour qu'elle les suive à Hong Kong après leur voyage de noces à Aruba, ce qui portait sa tension intérieure à son comble. Comme Oliver avait démissionné de Minos International, elle travaillerait sous les ordres du chef de fabrication, un individu foncièrement désagréable. Sinon, elle envisageait d'accepter la proposition d'un ancien employeur qui avait déménagé en Europe.

Mais, si elle choisissait de quitter New York, pourquoi ne pas aller carrément jusqu'à Hong Kong pour seconder Oliver dans ses nouvelles fonctions ? Elle continuerait ainsi à veiller sur le bonheur de sa petite sœur, comme elle le faisait depuis toujours.

— Tu détestes vraiment les mariages, n'est-ce pas, Stavros ? reprit Oliver. Tu as l'air bien maussade. Au moins, je n'aurai plus à supporter tes sautes d'humeur au bureau !

Stavros haussa les épaules.

— Ni moi tes pauses déjeuner de trois heures.

— Haha ! J'ai hâte d'explorer les plaisirs de Hong Kong.

— Moi aussi, dit Nicole.

Oliver sursauta, comme s'il avait oublié la présence de sa jeune épouse.

— Oui, bien sûr.

Puis il s'adressa à Holly.

— Alors, Nicole t'a-t-elle convaincue de me suivre jusque là-bas ?

— Euh, n-non, bégaya Holly en rougissant.

— Ne sois pas égoïste, insista Oliver. Je n'y arriverai pas sans toi. Ton sens de l'organisation et ta compétence me sont devenus complètement indispensables.

— En plus, je risque de tomber enceinte très vite, ajouta Nicole avec une pointe d'inquiétude. Qui s'occupera du bébé si tu n'es pas là ?

Une douleur fulgurante transperça Holly. La suggestion de

Nicole frisait la cruauté. Comme si elle ne souffrait pas déjà assez de voir sa sœur épouser son amour secret… Elle avait vingt-sept ans depuis la veille et n'existait que par son travail et son dévouement familial. Rencontrerait-elle un jour un homme qu'elle aimerait et qui l'aimerait en retour ?

À son âge, cela commençait à devenir problématique. Après la mort de leurs parents, elle avait consacré presque dix ans de son existence à élever sa sœur et son travail de secrétaire l'accaparait complètement depuis trois ans. Peut-être en serait-il toujours ainsi. Elle n'occuperait jamais qu'un rôle de second plan et ne deviendrait jamais la vedette de sa propre vie. Son cœur se serra à cette idée.

— Vous vous débrouillerez parfaitement sans moi, bredouilla-t-elle.

Nicole secoua la tête vigoureusement.

— Ce serait un désastre. Viens avec nous, Holly. *S'il te plaît !*

Elle parlait sur ce ton enjôleur qu'elle avait toujours su manier, enfant, pour obtenir ce qu'elle voulait. Le même qu'elle avait utilisé le mois dernier pour convaincre sa sœur d'organiser son mariage précipité. Holly avait cédé et suivi à la lettre, jusque dans les moindres détails, un projet dont elle rêvait depuis toujours pour son mariage à elle. De toute façon, personne ne s'intéresserait à elle. Sinon, ce serait déjà arrivé. Nicole avait plus de succès auprès des hommes. Sa blondeur éthérée lui conférait un charme fou, dont elle jouait parfaitement du haut de ses vingt-deux ans.

Quand Holly l'avait présentée à Oliver l'été dernier, à un pique-nique du comité d'entreprise, elle n'avait évidemment pas imaginé que les choses tourneraient ainsi…

Quelque chose attira brusquement son attention.

— Où est le pendentif de maman ? Son étoile en or…

— Oh ! quelque part dans les cartons… Je le retrouverai sûrement en déballant mes affaires à Hong Kong.

— Tu as perdu le collier de maman ? s'écria Holly, scandalisée.

— Mais non, il est forcément quelque part.

— N'essaye pas de changer de sujet, Holly, intervint Oliver

sèchement. Tu t'entêtes à rester égoïstement à New York alors que j'ai besoin de toi à Hong Kong.

L'accusation choqua Holly. N'était-ce pas légitime de poursuivre ses propres rêves de bonheur, au lieu de penser toujours aux autres ?

— Je... Ta façon de voir est un peu exagérée, chuchota-t-elle.

Pendant que la limousine les emmenait vers Midtown, elle regarda par la fenêtre les vitrines illuminées et les décorations de Noël tout le long de la Sixième Avenue. Une foule de badauds se pressait sur les trottoirs pour des achats de dernière minute, avec des enfants qui écarquillaient des yeux émerveillés.

Elle se remémora toutes les fêtes qui s'étaient succédé depuis la mort de leurs parents. Jusqu'à quand devrait-elle s'occuper de sa sœur ? Elle était adulte, maintenant...

— Je ne comprends pas.

La voix acide de Stavros Minos rompit le silence.

— Tu veux que Miss Marlowe quitte son poste chez Minos International pour vous accompagner tous les deux à Hong Kong ? Pour te servir de secrétaire la journée et garder tes enfants le soir ?

Oliver fronça les sourcils.

— Ne t'en mêle pas, Stavros.

— Votre sollicitude vous fait honneur, monsieur Minos, intervint Nicole avec un sourire charmeur. Mais Holly veille sur moi depuis mes douze ans. Je ne pourrais pas me passer de ses bons soins.

— Ni moi non plus, ajouta Oliver.

Stavros se tourna vers Holly avec une expression étonnée.

— Vraiment ?

— C'est normal, murmura-t-elle.

— Moi, je ne trouve pas.

— Évidemment, railla Oliver en se renfonçant dans son siège. Les Minos sont égocentriques jusqu'à la moelle et se moquent éperdument des autres.

— C'est-à-dire ? demanda Nicole.

— C'est ce que qui fait tout notre charme, répliqua-t-il avec un clin d'œil.

Nicole revint à la charge.

— Je ne te laisserai pas à New York, Holly. Que deviendrais-tu sans moi ? Tu serais tellement seule...

— J'ai des amis...

— Je suis ta seule famille et tu n'auras probablement jamais d'enfants.

Elle secoua la tête avec un petit rire indulgent.

— Sois lucide. Tu n'es jamais sortie sérieusement avec un garçon. Tu ne veux pas vieillir et mourir dans la solitude ?

Holly la fixa tristement.

Nicole avait raison. Le lendemain, pour la première fois de sa vie, Holly passerait Noël toute seule.

Et il en serait désormais ainsi à l'avenir.

Elle croisa le regard froid de Stavros, dont l'expression s'anima soudain.

— Je crains que Miss Marlowe ne puisse se rendre à Hong Kong parce que j'ai besoin d'une nouvelle attachée de direction. Je lui offre une promotion.

— Pardon ? s'écria Oliver.

— Quoi ? lança Nicole.

Holly cilla les paupières plusieurs fois.

Stavros se radoucit.

— Voulez-vous travailler directement sous mes ordres, Miss Marlowe ? Vous aurez de longues journées, mais cela en vaut la peine. Je double votre salaire.

— Mais... Pourquoi moi ? chuchota Holly, interdite.

— Parce que vous êtes la meilleure et que j'en ai les moyens.

Stavros n'aurait pas dû intervenir. Oliver avait raison, cette histoire ne le concernait pas.

Il n'aimait pas beaucoup son cousin et regrettait depuis longtemps de l'avoir engagé comme directeur de marketing. Il était sur le point de le renvoyer quand Oliver avait trouvé un nouvel emploi à Hong Kong. Stavros était content de se débarrasser de lui. En revanche, le nouvel employeur d'Oliver ne gagnerait pas au change...

Nicole ne plaisait pas beaucoup non plus à Stavros. Malgré les soucis qui l'agitaient en ce moment, il avait tout de même parlé avec elle pour la mettre en garde contre Oliver et son manque d'honnêteté. La jolie blonde, qui savait donc parfaitement dans quoi elle s'engageait, n'avait rien voulu entendre. Tant pis pour elle.

Stavros se désintéressait totalement de l'un et de l'autre.

Il en allait différemment de Holly Marlowe.

C'était sans doute grâce à ses efforts et son travail acharnés qu'Oliver était resté à flot ces trois dernières années. Elle partait du bureau tard le soir et emportait certainement des dossiers chez elle le week-end. Au siège de la société new-yorkaise, tout le monde appréciait la gentillesse et la disponibilité de Miss Marlowe, depuis le concierge jusqu'à l'administrateur en chef. D'une fiabilité et d'un dévouement à toute épreuve, Holly Marlowe était certainement la personne la plus respectée de l'entreprise, avant Stavros.

Mais elle était sous la coupe de ces deux individus abominablement égocentriques qui, au lieu de la remercier pour ses bons et loyaux services, lui en demandaient toujours davantage, comme si elle était corvéable à merci.

En temps ordinaire, Stavros n'y aurait prêté aucune attention. Après tout, les gens étaient responsables de leurs choix. Tant pis pour eux s'ils commettaient des erreurs.

Mais, la veille, une information avait totalement bouleversé son existence. Pour la première fois, il s'interrogeait sur le sens de sa vie et ce qu'il laisserait derrière lui en disparaissant. Cela lui donnait à réfléchir.

— Tu ne peux pas m'enlever Holly ! explosa Oliver. J'ai besoin d'elle.

Devant le regard féroce de son cousin, il appela Nicole à sa rescousse.

— Sa sœur aussi a besoin d'elle.

— Tu ne te soucies pas vraiment d'une promotion dans ta carrière, Holly, n'est-ce pas ? renchérit Nicole.

Cependant, le visage de Holly s'illumina de l'intérieur lorsqu'elle s'adressa à Stavros.

— Vous... Vous êtes sérieux ?

— Je ne parle jamais à la légère.

Stavros s'étonnait de ne jamais avoir remarqué sa beauté et sa silhouette de rêve. À l'église, tout à l'heure, cela avait été une révélation.

Sans doute n'avait-il rien voulu voir jusque-là. Il avait les plus jolies femmes à ses pieds depuis toujours, et les secrétaires compétentes et motivées se faisaient rares. De plus, Holly se rendait presque invisible au travail. Pas maquillée, elle dissimulait ses magnifiques cheveux blond vénitien en les attachant dans un chignon sévère. Elle portait des tailleurs beiges ou bleu marine, à la coupe ample, avec des chaussures plates, et vaquait discrètement dans l'ombre sans jamais se mettre en avant.

Pourtant, elle était magnifique, avec de grands yeux verts incroyablement lumineux, des lèvres rouge carmin et une carnation très pâle, parsemée de taches de rousseur sur le nez. Son opulente chevelure rousse et frisée se répandait sur ses épaules. Elle arborait une robe rouge au décolleté avantageux, dont la coupe près du corps flattait ses courbes féminines.

Stavros devrait oublier tout cela quand ils se côtoieraient professionnellement. Il ne mêlait jamais travail et plaisir, et s'interdisait de séduire ses employées, aussi jolies fussent-elles.

Pour lui, le sexe représentait une distraction, rien de plus. Depuis de longues années, il se consacrait exclusivement à sa carrière, qui était toute sa vie.

En choisissant de se cacher dans des vêtements informes, Holly souhaitait manifestement être jugée uniquement sur ses qualités professionnelles, et non sur l'apparence. En cela, ils se ressemblaient.

Il avait surpris son expression tourmentée, à l'église, quand elle regardait Oliver. Comme Stavros, elle avait aussi des secrets qu'elle gardait jalousement...

Mais cet engouement inexplicable pour Oliver ne durerait

pas. Quand elle guérirait, elle se rendrait compte qu'elle l'avait échappé belle.

Quant à Stavros, les gens ne découvriraient pas son secret avant sa mort. C'est-à-dire dans six à neuf mois, selon le pronostic du médecin.

Il battit des paupières. Il lui restait si peu de temps à vivre...

Jusqu'à ces derniers jours, il imaginait avoir encore une cinquantaine d'années devant lui. Malheureusement, il ne fêterait peut-être même pas son trente-septième anniversaire.

Il mourrait seul, sans personne pour le regretter à part ses actionnaires. Brouillé depuis longtemps avec son père, il léguerait sa fortune à des œuvres caritatives. Il n'était pas question de laisser quoi que ce soit à Oliver.

« Pauvre Stavros », diraient ses ex-maîtresses. Puis elles se consoleraient dans les bras de leur nouvel amant.

« Pauvre Minos », diraient ses associés et collaborateurs. Mais ils l'oublieraient vite et replongeraient dans les affaires courantes.

Il retomberait en poussière sans avoir connu autre chose que le travail, sans un fils ou une fille qui porterait son nom.

Maintenant que son existence touchait à sa fin, Stavros regardait en arrière avec une lucidité douloureuse. Il n'avait que lui à blâmer quand les paroles de Nicole affleurèrent soudain à son esprit.

« Tu ne veux pas mourir dans la solitude ? »

Les illuminations de Noël étincelaient sur la Sixième Avenue, encombrée d'une noria de taxis jaunes qui emmenaient leurs passagers à des dîners de famille. La limousine tourna à gauche et se gara devant le palace qui donnait sur Central Park.

— Nous reparlerons de tout cela, Holly, déclara Oliver avec fermeté.

— Tu viendras avec nous, ajouta Nicole d'une voix assurée.

Le chauffeur en livrée ouvrit la portière, et Oliver descendit le premier et aida galamment la jeune mariée. Sur le trottoir, les passants s'arrêtèrent un instant pour l'admirer. Quelques-uns sortirent même leurs portables pour la photographier, imaginant sans doute voir quelque célébrité. Le jeune couple salua et disparut à l'intérieur pour une séance photo avant le début de la réception.

Dans la limousine, un lourd silence tomba.

— Ne leur cédez pas, Holly, dit enfin Stavros doucement, en l'appelant pour la première fois par son prénom. Défendez-vous. Vous valez tellement mieux qu'eux.

Brusquement, elle eut les larmes aux yeux.

— Comment pouvez-vous dire une chose pareille ?

— Parce que c'est la vérité, répondit-il avec dureté.

Puis il mit pied à terre et lui tendit la main.

C'est alors que cela se produisit.

Stavros avait connu beaucoup de femmes, toutes très belles, certaines célèbres, des mannequins et des actrices, et même une lauréate du prix Nobel.

Mais, quand il toucha les doigts de Holly, il éprouva une sensation extraordinaire, comme il n'en avait jamais encore éprouvée. Une sorte de décharge électrique l'ébranla tout entier.

Le cœur battant curieusement, il l'observa tandis qu'elle se redressait. Des flocons tourbillonnaient autour d'eux et elle poussa une exclamation joyeuse. Quand elle lâcha sa main, Stavros ressentit un froid étrange et le monde s'assombrit tout à coup. Il s'immobilisa et leva son visage vers le ciel, en se disant que c'était peut-être la dernière fois qu'il sentait la neige sur sa peau.

Si seulement il laissait au moins un enfant derrière lui… Un souvenir de son passage sur terre.

Mais les femmes qu'il fréquentait, aussi ambitieuses et insensibles que lui, auraient été incapables de veiller sur un petit être innocent. Pour élever un enfant, il fallait de la générosité et de la grandeur d'âme. Personne, dans son entourage, ne possédait ces qualités.

À ce moment-là, le rire cristallin de Holly Marlowe retentit à ses oreilles. Elle tournoya sur elle-même en ouvrant les bras. Elle avait l'air d'un ange.

— Il neige pour le mariage de ma sœur ! Le soir de Noël ! s'écria-t-elle avec un ravissement plein de fraîcheur.

Alors, tout disparut à l'arrière-plan, la circulation, les lumières, les trottoirs plein de monde... Stavros ne vit plus qu'elle, Holly.

2

L'immense salle de bal semblait sortir tout droit d'un conte de fées. Des guirlandes multicolores scintillaient sur de grands sapins recouverts de givre argenté. Au centre de chacune des vingt tables rondes trônait une gerbe de roses rouges, dont l'incarnat tranchait sur le blanc immaculé des nappes. La gorge nouée, Holly jeta un regard circulaire. C'était encore plus beau que dans ses rêves.

Elle avait imaginé depuis longtemps cette décoration de fête de mariage. À dix-neuf ans, elle occupait ses soirées à découper des photos dans des magazines pendant que sa petite sœur dormait au fond de l'appartement. Petit à petit, elle avait confectionné un joli catalogue plein d'idées originales.

Elle ne regrettait pas d'avoir quitté l'université pour s'occuper de Nicole. Après la mort de leurs parents dans un accident de voiture, le jour de leur anniversaire de mariage, elle n'avait pu se résoudre à abandonner sa sœur aux soins d'une famille d'accueil. Mais elle se sentait parfois prisonnière de responsabilités trop lourdes. Toutes ses amies poursuivaient des études supérieures alors qu'elle restait seule, sans soutien, pour accompagner une adolescente difficile, qui manifestait son chagrin et sa frustration par une rage impuissante.

Pour se consoler, elle avait créé l'album de ses rêves, qui lui avait tenu compagnie jusqu'au départ de Nicole à l'université, trois ans plus tôt. C'est à cette époque que Holly avait commencé à travailler pour Oliver.

Dans ses fantasmes romantiques, elle s'identifiait à la mariée en robe de princesse, pendue au bras de son prince charmant. Mais c'était Nicole qui l'incarnait ce soir et ouvrait le bal avec Oliver. Tout en admirant les jeunes mariés, Holly tenta de se persuader qu'elle n'avait jamais été aussi heureuse.

— Ils forment vraiment un couple parfait, observa Stavros sur un ton bizarre, peu flatteur.

— Oui, répondit Holly, en s'écartant légèrement pour ne pas le toucher.

En descendant de la limousine, tout à l'heure, elle s'était mise à trembler, ce qui était parfaitement ridicule. Heureusement que Stavros n'avait rien remarqué… Maintenant encore, chaque fois que le milliardaire grec s'approchait un peu trop, elle se troublait en rougissant. Il faudrait apprendre à se maîtriser, si elle devenait son assistante de direction !

Que lui arrivait-il ? Comment Stavros pouvait-il l'affecter à ce point alors qu'elle était amoureuse d'Oliver ? C'était à rien n'y comprendre.

Dorénavant, elle devait s'interdire tout sentiment envers Oliver. D'abord pour ne plus souffrir. Et, à présent qu'il était son beau-frère, c'était totalement inconvenant. Si seulement il existait un moyen de commander ses émotions…

— C'est vous qui vous êtes chargée d'organiser la réception, n'est-ce pas ? dit Stavros.

Elle s'obligea à sourire.

— Je voulais que ma sœur garde un souvenir inoubliable de son mariage. J'ai fait de mon mieux.

Stavros but une gorgée de champagne et contempla un instant les jeunes mariés sur la piste de danse.

— Vous êtes quelqu'un de bien.

De nouveau, les mots qui auraient dû être un compliment sonnèrent légèrement faux. Holly essaya de déchiffrer son expression, vainement.

— Vous devez détester ce genre de situation, remarqua-t-elle.

— Comment cela ?

Elle haussa les épaules.

— Pour un célibataire endurci comme vous et notoirement connu pour sa phobie de l'engagement, être témoin de mariage…

— Disons que je n'ai jamais eu la chance de rencontrer l'amour.

Il maniait décidément beaucoup l'ironie. Elle s'empourpra quand il la scruta avec une intensité embarrassante et se rappela qu'il connaissait probablement son secret.

Elle se tourna vers la piste de danse.

— Vous avez raison, marmonna-t-elle. Ils forment un couple parfait.

— Arrêtez, ordonna-t-il sèchement, comme si elle l'agressait personnellement.

— Arrêter quoi ?

— Enlevez vos lunettes roses !

— Pardon ?

— Il faut être stupide pour aimer un homme comme Oliver. Or, vous êtes tout sauf stupide, Miss Marlowe.

La conversation prenait un tour beaucoup trop personnel. Le cœur de Holly se mit à battre la chamade. Il était inutile de mentir.

— Comment avez-vous deviné ? chuchota-t-elle.

Il roula comiquement les yeux.

— Vous avez un visage très expressif. Je suis certain qu'Oliver sait exactement ce que vous ressentez.

— Oh non ! s'écria-t-elle, horrifiée.

— Bien sûr que si, insista-t-il brutalement. Sinon, il n'aurait pas autant profité de vous pendant toutes ces années.

— Profité de moi ? répéta-t-elle sans comprendre.

Il la regarda très sérieusement.

— Parmi les dix mille employés que j'ai dans le monde entier, personne ne travaille aussi dur et aussi bien que vous. Je le sais, on me l'a dit.

— Monsieur Minos…

— Appelez-moi Stavros.

Elle rougit.

— Stavros… On a certainement exagéré. Je rentre chez moi à 18 heures tous les jours…

— Avec les dossiers d'Oliver à terminer. Pourquoi n'avez-vous jamais réclamé une augmentation de salaire alors que vous avez payé entièrement les études de votre sœur ? Elle aurait d'ailleurs très bien pu les financer elle-même en travaillant ou avec un prêt étudiant.

De plus en plus gênée, Holly devint cramoisie.

— Il est normal que je m'occupe de ma sœur parce qu'elle est sous ma responsabilité. Quant à Oliver, je suis sous ses ordres. En tout cas, je l'étais...

— Et vous êtes amoureuse de lui.

— Oui, avoua-t-elle, la gorge nouée.

— Et quand, sous le coup d'une impulsion, il a décidé d'épouser votre sœur, au lieu de vous fâcher, vous avez tout organisé...

— Mais Nicole a choisi ma robe, remarqua-t-elle. Celle que j'avais choisie manquait de chic. Pour les photos...

— Ils vont décidément très bien ensemble. Qui se ressemble s'assemble, murmura-t-il. En tout cas, cette toilette vous va divinement. Vous êtes très belle.

Était-ce une moquerie ? Pourquoi prenait-il ce ton rébarbatif pour la complimenter ?

— Merci, bredouilla-t-elle confusément.

Un instant, ils restèrent immobiles, un peu à l'écart, à regarder le couple de jeunes mariés qui se donnait en spectacle en terminant leur danse par un long baiser ostentatoire. Les invités applaudirent avant de les rejoindre sur la piste, et Holly, embarrassée, se détourna.

Stavros la retint, les yeux brillants.

— Venez danser.

— Comment ? Non...

Il la dominait de toute sa hauteur et se contenta de tendre la main en haussant un sourcil sarcastique.

À quoi jouait-il ? Pourquoi ce séducteur qui fréquentait les plus belles femmes du monde s'intéresserait-il à quelqu'un d'aussi ordinaire qu'elle ? Avec son air arrogant, il paraissait inaccessible, comme une étoile lointaine.

— Ne vous sentez pas obligé de me tenir compagnie parce

que vous êtes le témoin et moi la demoiselle d'honneur, dit-elle avec raideur.

— Ce n'est pas le cas. Je me moque éperdument des conventions. Je veux juste vous obliger à voir la réalité en face.

— C'est-à-dire ?

À moitié hypnotisée, elle se laissa attirer entre ses bras puissants. Des picotements électriques coururent sur sa peau quand elle sentit la tension qui vibrait en lui.

— Vous n'aimez pas mon cousin. Vous ne l'avez jamais aimé.

Elle essaya de se dégager.

— Vous avez un toupet incroyable !

Pendant qu'il la guidait d'une main de fer pour évoluer au son de l'orchestre, tous les regards se portèrent sur elle. Les femmes l'observaient avec envie, et les hommes louchaient sur son décolleté plongeant.

Même Nicole et Oliver s'arrêtèrent à leur vue. La perplexité de Holly grandit. Pourquoi Stavros faisait-il semblant de s'intéresser à elle ? Ce serait vraiment merveilleux s'il arrivait à la convaincre qu'elle n'avait jamais éprouvé de sentiments véritables à l'égard d'Oliver.

Subitement, Holly le souhaita ardemment, plus que tout au monde.

Stavros la dévorait des yeux, comme si...

Comme s'il la désirait.

Elle s'empourpra. Non, c'était impossible. Elle n'attirait pas les hommes. Oliver l'avait continuellement ignorée et même Albert, un collègue du service comptable qui l'avait draguée pendant quelque temps, avait fini par ne plus faire attention à elle.

Quelque chose, dans le regard de Stavros, l'intriguait et la troublait.

— Vous n'êtes pas amoureuse de mon cousin, chuchota-t-il en raffermissant son étreinte. Vous ne l'avez jamais été. Admettez-le. C'était un rêve pour meubler votre solitude.

Et si c'était vrai ? Comme elle aurait aimé s'en persuader !

— Comment pouvez-vous dire cela ?

Un demi-sourire étira les lèvres sensuelles de Stavros.

— Je ne suis pas un expert, mais il me semble qu'il faut très bien connaître quelqu'un pour l'aimer, en particulier avoir conscience de ses défauts.

— Depuis trois ans que je travaille pour Oliver, je le connais bien.

— Vous êtes sûre ?

En suivant son regard, Holly surprit Oliver en train de lancer une œillade à une jolie fille, par-dessus l'épaule de sa femme. Quand elle s'en aperçut, Nicole fronça les sourcils et lui marcha sur le pied, délibérément.

— Il est un peu séducteur, mais cela ne veut rien dire, commenta-t-elle.

Stavros leva les yeux au ciel.

— Il veut toutes les femmes dans son lit.

— Il n'a jamais essayé de coucher avec moi, protesta-t-elle.

— Parce que vous êtes spéciale.

— Comment cela ?

— Arrêtez de vous voiler la face ! s'écria-t-il avec agacement. Son ancienne secrétaire l'a accusé de harcèlement sexuel, et j'avais prévenu Oliver que je le renverrais sans hésiter si cela se reproduisait. Pourquoi courrait-il le risque de perdre une secrétaire hors pair qui trime pour lui nuit et jour, en échange de quelques instants de plaisir fugace qu'il peut s'offrir quand il veut avec n'importe qui ?

Holly le foudroya du regard.

— De quel droit le critiquez-vous ? Vous ne valez pas mieux ! Vous vous affichez toutes les semaines avec une nouvelle conquête !

— C'est faux, lança-t-il avec colère.

Puis il se ressaisit et l'attira plus près.

— Mais vous avez raison, je n'ai pas le droit de le critiquer. Je m'en abstiendrais s'il ne se servait pas de vous à vos dépens. Il abuse de votre gentillesse et vous vole votre existence. Ne vous laissez pas faire. Voyez-le tel qu'il est.

Holly pensa soudain à toutes les fois où Oliver l'interpellait à la sortie du bureau le vendredi soir, en lui mettant une pile de dossiers dans les bras.

— Cela ne vous ennuie pas de lire ces documents pendant le week-end, n'est-ce pas, Holly ? Vous me rédigerez une note de synthèse.

Il concluait un sourire charmeur dont il avait le secret.

— Merci, vous êtes adorable !

Elle songea aussi à toutes les occasions où il disparaissait mystérieusement pour ne pas affronter une situation délicate, le renvoi d'un employé par exemple. Souvent elle recevait aussi des femmes en pleurs, effondrées, qui la suppliaient de leur obtenir un rendez-vous.

Jusque-là, Holly s'était enorgueillie de la confiance qu'il lui accordait pour se reposer ainsi sur elle.

Mais à présent...

Les jeunes mariés étaient retournés s'asseoir et se disputaient. Oliver avait manifestement trop bu et Nicole essayait de le restreindre, mais il empoigna une bouteille de champagne et porta le goulot à sa bouche avec une expression vengeresse.

Ce jour était censé être le plus heureux de leur vie...

Holly eut l'impression de recevoir une douche glacée.

— Ma sœur...

— Elle a choisi, tant pis pour elle, coupa Stavros.

Holly tenta de se rappeler les sentiments qu'elle éprouvait pour Oliver et qui la poursuivaient pendant ses longues nuits solitaires. Mais ses fantasmes s'étaient brusquement dissipés à la lueur froide et crue de la réalité. Son rêve s'était évanoui au creux des bras de Stavros.

— Pourquoi me forcez-vous à ouvrir les yeux ? lança-t-elle. Que vous importe ?

Stavros s'arrêta tout à coup de danser pour scruter son expression, comme s'il cherchait à lire en elle, au plus profond.

— Parce que j'ai envie de vous, Holly, répondit-il d'une voix rauque. À mon bras. Dans mon lit.

Il enfouit les doigts dans la masse soyeuse de ses cheveux et descendit lentement le long de sa colonne vertébrale.

— Je vous veux toute à moi.

Il courait à la catastrophe.

La voix de sa conscience le mettait en garde. Il n'aurait jamais dû proposer à Holly ce poste d'attachée de direction. Sa beauté le subjuguait. Il n'y résisterait pas.

Avec ses beaux yeux vert émeraude écarquillés d'étonnement et ses boucles cuivrées qui retombaient en cascades sur ses épaules, elle irradiait d'une sensualité mystérieuse, irrésistible. Inexplicablement, il désirait Holly plus qu'il n'avait jamais désiré aucune autre femme.

Holly Marlowe avait quelque chose de plus que les autres. Elle était vivante et chaleureuse, sensible et vraie. On lisait en elle comme dans un livre ouvert. Elle était incapable de mentir ou de dissimuler une émotion.

Et son corps…

Son fourreau rouge moulait ses formes voluptueuses, et il ne pouvait s'empêcher de l'imaginer nue contre lui. Elle rougissait et frissonnait à son contact comme une ingénue. Se pouvait-il qu'elle soit vierge ?

Non. Certainement pas.

En tout cas, une seule pensée obsédait Stavros, la faire sienne. Ce qui était parfaitement réalisable.

Il contempla ses lèvres roses et charnues, puis le bord de son décolleté affriolant.

— J'ai envie de vous, répéta-t-il.

Holly sursauta violemment.

— Comment pouvez-vous être aussi cruel ?

Il haussa les sourcils.

— Pardon ?

— Je ne suis qu'une petite secrétaire sans intérêt. Cela ne vous donne pas le droit de… de…

— De quoi ?

— De vous moquer de moi !

À ces mots, elle s'enfuit brusquement, le laissant seul sur la piste de danse.

Que signifiait ce comportement ? Il n'avait jamais été aussi sérieux et n'y comprenait rien.

Il s'élança à sa poursuite, écartant d'un geste tous les gens qui lui barraient le passage en espérant attirer son attention. Dans un coin sombre, près du bar, Oliver serrait de près une blonde à la tenue provocante. Stavros avait beau mépriser la muflerie de son cousin, il avait aussi conscience de lui ressembler. À bien des égards...

Certes, il n'avait jamais trompé ses maîtresses. Mais, ses liaisons durant rarement plus d'un mois, il ne pouvait guère s'en glorifier.

Depuis presque vingt ans, il travaillait dix-huit heures par jour à sa réussite professionnelle. Contrairement à Oliver, il n'avait pas peur de s'y donner corps et âme. Au début, il voulait juste prendre sa revanche sur son père, lequel avait abandonné sa mère sans un sou vaillant, privant ainsi également son fils de la fortune des Minos. Mais très vite il avait découvert le plaisir et l'excitation qui accompagnaient le succès, et c'était devenu une drogue.

À la vérité, il n'était pas très différent d'Oliver qui avait passé son existence à amasser argent, pouvoir et conquêtes féminines tout en évitant de s'engager sur le plan sentimental. Il avait seulement été plus performant.

Mais Oliver, qui avait deux ans de moins, venait de se marier. Il restait si peu de temps à Stavros...

Il rattrapa Holly à l'autre bout de la salle, en train de parler avec sa sœur.

— Comment oses-tu me dire une chose pareille ? s'écriait cette dernière avec colère.

— Désolée, Nicole, j'ai juste peur que...

— Je me moque éperdument de ce que toi ou Stavros Minos pouvez penser. Jamais Oliver ne me trompera.

Nicole se redressa avec une expression de mépris.

— Tu ne mérites pas d'être ma demoiselle d'honneur. J'aurais dû demander à Yuna, au lieu d'avoir à supporter ta jalousie de vieille fille frustrée !

— Nicole !

— Va-t'en, je ne veux plus te voir !

Holly inspira profondément.

— Je t'en prie. J'essayais simplement...

— *Sors d'ici !* cria Nicole, assez fort pour que tout le monde l'entende au-dessus de l'orchestre.

Les épaules de Holly se voûtèrent, et elle se détourna avec une expression atterrée.

— Votre sœur vous aime, dit Stavros à Nicole, à voix basse. Elle voulait seulement vous prévenir.

— Me prévenir de quoi ? s'esclaffa-t-elle. Je n'ai jamais été aussi heureuse.

— Eh bien bonne chance ! lança-t-il avant de rejoindre Holly.

Il la trouva toute grelottante devant l'hôtel, essayant vainement de héler un taxi dans le froid et la neige. En ce soir de Noël, la circulation s'était raréfiée et la ville semblait s'assoupir sous son manteau de neige.

En le voyant, Holly blêmit et traversa la rue en direction de Central Park.

— Holly, attendez !

— Non. Laissez-moi tranquille ! gronda-t-elle.

Stavros la rattrapa sur le trottoir et l'agrippa par l'épaule.

— Vous êtes insupportable...

Devant son visage défait, il se tut et l'attira entre ses bras. Aussitôt, elle éclata en larmes.

— Je l'ai prévenue trop tard. J'aurais dû m'en rendre compte depuis longtemps..., sanglota-t-elle.

— Ce n'est pas votre faute.

Tout en maudissant intérieurement son cousin et la sœur de Holly, il lui caressa doucement les cheveux jusqu'à ce qu'elle s'arrête de pleurer. Au bout d'un moment, elle essuya ses joues maculées de mascara.

— Est-ce que... Nicole vous a envoyé me chercher ?

Quand Stavros secoua la tête, elle parut lutter contre une profonde détresse, mais finit par redresser le menton.

— Que voulez-vous, alors ?

Il s'approcha plus près, dans les flocons de neige qui tourbillonnaient autour d'eux.

— Je vous l'ai dit.

Elle s'écarta, les yeux brillants.

— Ne faites pas cela.

— Quoi ?

— Vous aviez raison pour Oliver, je vous l'accorde. C'était un rêve inaccessible. Mais vous n'avez pas besoin d'être cruel pour me le démontrer. Nous ne sommes pas du même monde.

— Je ne joue pas avec vos émotions, Holly, je suis sincère.

Comme elle frissonnait, il ôta sa veste de smoking pour l'en envelopper. Puis il posa une main sur sa joue et caressa sa bouche avec son pouce.

— Holly, regardez-moi.

— Ne me racontez pas d'histoires…

— Croyez-moi, je n'ai jamais éprouvé un tel désir, chuchota-t-il.

À ces mots, il captura ses lèvres.

3

Même dans ses fantasmes les plus fous, Holly n'avait jamais imaginé pareil baiser.

Et ceux qu'elle avait échangés par le passé avec les rares petits amis de son adolescence n'avaient rien de commun avec cette expérience bouleversante.

Stavros embrassait avec un art consommé, prenant possession de sa bouche tout en la pressant implacablement contre son corps musculeux.

Elle s'embrasa littéralement.

Elle n'avait jamais éprouvé cela. Le souvenir d'Oliver s'évanouit dans l'instant, comme une tocade puérile sans intérêt. Quelques minutes plus tôt, elle se sentait désespérée, effondrée à cause de la dureté blessante de sa sœur. À présent, perdue dans un rêve sensuel, elle avait envie de le prolonger à l'infini.

Quand Stavros se redressa, Holly lui jeta un regard éperdu. Derrière lui, les lumières des gratte-ciel de Midtown formaient comme un halo.

— *Agape mou*, murmura-t-il d'une voix altérée. Tu es tout ce que je désire. Je ne demande rien d'autre à la vie.

— Tu dois dire cela à toutes les femmes, répondit-elle, la bouche sèche.

— Je ne l'ai jamais dit à personne.

Derrière elle, les arbres nus se détachaient sur la blancheur du parc enneigé.

— La vie est courte, reprit-il. Nous n'avons pas de temps à perdre.

Elle se mordilla la lèvre.

— Je suis tellement différente...

— Justement. Je t'ai bien observée. Tu es chaleureuse, d'une gentillesse inouïe et d'une beauté à couper le souffle.

Il baissa les yeux sur ses jambes.

— Incroyablement sexy...

Sexy ? *Elle ?*

Il déposa une pluie de baisers sur son front, ses tempes, ses cheveux.

— C'est toi que je veux. Personne d'autre.

Il l'embrassa de nouveau sur les lèvres, comme pour dissiper ses doutes et son insécurité. Quand il la lâcha, elle avait oublié jusqu'à son nom.

Il sortit son téléphone.

— Venez me chercher à Central Park South, commanda-t-il, un léger tremblement dans la voix.

— Tu t'en vas ? lança-t-elle, curieusement abattue.

— Je t'emmène chez moi.

Un frémissement délicieux la parcourut, en même temps qu'une vague inquiétude.

— Pourquoi ? demanda-t-elle, le cœur battant.

— « *Pourquoi* » ? répéta-t-il, amusé.

Elle devint écarlate.

— Tu vas... me séduire ?

— Combien de fois faut-il te le dire, Holly ? J'ai envie de toi. Dans mon lit.

Il marqua une pause en lui caressant les cheveux.

— Dans ma vie.

Ces derniers mots la choquèrent davantage encore, et elle le fixa avec une expression hébétée. Jusqu'alors, écrasée par le secret de son amour caché pour Oliver, elle n'envisageait qu'un avenir fait de sacrifice et d'abnégation, à s'occuper des autres en s'efforçant d'oublier la tristesse de sa solitude.

Et, tout d'un coup, un beau milliardaire grec l'enveloppait

dans sa veste de smoking en la dévorant des yeux et ses vieux rêves en noir et blanc se trouvaient projetés sur écran géant en technicolor.

— À moins que tu sois réellement amoureuse d'Oliver, ajouta-t-il doucement.

Non. Stavros l'avait éclairée sur ses illusions. Séduite par le charme nonchalant et l'humeur enjouée de son patron, Holly avait choisi d'ignorer les défauts de cet incorrigible paresseux et coureur de jupons.

— Tu avais raison, c'était ridicule, admit-elle.

— Alors viens avec moi.

— Je ne peux pas… Je n'ai jamais fait une chose pareille.

— Ne reste pas prisonnière du carcan de tes habitudes. D'ailleurs, le temps du changement est venu pour moi aussi. À quoi bon collectionner les conquêtes de femmes dont je ne me souviens même pas ? À quoi me sert mon immense fortune ? Acheter une nouvelle Ferrari ? Pour quoi ai-je vécu ?

La franchise de Stavros choquait Holly. Finalement, ce magnat tout-puissant était aussi vulnérable que n'importe qui, avec des émotions et un cœur.

Elle posa une main sur la sienne.

— Ne te discrédite pas. Tu as créé des milliers d'emplois dans le monde, révolutionné la technologie…

— Cela n'a plus d'importance pour moi.

— Vraiment ?

— Oui. J'ai peur d'être passé à côté de l'essentiel.

Quand il effleura ses lèvres avec les siennes, elle eut l'impression de flotter dans un mirage. Était-elle ivre ? Après une demi-flûte de champagne ? Une nostalgie indéfinissable l'envahit.

— Viens avec moi, répéta-t-il.

— C'est le soir de Noël…

— Il n'y a personne d'autre que j'aimerais tenir dans mes bras en me réveillant le matin de Noël.

Il traça du bout du doigt la ligne de sa mâchoire et descendit le long de sa gorge.

— À moins que je ne te plaise pas…

Elle faillit rester bouche bée.

— Pas du tout…

Il se détendit et plongea les yeux dans les siens.

— Alors vivons comme si nous avions l'éternité devant nous.

« Alors vivons comme si nous avions l'éternité devant nous. » Quelle curieuse façon de s'exprimer…

Elle s'était toujours comportée très sagement, trop sans doute. Pour en retirer quoi, au bout du compte ? L'impression d'avoir été manipulée par un patron abusif et une petite sœur capricieuse et trop gâtée.

— Dis oui, la pressa Stavros en enfouissant les doigts dans ses cheveux. Sois libre.

Une Rolls-Royce se gara le long du trottoir tandis qu'elle regardait son beau visage, le cœur battant.

— Oui, souffla-t-elle. Vivons comme si nous avions l'éternité devant nous.

Pourtant, dans son for intérieur, le doute et la peur la dévoraient.

Elle s'installa sur la banquette arrière et remarqua à peine le moment où le chauffeur démarra. Le trajet jusqu'à un célèbre palace de Midtown lui parut très bref.

— Tu habites ici ? demanda-t-elle. Dans un hôtel ?

— C'est pratique.

— Ah.

Elle songea à son minuscule studio dans le Queens, pratique lui aussi puisqu'elle n'avait qu'un changement de métro pour aller travailler.

— Je voyage beaucoup, expliqua-t-il. Cela m'évite d'avoir des employés de maison dans des domiciles différents.

— Je comprends.

Il esquissa un sourire et la conduisit vers l'entrée, où un portier en livrée s'inclina respectueusement devant lui.

— Monsieur Minos ! Merci encore. Ma femme n'arrête pas de pleurer de joie depuis que nous avons reçu votre carte de Noël.

— Je vous en prie, ce n'est rien.

— Rien ! Grâce à votre générosité, nous allons enfin acheter une maison et pouvoir songer à avoir un enfant…

Stavros l'interrompit avec une petite tape sur l'épaule.

— Joyeux Noël, Rob.

— Joyeux Noël, monsieur Minos.

Un énorme sapin décoré d'étoiles rouges et de lumières scintillantes trônait au centre du hall. Parmi les gens qui allaient et venaient, parfois accompagnés de gardes du corps, on reconnaissait des célébrités du monde des arts et du spectacle. Mais Holly n'avait d'yeux que pour le bel homme brun qui la tenait par le coude.

— Tu as fait un cadeau somptueux au portier ! commenta-t-elle.

— Juste de l'argent.

— Il t'avait rendu service ?

— Pas spécialement. Il est toujours aimable et de bonne humeur.

Ils entrèrent dans l'ascenseur.

— Pourquoi lui as-tu donné une somme pareille ?

— Je pouvais le faire.

Comme pour mon poste de secrétaire, pensa-t-elle.

— Stavros, tu es quelqu'un de bon, dit-elle tout haut.

— J'ai pourtant une mauvaise réputation, marmonna-t-il. Je suis un sale égoïste, tyrannique de surcroît.

Une vulnérabilité étrange perçait dans sa voix.

— J'ai du mal à le croire. On dirait que tu caches quelque chose, comme si...

Il étouffa le reste de sa phrase avec un baiser impatient qui mit un terme abrupt aux interrogations de Holly et éveilla une chaleur intense dans son corps.

Les portes de l'ascenseur s'ouvrirent et elle le suivit, les jambes tremblantes, dans une suite gigantesque au dernier étage du gratte-ciel, avec d'immenses baies vitrées qui surplombaient les lumières de la ville.

— Quel magnifique arbre de Noël ! s'exclama-t-elle en apercevant un grand sapin, dans un coin.

Stavros y jeta un regard distrait, comme s'il ne l'avait pas encore remarqué.

— Hum...

Elle observa discrètement l'appartement, dont la décoration semblait sortir tout droit des pages d'un magazine. Il n'y avait rien de personnel, ni sur les murs ni sur les étagères.

— Tu viens de t'installer ?

— J'ai acheté cette suite il y a cinq ans.

— Ah bon ?

Quelle différence avec son petit studio encombré de souvenirs, de photos de famille et de bibelots...

— Elle a été entièrement refaite par un célèbre architecte d'intérieur.

— Ah. C'est très joli.

Il la prit dans ses bras.

— Tu n'en penses pas un mot.

En proie à un trac incontrôlable, elle contempla, fascinée, le contour de sa bouche, son cou robuste et ses larges épaules dont la musculature saillait sous la chemise d'un blanc immaculé. Une étincelle jaillit en elle, gagnant rapidement ses terminaisons nerveuses.

— Dis-moi la vérité, ajouta-t-il.

Elle se mordit la lèvre.

— Je trouve cet endroit horrible. Froid et impersonnel.

— Voilà qui est mieux.

Il l'embrassa de nouveau et elle succomba au vertige, impatiente de découvrir l'univers inconnu que ce baiser promettait.

Elle perdit toute notion du temps qui passait pendant qu'il la serrait contre lui dans la pénombre du vaste appartement, éclairé seulement par les guirlandes lumineuses du sapin.

Au bout de ce qui lui parut une éternité, grisée par l'intensité de ses sensations, elle s'écarta en tremblant.

— Tout me semble irréel...

— Beaucoup de choses me font cette impression en ce moment, répondit-il en lissant une boucle rousse derrière son oreille. Sauf toi.

La veste de smoking tomba à terre, et il posa une main sur ses reins.

Elle baissa pudiquement les yeux.

— Je n'ai pas beaucoup d'expérience.

— Tu es vierge.

Elle rougit.

— Comment as-tu deviné ? À la manière dont je t'ai embrassé ?

— Oui. Tu as frissonné quand je t'ai prise dans mes bras, j'ai senti que c'était nouveau pour toi.

Il effleura ses seins qui se durcirent à son contact. En songeant à toutes les femmes sophistiquées qui s'affichaient avec lui dans les colonnes de magazines people, elle se gratta nerveusement la gorge.

— Et si je ne te plais pas ?

Il rit doucement en lui prenant le menton.

— Et si je te déçois ?

Elle écarquilla des yeux effarés.

— C'est impossible !

— Pourtant, j'ai peur de ne pas être à la hauteur, Holly, répliqua-t-il avec une émotion indéfinissable.

Aussi incroyable que cela paraisse, il était sérieux.

Une autre idée traversa l'esprit de Holly.

— S'il se passe quelque chose entre nous, je ne pourrai pas être ton assistante.

— Ah bon ?

— Ce serait trop gênant. Mais le poste de secrétaire du chef de fabrication me convient très bien.

— Comme tu veux. En tout cas, je maintiens l'augmentation de salaire.

— Tu n'es pas obligé…

— Ce n'est pas négociable. D'ailleurs, tu aurais dû en demander une depuis longtemps, si tu avais conscience de ta valeur.

Impulsivement, elle se haussa sur la pointe des pieds pour l'embrasser, mais furtivement, dans un élan qui lui parut terriblement audacieux. Aussitôt, Stavros l'enlaça, s'accrochant à elle furieusement, presque comme un noyé à une bouée de sauvetage.

Traversée par une sorte de décharge électrique, Holly sentit une tension se nouer au creux de son ventre quand Stavros la souleva de terre avec un grognement.

Il se dirigea vers la chambre, faiblement éclairée par les lumières de la ville, au-dehors.

— Tu es si belle, Holly..., chuchota-t-il en la déposant à côté du lit.

Il descendit la fermeture Éclair de sa robe, qui glissa sans bruit sur le tapis. Presque nue, elle s'enhardit pour affronter son regard, et il l'entraîna dans le maelström du désir. Bientôt, tout tourbillonna autour d'eux. Elle poussa des petits gémissements plaintifs au moment où il dégrafa son soutien-gorge pour embrasser ses seins.

Il se baissa et lui ôta ses chaussures à hauts talons, l'une après l'autre, délicatement, avant de la coucher sur le couvre-lit. Puis il enleva ses boutons de manchette, sans la quitter des yeux. Son torse bronzé et musclé, débarrassé de la chemise, la fascina.

Quand il apparut complètement nu devant elle, elle retint son souffle. La vue de son membre viril, fièrement érigé, l'hypnotisait. Gagnée par une anxiété incontrôlable, elle ramena le couvre-lit jusqu'à son menton, en fermant les yeux.

Stavros s'étendit à côté d'elle et posa une main sur son épaule.

— Holly, regarde-moi.

Elle obtempéra, la gorge sèche.

— Tu as peur ? demanda-t-il.

— Un peu...

— Ne t'inquiète pas. Laisse-toi aller. Abandonne-toi.

Il recommença à l'embrasser, avec une tendresse qui chassa toute pensée rationnelle. Le désir monta lentement, et elle oublia tout. C'est à peine si elle eut conscience de son poids quand il la couvrit de son corps. Elle soupira de plaisir. C'était merveilleux de se sentir à sa place, comme si elle faisait enfin partie d'un tout.

Quand le baiser s'arrêta, elle éprouva un horrible manque. Heureusement, d'autres sensations voluptueuses l'envahirent. Stavros goûtait sa peau nue avec ardeur et avidité. Ses lèvres descendirent le long de son cou, jusqu'à sa poitrine. Il prit la pointe de ses seins dans sa bouche, tour à tour, alternant douceur et rudesse, caresses et morsures. Elle ferma les yeux.

En même temps, il explorait son corps du bout des doigts, son ventre, ses hanches, ses cuisses. Elle s'embrasa lorsqu'il écarta la dentelle du sous-vêtement pour poser les lèvres sur son sexe.

— Tu me veux ? murmura-t-il, si bas qu'elle l'entendit à peine.

— Oui, souffla-t-elle.

— Plus fort.

— Oui ! s'écria-t-elle, les joues brûlantes.

Brusquement, il se redressa pour prononcer des mots insensés, effrayants.

— Épouse-moi, Holly. Donne-moi un enfant.

— Tu n'es pas sérieux !

— Je ne l'ai jamais été autant.

Comment aurait-elle pu y croire ? Passer une nuit avec un homme comme Stavros était un privilège. Mais pareille proposition avait de quoi désorienter.

Elle eut les larmes aux yeux.

— Je t'ai choquée, observa-t-il, la mine sombre.

— Non... Oui. C'est comme si un rêve inaccessible se concrétisait magiquement.

Il essuya sa joue humide avec le pouce.

— C'est oui, alors ?

— Oui...

Le visage de Stavros s'éclaira instantanément.

— Tu ne le regretteras pas, je te le promets.

— Je ferai tout pour te rendre heureux...

— Je le suis déjà. Je te veux, *agape mou*. Et je te désirerai jusqu'à mon dernier jour.

Elle retint sa respiration en frémissant. Il voulait l'épouser ! Faire un enfant avec elle... Sa petite culotte en soie glissa le long de ses jambes. Puis, Stavros s'agenouilla en lui écartant les cuisses. Son souffle chaud sur la partie la plus secrète de son anatomie, qu'aucun homme n'avait jamais touchée, la bouleversa.

Du bout de la langue, avec infiniment de délicatesse, il l'éveilla au plaisir. Au fur et à mesure que les sensations gagnèrent en intensité, il accentua ses mouvements jusqu'au paroxysme. Un cri qui déchira le silence quand elle arqua les reins pour se donner tout entière.

Avec un gémissement, il la plaqua contre le matelas et explora son sexe plus avant, afin de la préparer à le recevoir. Entraînée dans un tourbillon, Holly secouait la tête sur l'oreiller en bredouillant des sons incompréhensibles. Et ce fut de nouveau l'explosion, avec des millions d'étoiles multicolores sous ses paupières closes.

Ensuite, elle eut vaguement conscience qu'il cherchait un préservatif dans le tiroir de la table de nuit. Au moment où il le sortait de son étui, elle posa une main sur la sienne.

— Non, chuchota-t-elle, encore pantelante.

— Non ?

— Vivons comme si nous avions l'éternité devant nous.

Une joie sauvage illumina le regard de Stavros.

— Ce sera une première fois pour moi, dit-il en jetant le préservatif par terre.

— Pour nous deux, précisa-t-elle avec un frémissement à fleur de peau.

— J'espère que la douleur sera la plus brève possible.

D'un geste sûr, précis, il plongea en elle, déchirant la barrière protectrice. Puis il s'immobilisa pour laisser à Holly le temps de se ressaisir et s'habituer à sa présence. Peu à peu, la passion se ranima sous ses baisers ardents.

Alors seulement il commença à bouger, s'enfonçant toujours davantage, centimètre par centimètre. Une délicieuse tension grandit au creux du ventre de Holly, et elle s'accrocha de toutes ses forces aux épaules de Stavros, avec une avidité et une fougue dont elle ne se croyait pas capable. Ce ne serait jamais assez. Elle se sentait insatiable. Elle voulait tout.

4

Stavros luttait pour garder son self-control, tandis que Holly s'agrippait à lui avec une énergie farouche.

Elle lui avait dit oui, et ce simple mot le terrassait. Jamais il n'avait éprouvé une émotion aussi intense. Il avait peur de ne pas rester maître de lui.

Cela ne lui était jamais arrivé.

Il s'étonnait d'avoir osé proférer une demande aussi étrange… Holly était sa dernière chance de laisser une trace derrière lui après sa mort, une femme aimante et un fils ou une fille qui porteraient son nom.

Elle aurait pu lui rire au nez. Ils se connaissaient à peine. Au lieu de quoi, assez incroyablement, elle avait accepté.

Malgré son impatience de la posséder, il s'était forcé à aller très doucement, à prendre le temps de la séduire. Il voulait atténuer le plus possible la douleur de la première fois.

Il avait à peu près réussi et embrassait son front brûlant, ses seins gonflés, ses lèvres rouges. Maintenant le plaisir se lisait de nouveau sur le visage de Holly, qui se détendit avec un long soupir.

Quand elle se mit à accompagner ses mouvements de va-et-vient, il n'y tint plus. Elle était d'une sensualité incroyable, une vraie déesse… Il était au bord du précipice.

Comment n'avait-il jamais perçu sa beauté et sa nature passionnée ? Le jour où il avait fait sa connaissance, trois ans plus tôt, elle portait des vêtements ternes et peu flatteurs, mais il aurait dû percer à jour son déguisement de secrétaire modèle.

À présent, elle était sienne et le serait aussi longtemps qu'il vivrait. Elle deviendrait sa femme et porterait son enfant...

Haletant, moite de transpiration, il continua à se mouvoir en elle avec un plaisir inouï, qu'il refrénait à grand-peine. Avant tout, il voulait que l'expérience soit inoubliable pour elle.

Les yeux clos, elle avait une expression extatique qui faillit le perdre. Il accéléra le rythme, et elle entrouvrit les lèvres en lui griffant le dos avec ses ongles.

Dès qu'il sentit venir le premier spasme, il plongea en elle plus profondément encore et leurs cris se mêlèrent au cœur de cette mémorable nuit de Noël.

Lorsque Stavros se réveilla, les premières lueurs de l'aube filtraient à travers les fenêtres de la chambre. Dehors, la ville semblait grise en ce matin de Noël.

Il s'était perdu dans un rêve magnifique, le plus beau de sa vie. Enceinte de plusieurs mois, Holly l'embrassait avec passion. Les yeux brillant d'émotion, elle lui avouait son amour...

Elle dormait encore, nue entre ses bras, ses cheveux répandus sur l'oreiller. Il l'avait tenue ainsi toute la nuit, dans une attitude protectrice, le visage tourné vers le sien, leurs fronts se touchant presque.

« Je t'aime, Stavros », disait-elle dans son rêve avec un regard éperdu.

Ce n'était qu'un rêve, se rappela-t-il durement. Cela n'avait aucun sens. Mais, à la lumière froide de la réalité, ces mots lui transpercèrent le cœur. « Je t'aime. »

En se représentant l'épouse qu'il laisserait derrière lui à sa mort, il avait imaginé une femme enceinte, vêtue de noir, debout devant sa tombe.

Il n'avait pas pensé au chagrin du veuvage. Avec sa nature hypersensible, Holly souffrirait beaucoup. La douleur risquait de la détruire.

La bonne conscience de Stavros réapparut brusquement.

Avait-il le droit de se comporter aussi égoïstement ? Était-il un vrai Minos, irrémédiablement ?

Je lui léguerai toute ma fortune, se dit-il pour se disculper.

Mais Holly, qui n'avait jamais réclamé une augmentation de salaire ou une promotion, n'en aurait cure. Sa suite à vingt millions de dollars, décorée par le plus prestigieux architecte d'intérieur de Manhattan, l'avait laissée froide.

Contrairement à toutes les femmes qu'il avait connues, Holly se moquait éperdument de l'argent.

Non seulement ses milliards ne lui procureraient aucune satisfaction, mais elle deviendrait une cible de choix pour des aventuriers peu scrupuleux, comme Oliver et Nicole.

Je lui laisserai un enfant, songea-t-il pour se tranquilliser. Ce serait au moins une source de plaisir.

Même si elle devait l'élever seule ?

Frappé de remords, il regretta d'avoir séduit Holly sous un faux prétexte. Son innocence et sa naïveté la rendaient trop vulnérable. Elle était sans défense, contrairement à Stavros qui savait se protéger contre les sentiments. En amour, personne ne gagnait jamais. Il y avait forcément un conquérant tyrannique et un vaincu impuissant.

La mort de Stavros infligerait à Holly une épreuve redoutable, qui la briserait peut-être. Si elle était déjà enceinte, elle ne lui pardonnerait pas de l'avoir leurrée avec des promesses illusoires qui avaient modifié à jamais le cours de son existence.

Il la contempla qui dormait entre ses bras avec une expression de confiance absolue. Il n'avait pas le choix. Il fallait lui avouer la vérité sur la tumeur qui le rongeait.

— Tu es réveillé, murmura-t-elle en ouvrant les yeux avec un sourire ébloui. Joyeux Noël.

Stavros se prépara mentalement en cherchant ses mots.

Puis une évidence horrible s'imposa à lui. Même s'il lui révélait sa maladie, *elle l'épouserait, de toute façon*.

Holly donnait sans compter. Elle aimait prendre soin des gens, jusqu'à se sacrifier pour eux, même s'ils ne le méritaient pas. Elle l'avait fait avec sa sœur, et pour Minos International par le truchement d'Oliver.

Elle recommencerait avec Stavros. Par amour, elle l'accompagnerait jusqu'au bout. Elle ne le quitterait pas.

Dût-elle ne jamais s'en remettre.

Il prit son courage à deux mains.

— Holly, il y a une chose que tu dois...

Il sentit une douleur fulgurante à l'œil droit, qui résonna dans son crâne et l'obligea à s'interrompre. Combien de temps lui restait-il à vivre ? Six à neuf mois, avait pronostiqué le Dr Ramirez...

Il se leva lentement en clignant les paupières pour dissiper le vertige.

— Stavros ! Que se passe-t-il ? s'écria Holly en se redressant.

Il se dirigea vers la commode et sortit un caleçon d'un tiroir. Il se mouvait avec difficulté, comme s'il avait brusquement vieilli de plusieurs décades. Dehors, la ville paraissait désespérément froide et grise.

Toutes ces années, il avait haï son père, monstre cruel et insensible, et méprisé son cousin, paresseux et égoïste.

Il était encore pire.

Puisqu'il allait mourir, dans une tentative pathétique pour donner un sens à sa vie, il avait proposé le mariage à une jeune ingénue et lui avait volé sa virginité.

Il avait voulu lui imposer des souffrances inhumaines. En se raccrochant à elle comme un homme qui se noie, il l'aurait entraînée avec lui vers le fond.

La plupart des femmes qu'il connaissait auraient volontiers accepté de l'accompagner pendant ses six derniers mois en échange d'un pactole. Elles auraient préservé leur âme, si toutefois elles en avaient une.

Holly était incapable de se protéger. Il l'avait compris d'emblée, dès l'instant où il avait glissé un bras sous le sien au mariage de sa sœur, puis quand ils avaient dansé ensemble, et quand il l'avait embrassée sous la neige, à Central Park. Sa pureté se lisait sur ses traits et dans ses beaux yeux d'émeraude. La méfiance qu'elle lui avait d'abord témoignée s'était rapidement muée en curiosité, et en désir. Et elle lui vouait maintenant une confiance absolue.

Il ne voulait pas lui faire de mal...

— Stavros, tu m'inquiètes ! s'écria-t-elle derrière lui.

Puis elle se ressaisit et feignit la désinvolture.

— Tu as changé d'avis au sujet du mariage, n'est-ce pas ? Tu as peur de me le dire, mais sois sans crainte. Je ne te blâmerai pas...

— En effet, coupa-t-il sèchement. J'ai changé d'avis.

— Ah.

Elle pâlit, mais sans exprimer aucune déception, comme si elle s'attendait depuis le début à ce dénouement, comme si le bonheur et la joie ne pouvaient être qu'illusoires.

Il s'obligea à ne rien ressentir.

— Cette nuit était une erreur.

Les épaules de Holly se voûtèrent, et elle ramena le drap sur sa poitrine nue.

— À cause de... ?

— J'étais ivre, hier soir, mentit-il.

Pour en finir au plus vite, il choisit de frapper au point le plus vulnérable.

— Voyons les choses en face, ajouta-t-il avec une nonchalance cruelle. Comme tu l'as toi-même suggéré, tu n'es pas mon genre.

Le coup atteignit Holly en plein cœur. Blême, elle baissa les yeux sans proférer un son.

— Tu devrais t'en aller, dit-il froidement.Évitant soigneusement son regard, elle se leva, ramassa ses sous-vêtements et sa robe froissée, et s'habilla en hâte. Elle avait l'air effondrée, et Stavros se détestait de la torturer ainsi.

— Mon chauffeur va te raccompagner chez toi. Il peut t'arrêter à une pharmacie, si tu veux.

— Pour quoi faire ?

— La pilule du lendemain, expliqua-t-il, glacial.

— Ce n'est pas nécessaire.

— Ah bon ?

Elle enfila ses chaussures à hauts talons et redressa le menton.

— Je peux rentrer en métro.

Sa tristesse le bouleversa.

— Holly…

Elle l'arrêta d'un geste, puis se força à sourire.

— C'est ma faute. Je savais parfaitement que tu ne pouvais pas… Je n'aurais jamais dû venir ici.

Holly s'excusait… Il fallut à Stavros toute la force de sa volonté pour ne pas la prendre dans ses bras et clarifier la situation. Mais ses vieilles habitudes l'emportèrent, et il serra les poings.

— Tu peux compter sur la promotion et l'augmentation que tu mérites. Néanmoins, il vaudra mieux que nous évitions de travailler ensemble.

Une lueur étrange, féroce, s'alluma dans les yeux de Holly.

— Tu as raison. Au revoir.

Pris de remords, il la rattrapa par le bras.

— Attends.

— Il n'y a rien à ajouter.

Les doigts de Stavros se crispèrent sur son poignet. Il avait vécu avec elle des moments d'une intensité incroyable. Et pas seulement sur le plan sexuel. Il n'avait qu'une envie, la serrer contre lui. La retenir dans son lit. Dans sa vie.

Mais pas à son détriment.

Il la lâcha.

— Il est peu probable que cela arrive, mais si tu tombes enceinte, contacte mon avocat.

— Pourquoi ?

— Il prendra les dispositions nécessaires.

Elle rougit de colère.

— C'est vraiment trop aimable.

Stavros avait joué jusqu'au bout son rôle de séducteur cynique…

— C'est tout, conclut-il. Tu peux t'en aller.

— Je regrette de t'avoir rencontré.

Ce furent les derniers mots de Holly avant qu'elle disparaisse, abandonnant Stavros au Noël le plus triste et solitaire qu'il avait jamais connu.

5

Onze mois plus tard

Holly reprit sa respiration entre deux pelletées de neige. Tout autour, le manteau blanc qui recouvrait le paysage étincelait au soleil.

C'était le lendemain de la fête de Thanksgiving, qu'elle avait passée seule pour la première fois de sa vie. En Suisse, comme si elle avait cherché à s'éloigner le plus possible de chez elle, où son cœur avait été sauvagement dévasté le Noël précédent.

Prenant appui sur le manche de la pelle, elle se tourna vers la véranda avec un sourire empreint de douceur. En réalité, elle n'était plus seule et ne le serait plus jamais.

La neige de cette fin novembre atteignait déjà une épaisseur d'un mètre cinquante au bord du chemin sinueux qui conduisait à son minuscule chalet, depuis la route. Le village le plus proche se trouvait à un kilomètre et demi au fond de cette vallée des Alpes suisses. La ville principale, Zermatt, s'enorgueillissait d'un joli marché de Noël qui ouvrait ce jour-là. Un ami avait proposé de l'y emmener dans l'après-midi et elle avait accepté de l'accompagner, après quelques hésitations.

Le stress de ses longues journées de travail, au bureau, lui semblait maintenant presque irréel. Elle s'était vite habituée au silence et à la tranquillité de la montagne, à sa vie paisible, rythmée par des tâches quotidiennes, répétitives, comme déblayer la neige tombée pendant la nuit.

Pour Holly, tout avait changé en l'espace de quelques mois. Elle avait quitté New York et était devenue une autre personne. Elle y avait beaucoup perdu, mais aussi beaucoup gagné.

En entendant son bébé gazouiller, elle sentit une joie familière l'envahir.

— Tu as faim, mon trésor ?

Elle se dépêcha de finir de dégager le chemin et alla ranger sa pelle à l'arrière. Puis, elle tapa des pieds pour nettoyer la semelle de ses bottes et gravit les quelques marches de la véranda. Son petit garçon de deux mois, qu'elle avait appelé Freddie en mémoire de son père adoré, battit joyeusement des bras dans son couffin.

— C'est l'heure de manger, annonça-t-elle gaiement en l'emmenant à l'intérieur.

Un feu de bois brûlait dans la cheminée en pierre, dans le vieux chalet rustique, bas de plafond, avec des poutres apparentes. Il n'y avait qu'une chambre et le mobilier était rudimentaire, mais Holly bénissait tous les jours son ancien patron de lui avoir offert cette solution inespérée. Il lui faisait même cadeau du loyer.

Elle ôta bonnet, bottes et anorak et secoua sa longue tresse rousse. Plus à l'aise en pull vert et leggings, elle détacha Freddie, lui enleva son petit manteau fourré et l'enveloppa dans une couverture en laine. Puis elle s'installa sur le vieux divan pour la tétée.

À son arrivée au mois de février, en panique, Holly se demandait avec angoisse si elle parviendrait à élever un enfant seule. Elle s'était rassurée peu à peu, en se remémorant le passé. À la mort de ses parents, elle s'était occupée de sa petite sœur alors qu'elle sortait à peine de l'adolescence.

Après le matin de Noël où Stavros l'avait jetée dehors sans ménagement, elle n'avait pas remis les pieds chez Minos International, pas même pour récupérer sa plante verte et la photo de sa sœur. Une collègue les lui avait rapportées en même temps que son dernier bulletin de salaire.

Holly possédait quelques économies sur son compte en banque. Elle avait vite appris à ne pas trop dépenser quand elle avait dû gérer la petite prime d'assurance-vie de ses parents en se retrouvant chargée de famille. Depuis, elle avait conservé ces sages habitudes.

Heureusement. Cela l'avait sauvée lorsqu'elle avait découvert les raisons de nausées persistantes, mi-janvier, juste quand elle commençait à chercher un nouvel emploi. Elle était enceinte.

Le souvenir des paroles de Stavros au matin de Noël la glaçait dès qu'elle y pensait.

« Si tu tombes enceinte, contacte mon avocat. Il prendra les dispositions nécessaires. »

En prononçant ces mots, Stavros Minos avait définitivement perdu tout crédit à ses yeux. Il ne possédait pas une once d'humanité.

Holly n'était pas totalement ingénue. Les livres et les films racontaient toutes sortes d'histoires de séduction, dans lesquelles les hommes mentaient parfois d'une manière éhontée pour arriver à leurs fins et coucher avec une femme. Mais elle n'avait jamais imaginé que cela puisse lui arriver. D'autant que Stavros s'était montré particulièrement romantique et chevaleresque. Prodigue en mots tendres et baisers passionnés, il était allé jusqu'à lui parler de mariage et d'enfant. Rétrospectivement, il y avait de quoi être interloquée.

En tout cas, dès qu'il avait obtenu ce qu'il voulait, il avait cassé net, sans un remords.

Holly ne voulait pas courir le risque de le revoir, même par hasard. Évidemment, il n'était pas question non plus de lui annoncer sa grossesse.

C'est pourquoi elle avait quitté New York.

Elle était heureuse en Suisse et avait de la chance d'avoir trouvé cette solution de repli. Bien sûr, elle regrettait un peu pour Thanksgiving, car cette fête américaine n'avait aucune signification ici. Dans son enfance, cela marquait traditionnellement le début des préparatifs de Noël, période que Holly préférait entre toutes. En tout cas jusqu'à l'an dernier.

Depuis son horrible histoire avec Stavros, Holly avait presque peur d'affronter l'arrivée de décembre.

Elle se ressaisit. La veille, pour la première fois depuis de longs mois, sa sœur avait répondu au téléphone. Mais pour l'accabler de reproches. Oliver avait été renvoyé de son troisième emploi depuis leur mariage. Après Hong Kong et Los Angeles, ils rentraient à New York sans aucune perspective et Nicole incriminait Holly.

— Tout est ta faute ! avait-elle lancé avec colère. Si tu avais accepté de venir avec nous pour le seconder, nous n'en serions pas là !

Holly, qui se sentait un peu coupable, avait essayé de changer de sujet.

— J'ai été débordée...

Finalement, en espérant se faire pardonner, elle avait annoncé l'heureuse nouvelle. Mais sa sœur, choquée et en colère, au lieu de se réjouir, avait exigé de connaître l'identité du père. Holly lui avait fait jurer le secret avant de chuchoter le nom de Stavros dans l'appareil.

Nicole avait redoublé de fureur.

— Bravo ! Tu as réussi à faire un bébé avec un milliardaire. Te voilà tirée d'affaire. Tu ne penses qu'à toi.

Elle avait raccroché rageusement...

Au moins, elles se reparlaient... L'avenir réservait peut-être des surprises agréables, se dit Holly pour se réconforter. De toute manière, avec Freddie, elle n'était jamais triste très longtemps.

Elle sourit à son bébé en chassant de son esprit l'image de Stavros Minos. Freddie était à elle et ne connaîtrait jamais son père.

Stavros ignorerait l'existence de cet enfant. La façon dont il s'était comporté ne laissait pas le choix à Holly. Après leur merveilleuse nuit d'amour, encore sous le charme de ses belles promesses, alors qu'elle se réveillait avec le sentiment de vivre son plus beau Noël, il avait fracassé son rêve avec une ignominie impardonnable.

En découvrant qu'elle était enceinte, elle s'était enfuie de New York de peur que les avocats de Stavros ne l'obligent à avorter. Elle s'était rendue à Londres, où son précédent employeur, prêt à la reprendre, avait été consterné par sa requête. Elle voulait juste être logée comme gardienne dans son chalet familial, inoccupé.

— Ce n'est pas Saint-Moritz, avait-il répondu, perplexe. À peine mieux qu'une cabane, dans le petit village où est né mon arrière-grand-père. Vous êtes sûre ?

Holly ne regrettait pas ce choix. Elle avait sympathisé avec des voisins âgés, enchantés de s'occuper d'elle et qui lui prodiguaient leurs conseils. Depuis la naissance, ils gardaient le bébé de temps en temps. Holly, qui avait appris l'allemand au lycée, améliorait de jour en jour sa connaissance de la langue et avait trouvé un heureux équilibre.

Il aurait été ingrat de se plaindre de la solitude ou de s'abandonner à la tristesse.

Elle contempla le bébé endormi dans ses bras et lui caressa tendrement la joue.

— Ton premier Noël sera parfait, Freddie, je te le promets, chuchota-t-elle.

Holly le reposa dans son berceau et referma doucement la porte avant de revenir dans la pièce principale.

Elle défit sa longue tresse et secoua son opulente chevelure rousse, puis ouvrit l'armoire pour en sortir une grande boîte en carton rempli de trésors et de décorations vintage de son enfance. Il y avait la vieille couverture en patchwork de sa grand-mère, un pot à cookies ébréché en faïence, une guirlande d'étoiles en feutrine et un cahier de recettes de Noël de sa mère, à l'encre pâlie. En touchant les chaussettes tricotées à la main, elle sentit sa gorge se serrer.

Elle disposa les ornements sur le manteau de la cheminée en attendant d'acheter un sapin. Oui, Freddie aurait un merveilleux Noël…

Un coup frappé à la porte la fit sursauter. C'était sans doute Elke qui lui apportait un pain d'épices tout chaud, ou Horst qui proposait son aide pour déblayer la neige.

Son sourire s'évanouit dès qu'elle ouvrit la porte.

— Holly.

La voix grave de Stavros ressemblait à un grognement. Il avait l'air furieux.

— C'est vrai ? demanda-t-il en plissant les yeux.

Derrière lui, un gros quatre-quatre noir, luxueux, conduit par un chauffeur, était garé au bord du chemin. Une terreur sans nom s'empara de Holly. Il venait lui prendre son bébé ! Instinctivement, elle repoussa la porte.

— Je ne veux pas te voir...

— Tant pis.

Stavros avança le bras, entra et épousseta les flocons tombés sur son manteau en cachemire. Il était encore plus beau et imposant que dans le souvenir de Holly.

Tout en jetant un regard circulaire, il retira ses gants, puis scruta l'expression de la jeune femme.

— On m'a dit que tu avais eu un bébé. C'est vrai ?

Le sang de Holly se glaça dans ses veines. L'homme qui l'avait séduite avec des mots d'amour et des baisers langoureux posait sur elle un regard plein de haine.

Elle essaya d'éluder.

— Qui t'a raconté une chose pareille ?

— Comment as-tu pu me cacher cela ?

Elle faillit se précipiter dans la chambre pour prendre son bébé dans les bras et s'enfuir avant qu'il ne soit trop tard.

Mais Stavros la rattraperait. De toute manière, son chauffeur montait la garde devant le chalet.

La bouche sèche, elle chercha désespérément un subterfuge. Freddie n'était pas l'enfant de Stavros. Elle avait rencontré quelqu'un dans une soirée. Au nouvel an, une fête un peu trop arrosée... Il fallait trouver quelque chose, n'importe quoi !

Elle ne put se résoudre à mentir.

— Qui te l'a dit ? demanda-t-elle dans un filet de voix.

Stavros chancela, hébété. Puis il prit une profonde inspiration et posa une paume sur la joue de Holly, dans un geste tendre. Pourtant, son expression demeurait cruelle.

— Oliver, qui l'a su par ta sœur. Il a pris un malin plaisir à me l'annoncer.

Le soleil, réverbéré par la blancheur éclatante de la neige, jetait une lumière crue sur ses traits déformés par la colère.

— Tu avais promis de m'avertir si tu étais enceinte, Holly. Tu as manqué à ta parole. Tu m'as caché ta grossesse et tu t'es enfuie comme une voleuse...

— Pardon ?

D'un seul coup, la peur de Holly s'évanouit, remplacée par un mélange de rage et de chagrin qu'elle contenait depuis trop longtemps.

— C'est *toi* le menteur, Stavros ! Tu m'as séduite d'une manière éhontée, avec de fausses promesses. Tu voulais soi-disant m'épouser ! Mais à peine parvenu à tes fins, tu m'as jetée dehors. Le matin de Noël !

Il crispa les mâchoires.

— J'avais mes raisons.

Holly, qui ne s'était jamais mise en colère de sa vie, se déchaîna.

— Oh ! je les connais, tes raisons ! Tu voulais me séduire, coucher avec moi, tout simplement. Mais tu te moquais éperdument de moi. Tu n'es qu'un odieux égoïste. Je t'interdis de t'approcher de mon fils !

Il plissa les yeux.

— C'est un garçon ? Je veux le voir.

— Non.

— Je suis son père.

Elle s'esclaffa.

— Un donneur de sperme, rien de plus. Je ne veux rien avoir à faire avec toi.

Elle pointa un doigt vers la porte.

— Maintenant, va-t'en !

Stavros passa les doigts dans ses cheveux d'un air abattu.

— Tu ne comprends pas. Je n'étais pas moi-même...

— Arrête ! coupa-t-elle. Tu t'es comporté d'une manière abjecte, mais tout à fait conforme à ta réputation.

Le changement d'attitude de Stavros la surprenait. Cela ne lui ressemblait pas de se chercher des excuses. Mais, cette fois-ci, il ne réussirait pas à l'attendrir.

— Tu es cruel et égoïste. Comme le dit Oliver, « les Minos sont égocentriques jusqu'à la moelle et se moquent éperdument des autres ».

— Je pensais que j'allais mourir, déclara Stavros abruptement. C'est pour cela que je t'ai chassée.

« Et maintenant, je veux voir mon fils. »

Stavros n'était pas préparé à recevoir un tel choc et n'avait pas imaginé l'émotion qu'il ressentirait. Il était hébété et en colère en même temps.

Il était *père*. Le bébé devait avoir deux mois.

Il s'était passé tant de choses, au cours de l'année écoulée... Il avait honte d'avoir séduit Holly à cause d'un accès de sentimentalisme. Comme s'il avait besoin de se marier et d'avoir des enfants !

Dieu merci, il ne pensait plus à ces sottises depuis qu'il avait guéri de son cancer. Les médecins parlaient de miracle inespéré.

Malheureusement, il avait maintenant un enfant avec une femme qui n'était rien pour lui... Mais qui lui paraissait encore plus belle et désirable qu'à Noël dernier.

Ses boucles cuivrées retombaient en cascade sur ses épaules. Le vert de sa tunique rehaussait l'émeraude de ses yeux magnifiques. Sa respiration saccadée soulevait sa poitrine épanouie, et son leggings soulignait la rondeur délicieuse de ses hanches.

— Mourir ? répéta-t-elle, incrédule.

— Oui. À l'époque, je croyais qu'il ne me restait que quelques mois à vivre.

Il guetta sa réaction, mais elle demeura de marbre.

— Tu n'as pas entendu ?

Elle haussa les épaules.

— J'attends la suite.

Il se tourna vers le feu, puis alla se planter devant la fenêtre.

— J'avais une tumeur au cerveau. Je ne l'ai jamais dit à personne.

— Tu me fais trop d'honneur ! Et cela est censé tout expliquer ?

— La perspective de la mort me donnait envie de laisser quelque chose derrière moi. Une femme. Un enfant.

Il se tourna vers elle.

— C'est pour cela que j'ai couché avec toi, Holly, poursuivit-il doucement. Je le voulais vraiment. Je ne mentais pas.

Elle serra les poings rageusement.

— Pourquoi as-tu changé d'avis ?

— La lucidité m'a rattrapé. Tu étais si... innocente. Trop confiante. J'ai eu peur de te briser le cœur si tu tombais amoureuse.

— En somme, tu m'as dit toutes ces horreurs et jetée dehors pour ne pas me faire souffrir. Quelle bonté d'âme ! railla-t-elle, scandalisée.

Stavros mesura tout à coup tout le mal qu'il lui avait fait. Il lui avait ravi son innocence dans tous les sens du terme.

Il avait gardé le secret sur sa maladie pendant tout le traitement. Il s'était rasé le crâne quand il avait perdu ses cheveux, prétextant un nouveau look à la mode. Quand il avait maigri, il avait incriminé le stress et les soucis professionnels.

À part ses médecins, personne n'était au courant. En disant la vérité à Holly, il était certain qu'elle lui pardonnerait, puisqu'il était *condamné*.

Manifestement, il se trompait.

— Finalement, le cancer ne t'a pas tué, remarqua Holly platement, sur un ton presque méprisant. Pourquoi ?

Stavros se remémora les longs mois de traitement, puis la stupéfaction des spécialistes, au mois d'août, en constatant que la tumeur inopérable avait régressé.

— Ma guérison est inexplicable. Miraculeuse, dit-il en haussant les épaules.

— Bien sûr. Cela n'arrive qu'à des gens comme toi.

— C'est-à-dire ?

— Égoïstes et richissimes.

Brusquement, son mépris exaspéra Stavros.

— J'en ai assez d'être traité d'égoïste...

— Il n'y a que la vérité qui blesse !

— Cesse de rejeter la faute sur moi. Toi aussi, tu es à blâmer. Tu aurais dû prévenir mon avocat que tu étais enceinte.

— Pour qu'on me force à avorter, non merci !

Stavros lui lança un regard effaré.

— Pardon ?

— Tu m'avais dit qu'il prendrait « les dispositions nécessaires ». Je sais très bien ce que cela signifie.

Il l'attrapa furieusement par les épaules.

— Tu dis n'importe quoi ! Je t'aurais versé une pension, voilà tout. Tu aurais eu de l'argent.

Il baissa les bras en exhalant un soupir.

Il comprenait tout. Enfin. Quand Oliver l'avait appelé, il s'était interrogé sur le silence de Holly sans trouver d'explication plausible. En réalité, elle était morte de peur. Maintenant que le bébé était né, elle ne risquait plus rien. N'ayant plus rien à craindre, elle réclamerait certainement son dû.

Stavros examina le chalet un peu délabré. Holly n'était pas une aventurière, mais n'importe quelle femme souhaitait le mieux pour son enfant. Qui pouvait le lui reprocher ? Il comprenait ses motivations et se détendit.

— Tu n'as pas à t'inquiéter. Je subviendrai aux besoins du bébé s'il est de moi.

— *Si ?* répéta-t-elle avec colère.

— Je veux le voir.

— Non.

— Comment ?

— Tu es venu t'assurer de l'existence de ce bébé. À présent, tu vas m'obliger à signer des papiers pour t'entourer de garanties dans le cas où j'exigerais...

— Comment le sais-tu ? coupa-t-il vivement, sans réfléchir.

Elle lui sourit froidement.

— En tant que secrétaire, j'ai côtoyé des hommes comme toi, riches et puissants. Tu n'es pas différent des autres.

Elle s'approcha, des éclairs dans les yeux.

— Je ne veux pas de ton argent. Je ne veux rien de toi. Et tu n'auras rien non plus. Freddie est à moi. Tu n'as aucun droit parental.

Consterné, anéanti, il essaya de comprendre. Holly le haïssait-elle à ce point ? Alors qu'il avait seulement voulu la protéger... À moins que...

— Il y a un autre homme dans ta vie ?

Holly esquissa un sourire bizarre.

— Cela changerait quelque chose pour toi ?

— Non, mentit-il froidement.

En fait, il enrageait.

Son combat contre la maladie l'avait vidé de ses forces, l'obligeant à une existence quasi monacale. Pourquoi une jeune et jolie femme comme Holly resterait-elle célibataire ?

Au cours de l'année écoulée, il s'était obligé à ne pas penser à elle. Convaincu qu'il avait agi noblement en lui laissant sa liberté, il l'avait résolument chassée de son esprit. Mais depuis sa guérison, le mois précédent, son souvenir le hantait. La nuit qu'ils avaient partagée représentait l'expérience la plus sensuelle de son existence. Pourtant, il s'empêchait de la revoir par peur de perdre son self-control.

Le coup de téléphone d'Oliver avait tout changé. Il n'avait plus le choix et n'abandonnerait pas ce bébé, quoi que pense Holly. Même si son avocat lui conseillait d'exiger un test de paternité avant toute décision.

— Tu... ne veux même pas que mon fils me connaisse ? demanda-t-il confusément.

Holly secoua vigoureusement la tête.

— Dans ce cas, pourquoi avoir dévoilé sa naissance ? Pour me punir ?

— Je n'ai jamais eu l'intention de te l'annoncer. J'avais fait jurer le secret à ma sœur.

Stavros était de plus en plus interloqué.

— Cet enfant a besoin d'un père.

Elle redressa le menton.

— Mieux vaut pas de père du tout plutôt qu'un homme sans cœur et sans morale qui lui apprendra à dire des mensonges et faire de fausses promesses.

L'accusation frappa Stavros de plein fouet. Il pensa à sa propre enfance. La figure paternelle lui avait cruellement manqué.

Il insista, sans même se rendre compte de ce qu'il disait.

— Mais si j'ai envie d'être là ? De jouer mon rôle dans son éducation ?

Holly marqua un temps d'arrêt. Puis un rictus dédaigneux étira ses lèvres.

— Je ne te crois plus.

— La situation est différente…

— Tu ne m'auras plus avec tes belles promesses. Plus jamais.

Elle traversa la pièce et ouvrit grand la porte. Un vent glacial s'engouffra à l'intérieur.

— Va-t'en, s'il te plaît. Ne reviens pas. Dis à ton avocat de m'envoyer les papiers par la poste. Je ne veux plus te revoir.

— Holly, ne sois pas injuste…

— « *Injuste* » ? explosa-t-elle, à bout de patience.

Elle s'adressa au chauffeur, dans la voiture.

— M. Minos est prêt à partir.

Stavros avait la tête qui tournait et n'était plus sûr de rien. Holly refusait tout en bloc. Même son argent.

Eh bien tant pis pour elle, se dit-il froidement. Elle n'aurait rien. Lui, en tout cas, n'avait pas besoin d'elle. Ni de leur bébé. De personne.

— Comme tu voudras. Tu recevras le document d'ici la fin de la journée, annonça-t-il sombrement.

— Parfait, répondit-elle sur le même ton.

Stavros s'éloigna en poussant un juron, en grec. La neige crissa sous ses pieds pendant qu'il regagnait la Rolls-Royce Cullinan.

— À l'aéroport, grogna-t-il au chauffeur qui referma la portière.

« C'est comme si un rêve inaccessible se concrétisait magiquement. »

Pendant le trajet, la voix tremblante de Holly résonna à ses oreilles comme pour le tourmenter et il refoula les réminiscences de cette merveilleuse nuit de Noël où ils s'étaient rencontrés. Petit à petit, tandis qu'il contemplait les montagnes étincelant de blancheur, une tension insupportable l'envahit.

Pendant de longs mois, il avait jalousement caché le cancer qui le rongeait, s'endurcissant chaque jour davantage. Quand les médecins lui avaient annoncé sa guérison inespérée, il n'avait partagé avec personne sa joie et son soulagement.

Allait-il continuer à s'enfermer derrière des retranchements stériles ? Cette épreuve ne lui aurait donc rien appris ? Ce fils qui grandirait sans lui le mépriserait et le maudirait, à juste titre.

En abandonnant cet enfant, Stavros commettait une faute impardonnable.

Il se redressa brusquement.

— Arrêtez ! lança-t-il au chauffeur d'une voix rauque.

6

Holly flânait parmi les boutiques du marché de Noël, avec son bébé dans sa poussette, sur la petite place de Zermatt au centre de laquelle trônait un énorme sapin.

Les touristes se mêlaient aux habitants dans les allées décorées de guirlandes multicolores, s'arrêtant au gré de leurs envies pour acheter des objets d'artisanat ou goûter des produits locaux. Quelques stands proposaient des saucisses grillées, de toutes sortes, et une bonne odeur de *wurst* flottait dans l'air, avec les épices de *glühwein*, le vin chaud traditionnel. Tout le monde avait le sourire, et les joues rouges à cause du froid.

Derrière les bâtisses du XVIIIe siècle et la mairie dont l'horloge sonnait les heures, on apercevait les sommets alpins escarpés et couverts de neige.

Holly s'était fait des connaissances et aussi quelques amis. Gertrud et Karin, les deux sœurs qui tenaient la boulangerie, s'extasièrent à leur habitude sur Freddie. Gunther et Elfriede, des fabricants de bougies parfumées, la complimentèrent sur ses progrès en allemand.

Bien qu'entourée, Holly se sentait triste.

À cause de Stavros. Le revoir avait été infiniment plus douloureux qu'elle n'aurait imaginé. Et, depuis qu'elle lui avait demandé d'abandonner son droit parental, elle éprouvait une peur incompréhensible.

Stavros avait invoqué des explications étranges pour se justifier.

« La perspective de la mort me donnait envie de laisser

quelque chose derrière moi. Une femme. Un enfant. C'est pour cela que j'ai couché avec toi, Holly. Je le voulais vraiment. Je ne mentais pas. »

Était-ce vrai ? Au début, elle n'en avait pas cru un mot. Pourtant, un homme aussi fier que Stavros Minos n'irait pas inventer une situation le mettant en position d'infériorité.

Les mains de Holly se crispèrent sur les poignées de la poussette. Peu importaient les circonstances. Elle ne se laisserait pas émouvoir. Rien n'excusait son comportement.

Tout de même, en se sachant condamné, avec seulement quelques mois à vivre… Son cœur se serra. Qu'avait pu ressentir ce magnat arrogant face à la mort ? Dépouillé de sa toute-puissance ?

Sa maladie secrète ne changeait rien au fond du problème. Stavros n'avait aucun désir d'être père. Sinon, il n'aurait pas accepté d'être évincé. Le refus catégorique de Holly l'avait sans doute soulagé…

Freddie et elle étaient beaucoup mieux sans lui. Stavros n'était qu'un monstre d'égoïsme, froid et insensible. Elle avait pris la bonne décision en l'écartant pour protéger son fils.

Alors pourquoi avait-elle envie de pleurer ?

— Tiens, ton chocolat chaud.

Hans Müller lui tendit un gobelet en carton tout fumant.

— Merci, c'est gentil.

— Je t'en prie, Holly. Tu peux me demander n'importe quoi pour toi, tu le sais.

Elle avait rencontré six mois plus tôt, dans un café, ce jeune homme blond aux yeux bleus, solidement charpenté. Il voulait améliorer son anglais et elle son allemand. Pendant sa grossesse, leur amitié semblait naturelle, mais depuis quelque temps quelque chose avait changé. Holly craignait que Hans espère plus qu'elle ne pouvait lui donner et se sentait du coup un peu coupable. Ce n'était pas la faute de Hans si Stavros avait irrémédiablement détruit ses illusions romantiques.

— Hans…, commença-t-elle gauchement. J'ai beaucoup d'amitié pour toi…

— Moi, je vous aime beaucoup tous les deux, Freddie et toi.

Il marqua une pause.

— Il a besoin d'un papa. Et toi d'un mari.

— Je... Je...

Elle inspira profondément, en cherchant ses mots pour ne pas blesser Hans.

En même temps, elle réfléchit. Par deux fois déjà, ses choix amoureux s'étaient révélés désastreux. Elle avait perdu trois ans à rêver d'Oliver et gâché ses plus beaux rêves en une soirée avec Stavros.

Pourquoi ne pas tenter sa chance avec Hans ? Il ne l'attirait pas physiquement, mais cela ne voulait rien dire. L'homme qui l'avait éveillée au désir l'avait aussi cruellement trahie.

L'expression pleine d'espoir de Hans la ramena à la dure réalité. Elle ne pourrait jamais l'aimer et n'avait pas le droit de le faire souffrir.

— Je suis désolée, mais je dois t'avouer quelque chose...

— Holly.

Elle sursauta au son de la voix grave et sensuelle, reconnaissable entre toutes.

— Tu me présentes ton ami ?

Stavros était là, immense et imposant dans son costume sombre et son manteau en cachemire.

— Que fais-tu ici ? s'écria-t-elle, la bouche sèche. Tu n'es pas reparti à New York ?

Stavros baissa les yeux sur le bébé dans sa poussette.

— Je ne peux pas abandonner mon fils.

— Freddie est votre fils ? bredouilla Hans.

— Freddie ? répéta Stavros en haussant un sourcil sardonique. Oui, je suis son père.

Il lui tendit une main gantée de noir.

— Vous êtes ?

— Hans... Hans Müller.

Tout en serrant la main de Stavros, Hans jeta un regard nerveux en direction de Holly.

— J'ignorais... C'est-à-dire...

Stavros sourit d'un air amusé, puis se tourna vers Holly.

— Nous devons parler.

— Je n'ai rien de plus à te dire, déclara-t-elle, impavide. Je suis ici avec Hans. Je ne veux pas me montrer impolie...

Mais le jeune homme, impressionné par le puissant homme d'affaires, battait déjà en retraite.

— Ne t'inquiète pas pour moi. Je comprends. Tout de même, tu aurais pu me dire...

— Je suis désolée, je ne voulais pas...

Elle s'interrompit. Hans caressa doucement la tête du bébé.

— *Auf wiedersehen.*

Puis il disparut dans la foule.

— C'est lui qui m'a remplacé ? demanda Stavros sèchement.

— Pas du tout ! C'est juste un ami, rien de plus.

— Il avait des vues sur toi, en tout cas.

Stavros se pencha vers le bébé pour lui toucher la joue.

— Mon fils, chuchota-t-il. Je suis là. Je suis ton père, Freddie.

Le cœur de Holly se serra malgré elle.

— Pourquoi es-tu revenu ? Nous ne voulons pas de toi !

Holly surprit le regard curieux de Gertrud, sur le pas de sa porte, qui les observait en fronçant les sourcils.

Stavros se redressa et glissa un bras sous celui de Holly pour l'emmener dans un coin tranquille avec la poussette.

— Résumons la situation. Tu me détestes. Tu refuses mon argent et tu ne veux rien avoir à faire avec moi.

— Exact.

— Quoi qu'il en soit, tu n'as pas le droit de m'empêcher de voir mon fils, et je n'ai nullement l'intention d'abandonner.

Pourquoi faisait-il semblant de s'intéresser à Freddie ? À cause de son orgueil blessé ? Ou pour l'atteindre, elle ?

— Quelles sont tes intentions ? s'enquit-elle avec appréhension.

— Je vais t'épouser, Holly, annonça-t-il, imperturbable.

Stavros n'avait pas prémédité sa demande en mariage. Néanmoins, en toute logique, c'était la meilleure solution pour assurer au bébé l'avenir qu'il méritait avec ses deux parents.

Il était retourné au chalet, tout à l'heure, pour faire valoir ses droits, au besoin en menaçant Holly de réclamer une garde partielle devant un tribunal.

Il était arrivé juste à temps pour la voir monter dans la voiture d'un inconnu avec le bébé. Il avait perdu d'un coup tout son sang-froid et les avait suivis.

Sa rencontre avec Hans le rassurait. Le jeune homme ne constituait pas vraiment une menace. D'ailleurs, Holly avait tout de suite éclairci la situation, même s'il était évident qu'il s'intéressait à elle.

Il n'en demeurait pas moins que Holly était trop belle et charmante pour rester seule très longtemps. Il l'avait observée de loin, au marché. Tout le monde lui rendait ses sourires. Avec ses cheveux flamboyants, son leggings noir et sa grosse écharpe, il la trouvait irrésistible.

Elle le fascinait.

Naturellement, il n'était pas question de le lui dire. La seule fois où il avait cédé à la faiblesse, cela avait entraîné des conséquences incontrôlables.

Il avait un fils… Depuis qu'il avait posé les yeux sur lui, il savait qu'il donnerait tout pour le protéger. Il éprouvait une émotion qu'il n'avait encore jamais ressentie, avec une terrible envie de le prendre dans ses bras. Mais il n'osait pas.

— Eh bien ? demanda-t-il à Holly. Que réponds-tu ?

À la place de Holly, n'importe quelle femme aurait bondi de joie. Mais Holly ne ressemblait pas aux autres, même si elle avait dit oui à Noël. Maintenant, elle le méprisait.Écarquillant ses grands yeux émeraude, elle réagit d'une manière totalement inattendue et éclata de rire.

— Qu'y a-t-il de si drôle ? bougonna-t-il.

— Toi.

— Je ne plaisante pas.

— Crois-tu vraiment que je puisse épouser un homme en qui je n'ai aucune confiance ?

Stavros grinça des dents. Il s'était pourtant montré raisonnable. Il lui avait tout expliqué ainsi que les raisons qui le poussaient maintenant à assumer ses responsabilités. Que voulait-elle de plus ?

— Je ne t'ai jamais menti.

— Si. L'année dernière, en me cachant ta maladie.

— Tu aurais préféré que je gâche ta vie en t'obligeant à rester avec moi pour me regarder mourir ?

— Tu aurais dû me laisser le choix.

— Comme toi en ce moment ? Tu n'as pas le droit de le priver de père. Je veux lui donner un nom.

— Il en a un. Frederick Marlowe.

— Non.

— C'est le nom de mon père.

— Je veux qu'il s'appelle Minos.

— Pourquoi fais-tu semblant ?

— Je ne fais pas semblant. Je veux sincèrement donner à mon fils la vie qu'il mérite. Si tu ne m'épouses pas, tu devras en subir les conséquences.

— C'est une menace ?

— D'une manière ou d'une autre, je tiendrai ma place auprès de lui.

Elle le foudroya du regard.

— Tu ne m'imposeras pas le mariage. Je n'accorde pas la moindre importance à la richesse et la position sociale. La seule chose qui compte pour moi, c'est la famille.

Soudain, pour Stavros, tout devint clair comme du cristal.

Il n'avait pas beaucoup d'expérience en matière de relations sentimentales. D'ordinaire, si une maîtresse se montrait trop exigeante, il la quittait, voilà tout.

Considère la situation d'un autre point de vue, comme une négociation d'affaires difficile. Une transaction délicate face à un concurrent hostile.

De quels moyens disposait-il pour imposer sa décision ? Comment gagner à coup sûr ?

Un recours en justice lui assurerait la victoire car il employait les meilleurs avocats. Mais il serait perdant sur le long terme. Son enfant ne serait pas heureux.

« La seule chose qui compte pour moi, c'est la famille. »

Holly avait toujours agi selon ce principe sacro-saint. Elle avait abandonné ses études pour élever sa sœur et fui en Europe pour protéger son bébé.

Comment utiliser cela pour faire pression sur elle ?

Il rejeta d'abord l'idée qui lui vint spontanément à l'esprit car elle le révulsait.

Mais Holly s'impatientait. Il fallait la calmer et la ramener à la raison. Il avait besoin de temps. Inutile d'invoquer sa sœur pour l'emmener à New York. Leurs relations étaient trop tendues…

Freddie avait un grand-père.

Il fallait convaincre Holly de présenter son petit-fils à Aristides Minos. Un voyage en Grèce permettrait à Stavros de gagner du temps. Avec un peu de chance, son père ne serait même pas chez lui.

Il se détendit.

— Je ne veux pas me battre avec toi.

Elle lui lança un regard soupçonneux.

— Très bien. Mais je ne t'épouserai pas.

Il lui sourit.

— Je sais. Tu n'as pas confiance parce que je t'ai malmenée.

Elle plissa les yeux.

— J'ignore où tu veux en venir, mais cela ne marchera pas.

Elle avait beaucoup trop d'intuition…

— Parlons plutôt de Freddie.

— Il n'a pas besoin d'un père comme toi…

— Le mien serait très content de faire sa connaissance, coupa Stavros.

— Ton père vit encore ?

— Oui.

— Tu n'en parles jamais. Je pensais qu'il était mort.

— Non.

À la vérité, Stavros avait plus d'une fois souhaité sa mort. En particulier l'année de ses dix-sept ans, quand sa mère était tombée gravement malade et qu'il l'avait vainement appelé au secours.

Il refoula ces souvenirs pénibles.

— Je n'ai pas de frères et sœurs, ajouta-t-il. Tu ne le priverais pas de son unique petit-fils ?

Des émotions contradictoires se peignirent sur le visage de Holly. D'abord la colère et le refus, puis l'empathie et le regret.

— Il te ressemble ? demanda-t-elle.

— Pas du tout. Il est très spontané.

Authentique à sa manière, Aristides ne trompait pas autrui sur sa vraie nature. Il ignorait la courtoisie et la gentillesse, et ne cachait pas son caractère exécrable… Holly le détesterait, mais il ne trouvait pas d'autre moyen.

— Alors ?

Stavros pencha la tête de côté en attendant la réponse de Holly. Sur la place, un orchestre de cuivres entonnait des airs de Noël. Il se demanda ce qu'il éprouverait à revoir son père après tant d'années.

Probablement rien. Le petit garçon qui espérait désespérément conquérir l'amour paternel n'existait plus depuis longtemps. Après avoir été impitoyablement rejeté, il était devenu un homme fort, inaccessible, avec un cœur de pierre.

— D'accord, soupira Holly. Où vit-il ?

— En Grèce.

— En Grèce !

— Oui, sur l'île de Minos.

— L'île est à vous ?

— Oui. J'y ai vécu jusqu'à l'âge de huit ans.

Il téléphona à son pilote avant qu'elle change d'avis.

— Nous pouvons partir tout de suite. Mon jet est prêt à décoller.

— Je ne peux pas m'en aller ainsi, protesta-t-elle. Je garde le chalet de mon ancien patron.

— Je m'en occupe.

Aussitôt, il appela le propriétaire qui fut surpris d'être contacté directement par le célèbre milliardaire.

— La maison est restée vide pendant plusieurs mois, cela n'a aucune importance, déclara-t-il.

Ils repassèrent au chalet pour rassembler quelques affaires et tout fut réglé promptement.

— Tout le monde t'obéit toujours au doigt et à l'œil ? commenta Holly pendant qu'ils roulaient en direction de l'aéroport de Saint-Moritz.

— Sauf toi.

— Même moi, corrigea-t-elle doucement en admirant le paysage enneigé.

Si seulement c'était vrai…, songea-t-il en l'observant à la dérobée. Elle ignorait encore qu'après la Grèce il l'emmènerait à New York avec le bébé. Il était résolu à l'épouser. Par n'importe quel moyen.

À l'aéroport, le chauffeur porta les bagages et la poussette pendant que Holly se dirigeait vers la passerelle du Gulfstream G650ER. En contemplant sa silhouette, Stavros se sentit brusquement transpercé par l'aiguillon du désir.

Onze mois avaient passé depuis la dernière fois qu'il avait fait l'amour.

Sa nuit avec Holly avait été l'expérience sexuelle la plus incroyable de son existence.

Depuis, les autres femmes avaient cessé d'exister.

Il ne s'en était pas rendu compte jusque-là, attribuant la baisse de sa libido aux traitements anticancéreux. Mais dès que Holly lui avait ouvert sa porte, avec ses joues roses et sa jolie silhouette épanouie, ses frustrations étaient remontées d'un coup.

Quelle ironie ! Il avait envie de rattraper le temps perdu avec la seule femme qui ne voulait pas de lui !

N'éprouvait-elle vraiment pas de désir ?

Assise en face de lui dans la cabine, elle se tassait sur son siège comme pour éviter tout contact. Ses boucles cuivrées retombaient sur son cou et ses épaules. Sous son pull, ses seins lourds semblaient gonflés. Allaitait-elle son bébé ?

Le steward s'approcha.

— Voulez-vous quelque chose à boire ?

— Une eau gazeuse, s'il vous plaît, dit Holly.

Stavros croisa son regard et l'air se chargea d'électricité tandis que l'image de sa nudité dans son lit, à Noël dernier, flottait devant lui, se superposant à la réalité.

— Du champagne ! commanda-t-il. Il faut fêter l'heureux événement.

Holly s'empourpra. En dépit de sa colère et de sa rancœur, elle n'était pas physiquement aussi indifférente qu'elle le prétendait...

En plus d'assumer sa responsabilité paternelle, il n'aurait que des bénéfices à l'épouser.

Il l'avait déjà séduite par le passé. Il réussirait encore.

7

Dans la voiture de sport rouge qui filait le long de la côte, Holly contemplait les eaux turquoise de la mer Égée. Un vent chaud lui caressait le visage. La proximité de Stavros, au volant, la mettait au supplice. Elle avait une conscience aiguë de chacun de ses gestes.

Pourquoi avait-elle accepté de le suivre ?

Par culpabilité, sans doute. Le père de Stavros avait le droit de connaître son petit-fils. D'autant que son propre fils, manifestement, le négligeait.

Mais elle n'était pas uniquement guidée par de nobles sentiments. Une part d'elle-même espérait que Stavros changerait d'avis. En côtoyant le bébé, il se rendrait compte qu'il n'avait pas la fibre paternelle et finirait par les laisser tranquilles.

Holly l'observa à la dérobée. Pendant le voyage en avion depuis la Suisse, elle s'était renfermée dans sa coquille, répondant par monosyllabes quand il essayait de nouer la conservation. Parfois, ses émotions l'effrayaient. Elle éprouvait encore du désir pour lui et, dans son for intérieur, restait attachée à son rêve de fonder une famille.

Heureusement, la raison reprenait vite le dessus. Elle n'aurait pas la sottise de se raccrocher à des chimères. De toute manière, ils ne passeraient qu'une nuit sur l'île. Elle serait vite rentrée en Suisse.

Freddie gazouillait sur la banquette arrière, et elle se tourna vers lui en frissonnant. Une nuit suffisait parfois pour bouleverser une existence.

— Nous sommes presque arrivés, annonça Stavros.

Comme toujours, sa voix la troubla intensément. Elle se gratta la gorge.

— Il fait toujours aussi chaud en Grèce au mois de novembre ?

— Non, c'est exceptionnel.

Il lui adressa un regard en coin, avec un sourire amusé, comme s'il savait exactement l'effet qu'il produisait sur elle. Il avait retroussé ses manches de chemise sur ses bras bronzés. Sa musculature la fascinait.

Holly avait trop chaud dans ses vêtements d'hiver et ses bottes.

— Je n'ai pas emporté de robes d'été...

— Ne t'inquiète pas, tout est prévu.

— Tu penses à tout, soupira-t-elle.

— Ma secrétaire a appelé la gouvernante de mon père pour préparer notre arrivée. Freddie ne manquera de rien.

— Merci... Comment a réagi ton père quand tu lui as parlé du bébé ?

Il haussa les épaules.

— Je ne lui ai rien dit.

— Quoi !

— Je n'ai plus de contact avec lui depuis vingt ans.

Elle resta un instant bouche bée.

— Vingt ans... Tu lui as tout de même annoncé notre visite ?

Les mains de Stavros se crispèrent sur le volant, et il accéléra jusqu'en haut de la falaise.

— Mon assistante a parlé à la gouvernante, qui a dû le prévenir.

— Ce n'est pas poli ! s'écria Holly, scandalisée.

— Au diable les convenances, maugréa Stavros Il n'a jamais été *poli* avec moi.

— C'est-à-dire ?

— Peu importe, c'est de l'histoire ancienne.

Holly ne put le questionner davantage. Ils s'arrêtèrent devant une grille, et un gardien aux cheveux blancs s'approcha de la voiture. À la vue du conducteur, il écarquilla les yeux de surprise.

— Stavi ?

— Vassilis ! répondit Stavros, avant de lui présenter Holly et Freddie.

Ils discutèrent quelques minutes en grec. Puis le gardien ouvrit le portail avec un empressement joyeux.

— Vassilis a toujours été très gentil avec moi quand j'étais enfant, murmura Stavros d'une voix tendue.

Il continua à monter la côte et se gara devant une villa toute blanche, imposante, qui surplombait la mer. Il coupa le moteur et leva les yeux sur la bâtisse, sans bouger.

— Tout va bien ? demanda Holly.

Il avait l'air de redouter ce qui l'attendait. Que s'était-il passé entre son père et lui ? Holly avait maintenant de vives appréhensions.

— Stavros, tu me caches des choses...

Sans répondre, il descendit de voiture et Holly prit Freddie dans ses bras pour le suivre sur le perron.

La porte d'entrée, massive, s'ouvrit en grand sur une dame âgée qui porta la main sur son cœur.

— Stavi !

— Eleni.

La gouvernante aux formes replètes étreignit Stavros avec émotion, pendant qu'il lui tapotait le dos un peu gauchement. Ils échangèrent quelques mots en grec, puis Stavros passa à l'anglais.

— Holly, je te présente la gouvernante de mon père, Eleni, qui travaillait déjà à son service quand j'étais enfant.

Il montra le bébé.

— Eleni, voici mon fils, Freddie.

— Ton fils ! s'écria la vieille dame, les larmes aux yeux.

Elle se tourna vers Holly.

— Vous êtes la femme de Stavros ?

— Euh... Non. Son... amie, répondit Holly, affreusement embarrassée.

— *« Son amie ? »*, répéta la gouvernante avec un froncement de sourcils réprobateur.

De nouveau, elle s'adressa en grec à Stavros qui sut apparemment la rassurer.

— La maison est beaucoup plus petite que dans mon souvenir, remarqua Stavros dans le vestibule.

— Non, c'est toi qui es plus grand, dit Eleni en riant.

Aux yeux de Holly, elle ressemblait à un palais. Le salon immense, dallé de marbre, offrait une vue magnifique sur la mer illuminée par les feux du couchant. Des meubles anciens, d'une valeur inestimable, composaient un décor harmonieux, rehaussé par un lustre en cristal.

Quand Freddie geignit faiblement, Eleni s'empressa autour de lui.

— Pauvre bébé ! Tu dois être bien fatigué. Nous allons t'installer dans ta chambre.

Un vague pressentiment se saisit de Holly. Non, elle avait été assez claire. Il n'était pas question de dormir avec Stavros...

— Merci, Eleni, dit ce dernier. Quand accepteras-tu de venir à New York ?

— Que ferais-je là-bas ? Tu vis à l'hôtel !

— Tu pourrais enfin profiter d'un repos bien mérité. Tu étais la seule amie de ma mère, lorsqu'elle logeait ici. Tu as au moins droit à une pension.

La vieille dame rougit en secouant la tête.

— Je ne veux pas la charité.

— C'est plutôt de la gratitude.

— Non, je ne pourrais pas. Mais je te remercie.

Les domestiques apportèrent les bagages.

— Ta chambre est par là. Suivez-moi, reprit Eleni.

Dans le couloir, Holly chuchota à l'oreille de Stavros.

— Que lui as-tu raconté ?

— Quand ?

Elle s'empourpra.

— Tout à l'heure, quand elle s'est montrée tellement choquée que je ne sois pas ta femme.

Il eut un sourire malicieux.

— Oh. Je lui ai dit de ne pas s'inquiéter, que j'allais t'épouser très vite.

Elle faillit s'étrangler.

— Très drôle.

— Je ne plaisante pas.

Rien n'entamait son arrogance…

— Je ne me marierai jamais avec toi, Stavros.

Il pencha la tête de côté.

— Nous verrons bien.

Les pires craintes de Holly se concrétisèrent quand Eleni les conduisit dans une chambre somptueuse, avec un balcon qui donnait sur la mer. Un immense lit à baldaquin trônait au centre, et on avait disposé un berceau dans un coin, avec une table à langer et un rocking-chair devant la fenêtre.

— Je n'ai rien oublié ? demanda Eleni aimablement, en ouvrant une armoire remplie de vêtements pour elle et le bébé.

— Non, c'est très gentil. Mais… Je vais dormir ici ?

La gouvernante rit de bon cœur.

— Je ne suis pas assez vieux jeu pour vous donner une chambre séparée !

— Mais je…

— Merci, Eleni, coupa Stavros.

Il sortit une liasse de billets de son portefeuille.

— Ce sera suffisant pour couvrir les dépenses ?

Eleni s'agita nerveusement.

— Ce n'est pas la peine. Ton père te doit beaucoup d'argent. Il n'a jamais payé…

— Non, protesta-t-il énergiquement. Je n'accepterai jamais rien de lui.

— Je sais… Mais tu me donnes trop.

— Garde tout. Je ne te remercierai jamais assez pour tout ce que tu as fait pour moi. Et pour maman.

Holly le scruta avec étonnement. Il paraissait presque… vulnérable.

Que s'était-il passé dans son enfance ? En dépit de tous les bruits qui couraient sur lui, rien n'avait jamais filtré de cette période. On savait seulement que sa mère était américaine et qu'elle était morte pendant son adolescence.

À présent, Holly avait l'impression qu'un lourd secret pesait sur une tragédie. La vieille gouvernante serra Stavros dans ses bras en disant quelque chose en grec, dans un sanglot.

Stavros se raidit.

— Tout va bien. Je me suis remis.

— C'est gentil de venir lui présenter le bébé, reprit Eleni.

— Il est là ?

Elle eut l'air gêné.

— Il n'est pas encore rentré.

Elle rougit.

— Je lui ai parlé de ta venue, et aussi du bébé... Il sera peut-être là pour le dîner...

— Il a toujours été ainsi. Je me souviens de son comportement avec maman.

La gouvernante lui serra tristement la main.

— Ta mère était une grande dame, Stavi. J'ai été désolée d'apprendre sa mort. Elle se serait réjouie de ta réussite.

— Merci.

Il se dégagea.

— Ce n'est pas la peine de l'attendre. Nous pouvons dîner sur la terrasse ?

Le visage d'Eleni s'éclaira.

— Bien sûr. Quand tu veux.

Stavros se tourna vers Holly.

— Tu as faim ?

Elle se mordit la lèvre.

— Euh... Pour la chambre...

Il l'interrompit.

— Nous serons prêts dans une heure.

Eleni hocha la tête et s'en alla.

— Franchement, Stavros, tu ne peux pas croire que nous allons dormir dans le même lit ! s'écria Holly.

— Pourquoi ?

Comme le bébé commençait à s'agiter, il s'approcha de lui, mais Holly, instinctivement, s'interposa.

— Il est fatigué.

— Tu ne veux pas me le donner ?

C'était la première fois qu'il le demandait.

— Le moment est mal choisi. Une autre fois.

Elle devint cramoisie. Elle se comportait d'une manière injustifiable. Que devenait sa gentillesse coutumière ? Mais il fallait protéger Freddie, et aussi se préserver.

— Il a faim. Je vais le nourrir. Ensuite, je lui donnerai son bain et je le coucherai.

— Très bien.

Il se pencha pour déposer un baiser sur le front du bébé.

— Bonne nuit, mon fils.

Mortifiée, Holly sentit sa gorge se serrer.

— À tout à l'heure sur la terrasse, dit Stavros. Tu sauras retrouver ton chemin ?

Elle hocha brièvement la tête.

Pourquoi s'évertuait-elle à imaginer le pire ? Si Stavros souhaitait sincèrement jouer son rôle de père, elle le rejetait avec un égoïsme impardonnable. Cherchait-elle à se venger, à le punir de l'avoir séduite et abandonnée ?

Perdue dans ses pensées, elle prodigua ses soins au bébé en regrettant d'avoir quitté la Suisse. Aux côtés de Stavros Minos, elle ne se sentait plus en sécurité. Ni dans son cœur, ni dans son corps.

Elle frissonna en se remémorant son regard de braise, quand il avait déclaré son intention de l'épouser. Chaque moment passé avec lui, chaque geste, chaque regard, la ramenait à cette nuit fatale où ils avaient conçu leur enfant. Et l'étincelle du désir, immanquablement, se rallumait.

Elle s'installa avec Freddie sur le rocking-chair, face au soleil couchant. Oh ! que faisait-elle sur cette île perdue, dans ce décor trop beau, si romantique ?

Une demi-heure plus tard, alors que son bébé dormait à poings fermés, elle prit une douche rapide en évitant son regard dans la glace. Puis, enveloppée dans un peignoir blanc, elle fouilla dans son sac de voyage à la recherche d'une tenue de rechange. Mais les pulls et les pantalons chauds qui convenaient au rude climat suisse étaient totalement inappropriés.

Confuse, elle se dirigea vers l'armoire remplie par les soins d'Eleni et jeta son dévolu sur une jolie robe de coton blanc. En la revêtant, elle imagina l'instant où Stavros la déshabillerait pour embrasser sa peau nue...

Une décharge électrique la secoua.

Non !

Il fallait réprimer ces fantasmes. La dernière fois, elle s'était retrouvée enceinte et abandonnée.

L'enjeu était devenu trop important. Désormais, Stavros avait non seulement le pouvoir de la détruire, mais aussi celui d'atteindre Freddie.

Holly releva le menton. La jeune fille innocente et crédule avait appris à ses dépens qu'il ne fallait pas se laisser abuser par des baisers passionnés et de doux mensonges. Elle devait penser à son bébé.

Dorénavant, elle résisterait aux manœuvres de séduction de Stavros. S'il voulait vraiment l'aider à élever leur fils, elle lui laisserait une chance. Mais en tout bien tout honneur. Courtoisement.

Cela n'irait jamais plus loin. *Jamais !*

Accoudé sur la balustrade de la terrasse, Stavros contemplait la mer avec une expression pensive. Eleni avait dressé trois couverts, mais il savait que son père ne viendrait pas.

Il se retourna vers cette maison où il avait été si malheureux autrefois. Il se souvenait de la détresse de sa mère, quand son père s'affichait avec ses maîtresses, juste pour le plaisir de l'humilier.

Le soleil couchant illuminait la villa blanche qui se teintait d'or et de rouge, tel le palais du roi Midas dans l'Antiquité. Quel choc, de revenir dans ce lieu, de revoir Eleni et Vassilis après tout ce temps...

Il avait vécu ici jusqu'à l'âge de huit ans et conservait des souvenirs très vifs des violentes disputes de ses parents, qui se terminaient toujours par les insultes d'Aristides et les pleurs de sa mère. Après des années de harcèlement moral, elle avait enfin décidé de divorcer et de rentrer à Boston.

Aristides avait froidement laissé le choix à Stavros. Il pouvait rester en Grèce et devenir quelqu'un en profitant de la fortune paternelle, ou suivre sa mère sans autre perspective qu'un destin *pitoyable*.

Aristides avait blêmi de rage lorsque son fils lui avait annoncé sa décision. Les deux hommes ne s'étaient reparlé qu'une seule fois, au téléphone. Stavros avait alors dix-sept ans et essayait désespérément de joindre son père depuis des mois. Le jour où il avait décroché, il lui avait appris la mort de Rowena.

— Cela n'a aucun intérêt pour moi, avait répondu Aristides.

Rowena avait mené une vie effroyablement difficile. Trop longtemps dévouée à son mari en dépit de ses innombrables infidélités, elle s'était ensuite usée au travail pour élever seule son enfant, sans aucune aide. Chaque fois que Stavros repensait à elle, une fureur sourde le gagnait. Sa mère était morte de chagrin et d'épuisement, tout autant que du cancer qui la minait.

L'horizon s'embrasait.

Lorsque cette terrible maladie l'avait frappé à son tour, il s'était cru condamné. Quelle ironie ! Non seulement il avait survécu, mais il avait un fils, qu'il n'envisageait pas un instant d'abandonner. Il ne laisserait pas Holly l'élever seule.

Mais comment la convaincre de l'accepter dans leur vie ?

Dans l'avion, elle l'avait battu froid chaque fois qu'il essayait de parler avec elle et il ne l'en blâmait pas. Il n'était pas à la hauteur. Ce retour en arrière dans le lieu de son enfance ravivait des blessures douloureuses, qui le rendaient vulnérable à un moment où il aurait eu besoin de fermeté et d'assurance.

Il détestait ne pas se sentir en pleine possession de ses moyens.

Quelle stratégie adopter avec Holly ?

Le sexe ne suffirait pas. Certes, il avait remarqué son trouble dès qu'il la touchait *par inadvertance*. Et, lorsqu'il la regardait dans les yeux, elle s'humectait nerveusement les lèvres, comme si elle attendait un baiser. Elle avait du désir pour lui.

Mais elle n'avait pas confiance. Elle refusait de partager sa chambre et ne lui permettait même pas de tenir leur fils.

Il ne réussirait pas à gagner ses faveurs par le seul effet de son charme et de son pouvoir de séduction... Alors comment ?

Il se retourna en entendant un bruit derrière lui et retint son souffle à la vue de Holly qui approchait sur la terrasse.

Dans sa robe blanche toute simple qui dénudait ses épaules et ses jambes, elle ressemblait à Aphrodite, la déesse de la Beauté, émergeant de la mer. Sa magnifique chevelure rousse qui retombait en cascade formait un halo lumineux autour de son visage et ses grands yeux vert émeraude brillaient d'une émotion contenue.

— Bonsoir...

— *Kaló apógevma*, répondit-il en lui offrant son bras.

Ignorant son geste, elle se dirigea directement vers la table. Il la suivit pour tirer sa chaise avec galanterie, en effleurant délibérément son dos nu. Elle tressaillit.

Troublé lui aussi, il s'assit en face d'elle.

— Du vin ? demanda-t-il.

— Un soupçon.

Il remplit deux verres. En lui tendant le sien, il frémit imperceptiblement et guetta sa réaction. Mais elle détourna le regard et se contenta de boire une gorgée sans mot dire.

Non. Elle ne tomberait pas dans le piège d'une séduction facile.

Stavros souleva les couvercles en argent des assiettes de porcelaine.

— De l'agneau rôti et des pommes de terre au romarin ! s'exclama-t-il. Le plat préféré de mon enfance.

— Eleni t'aime beaucoup, remarqua Holly.

— C'est réciproque.

À quoi pense-t-elle ? se demanda Stavros tandis que Holly mangeait distraitement, sans le regarder. Il n'avait pas l'habitude de s'interroger ainsi, mais elle était tellement différente des autres...

Envahi par une peur irraisonnée, il se rassura tant bien que mal. Elle était la mère de son enfant. Voilà pourquoi elle comptait tant. Mais il ne lui donnerait jamais son cœur. Pour la bonne raison qu'il n'en avait pas.

Holly se mordit la lèvre et se pencha vers lui.

— Cela m'attriste que tu aies tant souffert.

Il sursauta. Comment savait-elle que son père l'avait abandonné ? Qui lui avait raconté ?

— Que veux-tu dire ? répliqua-t-il avec raideur.

— Cela a dû être horrible d'affronter seul la maladie.

— Oh ! cela.

Il se détendit en reprenant espoir.

— Je me souviens de ce que j'ai ressenti dans le cabinet du médecin en apprenant que j'étais enceinte, poursuivit-elle, les yeux brillants. Il s'agissait pourtant d'un heureux événement. J'imagine mal comment tu as eu la force de lutter sans personne pour te soutenir.

Une émotion étrange s'empara de Stavros, qu'il refoula impitoyablement. C'était du passé. Il s'en était sorti. Il était assez fort pour se battre seul, sans aucune aide.

Sur la table, il prit la main de Holly dans la sienne.

— Tu ne souhaites donc pas ma mort ? lança-t-il malicieusement.

— Bien sûr que non. Je...

Elle s'interrompit avec une expression embarrassée et se dégagea en regardant le ciel, où la lune s'était levée.

— Comme on voit bien les étoiles ! Je les observais souvent avec mon père. Il m'a appris à reconnaître les constellations. Orion, la Grande Ourse, les Gémeaux.

— Il était astronome ?

— Chauffeur de bus, dit-elle avec un sourire. L'astronomie était un hobby qu'il partageait avec ma mère. Ils partaient souvent en expédition nocturne, en dehors de la ville, loin des lumières. Jusqu'au jour...

Son visage s'assombrit brusquement.

— Pour leur vingtième anniversaire de mariage, un conducteur ivre a percuté leur voiture de plein fouet.

— Je suis désolé.

Elle essuya une larme.

— Ils ont été très heureux ensemble. Mon père n'espérait pas autant de la vie. Il disait que ma mère avait été sa bonne étoile et qu'elle avait changé le cours de son existence.

Une émotion pleine de fierté perçait dans sa voix, et Stavros se surprit à envier cet homme.

— Tu as de la chance d'avoir été aimée par ton père.

— Tu n'es pas proche du tien…

— Je le méprise, déclara-t-il.

— Tu prétendais le contraire, en Suisse.

— Non. J'ai juste dit qu'il était spontané, ce qui est très différent. Il ne ment pas et se montre tel qu'il est, un monstre de cupidité et d'égoïsme.

Holly le fixa avec une expression choquée.

— Tu penses peut-être la même chose de moi, continua-t-il en posant les yeux sur la belle villa. Oh ! comme je hais cet endroit !

— Vraiment ? Si tu voyais la maison où j'ai grandi… Nous n'avions que deux chambres. La tapisserie se décollait sur les murs et la chaudière tombait en panne tous les hivers.

— Je n'ai pas toujours vécu dans le luxe. Après le divorce de mes parents, ma mère et moi avons échoué momentanément dans un refuge pour sans-abri, à Boston.

Il n'avait encore jamais confié cela à personne.

— Comment est-ce possible ? s'écria-t-elle. Avec un père aussi riche que le tien !

— Il a coupé les vivres à ma mère sans lui verser un sou. Quand elle en a eu assez de ses infidélités tapageuses et a décidé de le quitter, il était tellement mortifié qu'il s'est vengé en lui donnant le choix. Si elle abandonnait ses droits à la pension alimentaire garantie par le contrat de mariage, il lui laissait entièrement ma garde. Il savait qu'elle accepterait. Elle ne voulait surtout pas qu'il s'occupe de moi.

— Il la trompait ?

Stavros poussa un grognement.

— À côté de lui, mon cousin Oliver est un saint. Mon grand-père était encore pire, mais ma grand-mère supportait tout stoïquement. Ma mère, qui appartenait à une autre génération, ne pouvait pas fermer les yeux indéfiniment. Cela m'a brisé le cœur de la voir aussi malheureuse. Je me suis juré de ne jamais m'engager sentimentalement.

Il eut un rictus amer.

— En amour, il y a toujours un vainqueur et un perdant. J'ai résolu il y a très longtemps que je ne serais jamais ni l'un ni l'autre.

Holly se perdit un instant dans la contemplation de la mer, sous le clair de lune.

— Tu m'as quand même fait souffrir.

— Je sais.

Il vida son verre et se resservit.

— Et tu juges ma conduite d'une cruauté inqualifiable.

— Ai-je tort ?

L'écho des mots de Holly résonna dans le silence, troublé seulement par le bruissement des vagues, en contrebas.

— Je me suis montré d'un égoïsme inadmissible quand je t'ai séduite, admit-il lentement. Mais pas quand j'ai rompu. Je t'ai repoussée parce que je ne peux rien apporter à personne, toi moins qu'une autre.

— Comme je te l'ai déjà dit, tu aurais pu t'expliquer…

— Si je t'avais mise au courant de ma maladie, cela aurait créé un lien indéfectible entre nous. Tu m'aurais tout donné, jusqu'à ma mort… Tu te serais sacrifiée. Cela t'aurait détruite.

Elle parut d'abord dévastée, puis réagit avec colère.

— Je suis si pathétique à tes yeux ? Tu es sûr que je serais tombée amoureuse de toi ?

— Oui.

— Parce que tu te crois irrésistible !

Ce ricanement méprisant ne lui allait pas du tout, songea Stavros. Il inspira profondément.

— Parce que tu es la personne la plus adorable que j'aie

jamais connue. Même un goujat comme moi n'avait pas le droit de gâcher ta vie.

Un rayon de lune éclaira les yeux limpides de Holly.

— Je croyais que j'allais mourir, continua-t-il à voix basse. Maintenant que je suis sauvé et que j'ai un enfant, j'envisage la situation très différemment.

— Cela ne change pas nécessairement les choses.

— Si, murmura-t-il en lui prenant la main. Je veux que nous formions une famille, tous les trois.

Elle se mit à trembler et se tourna nerveusement vers la villa.

— Je devrais aller voir le bébé...

— Eleni l'entendra.

Il se sentait près du but.

— Donne-moi une chance.

Le silence s'éternisa.

— Il me faudrait beaucoup de temps avant de te redonner ma confiance.

Une bouffée de joie envahit Stavros.

— Je serai patient...

— Je veux des chambres séparées pour cette nuit.

Ce n'était pas du tout ce qu'il voulait. Il avait furieusement envie de lui faire l'amour... Mais, puisqu'il lui avait promis la patience, il ne pouvait pas refuser.

— D'accord, dit-il avec raideur.

Holly poussa un long soupir en regardant le paysage.

— Que de beauté ! J'ai l'impression de rêver. Les nuages blancs ressemblent à des bateaux qui voguent dans le ciel.

— J'aime ta sensibilité et ta joie de vivre, observa-t-il. La plupart des gens cessent de s'émerveiller en sortant de l'enfance. Pas toi.

— Tu me trouves puérile ?

— Loin de là. Tu es la femme la plus désirable que j'aie jamais connue.

Elle se força à sourire. Manifestement elle n'en croyait pas un mot.

— C'est un beau compliment, à en juger par le nombre de tes conquêtes.

— Aucune ne t'arrivait à la cheville.

Il marqua une pause.

— Il n'y a eu personne dans ma vie, Holly, depuis notre rencontre.

Elle cilla plusieurs fois les paupières.

— Je ne veux personne d'autre, ajouta-t-il.

Un instant, ils demeurèrent parfaitement immobiles, les yeux dans les yeux. Puis, comme pour les rappeler à la réalité, les lumières de la villa s'éteignirent.

Holly se leva en se mordant la lèvre.

— Il est tard. Je devrais aller me coucher.

— Bien sûr.

Stavros l'accompagna à l'intérieur en plissant le front d'un air soucieux. Il lui faudrait plus de temps qu'il n'aurait cru pour la reconquérir. Et davantage encore pour l'épouser. Néanmoins, son plan fonctionnait.

Chacune de ses confidences le mettait au supplice en réveillant les souffrances du passé, mais ces secrets partagés lui permettaient de percer la carapace défensive de Holly.

Il fallait continuer sur cette voie.

Il entra dans la chambre pour prendre son sac de voyage. En passant devant le berceau, il se pencha.

— Bonne nuit, mon fils, chuchota-t-il doucement.

Debout sur le seuil, Holly le dévisagea curieusement.

— Tu t'intéresses sincèrement à Freddie ? demanda-t-elle d'une voix rauque. Ou tu fais semblant ? Par amour-propre, ou pour me faire du mal...

Il reposa son sac aux pieds de Holly.

— Je veux vraiment jouer mon rôle de père. J'ai aussi envie de toi.

Elle se mit à trembler.

— Tu...

— Je te veux dans mon lit. J'ai besoin de te serrer dans mes bras. Malgré toutes mes tentatives pour oublier la nuit que j'ai passée avec toi, je n'y suis jamais parvenu.

— Tu essaies de me séduire, chuchota-t-elle.

— Oui. Je te veux à moi. Pour toujours.

Elle ne le repoussa pas quand il l'embrassa, et entrouvrit les lèvres. De toute sa vie, Stavros n'avait jamais connu un baiser aussi pur et aussi doux. Il lui fallut toute la force de sa volonté pour s'en arracher et s'empêcher d'entraîner Holly vers le lit.

Mais il ne la voulait pas juste pour une nuit. Il voulait l'épouser. Et, comme il l'avait appris au cours de vingt années de négociations dans les affaires, il ne fallait jamais montrer son impatience à la partie adverse.

— Bonne nuit, murmura-t-il en plongeant son regard dans le sien.

Et il s'en alla.

8

Holly tourna et se retourna toute la nuit dans son grand lit.

Les paroles de Stavros l'obsédaient.

« Si je t'avais mise au courant de ma maladie, cela aurait créé un lien indéfectible entre nous. Tu m'aurais tout donné, jusqu'à ma mort... Tu te serais sacrifiée. Cela t'aurait détruite. »

En considérant les choses de ce point de vue, elle lui aurait presque pardonné. Il avait raison. Elle aurait tout fait pour l'aider.

« Tu es la personne la plus adorable que j'aie jamais connue. »

Ce n'était peut-être pas tant une qualité qu'un défaut... Toute sa vie, elle s'était dévouée pour les autres. Sans compter Freddie, bien sûr, qui n'était qu'un bébé.

Elle s'était démenée pour Oliver et sacrifiée pour sa sœur, par pure gentillesse et bonté d'âme. Pour tout remerciement, Nicole l'incriminait pour ses problèmes de couple...

« Tout est ta faute ! Si tu avais accepté de venir avec nous pour le seconder, nous n'en serions pas là ! »

Stavros n'avait pas tort. Elle se mettait toujours en retrait, et les autres ne lui en témoignaient aucune reconnaissance. Si elle s'était autorisée à tomber amoureuse, l'année dernière, elle aurait tout donné sans compter, et à son propre détriment.

Au lieu de quoi, ne comptant que sur elle-même, elle avait conquis une force et une confiance en soi qui étaient des qualités primordiales pour une mère.

Et pour un père ?

Holly frissonna. Elle s'aventurait sur un terrain dangereux.

Pouvait-elle sérieusement imaginer Stavros dans le rôle de chef de famille ?

Seraient-ils heureux ensemble ?

Il lui était de plus en plus dur de refuser cette perspective. C'était tellement facile de tomber sous le charme de Stavros ! Sa résistance s'amenuisait chaque fois qu'il lui adressait la parole. Quand il l'avait embrassée...

Elle n'en avait pas dormi de la nuit. Que se serait-il passé si elle n'avait pas insisté pour avoir une chambre séparée ?

À présent, assise à la table du petit déjeuner, elle avait le cœur au bord des lèvres.

Ils avaient à peine échangé quelques mots. Quand elle était apparue, vêtue d'un simple jean et d'un T-shirt, il l'avait embrassée sur la joue et ce simple geste l'avait bouleversée.

— Je sais à quoi tu penses, dit Stavros en croisant son regard.

— Vraiment ? lança-t-elle innocemment.

— Tu te demandes si nous allons attendre mon père et combien de temps.

— Ah bon ? répliqua-t-elle, sur un ton faussement désinvolte.

Il lui sourit malicieusement.

— Franchement, je suis content qu'il ne soit pas rentré hier soir. J'ai invoqué n'importe quel prétexte pour te garder et gagner du temps. Tu ne pouvais pas refuser de présenter Freddie à son grand-père.

Maintenant qu'elle en savait davantage sur le père de Stavros, Holly n'avait plus très envie de faire sa connaissance...

Comme Freddie commençait à s'agiter, elle tendit la main vers un biberon, sur la table.

— Tu veux repartir tout de suite ? Sans le voir ? lança-t-elle.

— Ce ne serait pas plus mal...

Brusquement, il se pencha.

— Je peux prendre le bébé dans mes bras, Holly ?

Il avait la voix incertaine, comme s'il ne demandait pas seulement sa permission, mais aussi son avis.

Elle s'en voulut d'avoir cherché à l'écarter.

— Bien sûr. Tu es son père.

— C'est oui, alors ?

— Absolument.

Elle déposa le bébé entre les bras de Stavros et lui tendit le biberon.

— Comme cela ? s'enquit-il en inclinant le coude.

— Un peu plus haut, suggéra-t-elle en lui touchant l'avant-bras.

Entre eux, il y eut comme une décharge d'électricité. Puis, le bébé se mit à téter goulûment, sans quitter son père des yeux.

Stavros le regardait avec une immense fierté.

— Tu as vu ? Il s'est endormi.

Quelque chose, dans le cœur de Holly, se brisa. Stavros semblait si différent, métamorphosé...

— Tu es revenu, finalement !

Ils sursautèrent tous les deux. Un vieil homme se tenait sur le seuil, une jolie femme à chaque bras. Vêtu de couleurs criardes, les cheveux teints, il empestait l'alcool et le tabac.

Stavros blêmit et se détourna instinctivement, comme pour protéger le bébé.

— Bonjour, Père.

Il jeta un regard blasé aux deux créatures qui l'accompagnaient et paraissaient plus jeunes que Holly et même Nicole.

— Des amies à toi ?

— Oui, du club. Nous sommes passés prendre une douche.

Aristides s'avança vers son fils.

— C'est le bébé dont Eleni m'a rebattu les oreilles ?

— Oui, c'est mon fils, répondit Stavros avec raideur.

— Un vrai avorton.

— Il a deux mois.

Le vieil homme s'adressa à ses compagnes.

— Vous n'imaginiez même pas que je puisse être grand-père, n'est-ce pas ?

— Euh, si..., minauda la première en ricanant.

La seconde, une petite brune effrontée, lança une œillade à Stavros, mais Aristides les expédia à l'étage.

— Allez m'attendre là-haut, je vous rejoins.

Quand elles eurent disparu, il se tourna vers Stavros en fronçant les sourcils.

— Tu es venu pour me réclamer de l'argent ?

— Non.

Aristides le fixa durement, puis haussa les épaules.

— Très bien. Maintenant que j'ai vu cet enfant, tu peux repartir. Tu n'es plus rien pour moi depuis longtemps et je n'ai aucun désir d'être grand-père.

Holly n'en croyait pas ses oreilles. Quelle ignominie !

— Vous plaisantez ! explosa-t-elle. Après le voyage que nous avons fait !

Aristides la dévisagea.

— Qui êtes-vous ? Sa femme ?

— La mère de mon enfant, intervint Stavros.

Aristides exulta.

— Ah ! Tu ne l'as pas épousée ! Tu as sans doute tiré les leçons de mes erreurs. Tu me ressembles peut-être plus que je ne pensais.

— Certainement pas, protesta Stavros avec force.

— Non ? Tu m'as écrasé de ton mépris, à la mort de ta mère... Tu jurais tes grands dieux que tu ne serais jamais dépravé comme moi ! Et maintenant, regarde-toi.

Étouffé par la rage, Stavros resta sans voix.

— Vous avez raison de ne pas l'épouser, continua Aristides en se tournant vers Holly. Une beauté comme vous mérite mieux.

Brusquement, Holly ne put en supporter davantage.

— Je ne voulais pas me marier pendant que j'étais enceinte. Mais nous allons le faire très bientôt. D'ici quelques jours.

— Grand bien vous fasse.

Aristides lança un regard plein de morgue à son fils, sans remarquer son expression interdite.

— Eh bien, merci pour la visite. Mais n'espère pas que je modifie mon testament en ta faveur.

— Vous croyez vraiment qu'il a besoin de votre argent ? s'écria Holly, outrée.

— Chut, Holly. Cela n'a pas d'importance.

Stavros se leva, en toisant son père de toute sa hauteur.

— Garde ton héritage, je n'en voudrais pour rien au monde, pauvre idiot !

Le vieil homme lui jeta un regard assassin.

— Je n'ai que faire de ton dédain. Je ne suis même pas certain que tu sois mon fils.

— Si seulement...

— Tu prends des airs supérieurs parce que tu te crois plus riche que moi ! Mais sans moi tu n'aurais jamais créé ta société.

Stavros ouvrit des yeux effarés.

— Comment oses-tu dire cela alors que tu as coupé les vivres à maman...

— Précisément. Cela t'a obligé à te bouger. Tu devrais me remercier.

Stavros serra les poings.

— Je ne te consacrerai pas une minute de plus. Tu n'en vaux pas la peine.

Puis il s'adressa à Holly.

— Nous pouvons partir ? Tu es prête ?

— Absolument.

— Sortez de chez moi immédiatement ! lança Aristides rageusement.

Holly considéra un instant le vieil homme avec commisération.

— Au revoir. Je vous plains d'avoir fait d'aussi mauvais choix dans la vie.

Choqué, Aristides chercha ses mots.

— Moi aussi, je suis désolé ! hurla-t-il, hors de lui, quand elle suivit Stavros. Je regrette d'avoir perdu mon temps à parler avec vous ! Vous n'êtes même pas jolie !

Sans prendre la peine de monter à l'étage pour chercher leurs sacs, Stavros s'arrêta juste le temps d'échanger quelques mots avec Eleni.

— Et nos bagages ? demanda Holly quand la porte se referma derrière eux.

— Peu importe. Nous rachèterons tout.

— Je comprends. Tu as raison.

— Eleni va nous rejoindre. Elle a tout entendu et ne veut plus rester dans cette maison.

Sa main tremblait quand il appela son pilote…

— Tu parlais sérieusement tout à l'heure ? reprit-il d'une voix mal assurée après avoir raccroché.

Holly n'essaya pas d'éluder.

— Oui. J'accepte de t'épouser. De fonder une famille avec toi.

Le regard de Stavros s'éclaira.

— Tu vas venir à New York ?

Elle hocha la tête en poussant un long soupir, et il lui caressa doucement la lèvre avec son pouce.

— Tu ne le regretteras pas.

Secouée par un frisson, elle pria le ciel qu'il ait raison.

Avec ses décorations de Noël et ses lumières, New York City ressemblait à un gigantesque parc d'attractions sous la neige. Stavros n'avait jamais trouvé la ville aussi belle. C'était comme si le monde entier avait décidé de fêter son mariage.

Avec Holly. Il allait épouser Holly…

Ils étaient rentrés de Grèce depuis deux jours et il avait réussi à tout organiser. Il ne fallait surtout pas laisser à Holly le temps de se raviser…

Par ailleurs, une importante négociation était en cours pour le rachat d'une entreprise de deux milliards de dollars. Il serait accaparé pendant quinze jours avant Noël et ne serait plus très disponible.

De toute manière, en affaires comme dans la vie privée, il ne servait à rien d'attendre quand on avait pris une décision.

Holly n'avait exprimé qu'une condition, que sa sœur soit présente à la cérémonie. Au téléphone, Nicole avait insisté pour amener Oliver, ce dont Stavros se serait aisément passé. Son cousin au chômage ne manquerait pas de le solliciter pour un travail ou de l'argent. Mais le bonheur de Holly n'avait pas de prix.

Son consentement le comblait de joie. Ou plutôt, il triomphait.

L'avenir de son fils était en sécurité, et Holly serait bientôt dans son lit.

Il regrettait un peu de lui avoir livré quelques confidences, mais la fin justifiait les moyens. Maintenant qu'il avait atteint son objectif, il était rassuré. Il n'aurait pas besoin de se dévoiler davantage. Mais il avait encore peur de faire souffrir Holly. Ce serait dramatique qu'elle soit amoureuse. Il était incapable d'avoir des sentiments et ne voulait pas être cruel.

Holly était très romantique. La manière dont elle avait évoqué la relation de ses parents révélait sa nature très sentimentale.

« Ils ont été très heureux ensemble. Mon père n'espérait pas autant de la vie. Il disait que ma mère avait été sa bonne étoile et qu'elle avait changé le cours de son existence. »

Holly acceptait pourtant Stavros tel qu'il était, en toute connaissance de cause, sans rien espérer de lui.

Quoi qu'il en soit, il serait fidèle et se comporterait en bon père de famille. Il avait d'ailleurs rédigé en ce sens le contrat de mariage, contre l'avis de son notaire qui le jugeait trop généreux. Mais il n'était pas question de laisser Holly sans un sou comme sa mère, s'ils divorçaient un jour.

L'impatience dévorait Stavros. Il avait hâte de refaire l'amour avec elle. Dans l'avion, seule la présence d'Eleni l'avait obligé à refréner ses instincts.

Leur union serait célébrée en fin d'après-midi dans sa suite par un officier d'état civil. Tout était prêt, les alliances, les fleurs, la robe et le smoking, ainsi que le buffet.

L'organisateur d'événements s'était chargé de tout et Holly ne s'était occupée de rien, au grand étonnement de Stavros.

— Tu ne veux même pas choisir ta robe ?

— Ce genre de détail n'a guère d'importance...

— Tu es sûre ? Nous pourrions nous marier solennellement à la cathédrale, si tu le souhaitais.

— C'est le mariage qui compte, pas la cérémonie. J'ai tout organisé l'an dernier pour Nicole et je ne sais même pas si elle a vraiment apprécié...

Il l'avait embrassée avec tendresse.

— J'aimerais pourtant fêter cela...

Elle l'avait scruté un long moment.

— Si tu veux vraiment me faire plaisir, fêtons mon anniversaire avec mes amis. Je suis née un 23 décembre, et la proximité de Noël éclipse toujours ce jour-là.

— Le 23 ?

Cette date rappelait un très mauvais moment à Stavros, quand son médecin lui avait appris le diagnostic fatal. Les derniers examens montraient une rémission totale, et il n'avait pas peur de rechuter. Mais il ne voulait plus jamais éprouver la vulnérabilité qu'il avait ressentie ce jour-là. Il devait être fort émotionnellement, ne jamais baisser la garde...

Il avait chassé ce souvenir de son esprit.

— Bien sûr, avait-il répondu avec un sourire. Je te promets la plus belle fête d'anniversaire de ta vie...

Maintenant que le moment approchait de prononcer le serment solennel, Stavros se sentait étrangement nerveux. Il se jurait d'être irréprochable. Mais s'il n'y arrivait pas ? S'il rendait Holly malheureuse, malgré lui ?

Se contenterait-elle de la sécurité qu'il lui offrait ? Souffrirait-elle de ne pas être aimée autant qu'elle le souhaitait ?

Un coup frappé à sa porte le tira de ses réflexions. C'était Oliver.

— Je peux te parler un instant ?

Stavros devinait déjà de quoi il s'agissait.

— Cinq minutes, pas plus.

— J'ai beaucoup de mal à retrouver un emploi...

— Peut-être parce que le travail ne t'intéresse pas vraiment, coupa Stavros sèchement.

Il vérifia une dernière fois son reflet dans la glace et rajusta son nœud papillon.

— Eh bien ? J'attends la suite.

— Je n'aurais jamais cru que tu te marierais, Stavros. Je pensais que je serais ton héritier.

— Désolé de te décevoir.

La remarque de son cousin déconcertait Stavros, qui n'avait que quelques années de plus que lui.

— C'est bizarre que tu sois amoureux, reprit Oliver. Cela ne te ressemble pas.

Il aurait été de mauvais goût de le détromper le jour de son mariage... Comme Oliver tournait autour du pot, il lui posa carrément la question.

— Tu as quelque chose à me demander, n'est-ce pas ?

— Eh bien... Puisque le bonheur de Holly te tient tant à cœur, tu ne rechigneras pas à me donner dix millions de dollars pour que je reste marié à sa sœur.

9

— S'il te plaît, Holly ! Il faut que tu m'aides !

Déjà fatiguée par la longue séance de coiffure et de maquillage, Holly en avait assez d'écouter les jérémiades de sa sœur.

Elle avait d'abord cru que Nicole avait voulu être sa demoiselle d'honneur pour se réconcilier. Mais, depuis vingt minutes, elle n'arrêtait pas de se plaindre, d'incriminer Holly pour ses problèmes de couple et de lui réclamer de l'argent.

— Je suis désolée, Nicole, mais je ne peux pas intervenir auprès de Stavros pour qu'il reprenne Oliver. Tu sais très bien que son travail ne donnait pas vraiment satisfaction...

— Comment peux-tu te montrer aussi dure avec moi ? Mon mariage court à la ruine et je n'ai plus un sou.

— Écoute, j'ai cinq mille dollars d'économie...

— Tu te moques du monde ! Ce n'est rien, cinq mille dollars !

Holly jeta un regard gêné à l'esthéticienne qui fit semblant de ne rien entendre et apposa une dernière touche de rouge à lèvres.

— Voilà, c'est terminé. Félicitations, madame Minos. Je vous souhaite beaucoup de bonheur.

« Madame Minos ». En contemplant son reflet dans la glace, Holly se reconnut à peine. Son maquillage raffiné rehaussait l'éclat de ses yeux, et ses cheveux étaient lissés en un chignon élégant sous son voile de mariée.

Un instant, elle se perdit dans une douce rêverie, imaginant toute une vie d'amour avec Stavros...

Elle se ressaisit avec un sursaut. Il ne fallait pas se bercer d'illusions, mais se blinder au contraire. Sinon elle serait malheureuse comme les pierres.

— C'est facile pour toi, reprit Nicole, pleine de rancœur. Tu es riche, maintenant.

Freddie commençait à pleurer dans son berceau et elle le prit dans ses bras.

— Tu ne manqueras jamais de rien. Tu es l'enfant le plus heureux du monde.

— Ce n'est pas l'argent qui fait le bonheur, mais l'amour, répliqua Holly. Tes problèmes financiers s'arrangeront. Tu as fait des études, tu peux très bien travailler...

— Il n'y a pas que cela...

Tout en câlinant son neveu, Nicole ferma les paupières et inspira profondément.

— Oliver me trompe, Holly.

Holly, qui s'apprêtait à enfiler sa robe, s'immobilisa.

— Oh non !

— Il m'a épousée uniquement parce que je menaçais de le quitter s'il ne le faisait pas. À ce moment-là, la vie était facile... Maintenant, il regrette. Je ne suis pas assez bien pour lui.

— Ne dis pas de sottises !

— Il va me quitter pour une femme riche, sanglota Nicole. Et je me retrouverai toute seule.

Devant la mine désolée de sa sœur, le cœur de Holly se serra.

— Tout s'arrangera, Nicky, chuchota-t-elle en lui tapotant doucement l'épaule.

Nicole tenta de refouler ses larmes.

— Excuse-moi. Je suis en train de gâcher le jour de ton mariage. Nous en parlerons plus tard.

Mais le malaise de Holly ne se dissipa pas. En plus des problèmes de sa sœur, la pensée du serment irrévocable qu'elle prononcerait dans quelques instants la troublait beaucoup. L'estomac noué, elle serra son bouquet de pivoines roses.

Elle allait se marier.

Avec lui.

À côté du grand sapin, devant les fenêtres immenses, Stavros donnait l'impression d'avoir New York à ses pieds. Il était entouré d'Oliver, désinvolte, du juge aux cheveux blancs et en robe noire et d'Eleni, aussi fière que si elle mariait son propre fils.

Holly ne vit que lui. Suprêmement élégant dans son smoking de grand couturier, il la transperça d'un regard de braise.

La cérémonie, très simple, se déroula comme un songe.

— Holly Ann Marlowe, voulez-vous prendre pour époux Stavros Minos… ?

— Oui, dit-elle dans un souffle.

Elle se mit à trembler quand il glissa un anneau serti de diamants à son doigt.

Lorsque ce fut au tour de Stavros de prononcer le vœu solennel, de sa belle voix grave qui la bouleversait, la peur panique de Holly s'évanouit comme par magie.

— Par le pouvoir qui m'est conféré par l'État de New York, je vous déclare mari et femme.

Le juge leur sourit et s'adressa à Stavros.

— Vous pouvez embrasser la mariée.

Holly trembla en entrouvrant les lèvres, et ses seins palpitants se tendirent sous sa robe. Pendant des jours, elle avait vaillamment résisté aux avances de Stavros. À présent, ce baiser lui faisait oublier tous ses doutes et ses regrets.

Le juge apposa sa signature au bas du certificat de mariage, puis le couple des témoins s'approcha. Nicole lança un regard suppliant à Oliver, qui la tranquillisa d'un sourire chaleureux et l'enlaça pour l'embrasser sur le front. Holly soupira de soulagement en voyant sa sœur rassurée et apaisée. Nicole avait dû se tromper. Un mari infidèle ne se comporterait pas ainsi. Finalement, tout irait bien…

— Félicitations aux mariés, conclut le juge. Maintenant, je vous laisse à vos célébrations privées.

Holly rougit en contemplant l'homme puissant et séduisant qui se tenait à côté d'elle. *Son mari.*

Dans toute son existence, elle n'avait eu qu'un amant, et pour une nuit. Jamais elle n'avait oublié l'extase qu'il lui avait fait découvrir, ce merveilleux éveil à la sensualité. Cette nuit de Noël avait été magique. Même si le réveil catastrophique, le lendemain matin, avait tout fracassé.

Cela ne se reproduirait pas. Ils étaient mariés, pour le meilleur et pour le pire. Jusqu'à la fin de leur vie...

— J'emmène Freddie se coucher, annonça Eleni joyeusement.

Stavros, qui avait généreusement engagé la vieille dame comme gouvernante à mi-temps, avait loué pour elle une petite suite à l'étage au-dessous. Eleni s'occupait aussi un peu de Freddie, et Holly était contente pour ce soir de se sentir libérée.

Pour sa nuit de noces.

— Nous y allons aussi, dit Nicole en se serrant contre Oliver.

— On se parlera bientôt ? lança Holly anxieusement.

Sa petite sœur lui sourit gentiment.

— Arrête de t'inquiéter. Pense plutôt à toi.

Tout le monde repartit. Pour la première fois depuis la naissance de Freddie, Holly était seule.

Seule avec son mari...

— Madame Minos, murmura Stavros en lui tendant les bras. J'attends ce moment depuis très longtemps.

— Quelques jours, soupira-t-elle en se remémorant l'impatience qu'il avait manifestée en Grèce.

— Une année entière, corrigea-t-il gravement.

Il l'emmena jusque sur le grand lit de sa chambre, là même où ils avaient conçu leur fils l'année précédente. Comme tout avait changé depuis !

Ils avaient un avenir. Ils formaient une famille.

Délicatement, il ôta la couronne de fleurs qui retenait son voile et la plaça sur la table de nuit. Puis, sans la quitter des yeux, il enleva sa veste et dénoua son nœud papillon. Lentement, il descendit la fermeture Éclair de la robe de Holly, qui glissa à terre en révélant sa lingerie blanche raffinée, en dentelle de satin.

— Tu es magnifique, chuchota-t-il en tremblant.

Holly ne voulait qu'une chose, obsédante, qu'il la fasse sienne *pour toujours*.

S'étonnant de sa propre hardiesse, elle déboutonna sa chemise pour caresser la toison de son torse. Avec un grognement sourd, il attrapa ses poignets et la contempla longuement. Sans un mot, il la poussa sur le lit.

Pendant qu'il se dévêtait, folle d'impatience, elle tendit de nouveau les mains vers lui. Elle avait hâte de toucher sa peau, de le sentir peser sur elle de tout son poids. L'urgence était presque insupportable.

— Stavros, murmura-t-elle d'un ton implorant.

Il la rejoignit d'un mouvement souple et athlétique et s'étendit sur elle.

— Tu m'appartiens, désormais. Je ne te laisserai plus jamais partir...

Il captura ses lèvres, et sa douceur se mua très vite en une sorte d'avidité sauvage. Il repoussa fébrilement le bustier qui emprisonnait sa poitrine, et sa bouche traça une ligne de feu le long de son cou et entre ses seins, qu'il souleva dans ses paumes. Tout en continuant de les caresser, il poursuivit l'exploration de son corps du bout de la langue, jusqu'au nombril.

Il dégrafa les bas accrochés au porte-jarretelles et les roula tour à tour sur ses jambes, avec une délicatesse infinie, sensuelle et érotique. Au fur et à mesure qu'il découvrait sa peau, il ponctuait ses gestes de baisers ardents, à l'intérieur des cuisses, derrière les genoux, au creux des chevilles. Toute frémissante, Holly se sentait vulnérable, à sa merci. Lorsqu'il écarta ses cuisses, elle s'enhardit suffisamment pour affronter le feu de son regard.

— Enlève ton pantalon, chuchota-t-elle d'une voix rauque.

Il obtempéra avec empressement et la débarrassa aussi de son minuscule string. Au moment où il se positionna entre ses cuisses, elle se mit à bouger les hanches dans un élan irrépressible, instinctif, et ses paumes se pressèrent sur son dos.

Un frémissement le parcourut et il se redressa. L'espace d'un court instant, elle retint sa respiration. Il semblait sur le point de dire quelque chose. Quoi ? Il pouvait aussi bien la renvoyer au néant que la combler de joie. Tout pouvait arriver. Quel pouvoir il avait sur elle... Mais il plongea en elle sans prononcer une parole.

Holly enfonça les ongles dans la chair de ses épaules. Les paupières closes, il avait une expression extatique.

Il se retira pour la pénétrer de nouveau, cette fois-ci avec lenteur. Elle ferma les yeux en succombant au plaisir qui montait d'une manière incontrôlable.

Un cri échappa à Holly quand Stavros roula brusquement sur le dos et qu'elle se retrouva au-dessus de lui.

— Je veux voir ton visage, expliqua-t-il.

Il pinça les pointes de ses seins entre ses doigts.

— Je veux aussi te laisser le contrôle, ajouta-t-il avec un sourire tendre.

Stavros contemplait sa jeune épouse, nue, agenouillée au-dessus de lui, avec le jeu d'ombre et de lumière sur son beau visage. Il ne disait pas tout à fait la vérité.

Il avait échangé les rôles parce que la maîtrise de la situation avait failli lui échapper. Et de lui-même. C'était trop bon... Après une année d'abstinence et de frustration, l'intensité du plaisir le suffoquait. Il avait manqué perdre ses moyens. S'il l'avait pénétrée une troisième fois, il n'aurait pas résisté.

Holly méritait mieux pour sa nuit de noces. Il cherchait donc un peu de répit, le temps de recouvrer ses esprits. Le temps que Holly trouve son propre rythme, il y parviendrait...

Mais, hésitante, elle s'empourpra.

— Que dois-je faire ?

— Ce que tu veux, *agape mou*.

Elle le considéra d'abord timidement. Puis, résolument, elle se pencha pour l'embrasser.

— Ne bouge pas, ordonna-t-elle dans un chuchotement.

Un frisson courut le long du dos de Stavros quand leurs langues se mêlèrent. Instinctivement, il leva les bras vers elle, mais elle le repoussa.

— Non. Pas un geste. Pas un mot non plus !

Elle agrippa ses poignets avec fermeté pour les maintenir sur le matelas. Satisfaite de sa reddition, elle captura de nouveau sa bouche avec une moue aguichante.

Stavros avait un mal infini à rester immobile et ne la

reconnaissait pas. Tout en caressant ses épaules et son torse, elle entreprit une lente exploration de son corps, de la langue et des lèvres. Il retint son souffle lorsqu'elle approcha de son sexe érigé, avec un sourire de coquetterie délicieusement féminin. Elle jubilait et se délectait de le tenir en son pouvoir.

— Holly, implora-t-il.

— Non ! Tais-toi.

Quand il acquiesça d'un battement de paupières, elle reprit son membre entre ses lèvres, en effleurant délicatement le bout avec sa langue.

Fasciné par son visage angélique, il se livra avec une passivité totale à ses caresses. Qu'était devenue la vierge timide de Noël dernier ? Elle était maintenant si sûre d'elle-même, si experte dans l'exquise torture qu'elle lui infligeait…

Ses doigts se joignirent bientôt à sa bouche. Il était au paradis.

Craignant malgré tout de lâcher prise complètement, il empoigna ses hanches avec un gémissement étranglé.

— Je t'ai dit de ne pas bouger !

Ignorant sa protestation, il la souleva par la taille, comme si elle ne pesait pas plus lourd qu'une plume. Puis il la maintint fermement et s'enfonça en elle centimètre par centimètre. Elle vacilla avec un petit bruit de gorge voluptueux qui le combla de joie. Il ne savait plus ce qu'il voulait, qu'elle s'arrête ou continue à se balancer…

Elle exauça toutes ses prières. Se penchant d'abord vers l'avant en s'accrochant à ses épaules, elle resta immobile pendant quelques secondes qui lui parurent une éternité. Ensuite, juste comme il recommençait à respirer, elle glissa sur lui avec des mouvements de va-et-vient de plus en plus rapides. Ses seins durs se frottaient contre son torse et il ferma les yeux en renversant la tête en arrière, pour s'oublier dans l'intensité de ses sensations. Il n'avait jamais rien éprouvé d'aussi fort. C'était totalement inouï.

Il finit par perdre la notion de temps et d'espace. Il avait l'impression d'être au centre de l'univers qui tournoyait autour de lui. Lorsque Holly cria son nom, il explosa lui aussi et elle s'abattit sur lui.

Sa propre voix résonna étrangement à ses oreilles, comme si elle appartenait à un autre. Il répétait le nom de Holly sans même en avoir conscience.

Les spasmes qui secouaient leurs corps moites de transpiration finirent par s'espacer, mais ils demeurèrent longtemps enlacés. Stavros la tenait serrée contre lui et déposait de petits baisers sur sa tempe.

Elle s'endormit au creux de son étreinte pendant qu'il s'absorbait dans ses réflexions. Il venait de goûter à la plus douce des drogues, terriblement addictive aussi.

S'il ne prenait pas un peu de recul, il risquait de devenir dépendant et de se détruire à petit feu, comme sous l'effet d'un poison insidieux.

10

Son mariage avec Stavros émerveilla Holly. Encore plus que dans ses rêves les plus beaux.

Au début.

Pendant quelques jours, ils jouèrent les touristes dans la ville avec leur bébé. Ils burent un chocolat chaud au Rockefeller Center, près du gigantesque sapin de Noël, et admirèrent les illuminations des rues. Stavros les emmena dans les boutiques de luxe et renouvela entièrement la garde-robe de Holly. Elle n'essaya même pas de résister. Il prenait un plaisir fou à la couvrir de cadeaux.

Les prodigalités de Stavros ne s'arrêtèrent pas là. La Rolls-Royce les conduisit dans le meilleur magasin de jouets de Manhattan et il joua au Père Noël avec Freddie, pour lequel il acheta une profusion de peluches, de jeux et de livres, avec un ours plus grand que lui.

— Freddie n'est encore qu'un bébé ! protesta Holly en riant.

— Peut-être, mais il grandira vite.

Pendant que son chauffeur s'occupait de la livraison, Stavros jeta à Holly un regard brûlant de désir.

— Nous n'avons pas pensé aux sous-vêtements, chuchota-t-il en se penchant pour lisser une boucle rousse.

Leur bébé dormait quand la voiture se gara devant une vitrine somptueuse. Écarlate, Holly n'osait pas entrer. Hormis le jour de son mariage, elle n'avait jamais porté de lingerie luxueuse. Devant le prix sur les étiquettes, elle voulut ressortir.

— Deux cents dollars pour une parure !

— Je paierais mille fois plus pour te voir dedans, répondit-il en passant la main sur la manche de son manteau Dior.

Elle rougit en espérant que les vendeuses, toutes plus glamour que des top-modèles françaises, ne remarquaient rien. Mais elle devint franchement cramoisie quand Stavros susurra à son oreille ce dont il avait envie.

— Et maintenant, à la bijouterie ! lança-t-il en remontant en voiture.

Elle leva la main et agita le doigt où brillait son alliance sertie de diamants.

— Cela me suffit !

Stavros rit doucement et caressa ses lèvres encore gonflées après leur nuit d'amour. Ce simple geste embrasa Holly, et les paroles qui suivirent la comblèrent de bonheur.

— Oh ! ma chérie ! Je t'offrirai des rubis rouges comme ta bouche et des émeraudes aussi éclatantes que tes yeux. Je veux te contempler nue avec des pierres précieuses et des diamants pour seules parures.

Il avait réalisé ses fantasmes…

Holly frissonna en se remémorant la première semaine de leur mariage. Stavros lui faisait l'amour toutes les nuits. Inexplicablement, chaque expérience se révélait encore plus extraordinaire que la précédente.

Freddie faisait maintenant ses nuits. Il dormait mieux et plus longtemps, comme s'il percevait le changement bénéfique dans leur existence, désormais plus stable et sereine. Eleni contribuait aussi à leur faciliter le quotidien.

Presque malgré elle, Holly se métamorphosa en princesse oisive, gâtée et choyée, avec pour seule préoccupation son bébé et son mari. Elle en vint presque à se sentir coupable. Méritait-elle tant de bonheur ? À l'approche de Noël, elle demanda à Stavros de donner l'argent des cadeaux à une œuvre caritative. Il accepta à contrecœur, uniquement pour lui faire plaisir.

Dans la pure tradition des Marlowe, elle tricota une chaussette pour Freddie et confectionna une étoile en feutrine rouge pour Stavros, qu'elle enveloppa dans un joli papier. Elle la cacha en attendant le moment propice pour lui offrir et l'ajouter à la guirlande familiale, sur le sapin.

Malheureusement, dès la fin de leur lune de miel, au bout d'une semaine, Stavros retourna travailler et tout commença à changer. Elle ne le voyait plus beaucoup car il rentrait tard. Quand elle se réveillait, il était déjà parti.

Un matin, elle mit son bébé dans la poussette et se rendit dans les bureaux de Stavros International, dans l'espoir de prendre un café avec son mari et peut-être déjeuner avec lui. En conférence, ennuyé d'être dérangé, Stavros échangea à peine quelques mots. Du coup, elle bavarda avec ses anciennes collègues et les accompagna à midi dans leur restaurant préféré.

Mais la conversation languit. Les autres secrétaires ne savaient pas comment se comporter avec l'épouse du P-DG. Certaines avaient du mal à cacher leur jalousie, d'autres la tinrent à l'écart pour discuter entre elles de leurs problèmes.

Holly les écouta, de plus en plus gênée. L'une avait des factures en retard, une autre se plaignait de son ex qui oubliait régulièrement de payer la pension alimentaire...

— Si je peux quelque chose pour vous..., commença-t-elle, le rouge aux joues.

— Non, non, ne t'inquiète pas.

— Je peux intervenir pour réclamer une augmentation...

Avant même d'avoir fini sa phrase, elle comprit son erreur. Ses anciennes amies lui lancèrent un regard offusqué.

— Tout va bien, Holly.

— Nous ne voulons pas la charité,

À la fin du repas, quand Holly proposa de fixer une date pour un prochain rendez-vous, personne ne parut enthousiaste.

— Elles s'habitueront, lui dit Audrey, sa collègue la plus proche, au moment de se quitter. Laisse-leur un peu de temps.

Holly l'espérait... Au moins, elle avait renoué avec sa sœur. Nicole ne lui faisait pas de confidences, mais sa situation financière s'était apparemment améliorée. Soit Oliver avait retrouvé du travail, soit ils avaient appris à vivre plus modestement. En tout cas, Nicole répondait à ses textos et lui avait même rendu visite.

Malgré tout, elle ne semblait pas parfaitement épanouie.

— Le mariage te décevra sûrement toi aussi, avait-elle soupiré.

Nicole n'avait peut-être pas tort…

Holly percevait déjà un changement par rapport au tout début, quand Stavros lui consacrait du temps et de l'attention. Quand ils passaient des heures à bavarder ou s'embrasser et qu'il jouait avec le bébé.

Pendant cette semaine-là, sans même s'en rendre compte, Holly était tombée amoureuse.

Malheureusement, par une horrible coïncidence, le jour où elle en prit conscience et voulut le dire à Stavros, il était accaparé par le rachat d'une société technologique de plusieurs millions de dollars.

Il ne l'évitait pas délibérément, se dit-elle pour se rassurer. Même si, par le passé, il avait toujours refusé de s'engager, ce n'était plus d'actualité. N'avait-il pas surmonté sa peur en l'épousant et en lui jurant fidélité ? Cela prouvait bien qu'il avait changé…

La société qu'il dirigeait depuis presque vingt ans comptait énormément pour lui. Il avait d'ailleurs longuement expliqué à Holly les enjeux de la négociation en cours.

Elle comprenait, mais cela ne la passionnait pas. Elle avait juste envie qu'il en finisse avec cette affaire interminable, qu'il ne s'absente plus dix-huit heures par jour et reste davantage avec Freddie et elle.

Ce soir-là, Holly se sentait particulièrement seule. Il était presque 22 heures et Stavros, parti à l'aube, n'était pas encore rentré. Il n'avait pas vu son fils de la journée.

— Ce sera tout, madame Holly ? demanda Eleni.

— Oui, Eleni. Merci.

— *Kalinixta*, madame Holly.

— Bonne nuit.

Après le départ de la gouvernante, elle essaya de lire un peu, mais elle guettait constamment l'horloge et n'arrivait pas à fixer son attention. Elle abandonna son magazine avec un bâillement et regarda la ville illuminée au-dehors.

Il fallait juste avoir un peu de patience. Dès que Stavros aurait conclu son affaire, leur vie de couple redeviendrait comme avant, pendant leur lune de miel.

Elle pourrait alors lui dire qu'elle l'aimait.

Elle ferma les paupières en se représentant la scène. Il lui avouerait aussi son amour.

Peut-être.

Et sinon ?

Elle se leva nerveusement pour se planter devant la fenêtre. Ce n'était pas la peine d'avoir peur. Il ne fallait pas perdre confiance en l'avenir.

L'horloge marqua minuit. Le 23 décembre commençait juste. C'était le jour de son anniversaire. Son visage s'éclaira. Au moins, Stavros lui consacrerait la soirée. Il lui avait promis une petite fête.

Elle éteignit la lumière pour aller se coucher. Stavros lui manquait. Tandis qu'elle se brossait les dents dans la salle de bains, la perspective de son anniversaire la réconforta. Nicole et Oliver seraient sûrement invités, avec ses anciennes collègues. Il y aurait du champagne et un gros gâteau. Tout le monde serait d'humeur joyeuse, dans une ambiance détendue.

Holly prit une décision.

Demain soir, pendant la fête, elle dirait à Stavros qu'elle l'aimait.

Oui. Demain. Elle passa dans la chambre d'enfant pour s'assurer que son bébé dormait, puis se retira sur la pointe des pieds. Une fois au lit, tournée vers la place vide à côté de la sienne, elle forma un vœu. Stavros la réveillerait au milieu de la nuit pour lui souhaiter son anniversaire et promettre de ne plus travailler autant. C'était le désir le plus cher à son cœur.

Elle s'endormit le sourire aux lèvres, en rêvant des baisers fougueux et passionnés de son mari.

Au matin, quand elle ouvrit les yeux, le soleil brillait dans un ciel pur. La place de Stavros était vide. Il n'était pas rentré de la nuit.

Les paroles moqueuses d'Oliver lui revinrent en mémoire.

« Les Minos sont égocentriques jusqu'à la moelle et se moquent éperdument des autres. »

Presque en même temps, elle se souvint d'une autre phrase, prononcée par Stavros.

« En amour, il y a toujours un vainqueur et un perdant. »

Avec un frisson, elle sut avec certitude de quel côté elle était.

Stavros se réveilla en sursaut. Il faisait grand jour. Allongé sur le canapé de son bureau, il avait dormi tout habillé. Après un conseil d'administration interminable, il avait continué à travailler devant son ordinateur et l'épuisement avait eu raison de lui.

Il étira ses membres endoloris en clignant des yeux. Des piles de dossiers s'entassaient sur son bureau, avec les restes d'un repas qu'il avait fait livrer pour lui et ses collaborateurs. Après leur départ, il était resté pour relire les notes de l'équipe juridique, soulignant au stylo rouge les points importants. Une société concurrente menaçait d'emporter le marché et il fallait réagir dans l'urgence.

Vers 4 heures du matin, l'esprit confus, il s'était allongé sur le canapé pour se reposer quelques minutes et avait fini par s'assoupir. À présent, il était presque 8 heures. Il ne serait jamais prêt pour la réunion...

Il aurait dû envoyer un texto à Holly pour la prévenir. Il fallait...

Non. Il ne ferait rien du tout, souffla la voix froide de la raison dans son for intérieur. Il devait garder ses distances pour que Holly ne se berce pas d'illusions. Leur mariage ne serait jamais qu'une union de circonstance, un arrangement domestique et sexuel dénué de tout romantisme. Les sentiments n'avaient rien à y voir, et Holly en prendrait conscience toute seule, sans qu'il ait besoin de tout lui expliquer. Il ne voulait pas lui faire de mal.

Leur première semaine de mariage avait été la plus heureuse de sa vie. Il en avait oublié de rester sur ses gardes, prenant un immense plaisir à la compagnie de Holly, pas seulement au lit, mais tout au long de la journée, à bavarder de tout et de rien, tranquillement.

À plusieurs reprises, il avait surpris dans les yeux de Holly une expression rêveuse et nostalgique qui l'affolait. Il avait franchi sans s'en rendre compte une ligne invisible. Il ne fallait pas qu'elle tombe amoureuse. Pas seulement parce qu'il ne pouvait pas l'aimer en retour.

Parce que l'amour était une tragédie qui finissait toujours mal, par la trahison ou la mort.

Il le percevait avec encore plus d'acuité aujourd'hui, car cela faisait exactement un an qu'on avait diagnostiqué la terrible maladie qui aurait dû l'emporter. Il avait guéri par miracle. Mais personne ne pouvait préjuger de l'avenir, ni pour lui ni pour Holly.

Il se méfiait tellement des sentiments qu'il se détournait délibérément des joies que lui offrait sa jeune épouse. Tristement, il avait reconstruit ses murailles défensives et se promettait de ne plus s'écarter de sa ligne de conduite. Il n'aurait pas la cruauté de faire souffrir Holly.

Il ne supporterait pas de la voir malheureuse et saurait la protéger contre lui-même.

Il craignait de l'avoir déjà blessée par son comportement distant… N'était-il pas allé trop loin en s'absentant toute une nuit sans la prévenir ? Dans le cabinet de toilette attenant à son bureau, il se regarda dans la glace en se brossant les dents.

Le manque de sommeil et le stress creusaient des cernes sous ses yeux. Holly lui manquait. Son fils aussi. Il avait envie de rentrer chez lui.

Il devait constamment se répéter qu'il agissait pour leur bien. Il ne fallait pas s'aventurer dans le domaine des sentiments avec Holly.

L'année passée, il avait pris peur en imaginant Holly en veuve éplorée. Ce serait bien pire si elle passait sa vie entière avec lui dans le chagrin et le désespoir.

Et si elle demandait le divorce ?

Les épaules voûtées, Stavros se doucha longuement sous l'eau chaude, avant de revêtir un costume de rechange qu'il gardait dans une armoire. Puis il se rasa en hâte, en évitant son reflet dans le miroir, et se dépêcha de sortir.

Il s'arrêta net en voyant sa femme qui l'attendait dans son bureau, avec leur bébé dans la poussette.

— Bonjour, dit-elle sèchement.

— Bonjour, répondit-il, choqué.

La seule fois où elle était passée le voir à Minos International, il avait pris soin de se montrer indisponible...

Maintenant, malgré lui, il la buvait du regard. Il semblait loin le temps où Holly s'habillait dans des tailleurs-pantalons ternes et mal ajustés. Vêtue d'une jupe et d'une veste en cachemire noir sur une tunique blanche, avec des bottes en cuir, elle arborait des diamants à ses oreilles.

— Que fais-tu ici ?

— Je passais dans le quartier pour prendre un café avec Nicole.

Elle baissa la tête.

— Pour discuter.

— Ah. Oliver a sans doute reçu le papier à signer.

— Quel papier ?

— Pour les dix millions.

— De quoi parles-tu ?

— De la rente que je lui verse.

— Tu donnes de l'argent à Oliver ?

Stavros fronça les sourcils. Pourquoi s'inquiétait-elle ? Il avait tout réglé.

— Rassure-toi, le contrat protège ta sœur. Oliver ne touchera qu'un million par année de mariage, et seulement si elle signe une déclaration certifiant qu'il la rend heureuse.

Au lieu de paraître rassurée, Holly fut horrifiée.

— Tu *payes* Oliver pour qu'il reste marié avec ma sœur ?

— Seulement pour les dix premières années, précisa-t-il, l'esprit confus.

Pourquoi Holly était-elle si ennuyée ?

— Je sais que le bonheur de tes proches compte énormément pour toi, ajouta-t-il. J'ai fait ce qu'il fallait pour assurer celui de ta sœur.

Elle le dévisagea avec une expression incrédule.

— En payant ce... *gigolo* ? C'est l'amour qui compte, dans un mariage, pas l'argent !

Stavros n'aimait pas le tour que prenait la conversation. Son expression se ferma et il croisa les bras.

— Très bien. Je dirai à mon avocat de tout annuler. C'est tout ?

— Non, ce n'est pas tout ! Pourquoi n'es-tu pas rentré cette nuit ?

Très pâle, elle avait les lèvres gercées et les yeux cernés. À cause de lui ?

Cette idée le mit en colère et il la foudroya du regard.

— Tu n'ignores pas que je suis en pleines négociations en ce moment. D'ailleurs, je suis attendu. Tu m'excuseras, je dois y aller.

Elle lui barra le passage.

— C'est tout ce que tu trouves à me dire ? Tu aurais pu au moins me prévenir !

Il poussa un juron, en grec.

— Désolé si je n'ai pas eu le temps. À présent, laisse-moi passer.

— Nous avons à parler, toi et moi.

C'était la dernière chose qu'il voulait faire... Ne comprenait-elle pas qu'il ne voulait pas de son amour ? Il ne le méritait pas, de toute façon. Pourquoi insistait-elle ? Par masochisme ?

Stavros indiqua d'un geste dédaigneux le canapé où il avait dormi quelques heures.

— Qu'y a-t-il ? Tu crois que je te trompe ? Que je suis comme tous les Minos et que je m'ennuie déjà avec ma femme, au bout de quelques semaines ?

Elle rougit.

— Tu n'as pas besoin d'être aussi cruel.

Il grinça des dents.

— Si tu n'as pas confiance en moi, ce n'était pas la peine de m'épouser.

— Tu n'es presque jamais à la maison avec nous, protesta-t-elle.

Stavros jeta un coup d'œil exaspéré à sa montre.

— Nous discuterons ce soir. Je suis vraiment très en retard pour ma réunion, Holly.

Elle se radoucit.

— D'accord. À ce soir. Tu rentreras de bonne heure ?

Pourquoi était-elle si impatiente d'avoir cette discussion avec lui ?

— Écoute, je ne veux pas être impoli, mais je dois vraiment y aller.

— Oui, bien sûr.

Elle s'approcha timidement.

— Il y a quelque chose que je voudrais te dire… Quelque chose d'important. Je…

Mais, brusquement, elle changea d'avis.

— Non, tant pis. Pas maintenant.

Elle se sauva sans rien ajouter, au grand soulagement de Stavros. Finalement, il devait se tromper. Holly avait trop d'intelligence pour aimer un homme comme lui.

Tant mieux, se dit-il sombrement. Cela lui épargnerait des efforts inutiles.

Il serra les poings et appela son assistante furieusement.

— Contactez mon avocat immédiatement. Il faut annuler le contrat avec mon cousin.

Il n'attendit pas la réponse et alla de l'avant. Sa maladie lui avait appris à établir des priorités et s'occuper de l'essentiel.

Refoulant résolument ses émotions, il se hâta vers la salle de conférences, où l'attendait un marché de centaines de millions de dollars.

11

Holly avait failli commettre une énorme sottise.

Les mains de Holly tremblaient sur le guidon de la poussette tandis qu'elle se dirigeait vers le salon de thé où elle avait rendez-vous avec sa sœur.

Quand Nicole l'avait appelée pour lui souhaiter son anniversaire, elle avait suggéré un endroit proche des bureaux de Minos International. Malgré sa déception, au réveil, elle avait très envie de voir Stavros.

Son cœur était entre ses mains. Quand il comprendrait combien elle l'aimait, il aurait plus d'égards pour elle.

Devant son extrême froideur, elle avait brutalement pris conscience que cela ne changerait rien. Parce qu'il savait déjà.

Il savait qu'elle l'aimait. Mais il ne voulait pas l'entendre.

Car il serait alors forcé d'admettre que ce n'était pas réciproque…

Holly se frayait un chemin sur les trottoirs bondés, parmi les nombreux passants qui se pressaient pour des achats de dernière minute. Indifférente aux décorations des vitrines de Noël, elle marchait avec précaution sur la neige fondue. La ville lui semblait grise et sale, comme ses rêves.

Freddie s'agitait en poussant des cris plaintifs. Refoulant ses larmes, elle se pencha pour le cajoler et lui donner sa sucette. Quand elle se redressa, les paroles de Stavros lui trottaient dans la tête.

« En amour, il y a toujours un vainqueur et un perdant. J'ai résolu il y a très longtemps que je ne serais jamais ni l'un ni l'autre. »

Contrairement à ce qu'elle s'était imaginé, il n'avait pas changé d'avis. Il l'avait simplement épousée par devoir.

Pour donner une famille à leur bébé.

Elle prit une longue inspiration. L'aimait-elle suffisamment pour sauver les apparences ? Tant qu'il se comportait en bon père et en bon mari et leur consacrait du temps… Ce qui se produirait certainement dès qu'il en aurait terminé avec l'affaire en cours.

Même s'il n'était pas amoureux, il tenait à elle.

Elle espérait en avoir une preuve le soir même, pour son anniversaire.

Il fallait se concentrer sur les points positifs. À vingt-huit ans, mariée et mère d'un bébé, il était temps de se conduire en adulte.

Elle pouvait parfaitement vivre sans l'amour de son mari.

Figeant un sourire sur ses lèvres, elle entra dans le salon de thé. Sa sœur était assise à une table, le visage dans les mains.

— Nicole ?

Sa sœur se redressa, en larmes.

— Qu'y a-t-il ? s'écria Holly, horrifiée.

— Oliver vient de m'appeler. Il me quitte parce que Stavros a annulé le versement de la rente.

— Oh non !

— Il va vivre avec une autre femme, richissime, qui pourra lui offrir le style de vie qu'il souhaite.

Holly se laissa tomber sur la chaise d'à côté pour serrer sa sœur dans ses bras.

— Je suis désolée, Nicole ! Tout est de ma faute. J'ai reproché à Stavros d'intervenir dans votre vie en payant Oliver. On ne fonde pas un mariage sur l'argent, mais sur l'amour. Je suis sincèrement désolée…

Les pleurs de Nicole redoublèrent.

— Oui, c'est ta faute… Mais tu aurais dû être plus sévère avec moi, au lieu de me choyer comme tu l'as fait. Je me suis toujours conduite en dépit du bon sens, comme une imbécile. Je t'ai même volé l'homme que tu aimais… Je suis punie, maintenant.

— Tu te trompes, Nicole. Oliver n'a été qu'un fantasme, un rêve romantique pour meubler ma solitude. Tu ne m'as rien pris. Toi, en tout cas, tu mérites mieux.

— Tu es trop bonne, murmura sa petite sœur avec un sourire contrit. Comme toujours. Même quand je suis horrible, tu trouves le moyen de dire des gentillesses.

Elle essuya ses joues humides.

— À la mort de papa et maman, tu as tout sacrifié pour t'occuper de moi. Je me rends compte maintenant à quel point j'ai été égoïste.

— Oh ! Nicole...

— Il est temps que je me prenne en main. La rupture avec Oliver me fournit une bonne occasion.

— Viens chez nous pour Noël, suggéra Holly.

Nicole secoua la tête.

— Je vais chez mon ancienne colocataire, dans le Vermont. J'ai besoin de temps pour réfléchir. De toute manière, tu as tes propres problèmes à régler.

— Que veux-tu dire ?

— Tu ne vois pas les gens tels qu'ils sont... Tu es amoureuse de Stavros ?

— Oui.

— Et lui ? Il t'aime ?

La gorge nouée, Holly baissa la tête.

— C'est ce que je pensais, dit Nicole tranquillement.

Elle tapota l'épaule de sa sœur et répéta mot pour mot ce que Holly venait de lui dire.

— Tu mérites mieux.

Brusquement Holly se mit à pleurer à son tour.

— Nous pouvons quand même être heureux... Stavros m'aime à sa manière. Il le prouve par ses actes. La fête de ce soir...

— Quelle fête ? interrompit Nicole en fronçant les sourcils.

Holly sourit à travers ses larmes.

— Ce n'est pas la peine de faire semblant, même si c'est censé être une surprise. Stavros m'a promis... Tu es forcément invitée.

— Non, je ne suis pas au courant.

Devant la mine effondrée de Holly, Nicole essaya de faire diversion et sortit un paquet de son sac.

— Il a sans doute prévu autre chose… Tiens, ouvre. Et je n'ai pas emballé mon cadeau avec du papier de Noël, pour une fois !

Holly dénoua délicatement les rubans rose et vert émeraude, ses couleurs préférées, puis souleva le couvercle d'un écrin raffiné. À l'intérieur, nichée dans du papier de soie, elle découvrit l'étoile d'or qui avait appartenu à leur mère.

— Je t'avais bien dit que je la retrouverais ! lança Nicole. Elle était tout au fond de ma boîte à trésors, sous mon vieux sweat-shirt de lycée.

La gorge de Holly se serra. Leur mère avait porté toute sa vie ce pendentif, un cadeau de leur père qui surnommait Louisa sa bonne étoile.

— Tu me l'avais donné, mais tu en as plus besoin que moi, ajouta Nicole, qui traversait pourtant des temps difficiles.

— Pourquoi ? murmura Holly faiblement.

— Tu ne vas pas gâcher ta vie avec un homme qui ne t'aime pas ?

Holly fixa sa sœur avec une sorte d'hébétude, tandis que les serveurs s'affairaient tout autour, dans le petit établissement new-yorkais. Malgré la chaleur qui régnait à l'intérieur, elle frissonna.

Elle avait passé son existence à s'occuper des autres et à rêver d'un amour impossible. D'abord avec Oliver. Maintenant avec Stavros. Pour garder espoir et ne pas être seule. Parce qu'elle n'avait pas le courage d'affronter la réalité.

Elle regarda Freddie qui s'était rendormi sagement. Était-ce l'exemple qu'elle voulait donner à son fils ? Celui d'une femme malheureuse, sous la coupe d'un mari tyrannique ?

« En amour, il y a toujours un vainqueur et un perdant. »

De quel côté était-elle ? Elle ferma un instant les paupières. Quand elle les rouvrit, sa décision était prise, irrévocable. Sa vie et celle de Freddie étaient en jeu.

Mais celle de Stavros aussi.

Par peur de lui faire du mal, il refusait tout autant le camp du gagnant que celui du perdant. Mais l'amour qu'elle avait pour lui le désignait comme vainqueur...

Holly attacha la chaîne d'or à son cou et caressa l'étoile sur sa peau. Elle voulait trouver l'amour, le vrai, celui que ses parents avaient connu.

Celui qui fondait un mariage heureux. L'argent ne suffisait pas. Ni le sexe, ni l'amitié.

Elle ne vivrait pas sans amour.

Il était presque minuit quand Stavros rentra. Épuisé, il garda un instant le front appuyé contre la porte. Depuis l'avant-veille, il avait seulement dormi trois heures. Mais tout s'était bien terminé. Il avait gagné.

Jusqu'à la prochaine bataille... Il convoitait déjà une entreprise de Pittsburgh qui avait mis au point une plate-forme commerciale basée sur l'intelligence artificielle. Avec un peu de chance, il devancerait ses concurrents.

En allumant la lumière dans le vestibule, il sursauta à la vue de sa femme, assise dans le salon faiblement éclairé par les guirlandes du sapin.

— Que fais-tu là à une heure pareille ? demanda-t-il, mal à l'aise.

Cela n'augurait rien de bon.

Elle se leva lentement. Elle n'était pas en pyjama, mais s'était changée pour enfiler un jean et un gros pull, celui qu'elle portait en Suisse.

— Nous avons à parler.

— Oui... Mais il est tard. Remettons cela à demain.

Ou à jamais... Il posa son ordinateur portable sur la table basse et se passa une main dans les cheveux.

— L'affaire est réglée, annonça-t-il, satisfait.

— Ah bon ? Alors tu vas pouvoir passer plus de temps avec nous...

— J'aurai toujours beaucoup de travail, Holly.

— C'est bientôt Noël. Nous ne t'avons pas vu depuis des semaines...

— Je suis P-DG d'une multinationale, coupa-t-il sèchement. C'est le prix à payer pour notre mode de vie. Pour tes bijoux et tes robes.

Holly redressa le menton.

— Je ne t'ai jamais rien demandé.

Elle avait raison.

— Écoute, je suis fatigué, reprit-il d'un ton irrité. Nous discuterons une autre fois.

— Quand ?

— Quand j'aurai le temps.

À ces mots, il tourna les talons.

— Sais-tu quel jour nous sommes ?

Il s'immobilisa en se remémorant la date à laquelle on lui avait communiqué le diagnostic fatal.

— C'est mon anniversaire, ajouta-t-elle tristement.

Il jura intérieurement. Le 23 décembre. Bien sûr... Il se sentait plus coupable que jamais. Et naturellement en colère contre lui-même. Comment avait-il oublié sa promesse ? Il s'était conduit comme un misérable.

Comme il s'en voulait ! Il y avait tant de reproche et de déception dans les yeux de Holly... Il avait l'impression de revoir sa mère quand Aristides la trompait. Enfant, il s'était toujours demandé pourquoi elle le supportait.

D'une certaine manière, il se retrouvait à la place de son père. Même s'il n'avait pas commis d'infidélité, il avait failli à sa promesse.

— Je suis désolé, répliqua-t-il avec raideur.

Il lui était extrêmement difficile de reconnaître ses torts...

— Je n'ai plus pensé à la surprise. De toute façon, je n'avais pas le temps d'organiser une fête. Ma secrétaire s'occupera de réparer cela.

— Pardon ?

— Je lui demanderai de t'acheter un cadeau. Qu'est-ce qui te ferait plaisir ? Un bijou ? Un voyage ?

— Je voulais juste passer du temps avec toi, répondit-elle, les larmes aux yeux.

— Alors, tu n'as pas le sens des réalités.

Plus elle souffrait, plus il se montrait méchant. Il n'y avait pas meilleure stratégie pour résister à l'émotion.

— Je t'aime Stavros, déclara-t-elle à brûle-pourpoint. Et toi, crois-tu que tu m'aimeras un jour ?

Le moment qu'il redoutait tant était arrivé. Il aurait voulu éluder la question, mais c'était impossible. Il lui devait la vérité.

— Non. Je suis désolé, Holly. Ne le prends pas personnellement. Je ne suis pas sentimental, c'est tout.

Elle se voûta.

— Tant pis. Quelle ironie, n'est-ce pas ? Tout se passe comme tu l'avais prédit. Je suis tombée amoureuse malgré moi.

— Tu es une belle personne, Holly. Je ne veux pas que tu souffres. Pourras-tu malgré tout être heureuse avec moi ?

Elle le fixa longuement, puis secoua la tête.

— Non. Je regrette.

Stavros plissa le front, tout en résistant péniblement à l'envie de la serrer contre lui pour la réconforter. Il ne pouvait pas la faire souffrir et la consoler en même temps.

— Il est grand temps que je devienne adulte, reprit-elle. Que je voie la réalité telle qu'elle est, lucidement, et non à travers le filtre de mes désirs.

Ses paroles le glacèrent. C'est à ce moment-là seulement qu'il aperçut le sac de voyage, devant la porte d'entrée.

— Tu me quittes, chuchota-t-il sans arriver à y croire.

Elle hocha la tête. Son visage ruisselait de larmes.

— Je connaissais la réponse à ma question, mais j'avais besoin de la poser. Pour m'assurer qu'il n'y avait vraiment aucun espoir.

Il la prit par les épaules et plongea le regard dans le sien.

— Tu n'es pas obligée de partir. Je veux que tu restes...

— Non. J'ai vu Nicole, ce matin. Oliver a rompu avec elle. Il fut un temps où j'aurais fait n'importe quoi pour l'aider, mais elle est plus forte que je ne pensais. Pour une fois, c'est elle qui montre l'exemple. J'ai déjà vécu seule. Je recommencerai.

Stavros la lâcha pendant qu'elle continuait à parler.

— Avant, je me sacrifiais pour les autres en espérant gagner leur amour. Pourtant, cela ne marche pas ainsi. S'ils ne vous aiment pas, il n'y a rien à faire. Ne regrette rien, Stavros. Tout ira bien. Pour toi aussi.

— Holly, non…

— Ce n'est la faute de personne. Je te remercie de m'avoir dit la vérité.

— Et tu me récompenses en partant ? s'écria-t-il, la bouche sèche.

Elle frotta ses yeux humides.

— Notre rupture ne surprendra personne. Qui peut croire au mariage d'un patron milliardaire avec une petite secrétaire ? Tu as donné ton nom au bébé, c'est déjà très généreux.

— Que va devenir Freddie ? demanda-t-il d'une voix étranglée.

— Nous partagerons sa garde.

Elle eut un sourire désabusé.

— Si tu le souhaites. Avec un emploi du temps comme le tien, tu ne peux guère t'occuper d'un enfant.

Qu'avait-il à répondre ? Elle avait raison sur tout. Il avait failli à toutes ses promesses.

Il eut envie de la prendre dans ses bras pour l'embrasser et la convaincre de rester avec lui, pour toujours. Malgré ce désir fou, dévorant, il se sentait acculé et impuissant. Il n'avait aucun droit sur elle.

Il ne pouvait pas non plus se comporter comme son père, en monstre d'égoïsme, en menaçant de lui couper les vivres pour la retenir.

Non.

— Où vas-tu aller ?

— En Suisse.

— Maintenant ?

— Le premier avion pour Zurich décolle à 5 heures demain matin. J'ai pris une chambre dans un hôtel près de l'aéroport. Eleni est déjà là-bas avec Freddie.

Il ne dirait même pas au revoir à son fils ? Il voulait parlementer, demander un délai.

L'expression de Holly le dissuada. Elle ne changerait pas d'avis.

Il ne l'avait jamais autant admirée qu'en ce moment…
Il se força à poser la question qui lui brûlait les lèvres.
— Quand reverrai-je Freddie ?
— Tu peux venir en Suisse quand tu veux.
— Je mets mon jet à ta disposition.
Le premier instant de surprise passé, Holly refusa.
— Je n'ai pas besoin de vivre dans le luxe.
— Tu ne manqueras jamais d'argent. Les cinq millions prévus dans le contrat de mariage te reviennent.
— Je les garderai pour Freddie.
Stavros insista.
— J'appelle mon pilote…
— Ce n'est pas nécessaire.
— Ne discute pas. Cela vous épargnera la fatigue d'une nuit à l'hôtel.
Elle capitula en soupirant.
— Merci.
Elle retira sa bague, qu'il reprit à contrecœur.
— Je t'adresserai une demande de divorce par l'intermédiaire d'un avocat, après Noël, ajouta-t-elle. Comportons-nous en êtres civilisés.
Stavros ne s'était jamais senti aussi malheureux de toute son existence, même à la mort de sa mère.
— Comment peux-tu me quitter, si tu m'aimes ?
Sur le seuil, elle se retourna, les yeux brillants.
— Si je ne trouve pas la force maintenant, je ne le ferai plus et nous vivrons dans le regret. Je ne veux pas donner un mauvais exemple à mon fils, pour qu'il soit traumatisé…
— Et incapable d'éprouver des sentiments, comme moi ? coupa Stavros.
Elle s'approcha pour l'embrasser sur la joue. Elle sentait bon la vanille et la fleur d'oranger.
— Sois heureux, chuchota-t-elle avant de disparaître.

12

Quand l'alarme du réveil sonna le lendemain matin, avant même d'ouvrir les yeux, Stavros tendit le bras vers la chaleur de Holly.

Le lit était froid. Alors il se souvint.

Elle était partie.

Il avait dormi tout habillé… Il était tellement découragé, la veille au soir qu'il n'avait pas eu l'énergie d'enfiler un pyjama. S'il ne s'était pas couché tout de suite, il aurait débouché une bouteille de whisky…

Il avait fait des rêves étranges, très beaux et vibrant d'émotion, dans lesquels il se promenait avec sa femme en souriant de bonheur. Ils faisaient aussi un bonhomme de neige avec leur fils. Il n'avait plus peur de l'amour et avait ouvert son cœur à Holly.

Poursuivi par ces vagues réminiscences, il se leva avec raideur dans sa chambre vide. On était le 24 décembre et tout lui semblait gris et froid.

Sauf une tache de couleur qui attira son attention, un petit paquet rouge accroché à une branche du sapin, enveloppé dans du joli papier, avec un ruban de soie.

Pour mon mari.

Il demeura un long moment les yeux dans le vide, paralysé par ces trois mots écrits de la main de Holly. Était-ce un cadeau de rupture ? De toute manière, il n'en voulait pas et le laissa où il était, sans le décrocher.

Dans la salle de bains, il se débarrassa de ses vêtements

chiffonnés et prit une douche brûlante en se frictionnant vigoureusement.

Il valait peut-être mieux que leur mariage se termine au plus vite, avant que l'un des deux ne souffre. Il ne méritait pas l'amour de Holly et ne pourrait jamais l'aimer en retour, se répéta-t-il comme s'il avait besoin de s'en convaincre.

Il se remémora son expression dévastée.

« Je t'aime, Stavros. Crois-tu que tu m'aimeras un jour ? »

Et la froideur de sa réponse...

Son cœur se mit à battre inexplicablement quand il aperçut, dans le dressing, tous les vêtements qu'elle avait laissés, certains tout neufs, jamais portés. Il se détourna avec une sensation bizarre au creux de l'estomac, enfila un caleçon et un pantalon noirs, et essaya de se concentrer sur son nouveau projet d'affaires. Il fallait continuer à accroître son empire financier, pour son fils...

Qu'y avait-il dans le cadeau de Holly ?

Tout à coup, il se précipita dans la chambre, décrocha le paquet et déchira le papier qui l'enveloppait.

À l'intérieur, entourée dans du papier de soie, il découvrit une décoration de Noël, une simple étoile en feutrine rouge que Holly avait confectionnée elle-même. Sa voix douce résonna en lui.

« Mes parents ont été très heureux ensemble. Mon père disait que ma mère avait été sa bonne étoile et qu'elle avait changé le cours de son existence. »

Tout le monde n'avait pas cette chance...

— Tu es sot, Stavi...

La voix d'Eleni, sur le seuil, le sortit de sa torpeur.

— Elle a choisi de partir, je n'ai pas pu la retenir, répondit-il en grec.

La vieille dame secoua tristement la tête.

— Elle t'aime. Elle n'avait pas envie de te quitter.

— Son départ prouve le contraire, remarqua-t-il platement.

Il regarda le ciel gris, au-dehors. Même si on ne les voyait pas, les étoiles continuaient d'exister au-dessus des nuages. Exactement comme sa femme et son fils.

Il se demanda si son jet privé était arrivé et quel temps il faisait en Suisse en ce moment. Il les imagina en train de décorer un sapin en buvant du chocolat chaud. Ce soir, Holly disposerait un bas de laine devant la cheminée. Elle croyait en l'amour, et peut-être aussi au Père Noël...

— Oh ! Stavi, soupira Eleni d'un air de reproche. Pourquoi ne lui as-tu pas dit la vérité ?

La colère le gagna.

— Je l'ai fait. Elle sait que je ne pourrai jamais l'aimer.

— Mon Dieu, que les hommes sont bêtes, parfois..., se lamenta la gouvernante. Tu ne te rends pas compte que tu l'aimes déjà ?

Stavros la fixa.

— Tu perds la tête !

— Pas du tout. Si tu ne l'aimais pas, tu ne la rejetterais pas aussi durement.

— Tu es complètement folle, ma pauvre Eleni.

Eleni ne se laissa pas décontenancer.

— Tu t'imagines que tu es indigne d'elle. Tu as peur qu'elle gâche sa vie, comme ta mère.

— Je ne suis pas mon père ! protesta Stavros, choqué.

— Vraiment ? En tout cas, même si tu n'es pas infidèle, tu négliges et tu ignores ta femme, qui se sent abandonnée.

Il serra les poings.

— Je suis gentil avec elle.

Eleni redressa le menton.

— Tu oublies que je vis ici. Toi, en revanche, tu brilles par ton absence.

Stavros ouvrit la bouche, puis la referma sans rien dire. D'accord, il n'avait pas souvent été là ces dernières semaines. Mais il veillait sur eux et les protégeait. Il ne voulait pas qu'ils s'attachent pour leur éviter de souffrir, justement.

Il avait fait de son mieux. Il avait donné son nom et son argent à Holly et Freddie. Ils ne manquaient de rien.

Sauf d'amour et d'attention.

Ils méritaient mieux, mais il était incapable de leur offrir davantage.

— Va la rejoindre, souffla doucement Eleni derrière lui. Si tu n'as pas ce courage maintenant, tu le regretteras toute ta vie.

Un lourd silence tomba.

Quand il se retourna, Eleni avait disparu.

Il se mit à faire les cent pas et s'immobilisa devant l'étoile de feutrine rouge. Il avait amené Holly à New York tambour battant, en lui promettant d'être un bon mari et un bon père. Mais il avait failli lamentablement. Il avait même oublié son anniversaire.

Il avait délibérément déserté.

Non pas pour les protéger, ainsi qu'il le prétendait, mais parce qu'il avait peur d'affronter la réalité. En fait, dans leur relation, c'était elle la conquérante, et lui le vaincu.

« Mon père n'espérait pas autant de la vie. Il disait que ma mère avait été sa bonne étoile et qu'elle avait changé le cours de son existence. »

Stavros avait conscience de son indignité. Jusque-là, il n'avait jamais capitulé devant la peur. Rien ne l'avait arrêté. Il était devenu milliardaire en partant de rien. Il avait même épousé Holly en sachant comment cela finirait.

Pouvait-il changer ?

Rassembler tout son courage pour se livrer corps et âme ?

Saurait-il gagner son cœur ?

Ses yeux se remplirent de larmes tandis qu'il contemplait la ville de New York en serrant l'étoile rouge dans sa main.

Il cilla plusieurs fois les paupières et inspira profondément.

Il n'était peut-être pas trop tard pour changer le cours du destin. Même si la chance de réussir était infime…

Le silence régnait dans la petite vallée suisse en ce soir de Noël.

Les étoiles scintillaient comme des diamants accrochés au firmament. Au loin, les cloches sonnaient pour la messe de minuit. Les voisins de Holly étaient tous partis chez des amis ou dans leur famille. Elle était seule dans son petit chalet.

Stavros avait bien fait d'insister pour mettre son jet privé à sa disposition. Freddie avait eu mal aux oreilles et avait pleuré pendant tout le voyage. Elle aussi, d'ailleurs, avait beaucoup pleuré...

Pendant que son bébé dormait, Holly se demanda ce que faisait son mari à New York. En regardant par la fenêtre, elle ne vit que son propre reflet, l'image d'une jeune femme rousse, sombre et solitaire.

Non, il ne fallait pas s'apitoyer sur soi-même. Elle avait de la chance d'être logée dans ce chalet, d'avoir un peu de temps devant elle pour réfléchir avant de prendre un nouveau départ.

Holly ouvrit la porte d'entrée pour contempler les reflets du clair de lune sur les sommets des Alpes enneigées. Son haleine formait une buée blanche dans l'air glacial. Au loin, on apercevait les faisceaux lumineux d'une voiture sur la route. Sans doute quelqu'un qui se hâtait pour rejoindre ses proches, songea-t-elle tristement.

Elle rentra en frissonnant et relut le texto de sa sœur.

Il me faudra un peu de temps pour me remettre, mais je vais déjà mieux. Une nouvelle année va bientôt commencer.

Holly esquissa un sourire attendri. Nicole devenait enfin adulte.

Elle secoua la tête et entreprit de mettre un peu d'ordre. Puis elle s'enveloppa dans la couverture en patchwork de sa grand-mère et s'assit devant le feu en grignotant un cookie. Dès son retour inattendu de New York, ses voisins s'étaient empressés de l'entourer. Horst avait apporté un sapin et rentré quelques bûches pour la cheminée, et Elke lui avait offert des gâteaux qu'elle avait confectionnés avec ses petits-enfants.

Holly n'était donc pas vraiment seule et abandonnée de tous. Elle avait rempli un bas de laine avec des chocolats offerts par Eleni et pris plaisir à soigner la décoration de Noël avec les précieux objets qu'elle conservait dans sa boîte à trésors. Elle avait laissé de côté la guirlande en feutrine. C'était dommage, mais elle n'avait pas pu se résoudre à l'accrocher sur le sapin.

À New York, elle avait oublié de reprendre l'étoile de Stavros, qu'elle avait espéré lui offrir pour perpétuer la tradition familiale. Il ne la remarquerait sans doute même pas ou s'en débarrasserait sans remords.

Comme il avait fait avec elle.

Sa gorge se noua. Elle était injuste avec lui. Dès le début, il l'avait mise en garde en lui expliquant clairement qu'il ne l'aimerait jamais. C'était elle qui avait essayé de changer les règles du jeu. Elle qui, en dépit de ses avertissements, lui avait livré son cœur.

Au-dehors, la portière d'une voiture claqua. C'était peut-être le fils d'Elke, ou le frère de Horst qui arrivait de Genève.

Quand des pas crissèrent dans l'allée, elle reposa son biscuit au bord de la soucoupe. Qui lui rendait visite ? Hans ? Avec son vieux pull et son pantalon informe, elle n'était pas présentable…

Quelqu'un frappa. Elle ramena sur elle les pans de la couverture et s'approcha de la porte.

— Qui est-ce ? demanda-t-elle doucement pour ne pas réveiller Freddie dans la chambre.

Pendant quelques secondes, il n'y eut pas de réponse. Avait-elle rêvé ? Puis elle entendit la voix pressante de son mari.

— Holly…

Elle était victime d'une hallucination…

— Holly, ouvre-moi, s'il te plaît. Je t'en prie.

Il ne pouvait pas s'agir de Stavros. Il ne s'exprimait pas ainsi et n'était pas du genre à supplier.

Elle ouvrit en fronçant les sourcils.

C'était bien lui, mais pas le Stavros qu'elle connaissait.

À la place de son costume d'homme d'affaires et de son manteau en cachemire, il était habillé d'une veste en peau de mouton, avec un simple jean et un bonnet en laine. La vulnérabilité qui se lisait dans ses yeux la bouleversa.

— Que fais-tu ici ? souffla-t-elle.

— Je peux entrer ? demanda-t-il humblement. S'il te plaît.

Avec un signe de tête, elle recula en chancelant, les jambes molles.

Il jeta un regard circulaire, en s'arrêtant sur le bas de laine rempli de friandises.

— C'est Noël, ici, murmura-t-il.

Il marqua une pause en plongeant les yeux dans les siens.

— Le genre de Noël dont j'ai toujours rêvé.

Elle se crispa.

— Qu'est-ce que tu veux ?

Presque timidement, il esquissa un sourire.

— Toi, Holly.

Était-il venu pour la narguer et lui faire du mal ?

— Tu as fait tout ce chemin en espérant coucher avec moi ? rétorqua-t-elle avec mépris.

Lentement, il secoua la tête.

— Je suis venu te donner ceci.

Sortant la main de sa poche, il ouvrit les doigts sur l'étoile rouge qu'elle lui avait offerte.

— Tu me hais à ce point ? répliqua-t-elle, prête à fondre en larmes.

— Qui parle de haine ?

Tristement, il releva son menton du bout de l'index.

— Holly, tu n'as aucune raison de m'aimer. J'avais clairement énoncé ma position. Marqué à vie, meurtri pour toujours, je n'avais rien à t'offrir à part mon nom, ma protection et ma fortune. Cela aurait dû te suffire.

Fascinée par l'expression de son regard, Holly demeura immobile, comme paralysée.

— Mais ma belle et téméraire épouse en avait décidé autrement, continua Stavros en effleurant ses joues d'une caresse. Tu voulais mon amour, au risque de tout perdre.

Holly frissonna, incapable de parler. Pour son plus grand étonnement, des larmes brillaient dans les yeux de Stavros.

— Je n'ai plus qu'une chose à dire…

Elle retint son souffle quand il fixa le pendentif en or accroché à son cou et glissa quelque chose dans sa paume. L'étoile de feutrine rouge.

— Tu as changé le cours de mon existence, chuchota-t-il. Je t'aime, Holly. Je t'aime tellement que mon univers s'est effondré lorsque tu m'as quitté avec Freddie. J'ai eu l'impression de tout perdre d'un coup, le soleil, la lune et les étoiles…

Elle s'humecta les lèvres nerveusement.

— Tu… Tu m'aimes ?

Il eut un rire triste, plein de nostalgie.

— Je crois que je suis tombé amoureux dès que je t'ai vue à l'église, dans ta robe rouge, à la lueur des cierges.

— Tu ne t'es guère comporté comme un homme amoureux ! railla-t-elle, sceptique.

— Je cachais mes sentiments, y compris à moi-même. J'avais peur.

— Tu ne voulais pas me conquérir.

— Surtout, je ne voulais pas être conquis.

— Comme si j'avais ce pouvoir !

Il répondit très sérieusement.

— Quand je t'ai rencontrée, pour la première fois de ma vie j'ai eu envie de me marier et d'avoir des enfants. Sur le moment, j'ai cru que je voulais m'assurer une descendance parce que j'étais gravement malade et condamné. Mais ce n'était pas cela.

— Ah bon ?

— Non. C'était à cause de toi. Tu m'inspirais des sentiments nouveaux, inconnus. Après notre nuit d'amour, j'ai compris que j'étais à ta merci. Alors je t'ai repoussée. Je ne voulais pas te faire du mal, mais j'avais encore plus peur de souffrir.

Il s'arrêta un instant, comme pour rassembler son courage.

— Maintenant, je n'ai plus peur, Holly. Mon cœur et ma vie t'appartiennent et sont entre tes mains... Pourras-tu m'aimer un jour, de nouveau ?

Holly le fixa d'abord sans réagir.

Puis quelque chose explosa à l'intérieur, avec la violence d'une supernova illuminant l'univers tout entier. Elle le prit par la main pour le mener devant le sapin et lui redonna l'étoile rouge.

— Mets-la sur notre arbre.

Il scruta l'expression de Holly. Puis, rassuré, il obtempéra avec soulagement pendant qu'elle sortait une guirlande d'étoiles identiques pour l'enrouler autour des branches.

— Maintenant, c'est vraiment Noël.

La couverture avait glissé de ses épaules, et elle s'empourpra en surprenant le regard de Stavros sur ses seins.

— Stavros...

Il la serra contre lui pour l'embrasser avec fougue.

Quelques secondes plus tard, après s'être fébrilement débarrassé de son manteau et de son bonnet, il la coucha tendrement sur la couverture en patchwork. Il ne s'agissait plus seulement de passion physique, mais d'amour et d'engagement, songea Holly avec une joie indicible.

Cette nuit-là, elle s'abandonna sans crainte et totalement à la promesse d'un bonheur durable. Il n'existait rien de plus pur sur terre qu'un sentiment né un soir de Noël, dans le silence et la paix d'une douce et sainte nuit.

Épilogue

Trois bébés pleuraient en même temps.

Stavros et Holly échangèrent un regard impuissant avant d'éclater de rire.

— Je suis désolée, soupira Eleni.

Debout sur le seuil, elle tenait la main de Freddie, maintenant âgé de quatorze mois, qui avait encore les marques de l'oreiller sur la joue.

— Je n'aurais pas dû le réveiller de sa sieste. Mais je croyais qu'il serait content de voir son frère et sa sœur.

Holly et Stavros se retournèrent vers les jumeaux, dans le lit de voiture installé sur la banquette arrière. Ils n'avaient pas cessé de pleurer depuis leur sortie de l'hôpital. Colton, le chauffeur imperturbable de Stavros, en avait même perdu son flegme coutumier.

De nombreux changements étaient survenus au cours de l'année écoulée. Quand on avait appris que Holly attendait des jumeaux, Stavros avait revendu sa Rolls-Royce pour acheter un gros SUV de luxe. Ils avaient aussi déménagé à Brooklyn.

— Je veux que mes enfants grandissent dans une vraie maison, avec des voisins pour jouer avec eux, avait déclaré Holly. Comme Nicole et moi quand nous étions petites.

Si Aristides me voyait en ce moment, il me renierait ! se dit Stavros dans son for intérieur.

De toute façon, son père l'avait remplacé par un fils plus à sa convenance. Après son divorce, l'été dernier, Oliver avait essuyé un nouvel échec avec sa riche maîtresse qui l'avait quitté. Pour se consoler, il était parti en Grèce, rendre visite à son oncle Aristides, et n'était jamais revenu.

Oliver n'aurait plus à chercher du travail, et Aristides avait trouvé le parfait compagnon de débauche...

Heureusement, la famille de Holly n'était pas aussi dépravée que la sienne. Nicole s'habituait à sa nouvelle vie dans le Vermont. Elle travaillait comme institutrice dans une école et fréquentait un policeman. Ils auraient tous les détails le lendemain au petit déjeuner quand elle arriverait.

— Tu as besoin d'aide, Stavi ?

La question d'Eleni le ramena au moment présent.

— Je peux faire quelque chose, monsieur Minos ? proposa également Colton en forçant la voix pour couvrir les cris des enfants.

— Oui, merci.

À eux deux, ils détachèrent le lit pour le porter à l'intérieur.

Stavros revint ensuite chercher sa femme. La veille, pour son vingt-neuvième anniversaire, elle avait passé toute la journée en salle de travail et accouché à 2 heures du matin. Pourtant, au lieu de rester en observation à l'hôpital, elle avait insisté pour rentrer.

— Nous devons être chez nous avec Freddie pour Noël !

L'équipe des médecins et infirmières avait fini par céder. Sa femme avait décidément une force de conviction peu commune, songea Stavros avec fierté.

Il ouvrit la portière et la porta dans ses bras.

— Que fais-tu ? Je peux marcher !

— Je m'occupe de toi, souffla-t-il avec tendresse.

Il la déposa sur le canapé du salon, devant la cheminée où brûlait un feu de bois. La naissance était normalement prévue pour début janvier, et Holly, qui avait eu le temps de s'occuper des décorations de Noël, n'avait pas prévu de chaussettes pour les nouveau-nés. Pourtant, il y en avait bel et bien deux accrochées à côté des autres, avec leurs noms brodés dessus.

— Oh ! tu y as pensé ! s'exclama-t-elle, touchée.

— Joyeux Noël, *agape mou*.

— Mais comment as-tu fait ? Tu es resté tout le temps avec moi à la maternité.

— Je me suis débrouillé, déclara-t-il avec un sourire satisfait.

Il enlaça Holly et l'embrassa avec une tendresse et un amour infinis.

Après tant d'années à refouler ses émotions et ses sentiments, une erreur de diagnostic avait réussi à craqueler le cœur de Stavros. Holly avait choisi ce moment précis pour s'infiltrer dans la fêlure et illuminer son âme.

Alors qu'il se préparait à une mort certaine, un miracle s'était produit.

Mais Holly était celle qui lui avait vraiment redonné vie.

Finalement, il n'avait pas été vaincu par l'amour, mais sauvé. Libéré de ses peurs, il vivait un rêve plus merveilleux que tout ce qu'il aurait pu imaginer. Avec ses enfants. Sa maison. Sa femme, surtout.

L'amour de Holly était le plus beau des miracles de Noël.

SUSAN STEPHENS

Un trône pour Samia

Traduction française de
BARNABÉ D'ALBES

AZUR
HARLEQUIN

Titre original :
A BRIDE FIT FOR A PRINCE ?

Ce roman a déjà été publié en 2020.

1

Naturellement, l'immense terrasse était noire de monde. Luca préféra se diriger à l'intérieur de la brasserie, même si la plupart des tables étaient elles aussi occupées. Il venait tout juste d'atteindre le bar, zone toujours désertée dans l'après-midi, quand une jeune femme surgit face à lui… Ou plutôt, le heurta de plein fouet.

— Oh ! Pardon ! Pardon ! s'exclama-t-elle en reculant avec vivacité, et en levant vers lui un visage consterné.

Il haussa les sourcils. Elle portait un énorme sac à dos, style campeur, et elle s'était précipitée dans le luxueux restaurant non depuis la rue mais par la porte de service qu'il apercevait, au fond, grande ouverte, un chariot rempli de bouteilles entreposé devant.

— Aucune raison de vous confondre en excuses, répondit-il en scannant le visage inconnu de son œil expert.

De grands yeux intelligents, un petit menton fier, la peau hâlée par la poussière des voyages. Une figure intéressante, qui ne manquait pas de caractère et, à vrai dire, de séduction non plus. Il sentait encore l'empreinte de ses courbes sur son torse lorsqu'il arrima au sien le regard d'un vert émeraude si pur et si clair… aussi simple qu'une belle journée d'été – ce qu'*aurait dû* être cette journée si la vie elle-même était simple. Mais non. N'en faisait-il pas l'amère expérience ?

— Je meurs de soif, il me faut absolument un verre d'eau, annonça-t-elle.

Elle reporta aussitôt son attention sur lui et s'enquit :

— On se connaît ?

— Non, je ne crois pas.

— Vous en êtes certain ?

Il passa une main distraite sur sa barbe de vingt-quatre heures et confirma :

— Ma foi, oui.

Elle continuait à le fixer, comme si son visage lui rappelait quelqu'un *à coup sûr*, et que son cerveau refusait de lui livrer l'information manquante.

Il profita de sa concentration pour se laisser griser par son parfum fleuri et admirer sa bouche, aussi pulpeuse et attirante qu'une belle fraise à peine cueillie. Il imaginait son goût sucré, le fondant de sa chair et les...

— J'en mettrais pourtant ma main au feu, je vous ai déjà vu quelque part, insista-t-elle. C'est juste que je n'arrive pas à me rappeler où, mais ça va me revenir, vous verrez. Il suffit que j'additionne les petits détails. Par exemple, vous jurez autant que moi avec ce décor, mais vous, vous avez l'air tout à fait détendu !

Il ne put réprimer une moue amusée.

— Bravo, Sherlock. Autre chose ?

— Oui. J'en déduis que vous êtes bien plus habitué que moi à fréquenter les restaurants chics.

Elle se retourna vers la salle. Sol mosaïqué, typique de ces établissements ; plafonds aux moulures patinées avec raffinement par un artiste varois. Sous les superbes appliques en verre soufflé, les clients assis sur des banquettes Art déco dégustaient de petits chefs-d'œuvre de la bistronomie provençale. Certains déjeunaient tard, d'autres s'offraient un goûter dans les règles de l'art, ou un cocktail accompagné de mignardises.

— Ce n'est pas possible, murmura-t-elle. Il existe donc des gens qui boivent un magnum de champagne au beau milieu de l'après-midi ?

— Apparemment, oui.

Elle avait de toutes petites taches de rousseur sur le nez, observa-t-il tandis qu'elle riait sous cape. Et une peau diaphane.

Le haut de son corps était caché sous une veste légère et un T-shirt blanc – trop ample à son goût. En revanche, ses jambes interminables, impeccablement fuselées, étaient révélées par son short marin en coton. Ses bottes en cuir, antédiluviennes, informes, étaient probablement ce qu'il avait vu de plus triste en matière de chaussure féminine.

Quel drôle d'oiseau. Sans doute avait-elle cru pénétrer dans un petit café sans prétention, en passant par l'arrière. Or au sein de cette enseigne cossue de Babylone, on discutait œnologie et grands crus classés d'un ton religieux, comme s'il s'agissait de la réponse à tous les maux de l'humanité, pendant qu'une armée de serveurs en livrée avait pour mission de satisfaire la clientèle la plus difficile, prête à payer n'importe quel prix à condition d'être comblée. Oui, ils se trouvaient dans le temple des excès, sur le port probablement le plus chic du monde. Les gens qui fréquentaient le lieu appartenaient aux classes les plus privilégiées : millionnaires, patrons de grandes entreprises, jet-set et show-business.

— Il me faut de l'eau et un travail, et dans cet ordre, reprit-elle en se tournant vers lui, comme s'il détenait la solution.

Luca la considéra avec perplexité.

— Vous ne sauriez pas où je pourrais en trouver, par hasard ? interrogea-t-elle.

Décidément, cette petite frimousse respirait l'intelligence ! Ses yeux sublimes invitaient au tête-à-tête dans l'intimité, sa bouche appelait les baisers.

— Je pourrais peut-être décrocher un petit job à bord d'un paquebot de croisière en partance pour un tour du bassin méditerranéen. Un de ces horribles buildings flottants, vous savez ?

Elle observa un bref silence, mais comme il ne répondait pas, elle enchaîna :

— J'ai épuisé mes fonds. Mon voyage se prolonge plus longtemps que prévu. Il y a tellement de choses à voir, et c'est si difficile de tout caser dans le temps imparti !

— Vous avez une date de retour butoir ?

— Non, pas exactement, dit-elle, mais il va bien falloir que je me remette au travail. Comme tout le monde, n'est-ce pas ? Je ne peux pas passer ma vie par monts et par vaux... Même si je dois avouer que ça me plairait beaucoup.

Une sorte de tristesse voila ses yeux, et elle ajouta :

— À un moment donné, on entend le sifflet, c'est la fin de la récréation. Fini les périples et l'exotisme, la machine exige d'être remise en marche.

— *La machine* ? répéta-t-il, dubitatif.

— Oui, enfin, vous voyez ce que je veux dire, éluda-t-elle avec un geste évasif de la main.

— Je n'en suis pas sûr, non. Vous venez de loin ?

— De Londres, à l'origine, admit-elle.

— Ah. C'est là que vous vivez et que vous travaillez ?

Sans répondre, elle se tourna vers le port et lâcha :

— J'adore le sud de la France, pas vous ?

Il nota au passage qu'elle n'était pas très douée pour changer de sujet.

— La Côte d'Azur fait partie des nombreux endroits où j'apprécie de séjourner, acquiesça-t-il.

Cette réponse la fit bondir.

— Quoi ? Où vous *appréciez d'y séjourner* ? *Apprécier* ? Un endroit aussi somptueux, aussi magique ? Vous n'avez donc pas l'impression d'être galvanisé, ici, comme si vous étiez deux fois plus vivant que d'habitude ?

Médusé, il regarda le visage de la jeune femme irradier d'enthousiasme, de ferveur.

— La musique, la cuisine, le soleil ? Le ciel et son bleu outremer, la façon dont les gens parlent fort au lieu de murmurer, parce qu'ils sont détendus ? Leur joyeuse insouciance, leur confiance dans la vie, loin des villes qu'on arpente en imperméable, frissonnant sous une averse froide...

— D'accord, d'accord, coupa-t-il en riant, votre plaidoirie est très convaincante. Vous êtes avocate ?

— Non, mais j'ai souvent pensé qu'il me serait très utile d'avoir quelques connaissances en matière juridique, soupira-t-elle.

— Ah ? Pourquoi cela ?

— Oh ! Enfin, vous voyez ce que je veux dire.

Évasive, une nouvelle fois, elle haussa négligemment les épaules.

— Bon, alors si vous n'êtes pas avocate… Vous écrivez ? Vous ne manquez pas de talent pour les descriptions.

Elle s'esclaffa et détourna le regard. Même s'il brûlait de curiosité, il préféra revenir à ce qui semblait la préoccuper.

— Pourquoi ne pas offrir vos services ici ? suggéra-t-il. Ils cherchent peut-être quelqu'un. C'est la haute saison.

— Mais bien sûr, railla-t-elle. Comme s'ils allaient engager quelqu'un qui se présente dans ce genre de tenue !

Elle désigna sa veste fripée et ses bottes sales, se mit à rire et haussa les épaules.

— Impensable. De toute façon, j'aimerais partir assez loin… En haute mer, ce serait l'idéal.

— Tiens donc. Vous cherchez à fuir ?

— Qu'est-ce qui vous fait dire cela ? rétorqua-t-elle sur un ton défensif.

Ses joues avaient légèrement rosi.

— Je me contente de dérouler la pelote du fil que vous me tendez vous-même, expliqua-t-il.

— Ah… Alors je ne suis pas la seule détective, dans cette brasserie. Je devrais peut-être faire un peu plus attention à ce que je dis !

— Oui, ce serait plus sage, renchérit-il en lui renvoyant un regard complice.

Vive, jeune, séduisante et… pleine d'esprit. Le personnage idéal pour lui offrir une distraction bienvenue en cette journée pénible !

— Quant à vous, observa-t-elle en le détaillant de pied en cap, vous ne travaillez pas ici. Bermuda en jean, T-shirt à manches courtes : vous ne me donnez pas l'impression de vouloir postuler en tant que garçon.

— Moi ? s'esclaffa-t-il. Aucun risque, en effet. On ne me confierait même pas un remplacement à la plonge !

— Hum. Manutentionnaire, peut-être ? Vous êtes assez musclé pour charger et décharger ces énormes chariots, là-dehors.

Il lui décocha un coup d'œil carnassier.

— Vous m'embauchez ? s'enquit-il d'une voix sirupeuse.

— Dans vos rêves.

Il vit une adorable fossette apparaître au creux de sa joue, tandis qu'elle riait.

— Alors dites-moi, poursuivit-elle, comment se fait-il qu'on vous ait laissé entrer dans cette tenue ?

Il esquissa une moue dubitative.

— J'ai fait comme vous. J'ai poussé la porte. Il suffit d'entreprendre quelque chose avec confiance en soi, et personne ne vous arrête.

— Si vous êtes convaincu que la fortune sourit aux audacieux, vous allez m'aider à me trouver un petit job, n'est-ce pas ? répliqua-t-elle.

— Hélas, dans ce domaine, je crains fort de ne vous être d'aucun secours. Désolé.

D'un air réprobateur, elle le tança avec sévérité.

— Vous *craignez fort ? Vous ?* Non. Je ne vous connais que depuis cinq minutes, mais cela me suffit pour savoir que vous ne craignez rien ni personne.

Autrefois, du temps où le petit radeau qu'il s'était bâti flottait encore au fil de la vie, avant d'être démantelé par la tempête... il aurait partagé son avis. Mais maintenant que son existence était dispersée aux quatre vents, le jeu avait changé de nature.

— D'ailleurs, enchaîna-t-elle, vous êtes peut-être le genre de type que je n'aurais jamais dû aborder comme ça, de façon aussi imprudente...

— C'est pourtant ce que vous avez fait, observa-t-il, une note provocatrice dans la voix.

— De façon provisoire, nuança-t-elle. Dès que j'aurai pu avaler un grand verre d'eau, je déguerpirai d'ici. Ce qui n'est pas près d'arriver si le garçon ne me voit pas. Vous êtes grand. Je suis sûre qu'il pourrait vous repérer depuis le fond de la salle. Un geste de vous, et ce sera comme la mer Rouge qui s'ouvre... Alors que moi, même si je me mets à sautiller sur place, il ne parviendra jamais à me repérer.

— Vous me flattez.

— Vraiment ? susurra-t-elle en écarquillant les yeux d'un air faussement candide. Oh ! je vous assure que je ne l'ai pas fait exprès.

Il rit de plus belle et acquiesça :

— C'est entendu. Ne bougez pas, je reviens.

— Aucun risque. Je ne bougerai pas d'ici avant d'avoir eu mon verre d'eau, promit-elle.

D'un pas alerte, il se dirigea tout au fond de la salle, ce qui lui permit de contempler l'étrange inconnue de dos. Face à elle, il n'avait pas prêté attention à ses cheveux tirés en arrière. Maintenant, il restait admiratif en découvrant la teinte riche et cuivrée de son chignon souple, où une épaisse crinière de feu était retenue par des épingles. Il éprouvait une folle envie de sentir cette chevelure majestueuse cascader entre ses doigts, et de l'écarter pour déposer une myriade de baisers sur la nuque frêle et gracile qui le tentait...

Eh bien, quelle irruption inattendue ! Il avait suffi d'une brève et innocente conversation – engagée à bâtons rompus – pour que le charme opère. Sa curiosité était à son comble. Son désir aussi.

Fasciné, il lorgna encore ses longues jambes – qu'il était *tellement* facile d'imaginer, l'enserrant, dans un lit, lors d'une joute qui n'aurait plus rien de verbal...

De là où il se trouvait, il distinguait l'expression concentrée de la demoiselle qui, à l'évidence, cherchait encore à obtenir une réponse de son ordinateur mental. Vainement : les « petits détails » ne s'additionnaient pas aussi aisément qu'elle l'aurait voulu. La frustration que révélait son froncement de sourcils l'amusa. Elle n'était pas maquillée, et elle avait un teint radieux, un regard captivant, une bouche à damner un saint. Sa beauté naturelle le subjuguait sans doute, mais ce qui lui plaisait par-dessus tout, chez elle, c'était sa forte personnalité. Dans le monde de courtisans et d'hypocrites auquel se réduirait bientôt son entourage, il souffrirait de l'absence d'esprits indépendants et espiègles comme celui de cette femme. Aussi, tant qu'il en avait l'occasion, il voulait profiter de cette bouffée d'oxygène.

Car elle n'avait peut-être pas besoin de rentrer chez elle à une date butoir, mais lui, si. Hélas ! D'ici quelques jours, il prendrait le chemin de la principauté de Madlena pour occuper le trône, vacant depuis la mort de son frère. Une responsabilité qui l'étranglait davantage chaque jour. Il vivait peut-être sa dernière équipée en liberté sur son yacht, le *Diamant noir,* avant que ne tombe le couperet de la charge royale. Alors, non, il n'avait pas besoin de s'encombrer de la compagnie d'une baroudeuse impertinente dont la première caractéristique était de se comporter comme une mitrailleuse à questions. Ah certes, le sexe le détendrait... Généralement, il portait cependant son choix sur des femmes plus mûres, plus expérimentées, des femmes acceptant les règles du jeu – et non de jeunes cigales sillonnant l'Europe le sac au dos.

— De l'eau ! Enfin ! s'écria-t-elle en le voyant réapparaître et poser un grand verre sur le comptoir.

Elle le prit et le vida lentement – mais d'un trait.

— Merci, lâcha-t-elle avec une gratitude évidente.

Il poussa un profond soupir.

— Vous en voulez un autre, n'est-ce pas ? devina-t-il.

— Oui, s'il vous plaît. Mais ne vous dérangez pas, je vais me débrouiller, dit-elle.

— Je vous en prie.

2

Non sans délectation, Luca admira sa silhouette tandis qu'elle se retournait pour faire de grands signes vers la salle. Il bénéficiait d'un panorama privilégié sur son petit corps souple, doté de courbes d'une harmonieuse perfection. Sa grand-mère, la princesse Aurélia, aurait probablement dit de cette jeune femme qu'elle était « bien faite de sa personne ». D'une certaine façon, elles se ressemblaient un peu... L'inconnue était tout aussi menue que son aïeule. Et à cause de sa petite taille, dans cette zone délaissée de la brasserie, elle n'avait pas une chance de passer dans le champ de vision du garçon.

— Bon, j'admets ma défaite, déclara-t-elle en se retournant vers lui.

Elle planta son regard d'émeraude dans le sien et enchaîna :

— Je n'ai pas le choix, je dois faire appel à vos services une seconde fois. Courez, trouvez ce garçon et ramenez-moi ce dont j'ai désespérément besoin.

Comme il restait interdit, elle joignit les mains et battit des cils, mimant une mauvaise tragédienne, et implora d'une voix chevrotante :

— Vous ne voyez donc pas que je suis sur le point de défaillir ?

— Ne cherchez plus de petit boulot : vous avez une carrière toute trouvée sur les planches, répondit-il, placide.

— Oui. Pour les laver et les cirer, je sais.

Sa réponse le fit éclater de rire, et le simple fait qu'il soit capable d'une si franche hilarité en un jour pareil en disait long sur le pouvoir de la jeune femme. Oh non, elle n'allait pas défaillir, et elle n'était pas en détresse. Ici, dans le cénacle des gens riches et célèbres, là où une tenue siglée du plus grand créateur italien n'osait jamais se montrer deux fois, là où les pedigrees n'étaient pas un petit plus mais une obligation, cette fille en short et sac à dos faisait preuve de l'assurance d'une princesse – et en plus, elle était spirituelle et drôle, contrairement aux authentiques princesses que son conseil royal lui présentait sans cesse en guise de candidates.

Mais elle pourrait également lui apporter bien des ennuis, songea-t-il en revenant vers le bar pour y poser le second verre.

— Vous n'aviez pas besoin de passer devant les autres, gronda-t-elle en souriant.

— Ce n'est pas ce que j'ai fait. Le garçon a été très efficace, c'est tout.

— Bon. En tout cas, merci. Vous me rendez un fier service, et j'y suis très sensible.

Il leva les yeux au ciel.

— Je vous ai apporté deux verres d'eau… Pas de quoi vous prosterner devant moi.

— Ce n'était pas mon intention, rassurez-vous, dit-elle, un sourire moqueur aux lèvres.

En avalant une gorgée d'eau, elle balaya la salle du regard. Puis elle se retourna vers lui et s'enquit :

— Vous connaissez des gens, ici ?

— Non. Pourquoi ?

— Parce que tout le monde vous regarde.

— C'est peut-être vous qu'ils regardent, suggéra-t-il tandis que, dans sa vision périphérique, les clients attablés faisaient comme s'ils ne l'avaient pas reconnu.

— Hum… Non, ça m'étonnerait beaucoup, rétorqua-t-elle.

Une nouvelle fois, elle vida son verre en un temps record. Puis, une moue dubitative aux lèvres, elle ajouta :

— Je ne fais pas partie de leur univers.

Elle se redressa et reprit :

— Quoi qu'il en soit, ne vous laissez pas intimider par ces aristocrates. Je suis là pour vous protéger.

— Vous plaisantez ?

— Peut-être. Peut-être pas. Croyez ce qu'il vous plaira, ajouta-t-elle d'un ton mystérieux. Mais quoi que vous fassiez, je vous invite chaleureusement à les ignorer.

Elle passa une main sur ses tempes, et une fine mèche tomba en bouclant devant son oreille. Sa chevelure n'était pas cuivrée mais d'un roux ardent. Cette femme de feu portait fièrement sa couleur. De petites barrettes retenaient encore le reste de son chignon, avec quelques épingles, et il éprouva encore la furieuse envie de les retirer une à une, pour plonger ses doigts dans cette fourrure de renard.

— Et sinon, reprit-elle, vous comptez me dire un jour qui vous êtes ? À part la seule personne aussi mal sapée que moi, dans cette brasserie ?

Il était incontestable qu'ils piétinaient avec insolence le code vestimentaire de la maison. Il n'avait pas pour habitude de fréquenter les palaces en bermuda et T-shirt. Non seulement il n'était ni rasé ni coiffé, mais il avait du sable encore collé sur les jambes... Était-elle assez naïve pour croire qu'on les laissait occuper le bar avec un verre d'eau, depuis un bon quart d'heure, par pure charité ? Ici, il était clair qu'on passait à un prince tous ses caprices : et comme elle l'accompagnait, personne ne venait les importuner.

— Je m'appelle Luca, dit-il. Et vous ?

— Avant d'en venir aux présentations, j'aimerais que vous me disiez comment vous avez fait pour ne pas vous faire jeter hors d'ici, alors que vous avez l'air d'être tombé à l'eau.

— Parce que c'est exactement ce qui m'est arrivé.

— D'accord, mais... C'est bizarre. Je suppose qu'ils n'ont pas de service de sécurité et qu'aucun membre du personnel n'a eu envie de s'attaquer à vous, dit elle en fixant ses biceps.

— Merci. Encore des compliments ?

— Blague à part... Cela n'a aucun sens. Comment avez-vous fait ?

Il haussa les épaules.

— Peut-être que j'inspire la sympathie et que les serveurs ont eu envie de faire une exception.

Elle secoua lentement la tête.

— Oui, et peut-être qu'ils se cotisent en cuisine pour vous offrir un costume, ironisa-t-elle. Pourtant, ils filent aussi droit que des soldats, et eux-mêmes sont tirés à quatre épingles, avec leurs costumes de pingouins. Ne me prenez pas pour une courge, Luca. Ou bien ils ont peur de vous, ou bien ils vous respectent. Alors ?

C'était probablement un peu des deux, songea-t-il, amusé.

— Je suis déjà venu ici, reconnut-il.

— Ah… Alors vous faites partie de l'équipage d'un building flottant ?

Il dénia de la tête.

— Hum… Non, en fait, vous n'êtes pas un membre d'équipage, reprit-elle en le sondant d'un regard inquisiteur. Vous êtes le cerveau de la mafia locale. Ou peut-être un milliardaire venu passer la journée ici, incognito ?

— Ma foi, je serais enchanté de jouer l'un ou l'autre de ces rôles ! admit-il.

— Je n'en doute pas. Mais pas avec moi.

Il sourit et croisa les bras, soutenant son regard.

— Vous a-t-il seulement traversé l'esprit que cela pourrait être *vous* que les gens regardent ?

— Moi ? Hormis quelques regards réprobateurs au moment où je suis entrée, je n'ai vu personne lorgner dans ma direction depuis.

— Vous parlez bien vite. C'est sans doute votre incroyable chevelure qui prête à tant de commentaires.

— Oh ! Merci, gentil seigneur, répondit-elle en esquissant une petite révérence.

Amusé, il mima une réaction horrifiée.

— Oh non, aurais-je laissé échapper un compliment malgré moi ?

Sans bouger la tête, elle lança quelques regards aux alentours et conclut :

— Je vous garantis que ce n'est pas moi qu'ils fixent. Maintenant que j'ai bu mon verre, personne ne me considère comme un personnage auréolé de mystère : l'hypothèse de la campeuse poursuivie par un loup-garou, qui serait venue chercher refuge ici par erreur, est unanimement rejetée.

Il fronça les sourcils.

— Chercher refuge, dites-vous ? Vous fuyez quelque chose ou quelqu'un ?

Au lieu de répondre à sa question, elle prit un chemin de traverse.

— C'est là tout le problème avec Saint-Tropez : les fausses pistes. C'est la première fois que je viens ici, alors, à mon arrivée, j'avais du mal à croire qu'il soit possible que le petit village de pêcheurs des origines ait su résister et conserver son charme, avec tous ces yachts, toutes ces voitures de riches... Et justement, si. La parenthèse estivale que s'offrent les VIP n'empêche pas les habitants de la ville de poursuivre leur train-train, comme à leur habitude. Les deux populations coexistent.

— Et vous désapprouvez ?

— Non, au contraire ! C'est ce qui fait de Saint-Tropez un lieu unique que tout le monde a envie de venir visiter un jour. Mais n'essayez pas de changer de sujet. Nous parlions de vous.

— *Moi*, je change de sujet ? répéta-t-il, outré.

Elle s'esclaffa et haussa les épaules.

— Oui, allez... Dites-moi tout. Alors ? Vous êtes une célébrité ? Un fugitif qui tente d'échapper à la loi ?

— Je regrette, je n'appartiens à aucune de ces catégories.

— Vous devriez passer à la confession de vous-même. Parce que, de toute façon, je suis très douée pour extorquer des aveux complets.

— Commissaire ?

— Pas encore, soupira-t-elle, mais j'ai toujours rêvé d'une carrière de fin limier. Je n'ai jamais su résister à un puzzle.

— Ah... Et si je me cache, comme vous ? insinua-t-il, un sourire taquin aux lèvres.

— Je ne me cache pas !

La promptitude de sa réponse était suspecte, pensa-t-il. Son sixième sens lui soufflait que, même si elle s'en défendait, elle fuyait quelque chose et cherchait un refuge.

— Vous ne risquez pas de vous fondre dans le décor, habillé comme vous l'êtes, reprit-elle en le fixant d'un regard scrutateur.

Sans cesser de le dévisager, elle ajouta :

— Et le prénom Luca n'est guère un indice.

— Parce que d'habitude, si vous connaissez le prénom de quelqu'un, vous pouvez tout déduire de lui ? contra-t-il.

— Non, c'est vrai… Et il est possible que je manque de pratique, à force de me promener dans des paysages grandioses, loin des foules. C'est peut-être un signal : il est temps que je retrouve ma place dans la société humaine. Mais je reste farouche.

Il s'esclaffa.

— Si les rencontres vous rendent si méfiante, pourquoi avez-vous abordé un inconnu en entrant ici ?

Elle sourit.

— Vous ne me faites pas peur. Vous avez l'air digne de confiance.

— Je suis obligé de vous croire sur parole, répondit-il, secrètement stupéfait.

Où était-elle donc au cours de ces derniers mois ? Des photos de lui s'étaient étalées partout dans la presse ! La tragédie intime que représentait pour lui la mort de son frère avait résonné d'un bout à l'autre du globe. Après la mort de leurs parents, dans un accident d'avion, leur grand-mère les avait élevés, puis Pietro avait pris le relais… pour connaître à son tour une fin précoce. Les journaux avaient fait leurs choux gras du destin fracassé des deux frères, surtout qu'ils étaient fabuleusement riches et appartenaient au cénacle des têtes couronnées. Comment avait-elle réussi à passer au travers de cette phénoménale couverture médiatique ?

Après tout, c'était peut-être uniquement le changement de contexte. Tel qu'il se trouvait en ce moment, maculé de sable, vêtu tel un touriste négligé, il ne ressemblait plus guère au fringant chef militaire, dans son uniforme rutilant, passant ses troupes en revue, tel qu'il avait été photographié des douzaines de fois. Cet homme-là avait la réputation de se vouer corps et âme à ses troupes et de ne jamais sourire en public. Condamné à tenir son rôle, il était censé tolérer l'intolérable, supporter l'insupportable, y compris la mort de cet aîné qu'il chérissait… et la perspective de ne plus jamais revoir le sourire de Pietro, de ne plus jamais l'entendre plaisanter.

Dans cette salle de restaurant, les clients qui l'avaient reconnu ne voyaient en lui qu'un aristocrate, un milliardaire, le propriétaire d'un des yachts les plus célèbres du monde, le *Diamant noir,* mouillé à quelque distance du port. Précisément, il avait choisi Saint-Tropez pour escale sachant que bien d'autres célébrités noieraient l'attention qu'il concentrait ailleurs : ici, il était un nom connu parmi des centaines.

Son yacht faisait sa joie et sa fierté, et l'emmenait dès qu'il le souhaitait loin des curiosités excessives et des langues trop pendues. Grâce à la société de technologie numérique qu'il avait montée seul, *entièrement seul*, depuis sa chambre d'adolescent, il avait pu se payer le bateau de ses rêves. Ainsi avait-il, au passage, hérité du surnom de « Prince Pirate », à cause des voiles et de la coque noire du navire.

— Puisque je ne vous inspire pas un sentiment de terreur pure, observa-t-il, vous allez peut-être me faire l'honneur de me dire comment vous vous appelez ?

— Tout l'honneur serait pour moi, répliqua-t-elle en posant la main sur sa poitrine, laissant deviner des seins généreux dont il eut le plus grand mal à détourner le regard.

— Je vous écoute, murmura-t-il.

— Samia. Ravie de vous connaître, Luca.

Appuyant sa déclaration, elle afficha un large sourire. Puis elle esquissa une petite révérence qui le fit frémir. Allait-elle finir par le reconnaître ? Forcément. Ce n'était qu'une question de minutes. Il se demanda si elle changerait alors d'attitude envers lui, et voulut croire que… non. Elle avait assez démontré sa forte personnalité pour qu'il ne la suspecte pas d'être comme tout le monde.

— Exotique, jugea-t-il.

— Vraiment ? s'étonna-t-elle. Moi ? Ou mon nom ?

— Et si je vous disais : les deux ?

— Je vous répondrais que vous en faites des tonnes, railla-t-elle. Or mon sixième sens me souffle que cela ne vous ressemble pas.

Conquis, il hocha la tête. Il avait envie d'en mettre autant à son service : Samia était une somme de contradictions, mais rien ne pouvait oblitérer son charme, son sens de la repartie ou son goût du jeu – très contagieux.

— Samia Smith précisa-t-elle. Aucun exotisme, je le crains.

— Samia Smith, articula-t-il en savourant chaque syllabe. Au contraire, ça sonne comme un nom d'artiste. Quoi qu'il en soit, c'est un réel plaisir de vous rencontrer...

Ils échangèrent une brève poignée de main.

Elle avait une main menue, qui semblait plus minuscule encore dans sa large paume. Sa peau, d'une douceur propre à l'étourdir, avait la délicatesse des poupées en porcelaine. Pourtant, Samia avait une poigne ferme et décidée.

Tandis qu'ils descellaient cette étreinte innocente il repéra une petite bande blanche à l'annulaire de la jeune femme. La trace d'une bague ôtée récemment.

Une alliance, bien sûr.

3

Alors que ce bref contact avait déjà fait bouillonner son sang dans ses veines, Luca dut pratiquement se jeter contre la jeune femme : il l'enveloppa d'un bras protecteur afin qu'elle ne soit pas heurtée par un groupe de garçons surgissant en bataillon hors des cuisines, armés de leurs plateaux et filant vers la terrasse.

L'escouade venait à peine de disparaître qu'il fut surpris par la soudaine augmentation de sa température. Lorsqu'il arrima son regard à celui de Samia, à quelques centimètres de lui, il perçut également son trouble.

Quelque chose venait de changer, entre eux. Ils n'étaient plus des inconnus qui venaient de faire connaissance dans un restaurant. Ils étaient un homme et une femme, réduits à leurs sensations et à leur désir.

Les grands yeux verts de Samia parurent plus tourmentés, et elle rosit. Quelques clients avaient remarqué l'incident et les fixaient avec une insistance embarrassante. Il fallait absolument qu'ils partent, s'ils voulaient poursuivre leur conversation en toute sérénité.

— Les regards vous gênent ? demanda-t-elle d'un ton sarcastique. Vous avez honte qu'on vous voie avec moi ?

— Je n'aime pas que nous nous trouvions sur le passage des serveurs, rétorqua-t-il, une pointe d'agacement dans la voix.

Bien sûr qu'il y avait une autre raison ! N'importe quel propriétaire de smartphone appartenait désormais à la race des paparazzis. Or un cliché volé du Prince Pirate valait très cher. D'autant plus cher que celui-ci semblait tout près de s'offrir une nouvelle conquête… Non, pas question de laisser faire cela. Il n'avait pas besoin que son peuple se désole une fois de plus d'avoir perdu Pietro au bénéfice du petit frère turbulent et de sa réputation d'incorrigible play-boy. On prétendrait sans doute qu'il était venu à Saint-Tropez dans la seule intention de se trouver une aventure d'été, et…

— Qu'est-ce qui vous a amenée à Saint-Tropez ? interrogea-t-il en la sondant du regard.

— Oh… C'est un nom magique pour moi, avoua-t-elle. Brigitte Bardot était très jeune quand elle a épousé le séduisant Roger Vadim, dans les années 1950. Tout le monde connaît leur histoire, tout le monde a vu le film, et tout le monde sait comment ils ont fait de ce petit village le lieu le plus glamour de la planète. Qui pourrait résister à pareil attrait ?

— Moi. Je vois cet endroit pour ce qu'il est : une ville prospère et grouillante de monde.

— Parce que vous êtes un réaliste, soupira-t-elle.

— Et vous une incorrigible romantique, n'est-ce pas ?

— J'aime rêver. Qu'y a-t-il de mal à cela ?

Il haussa les épaules en souriant.

— Rien, mais leur mariage de rêve a duré moins de cinq ans, si mes souvenirs sont exacts. Et tout ce « romantisme » s'est soldé par un divorce…

— Pourquoi voulez-vous tout gâcher ? protesta-t-elle. Vous ne pouvez pas plutôt vous focaliser sur le bonheur qu'ils ont connu ensemble ?

— Vous l'avez remarqué vous-même, rappela-t-il. Je suis un réaliste.

Mais un réaliste qui appréciait *follement* la compagnie de cette demoiselle…

— Dites-moi, cette vision des choses, toute en Technicolor, ne vous a-t-elle pas joué de mauvais tours ? s'enquit-il, taquin.

— Pourrions-nous nous en tenir à notre sujet ? répliqua-t-elle froidement.

— Aïe… J'ai touché un point sensible. Lequel ?

Il brûlait de curiosité mais, ainsi qu'il aurait dû s'y attendre, elle éluda sa question.

— Mon estomac, dit-elle. Je n'ai plus seulement soif : j'ai faim, maintenant.

Il n'en croyait pas un mot, mais il voulait bien ne pas insister : ils ne se connaissaient que depuis cinq minutes, et elle ne lui devait aucune confession.

— Combien de temps avez-vous consacré à la préparation de ce voyage ? demanda-t-il.

— Pas assez, reconnut-elle. C'était un coup de tête. Je… J'aime me laisser porter là où l'envie me mène.

Il ne croyait pas un instant non plus à ce mensonge. Tout le monde faisait des plans, s'organisait, pesait le pour et le contre… Et, en jetant un coup d'œil sur la porte de service par laquelle elle était entrée, il eut une nouvelle fois l'envie de savoir ce qu'elle fuyait. Ou *qui*. Le mari qui avait un jour passé une alliance à son annulaire désormais nu ? Si elle souffrait en ce moment, elle le cachait bien. Elle lui rappelait l'un de ses chevaux favoris, toujours loyal, toujours disponible, toujours prêt à partir en promenade. La façade espiègle et vive de Samia dissimulait une blessure. Une histoire complexe qu'il désirait absolument connaître.

— Pas vous, n'est-ce pas ? reprit-elle. Vous planifiez toujours tout ?

— Je plaide coupable, oui…

— Dans ce cas, rétorqua-t-elle du tac au tac, vous n'avez pas poussé la porte de cette brasserie par hasard.

Il retint son souffle. S'il lui révélait qu'il était venu à Saint-Tropez dans le seul but de rencontrer l'homme qui avait adopté l'enfant de son frère, le croirait-elle ? Hélas, ni la mère porteuse qui avait offert ses services à Pietro ni son époux ne souhaitaient établir de lien avec Luca. Impossible de les convaincre d'aller au-delà d'une conversation au téléphone. Ils l'avaient simplement assuré que le bébé allait très bien, qu'il était comblé d'amour, et que leur petite famille n'avait pas la moindre intention d'exercer un jour un quelconque droit de regard sur le trône de Madlena. Pourquoi diable feraient-ils cela ? Ainsi que Maria, la jeune mère, l'avait répété, aucune personne saine d'esprit ne voudrait d'un pareil sacerdoce. Réflexion à laquelle Luca souscrivait, en se rappelant leur enfance, à Pietro et à lui, les restrictions et les interdictions, à l'âge où tous les bambins ne connaissent que le jeu et les rires.

Dès son second mois de grossesse, Maria avait décidé de garder l'enfant qu'elle portait, conformément à ce que la loi prévoyait. Elle avait eu le temps de le dire et de l'expliquer à Pietro. Son mari la soutenait à cent pour cent. Du point de vue du jeune couple, cet enfant était le leur, et il n'entretiendrait donc aucun lien avec une quelconque dynastie royale. Du reste, Maria et son mari venaient tous deux de familles aisées, sinon riches. Ils possédaient un beau mas provençal, un restaurant connu et apprécié… Ils n'avaient besoin de rien ; ils étaient heureux.

Au contraire, Luca sentait la douleur lui nouer l'estomac lorsqu'il songeait que Pietro avait été – sans qu'il s'en aperçoive – profondément malheureux. Et même assez désespéré de ne pas avoir d'enfant pour recourir à une solution aussi extrême ! Tellement en souffrance, en fait, qu'il avait gardé son chagrin pour lui, au lieu de s'ouvrir à son propre frère.

Malgré le résultat, Luca ne regrettait pas d'avoir fait le voyage. À Madlena, les gens n'avaient pas besoin d'une nouvelle révélation fracassante. Il fallait les rassurer. Au moins, il saurait faire en sorte que le secret de Pietro ne soit pas éventé.

— Je travaille à bord d'un yacht.

— Non ! s'exclama-t-elle en écarquillant les yeux.

— Si. Et j'ai profité de notre escale ici pour venir régler une affaire familiale, répondit-il.

— Tiens donc…

Elle le contempla d'un long regard et déclara, narquoise :

— Vous êtes beaucoup plus romantique que vous ne voulez bien l'admettre, alors. La famille, c'est ce qui compte le plus… Ou ce qui *devrait* compter le plus.

Il crut entendre une note de tristesse dans sa voix.

— C'est l'essentiel pour moi, admit-il, plus curieux que jamais à son sujet.

— Vous venez de loin ? s'enquit-elle. Votre accent n'est pas français.

— Ah ? Je ne savais pas que ma voix racontait toute une histoire…

— C'est plutôt votre intonation, nuança-t-elle. Vous avez un timbre chaud et grave, des accents de baryton très prononcés et un léger vibrato sur les finales…

Il la dévisagea avec perplexité.

— Aucune idée de ce que vous voulez dire.

— Vous devriez vous contenter d'un « Ah », quand vous ne voulez pas donner une réponse compromettante, conseilla-t-elle. C'est ce que je fais moi-même, quand je n'ai pas envie de répondre à une question. Or il est clair comme de l'eau de roche que vous avez autant envie que moi de vous soumettre à un interrogatoire.

— Bien vu, dit-il en souriant.

Leurs regards restèrent arrimés l'un à l'autre une brève seconde, avant qu'elle ne détourne les yeux.

— J'arrête de parler, maintenant, dit-elle en s'adossant au mur face à lui.

— C'est une promesse ?

Elle fit la moue et acquiesça.

— Presque. C'est ce que vous obtiendrez de plus approchant.

Et pourtant, ils parlaient encore. Cela relevait du miracle. Depuis la mort de Pietro, Luca n'avait eu de patience pour rien ni personne. En découvrant que son frère avait voulu à tout prix se forger une famille à lui sans même lui en dire un mot, il avait senti son univers se fissurer. L'univers d'un égoïste, trop absorbé par lui-même pour réaliser que son frère adoré traversait une terrible épreuve. Et il réalisait qu'il avait beaucoup à apprendre, s'il ne voulait pas décevoir son pays comme il avait déçu Pietro.

— Où irez-vous quand vous quitterez ce port ? demanda son interlocutrice.

Il reporta son attention sur elle.

— Vous n'aviez pas fait vœu de silence ?

— Pas pour l'éternité, non, dit-elle en riant. Et vous avez l'air d'avoir besoin de distraction.

Il ne put réprimer un sourire. Quelque chose, dans la personnalité de Samia, l'obligeait à regarder la vie avec plus de légèreté, de recul. Sans parler de l'envie de plus en plus pressante de faire taire cette jolie bouche par un baiser.

— Alors ? insista-t-elle. Vous rentrez bientôt chez vous ?

Chez lui. C'était sur le yacht ou sur la couchette d'un baraquement militaire. Mais l'appartement royal du palais, avec son armée de chauffeurs, d'huissiers et de serviteurs, n'avait jamais figuré parmi ses résidences de prédilection. C'était la vie de son frère, pas la sienne. Lui avait choisi les forces de défense de Madlena, au service desquelles il se sentait un tant soit peu utile à son pays.

— Vous avez l'air triste et en colère, observa-t-elle en fronçant les sourcils. C'est ma faute ? J'ai dit quelque chose qui vous a contrarié ou heurté ?

— Pas du tout. Je ne suis pas triste.

— Ah. Tant mieux. Quand on est italien, on doit être joyeux !

Il hésita entre l'envie de partir et celle de laisser Samia le détourner de ses sombres ruminations au sujet de son frère. Celui qui l'avait élevé, lorsque leur grand-mère était devenue veuve et qu'elle avait eu besoin de se concentrer sur sa propre vie. Pietro avait alors pris soin de lui et... au moment où il avait eu, à son ton tour, besoin que son petit frère lui vienne en aide, où était Luca ?

— Quel pays extraordinaire. Ces pâtes, mon Dieu, ces *pasta*...

— Quoi ? aboya-t-il.

L'intrusion de la jeune femme dans le fil de ses pensées se révélait bienvenue, mais... Sérieusement ? Les pâtes ? De tout ce qu'elle pouvait vanter de la culture italienne, depuis les immenses artistes du Quattrocento, les vestiges romains, l'architecture, la variété et la beauté des paysages... La première chose qui lui venait à l'esprit, c'était de la nourriture ?

Il lui retourna une expression scandalisée.

— Ah, vous revoilà ! s'écria-t-elle. Toujours en colère, mais le chagrin est passé. Et je parie que vous êtes aussi affamé que moi.

— Vraiment, vous avez faim ?

— Cela vous étonne tellement ? Je n'ai rien avalé depuis mon café ce matin, et un demi-croissant. Ici, même si j'avais assez d'argent pour m'offrir quelque chose, il n'y a pas une table de libre. Et le garçon ne risque pas de se démener pour trouver une place à une fille en short.

Il lui aurait été facile de lui prouver que, d'un claquement de doigts, il pouvait leur obtenir la meilleure table.

— Nous sommes cuits, soupira-t-elle.

— *Nous* ? répéta-t-il, sidéré.

— Évidemment, nous. J'ai faim, et vous aussi, forcément : vous êtes venu à la nage, non ?

Un autre type de faim le tenaillait.

— Hamburger ? suggéra-t-elle.

Il se tourna, suivant du regard l'enseigne qu'elle désignait, au loin, sur la promenade. Le petit *diner* à l'américaine, modeste, était logé à l'angle d'une rue, à l'écart, abrité du passage.

Comme son téléphone bipait dans sa poche, il s'en saisit, et lut le message de la responsable de son équipe d'assistants à Madlena. La boîte rouge, le coffret contenant les documents relatifs à l'état de la nation et au gouvernement, lui serait livrée à son bureau sur *Diamant noir* en fin de journée.

En guise de réponse, il envoya cette requête :

J'aimerais que vous lanciez une petite investigation sur quelqu'un. Nom : Samia Smith. Je n'ai besoin que des éléments essentiels.

— Prêt ? s'enquit la jeune femme dès qu'il eut rangé l'appareil.

— Oui. Désolé. On ne dort jamais, dans mon métier.

— Pauvre de vous...

— Vous avez faim, oui ou non ? Venez avec moi, trancha-t-il.

Elle releva soudain vers lui un regard méfiant. L'inquiétude se lisait sur son joli visage.

— Je ne vous connais ni d'Ève ni d'Adam. Je devrais peut-être y aller toute seule.

— À votre guise. Vous ne voulez donc plus manger quelque chose ?

— Si, mais...

— Mais quoi ? s'impatienta-t-il.

D'un geste malhabile, elle lui mit un billet de dix euros dans la main.

— Si nous y allons ensemble, vous devez accepter ça, déclara-t-elle.

Désarçonné, il contempla le billet.

— Je sais ce que coûte la vie ici, expliqua-t-elle. C'est un endroit merveilleux, il suffit de regarder autour de soi pour être diverti du matin au soir, mais pas pour manger à sa faim.

La façon dont elle tournait la chose le mit, à son tour, sur ses gardes.

— Vous n'êtes pas reporter, au moins ?

Elle se mit à rire.

— Pourquoi, vous avez quelque chose à cacher ?

— Répondez-moi.

— Tiens, tiens... Nous voici maintenant intrigués tous les deux, chuchota-t-elle d'un ton gourmand.

Luca n'aurait pas dû se satisfaire de cette pirouette, mais lorsque Samia le contempla en souriant, il sentit tomber toutes ses défenses. Son parfum fleuri vint caresser ses narines et le griser, de ses effluves de rose et de patchouli.

— Je ne sais pas comment vous faites pour avoir l'air aussi sérieux, reprit-elle en s'esclaffant. Vous êtes à Saint-Tropez ! Ici, tout le monde sourit.

Il avait pourtant vu passer plusieurs fois une ombre dans son lumineux regard vert, fut-il tenté de répliquer. Mais il s'en abstint.

— Regardez, renchérit-elle d'une voix vibrante de joie. Le soleil brille ! Le ciel est bleu roi. Comment ne pas se détendre dans un endroit pareil ?

— En étant à côté d'une femme qui vous mitraille de questions ? railla-t-il.

Elle rit tellement fort en ramassant son sac à dos qu'elle avait l'air d'être ivre, en sortant de la brasserie. Heureusement, ils partirent assez vite pour qu'on ne les remarque pas.

— Je suppose que vous ne naviguez pas seulement pour le travail ? demanda-t-elle, comme ils abordaient la baie de

Saint-Tropez, où l'eau scintillait paisiblement sous la lumière orangée de l'après-midi.

— Non, en effet, dit-il en se remémorant les nuits somptueuses, sur le pont du yacht, sous un ciel étoilé et magique, sans pollution lumineuse.

Et les longues journées à paresser sous le soleil et à admirer les dauphins qui dansaient dans toute leur grâce.

— C'est bien davantage qu'un travail pour moi, acquiesça-t-il.

— Je comprends mieux pourquoi tout le monde vous regarde. Ils sont tous jaloux... Et moi aussi ! Quelle vie merveilleuse. Travailler à bord d'un yacht ! Le vôtre est-il amarré ici ? Vous pourriez me le montrer, quand nous aurons avalé quelque chose.

— Non, il est ancré au large.

— Oh.

Elle semblait déçue.

— On le voit d'ici ? reprit-elle avec espoir. Vous pouvez me dire où il est ?

Déjà, elle posait sa main en visière sur son front, et son enthousiasme provoqua son hilarité. Incapable de lui refuser ce plaisir, il pointa *Diamant noir*.

Aussitôt, elle se tourna vivement vers lui, l'air fascinée.

— Vous plaisantez. Ce n'est pas possible... Ne s'agit-il pas de l'un des plus grands yachts du monde ? Et vous êtes de l'équipage ? Tout le monde connaît ce bateau !

— Oui, c'est *le* plus grand, précisa-t-il en dissimulant sa fierté le mieux possible.

— C'est fou ! J'ai lu un article sur *Diamant noir*. Si vous pouviez me trouver un petit boulot à bord... Ce serait un rêve qui se réalise !

— Eh bien... Je transmettrai le message, répondit-il en hochant la tête.

Était-ce une mauvaise idée ? Non. Au contraire. Samia était exactement le genre de distraction dont il avait besoin avant de se soumettre à son devoir.

— C'est extraordinaire ! Quelle splendeur, ce yacht ! Et noir !

Elle le dévisagea et rit en ajoutant :

— Je suis heureuse que vous ne fassiez pas partie de ces

affreux buildings flottants. Et je suis sûre que vous êtes parfaitement à votre place sur ce navire de pirates... D'ailleurs, c'est tout à fait vous. Il ne vous manque qu'un perroquet sur l'épaule et une créole à l'oreille.

Parfait, pensa-t-il. Parce qu'il comptait bien passer à l'abordage... et trouver le trésor.

4

Samia fronça les sourcils.

— Mais dites-moi, je ne comprends pas... Puisque votre bateau est mouillé là-bas, comment êtes-vous venu ici ?

— Je vous l'ai dit, à la nage.

Elle baissa les yeux sur ses mollets.

— Admettons. Cela explique pourquoi vous avez du sable collé aux jambes.

— Décidément, vous êtes un fin limier !

— Merci. Mais sérieusement, j'aimerais savoir.

Il sourit.

— À l'arrière du yacht, nous avons une plate-forme pour l'accès des scooters de mer et des vedettes.

— *Nous* ? répéta-t-elle, médusée. Le propriétaire sait-il que vous considérez son matériel comme le vôtre ? Oh ! j'ai lu son nom quelque part, c'est certain, il figurait dans l'article, mais... Je ne sais plus, il me semble que c'était un milliardaire spécialisé dans la technologie informatique, et qui avait plus ou moins du sang royal. Le genre de type auréolé d'une réputation sulfureuse, enfin, vous voyez.

Elle leva les yeux au ciel, soupira et enchaîna :

— Bien sûr que vous voyez. C'est votre patron. Et vous, vous n'avez rien d'un petit matelot du dimanche... Vous êtes membre d'équipage du plus fabuleux yacht de la planète ! Et vous pourriez même me dégoter un petit poste à bord !

Elle afficha un sourire angélique et joignit les mains, pour appuyer sa demande.

— S'il vous plaît, plaida-t-elle encore. Dites à votre employeur que je suis prête à accepter n'importe quoi. Enfin, non : dans la mesure du raisonnable, tout de même. Si vous pouvez juste m'arranger un entretien avec la personne chargée des recrutements, je vous assure que vous ne le regretterez pas. C'est le capitaine, sans doute ?

— Je vais le faire, dit-il. Sans garantie, car...

Il n'eut pas le temps d'achever sa phrase : folle de joie, la jeune femme sautillait et bondit soudain pour planter une bise sur son menton.

Au beau milieu de la promenade de Saint-Tropez, en dépit du risque d'être vu et photographié, il ne ressentit rien d'autre qu'une délicieuse excitation au contact – trop bref – de la bouche pulpeuse de Samia sur sa peau. Une excitation et un vent de fraîcheur irrésistible. Salvateur.

Cependant, la jeune femme recula d'un pas et devint écarlate. Une frayeur passa dans son regard. Elle avait cédé à une impulsion, et alors qu'il avait très envie de l'imiter en l'embrassant à son tour, il se refréna.

— Ma priorité reste de trouver un travail, déclara-t-elle d'un ton farouche, comme si elle redoutait de lui avoir laissé croire autre chose.

— J'avais compris. Mais vous ne ferez pas très bonne impression si votre estomac proteste aussi fort que maintenant.

— Alors je vous donne la permission de me nourrir, répliqua-t-elle.

Et après ? Elle le rejoindrait à bord... ou pas.

Mais si elle le faisait, il lui devrait une fière chandelle : il n'avait guère envie de rester seul à broyer ses idées noires, et à s'accabler d'angoisses. Les dirigeants du monde entier avaient jugé Pietro plus que digne de tenir sa place sur le trône de Madlena : en quelques années, il avait acquis la meilleure réputation possible, et gagné la confiance et le respect de ses pairs. Comment succéder à un souverain aussi estimé ? D'autant plus que Luca souffrait, lui, d'une image qui lui collait aux talons. Le petit frère couvé, l'adolescent rebelle, le mauvais garçon qui aimait trop les filles, le pirate et ses goûts de luxe… C'était injuste et il ne se reconnaissait pas dans ce portrait. Il n'avait rien d'un tombeur, mais, oui, il aimait la compagnie des femmes. Or chaque fois qu'il sortait avec une femme, un photographe était là, et les tabloïds faisaient leur œuvre dès le lendemain – d'où le malentendu. Et naturellement, les paparazzis ne venaient pas sur le porte-avion lorsqu'il partait en mission. Ni dans les camps d'entraînement. Quant à son goût pour le luxe, il se concentrait sur un objet et un seul : *Diamant noir*.

Injuste ou pas, il devait faire mentir cette réputation en gagnant la confiance de son peuple, en se montrant digne de son aîné, en le rendant fier de lui. Et il savait qu'il s'agissait d'un travail de longue haleine.

— Donnez-moi ça, dit-il à la jeune femme qui ôtait son sac à dos.

Comme ils approchaient du but, ils avaient sensiblement ralenti leur allure, sur la promenade, et le chargement de Samia semblait si lourd qu'elle faisait une pause.

— Bas les pattes, rétorqua-t-elle. Pas question de vous confier mes trésors.

Tandis que son désir remontait en flèche, il sourit. Quoi que puisse contenir son sac, il savait que ses trésors étaient ailleurs. Il avait entraperçu les formes généreuses de sa poitrine sous son T-shirt, dans le restaurant… Il aimait les seins opulents. Et il avait du mal à détacher son regard de sa ravissante paire de jambes.

— Encore une chose, reprit-elle en lui lançant un coup d'œil inquiet.

— Une seule ? railla-t-il.

Elle haussa les épaules et expliqua :

— Quel que soit le travail qu'on me confie, il faut que ce soit quelque chose d'honorable. Et légal.

À ces mots, il recula d'un pas, éberlué.

— Mais… Cela va de soi ! s'écria-t-il. Pour qui me prenez-vous ?

— Justement. Je n'en ai pas la moindre idée, pour le moment.

— Votre Altesse ! lança le portier du *diner* en ouvrant prestement la porte de l'établissement.

Avec une profonde révérence, il ajouta :

— C'est un honneur !

Samia eut l'impression d'avoir reçu un baquet d'eau froide sur la tête.

— Quoi ? *Votre Altesse* ? répéta-t-elle en fixant son compagnon, stupéfaite.

En moins d'une seconde, les pièces du puzzle se mirent en place dans son esprit.

— Mais oui… Bien sûr… Évidemment que je vous connais ! lâcha-t-elle, sans le quitter du regard. Vous n'êtes pas membre de l'équipage de *Diamant noir* ! C'est *votre* yacht ! Vous êtes Luca Fortebracci, héritier du trône de la principauté de Madlena depuis la mort de votre frère…

Elle s'interrompit en voyant le visage de Luca se décomposer. Tandis que ses joues s'enflammaient, elle tenta – trop tard – de rattraper sa bévue.

— Je… Excusez-moi. J'ai pensé à voix haute. Quelle maladresse de ma part ! Il y a trop longtemps que je suis dans ma petite bulle de touriste, mais ce n'est pas une excuse pour ouvrir la bouche avant de réfléchir. Vraiment, je suis confuse. Vous devez me trouver bien mal élevée.

— Pas du tout. Pourquoi penserais-je cela ?

Elle déglutit lentement. Sa réponse était diplomatique, polie… et glaciale.

— Vous n'êtes pas en position de m'offrir votre sympathie, enchaîna-t-il. Vous ne connaissiez pas mon frère, que je sache ? Et vous ne me connaissez pas non plus, n'est-ce pas ?

C'était incroyable. En un claquement de doigts, le type sexy, drôle et détendu qu'elle venait de rencontrer dans une brasserie venait de se métamorphoser en prince distant et dur comme un iceberg.

— Ne restons pas au milieu du passage, la pressa-t-il. Nous gênons.

— Je… Je suis navrée, renchérit-elle. Si vous préférez que je ne vienne pas ici avec vous, il n'y a aucun problème, je comprends.

Luca posa fermement la main sur son poignet, et elle suivit son regard, comprenant sa hâte à entrer dans le restaurant : derrière eux, des gens qui assistaient à la scène brandissaient déjà leurs smartphones.

— Venez, insista-t-il. Ne restons pas ici.

Elle lui emboîta vivement le pas, et ils allèrent s'installer à une table à l'écart, tout au fond de la salle. Du reste, l'établissement était quasiment vide, sauf deux jeunes filles juchées sur des tabourets au bar, savourant des milk-shakes. À Saint-Tropez, visiblement, les consommateurs de hamburgers à l'heure du thé se faisaient rares. Comment un endroit aussi modeste pouvait-il s'offrir les services d'un portier ? C'était peut-être obligatoire, songea-t-elle en soupirant. Ou alors, cette triste petite échoppe devenait une adresse huppée à la nuit tombée. Cette ville était si pleine de surprises…

En tout cas, Samia était bien placée pour savoir combien il était pénible de se trouver au centre de toutes les attentions, sous le feu le moins flatteur des projecteurs. Et même si dans son cas le scandale avait fini par retomber, chassé par un autre, elle n'ignorait pas que les princes étaient logés à une autre enseigne. Pour les têtes couronnées, ce cirque était constant, sans fin.

— Je vous assure que je comprends votre besoin de discrétion, dit-elle à Luca. Et j'imagine qu'il est plus aisé d'échapper aux vautours des tabloïds depuis un yacht. Mais s'il vous plaît, ne changez pas d'avis à mon sujet. Permettez-moi de postuler pour un petit travail à bord. J'en ai vraiment besoin, et je saurai me concentrer à cent pour cent sur mon job. Je comprends que nous avons profité d'un merveilleux moment de récréation, mais qu'il est temps de revenir aux choses sérieuses.

Comme il ne disait rien, elle tâcha de décrypter une quelconque émotion sur son visage. Et quel séduisant visage… Une myriade de frissons courut encore à la surface de sa peau. Luca avait d'épais cheveux châtain clair, coupés assez court. Un grand front lisse, un nez aussi droit et fier que celui d'une statue, une bouche ourlée et attirante. Et son regard ! Elle adorait sentir ses yeux noisette, aux mille éclats mordorés, se poser sur elle. Il avait un profil aristocratique, une peau fine, méditerranéenne, et le corps d'un athlète romain : grand, musclé, à la fois massif et svelte. Bref, il était la perfection masculine incarnée…

Oui, Luca lui plaisait beaucoup. Sans doute trop. Mais pas assez pour qu'elle perde la tête, se répéta-t-elle. Elle avait retenu la leçon, merci bien. Et avec le traumatisme qu'elle traînait derrière elle comme un boulet dont elle ne se débarrasserait jamais, à l'instar d'un Sisyphe poussant son rocher, elle ne risquait pas de céder aux charmes d'un homme. Quand bien même cet homme se révélait être un prince !

Elle avait touché un point sensible, en faisant référence à la disparition de son frère de façon si brutale, mais… elle n'était pas responsable de sa culpabilité, Luca en était conscient. S'il voulait qu'elle le rejoigne à bord, il avait intérêt à se détendre.

Il prit le menu posé sur la table, afin de le tendre à sa compagne, et fronça les sourcils en découvrant le vieux carton maculé de taches de graisse.

— Vous êtes certain de vouloir rester dans un endroit comme celui-ci ? s'enquit-elle en riant. Cela ne va pas entacher toute la principauté ?

— Du moment que votre bouche est trop pleine pour lâcher encore une seule remarque de cet acabit, je veux bien planter ma tente au milieu de la salle.

Un instant plus tard, tout en regardant Samia lécher ses doigts pleins de sauce tomate, il se demanda ce qu'il avait fait de sa prudence, de sa défiance envers de parfaits inconnus : pour un regard pétillant de la jeune femme, il les expédiait par-dessus bord.

— Et si vous me racontiez ce que vous savez de moi ? suggéra-t-il.

Elle lui renvoya un regard perplexe.

— Pas grand-chose. Uniquement ce que j'ai lu dans la presse. Qui plus est, il y a un moment que j'ai perdu le fil des événements de ce monde.

— Ah bon ? s'étonna-t-il. À cause de votre voyage ?

Visiblement gênée, elle se contenta d'un bref hochement de tête.

— Vous ne voulez pas m'en dire plus ? insista-t-il.

Le regard vert venait de virer au gris orage... « Attention : zone dangereuse », crut-il y lire. Il sourit. Il aimait sa force de caractère, le fait qu'elle sache dire non.

— Pas de regret ? Vous n'en voulez vraiment pas un morceau ? demanda-t-elle en brandissant la moitié de son hamburger.

Il songea à la cuisine de son chef, à bord. Il devait être en train de lui mitonner le dîner. C'était un véritable artiste, un perfectionniste aux doigts d'or, étoilé au *Michelin*. Si Luca lui avouait qu'il avait préféré avaler un hamburger décongelé dans un boui-boui pour touristes sans le sou, cet homme le tuerait ! Un sourire amusé aux lèvres, il répondit :

— Non, merci, sans façon.

— C'est au-dessous de votre rang ? demanda-t-elle, une lueur insolente dans les yeux.

Ce sandwich devait être infiniment meilleur que les ragoûts infâmes qu'on lui servait à l'armée, pensa-t-il.

— J'ai un gros appétit, avoua-t-il. Il me faut bien davantage qu'un hamburger pour le combler. Je me rattraperai ce soir, ne vous inquiétez surtout pas à ce propos.

Avait-elle saisi le sous-entendu ? Il était involontaire, mais il vit les joues de Samia rosir.

— Devrai-je porter un uniforme ? s'enquit-elle, révélant sa gêne par ce changement de sujet.

Toutes sortes d'images émoustillantes passèrent dans son imagination, depuis la soubrette jusqu'à la super-héroïne, et il s'efforça de tempérer ses ardeurs.

— Pas tout de suite, répondit-il en plongeant son regard dans le sien.

Elle avait l'art de le rendre plus léger, prodige que seule sa *nonna* avait su accomplir jusqu'alors. Une fois qu'ils seraient en mer, deux hypothèses se profilaient : ou bien elle saurait continuer à le détendre et à captiver son attention, ou bien elle lui taperait sur les nerfs – auquel cas, il lui suffirait de la débarquer à la première escale. Ou de l'emmener dans son lit.

— Vous repartez directement pour Madlena ? interrogea-t-elle.

— Je ne le sais pas encore, dit-il avec franchise.

— Mais... Vous n'êtes pas supposé assister à votre propre couronnement ? ironisa-t-elle. Qui doit avoir lieu, me semble-t-il, d'ici une quinzaine de jours ?

Dès qu'ils quittèrent le *diner*, il l'entraîna vers la marina. Son emploi du temps méritait probablement quelques aménagements, s'il voulait s'amuser un peu avant d'endosser son rôle de souverain.

— Il n'est pas impossible que nous donnions un peu de souplesse à l'agenda officiel, répondit-il.

— Nous ? s'étonna-t-elle, comme ils parvenaient devant le cordage de la zone d'embarquement VIP.

— L'équipage et moi, précisa-t-il.

En tout cas, songeait-il, la dynastie Fortebracci devrait patienter un peu avant que le prochain prince accepte de conclure une alliance de pure convenance avec une horrible princesse filiforme et guindée, de l'espèce que ses assistants lui vantaient du matin au soir. Il préférait mille fois s'accorder une prolongation récréative auprès d'une sirène à la chevelure de feu, aux formes lascives... et armée d'un incroyable sens de la repartie.

5

Elle avait la tête qui tournait... Qu'avait-elle fait ? Qu'était-elle donc en train de fabriquer ? Avec qui était-elle sur le point de partir vers une destination inconnue ?

Un prince, rien que cela ! Luca Fortebracci, futur prince de Madlena.

Malgré elle, cette révélation bondissait dans son cerveau, fracassant ses projets rationnels et son intention de ne pas dévier de la prudence.

Son cœur battait à coups frénétiques, et même si Samia s'efforçait de croire que tout était normal, elle savait que c'était un énorme mensonge. Pour ne rien arranger, cet homme déclenchait en elle une sorte de tsunami de sensations : il suffisait qu'elle se tienne près de lui, comme en cet instant où ils marchaient sur le port, pour sentir l'aura charismatique de son corps viril lui couper le souffle. En même temps... Elle n'avait plus un sou. Il lui fallait absolument un travail. Tout de suite. Or, jusque dans ses rêves les plus fous, elle n'aurait jamais osé croire à ce scénario : un poste sur le plus beau yacht du monde, pour voguer sous le soleil de la Méditerranée. Comment passer à côté d'une chance pareille ?

Oui, mais... Elle connaissait la réputation de Luca. Alors que son frère, Pietro, avait été un saint, à en croire les notices nécrologiques qui lui avaient été consacrées, le cadet de la famille était souvent décrit comme le diable en personne. Une sorte de Casanova pirate. À trente ans, il restait allergique aux relations de longue durée et aimait collectionner les conquêtes d'un soir.

Hum. Elle n'était tout de même assez naïve pour croire mot pour mot aux récits de journaux peu fiables… La vérité devait se situer un cran au-dessous. D'ailleurs, elle avait eu l'occasion de constater par elle-même que Luca était un homme complexe. Drôle, oui, aimant jouer… Mais torturé, aussi.

— Vous avez des doutes ? demanda-t-il, comme s'il lisait dans ses pensées. Il n'est pas trop tard pour changer d'avis, vous savez.

— Non, ça va.

Son cœur était en sécurité, se rappela-t-elle. Et elle ne permettrait jamais à cet homme de s'apercevoir qu'elle ne valait rien dans un lit – ainsi que son ex aimait à le répéter. En dépit de l'attirance qu'elle éprouvait face à Luca, il ne se passerait rien. Elle en était certaine.

— Tout va bien ?

Elle le voyait froncer les sourcils en regardant l'écran de son smartphone.

Il ne répondit pas, mais à l'instant où il rangea l'appareil dans sa poche, une tempête passa dans son regard. Une colère blanche changea ses traits, et elle recula d'un geste instinctif.

Sa réaction déclenchait malgré elle un vieux réflexe de crainte. Dès qu'elle prit conscience de son propre effroi, elle frémit. Oh ! à vingt-huit ans, elle était assez mûre pour savoir que tous les hommes n'étaient pas comme Oliver !

Une fois à bord, elle saurait se détacher de son passé, se promit-elle. Chaque jour, elle progressait, mais il n'était pas facile de tirer un trait sur plusieurs années passées avec un tyran. Une brute. Elle avait même fini par s'habituer à avoir constamment peur de lui, de son pouvoir, de ses chantages. Contrairement à ce qu'elle avait espéré, le divorce ne les avait pas séparés : il avait rendu son ex-mari plus vindicatif et vengeur.

Mais si elle y réfléchissait, elle ne serait nulle part mieux à l'abri de lui que sur un yacht, en pleine mer. Au moins le temps que durerait le voyage. Peut-être pourrait-elle prendre des notes et rédiger, au retour, un reportage sur un mode de vie réservé aux plus riches – la croisière en yacht. Rien qui concerne Luca, bien sûr. Une réflexion sur la vie de luxe au large.

— C'est ici que nous attendons que le yacht vienne nous chercher ? demanda-t-elle en ouvrant de grands yeux, comme ils descendaient un petit escalier menant à une plate-forme portuaire.

Un lieu qu'elle n'avait jamais vu auparavant : une sorte de salon *lounge*, avec canapés et table basse, où deux hôtesses servaient cocktails et petits-fours.

— Pourquoi, cela ne vous plaît pas ? demanda-t-il, un sourire moqueur aux lèvres.

Mieux valait qu'elle garde la tête froide. Elle refusa le champagne et commanda un verre d'eau gazeuse. Luca l'imita, et elle ne put ignorer le pincement dans son cœur. Bien sûr, il n'allait pas célébrer l'arrivée d'un nouveau membre dans son équipage. Et elle voyait bien que, depuis qu'il avait consulté son mobile, il avait hâte de retrouver son bateau.

Ils n'étaient déjà plus sur la même longueur d'onde. Elle débordait d'excitation en abordant cette nouvelle expérience, alors qu'il retrouvait le cours de son existence : une activité qu'il adorait, et l'univers incroyablement privilégié qui était le sien depuis sa naissance.

Timidement, elle s'approcha de lui et relança la conversation.

— Alors... Madlena ?

— Je répondrai aux questions quand nous serons à bord, lâcha-t-il d'un ton sec, pianotant toujours sur le clavier de son smartphone.

Elle se rappela qu'il était prince. Et en deuil. Il avait quelque raison de ne pas lui accorder toute l'attention qu'elle demandait... Sans savoir pourquoi, elle avait envie de l'aider. Elle sentait qu'il en avait besoin.

C'était bien joli de vouloir aider un prince en détresse, mais... Comment allait-elle pouvoir s'y prendre ? Bah, elle trouverait bien un moyen !

— Et quand nous serons à bord, ajouta-t-il, il n'y aura plus de questions.

Son premier mouvement fut de le dévisager avec stupeur, mais elle comprit vite d'où venait cette règle. Les gens comme lui devaient hélas organiser leur vie en tenant compte, à chaque instant, du harcèlement de la presse. Elle avait vu les unes des journaux se déchaîner, après la mort de son frère, pour mettre en cause les capacités du Prince Pirate à accéder au trône. Les portraits de Luca étaient peu flatteurs. Souvent, il était décrit comme un éternel adolescent, incapable d'assumer des responsabilités – encore moins en tant que chef d'État. Madlena était une minuscule principauté à la frontière italienne, mais assez opulente, connue pour ses palaces et ses banques d'affaires. Même Samia, qui n'était pas vraiment une spécialiste de ce sujet, savait qu'il aurait beaucoup de mal à restaurer sa réputation, à redresser son image. Était-elle en mesure de l'aider dans ce domaine ?

Elle n'eut pas besoin de réfléchir très longtemps pour déterminer la réponse : c'était non. L'influence très positive qu'elle avait eu la chance d'acquérir dans la presse s'était dissipée puis réduite à néant, quand elle avait accepté d'épouser le patron du groupe de médias auquel appartenait son magazine. Il avait usé de toutes les ruses existant en ce bas monde pour la contraindre à écrire ses mots à lui, à la place des siens… Après le suicide de sa mère, quand elle avait cru avoir touché le fond, il lui avait prouvé qu'il existait des sous-sols insoupçonnés, en menaçant de gâcher la vie de son père. Or, comme elle aurait fait n'importe quoi pour sauver son père du chagrin, eh bien… Oui. Elle avait fait n'importe quoi. Elle avait accepté l'inacceptable, et perdu sa réputation en tant que journaliste.

— Il faudra que vous ôtiez ces bottes, quand nous serons à bord, lança-t-il.

— Euh, oui. Naturellement !

Elle sourit. Elle lui était reconnaissante de l'extirper de ses sombres pensées.

Il avait rangé son appareil et cessé de faire les cent pas sur la plate-forme. Il se tenait face à la mer, près d'elle, si près que leurs mains posées sur la rambarde pourraient facilement se toucher… Grisée par la simple idée de ce contact, elle sentit une douce chaleur remonter en elle, tandis qu'un petit frisson l'électrifiait. Luca était tellement... masculin. Son parfum, où se mêlaient le vétiver et le musc, l'enivrait plus encore que si elle avait avalé une coupe de champagne. La présence de son grand corps musclé la troublait comme elle ne l'avait plus été depuis l'adolescence... Oui, c'était cela : elle avait l'impression d'avoir à nouveau quinze ans.

Pourtant, il y avait une différence. Quand elle songeait au sexe... Elle se mordit la lèvre. Non, tous les hommes n'étaient pas comme son ex. Tous les hommes ne transformaient pas l'acte d'amour avec leur femme en assaut brutal et sans plaisir. Avec Oliver, c'était si rapide, si douloureux qu'elle avait fini par redouter ces moments.

Luca n'était pas comme ça. Elle le sentait. Il exsudait l'érotisme. Il savait forcément se montrer habile, tendre, audacieux...

— Ah, enfin ! s'exclama-t-il.

Elle sursauta. Ravi, il se tourna vers elle et désigna de l'index le fabuleux hors-bord acheminé vers la passerelle. Le « petit » bolide était long et fuselé, et sa coque assortie à celle de *Diamant noir*.

Eh bien, c'était l'instant T ! Il n'y avait plus qu'à se lancer. Courir un risque n'avait jamais été aussi bon ! Samia frémissait d'excitation. Après tout, pourquoi pas ? Le peu qu'elle savait du prince Luca Fortebracci lui donnait envie d'en connaître davantage.

Cette fois elle le laissa ramasser son sac à dos et le ranger. Puis, suivant son invitation, elle alla s'installer sur un petit siège, juste à l'arrière du poste de commande, pour le contempler, admirative, tandis qu'il contournait l'habitacle et se glissait au volant avec une souplesse de jaguar.

Dès qu'ils s'éloignèrent du port, elle se laissa fasciner par la discrétion du moteur et la stabilité de l'engin, fermant les yeux pour savourer le soleil et le vent marin sur son front.

C'était magique ! Elle partait en compagnie du Prince Pirate ! Profitant qu'il se concentrait sur ses premières manœuvres, elle consulta discrètement son smartphone et entra le nom de son compagnon dans son moteur de recherches. Diable ! Elle fut impressionnée par le nombre de fois où elle lut les mots « amant », « nouvelle conquête » et « séducteur » sur la liste de résultats. Cependant, elle nota aussi qu'il était réputé généreux et courtois, en dépit de son refus obstiné de s'engager ou de faire durer ses relations.

Ce qui retint son attention concernait un autre aspect de sa personnalité, moins relayé par les médias. Apparemment, il avait fondé sa propre société dans sa chambre, alors qu'il était adolescent, en misant sur les nouvelles technologies qu'il maîtrisait à merveille. Et dans son pays, une bonne partie de la population le regardait comme un héros à cause de son action militaire et de sa rectitude en tant que chef de troupes.

En dépit de la gloire et de la fortune, il avait l'air d'être un solitaire, et la personne qui avait le plus compté dans sa vie était sa grand-mère.

Comme il se tournait vers elle, elle rangea prestement son appareil.

— Prête ? demanda-t-il.

Elle lui retourna un regard ébahi.

— À quoi ?

Pour toute réponse, il se mit à rire et, une seconde plus tard, le hors-bord ayant quitté la zone de vigilance de la police, elle se sentit propulsée à une vitesse prodigieuse : le bateau se mit à foncer, et elle joignit son rire au sien.

— Vous n'avez pas trop peur, j'espère ? s'enquit-il. Sachez qu'un bateau sera à votre disposition au cas où vous changeriez d'avis, quand nous aborderons le yacht.

Elle lui fut très reconnaissante de sa prévenance. Car même si elle était follement enthousiaste à la perspective de vivre une aventure toute nouvelle, elle ne parvenait pas pour autant à faire taire son angoisse.

— Vous aurez un accès permanent au wi-fi, renchérit-il. Et si vous perdez la liaison, nous avons des téléphones satellites. Vous ne voulez pas appeler vos parents pour les rassurer ?

— Ma mère est morte, répondit-elle en regrettant aussitôt cet aveu.

Elle secoua la tête et ajouta :

— Excusez-moi. Je manque de tact.

— Pourquoi dites-vous cela ? Je suis vraiment navré de l'apprendre. Mes condoléances.

— Et les miennes pour vous, dit-elle.

On ne savait rien du décès du prince Pietro, sinon qu'il avait été « brutal ». Ce qui éveillait la curiosité de toute journaliste digne de ce titre – même une journaliste en congé sabbatique. Samia n'osa pas, néanmoins, poser la question des circonstances de but en blanc.

Le bateau semblait se piloter tout seul, maintenant qu'ils avaient quitté la baie. Luca arrima au sien un regard vibrant d'empathie. Elle en fut touchée.

— Comment vous a-t-elle quittée ? interrogea-t-il, comme s'il lisait en elle à livre ouvert.

Elle prit son inspiration avant d'avouer :

— Elle a elle-même mis fin à ses jours.

Elle avait préféré aller jusque-là plutôt que de subir l'humiliation de voir son époux traîné en justice. Au souvenir de cet effroyable moment, la vieille culpabilité qui ne la quittait jamais très longtemps revint la torturer. Aurait-elle pu faire mieux, et davantage, pour empêcher sa mère de commettre l'irréparable ? Une nouvelle question s'ajoutait maintenant à celle-ci. Luca faisait-il face à un démon de la même nature ?

— Nous avons en commun un deuil difficile, fit-il observer.

— Et un immense besoin de le surmonter, ajouta-t-elle.

Chaque jour, elle avait envie de retrouver le métier qu'elle adorait – et qu'elle avait si cruellement perdu. Sa chute avait été spectaculaire : aussi rapide que radicale. Du jour au lendemain, elle était passée du statut de l'éditorialiste suivie par des milliers de lecteurs, qui appréciaient son indépendance et sa neutralité dans la chronique des scandales politico-financiers, à celui de *has been*. Son ex lui avait volé sa voix afin de profiter de son audience pour vendre davantage de publicité. Les articles de Samia étaient devenus de fallacieux comptes rendus, livrés à charge – malhonnêtes et exempts de la déontologie la plus élémentaire. Son lectorat s'était immédiatement détourné de ses écrits. Lorsqu'elle avait menacé Oliver de rendre publiques ses scandaleuses manœuvres, il lui avait garanti qu'elle ne trouverait plus jamais un poste nulle part. Après leur divorce, il avait renouvelé sa promesse de la faire bannir de tous les titres de presse de Grande-Bretagne. Raison pour laquelle elle avait quitté Londres, sans rien d'autre que quelques vêtements dans un sac à dos et les vieilles bottes style hippie de sa mère. Elle avait besoin de se ressourcer ailleurs, de changer d'air et de trouver le moyen de rebondir, professionnellement.

— Accrochez-vous, prévint Luca avant d'augmenter encore la vitesse du hors-bord.

Comme par magie, ses idées noires s'envolèrent. Son cœur se remit à battre avec enthousiasme. Ravie, elle se retourna. La côte n'avait pas disparu, mais elle était déjà loin ! Adieu, Saint-Tropez, bonjour, l'aventure et la vie maritime !

— C'est fantastique ! s'écria-t-elle.

Elle commençait à comprendre la passion de Luca pour la navigation. Le ciel, d'un bleu profond, donnait une teinte argentée à la mer, tandis que le soleil miroitait de mille feux à sa surface. L'air était pur, et un nouveau chapitre de sa vie allait s'écrire – mais pour l'heure, la page était blanche, et Samia adorait cette sensation. Tout devenait possible !

— Vous allez devoir travailler dur, annonça son compagnon.

Il souriait, une lueur taquine dans les yeux.

— Je suis prête, affirma-t-elle en lui rendant son regard de défi.

Quelques minutes plus tard, comme le hors-bord approchait de la longue et imposante silhouette du yacht noir, Samia suivit la manœuvre de Luca en retenant son souffle.

Ils contournèrent le superbe vaisseau pour l'aborder par l'arrière. Une trappe s'ouvrit, et une passerelle se déplia électroniquement. Restait à s'arrimer. Tout l'art du pilote était requis au moment de franchir le dangereux interstice entre les deux appareils.

Samia retint son souffle… et applaudit avec entrain quand le hors-bord fut calé et immobilisé.

— Il n'y a pas de quoi vous émerveiller, s'esclaffa-t-il. Savez-vous combien de fois j'ai fait cela dans ma vie ?

— Non. Mais pour moi, c'est une première, rappela-t-elle.

Il l'aida à se hisser hors de son siège, et dès qu'elle sentit sa main se poser sur la sienne, sa température augmenta de plusieurs degrés. Une boule de feu se formait dans son bas-ventre, et elle avait la désagréable impression que ses seins tendaient son T-shirt.

Il la saisit par la taille pour la poser sur le sol. Son regard soudé au sien, il lança :

— Bienvenue à bord, Samia Smith.

6

Profitant que les membres de son équipage souhaitaient à leur tour la bienvenue à la jeune femme, Luca consulta le dernier message électronique envoyé par son équipe d'assistants au palais. Les renseignements qu'il avait demandés au sujet de Samia seraient à sa disposition dans moins d'une heure, mais ce n'était pas le plus urgent pour lui. Ainsi qu'il en avait prié ses conseillers, il recevait point par point la réponse à ses questions.

« Une épouse accompagnant le nouveau souverain permettrait de faciliter le deuil et l'immense chagrin du pays après la disparition du prince Pietro.

La nouvelle du mariage du prince Luca réduirait au silence les mauvaises langues et servirait de gage à une nouvelle gouvernance sérieuse et prête à l'engagement.

Le nouveau prince gagnerait à arriver sur place avec son épouse. En recevant une bénédiction religieuse à la cathédrale, le couple princier donnerait lieu à une liesse publique bienvenue. »

Parfait. Il avait absolument besoin de prouver que le Prince Pirate avait changé. Il commencerait son règne dans un climat de confiance et après quelques années, quand Madlena aurait retrouvé la sérénité, il pourrait rendre sa liberté à son épouse, moyennant une confortable rente à vie. Bien sûr, s'il y avait des enfants, ils resteraient auprès de lui, à la principauté. Pas question de répéter l'erreur de son frère.

« La magie d'un mariage princier fonctionne à tous les coups. »

Certes, la conclusion révélait le cynisme de ce projet, mais Luca ne pouvait refuser ce petit sacrifice à son peuple. Sa vie personnelle ne lui appartenait plus – elle était vouée à ses sujets. Or ceux-ci ne le connaissaient qu'au travers de sa carrière militaire et des lieux communs colportés par les tabloïds. La confiance exigeait du temps. Il était prêt à tous les efforts requis pour la mériter, mais pourquoi se passer d'un petit coup de pouce au départ, puisque c'était possible ? Une femme intelligente, séduisante et venue d'un autre monde que celui des grandes familles d'Europe serait le meilleur des atouts. Il informerait Samia de son intention de l'épouser au moment voulu. En tout cas, elle était parfaite pour régler son problème ! Le fait que tout se déroule très vite ne créait pas le moindre doute dans son esprit. Samia serait forcément sur la même longueur d'onde que lui. Il parviendrait sans peine à la convaincre de tous les avantages qu'elle gagnerait à devenir sa femme.

Il parcourut en diagonale le reste du message, où on lui livrait des conseils d'un autre âge pour demander la main d'une femme. Un descriptif détaillé de la cérémonie serait fourni dans la boîte rouge, avec la fiche de renseignements concernant l'Anglaise.

« Si Son Altesse trouve le temps de consulter les biographies et les photos des diverses princesses dignes de Son attention, documents que nous avons ajoutés à la boîte rouge de ce jour, afin qu'Elle puisse rendre Sa décision, nous ne manquerons pas d'accélérer les procédures et de lui faire envoyer Sa promise par vedette afin qu'Elle puisse la courtiser dans les délais les plus brefs. »

Sa *promise* ? Il ne put réprimer un sourire en relevant la tête vers Samia. Que dirait-elle si elle savait qu'elle aurait pu lui être livrée *par vedette*, afin que le prince *la courtise dans les délais les plus brefs* ? Quoi qu'il en soit, il n'avait aucune intention de perdre son temps avec les princesses décrites dans la boîte rouge, et préféra en informer immédiatement ses assistants par texto.

« Nul besoin de princesses. J'ai déjà quelqu'un en tête. »

Un fabuleux défi l'attendait, qui valait les héritières de tous les royaumes du monde. Un défi à la chevelure et au tempérament de feu, dont le regard vert émeraude n'était pas près de cesser de le fasciner.

C'était trop. Trop luxueux, trop féerique... Trop beau pour être honnête. Samia venait de recevoir les salutations de plusieurs officiers de bord, et d'arpenter toute la longueur du pont, admirant ses bois précieux et son extraordinaire confort, devinant des équipements à la pointe de la modernité. Quant au mobilier extérieur – les chaises longues et les tables, les fauteuils des alcôves *lounge* —, il semblait tout droit sorti de la première classe du *Titanic*... Elle se mordit la lèvre en songeant que cette référence ne portait probablement pas chance, en mer, mais seul le faste du paquebot mythique pouvait servir de comparaison à la flamboyance de *Diamant noir* !

Devait-elle se méfier ? Avait-elle commis une grave erreur en s'embarquant avec un parfait inconnu, sans même savoir quel travail il lui confiait ? Pire : *sans contrat*, sans avoir la certitude qu'elle était bel et bien engagée ?

Un frisson glacé lui parcourut l'échine, et elle éprouva le besoin urgent d'être rassurée. Repérant Luca qui discutait avec l'un de ses hommes, elle se dirigea vers lui d'un pas guerrier et les interrompit.

— Excusez-moi de vous déranger mais pourriez-vous me présenter au commissaire de bord ?

D'un geste du menton, Luca fit signe au steward de les laisser et reporta son attention sur elle.

— Ou à la personne qui se charge des recrutements ? reprit-elle d'un ton pressant.

— Pourquoi ? Vous êtes recrutée, répliqua-t-il.

— En tant que quoi ?

Visiblement indifférent à ce détail, il haussa les épaules.

— Homme à tout faire, dit-il en souriant. Vous devrez accepter toutes les tâches que je vous assignerai.

Très amusant. Mais Samia n'avait pas envie de rire.

— Non, je regrette. J'ai besoin de termes précis.

— Pas maintenant, conclut-il avec fermeté.

Elle prit une longue inspiration.

Bon. Était-elle une fillette ? Non. Elle était adulte, et elle avait un téléphone pour appeler à l'aide, si besoin. Il fallait qu'elle se calme, qu'elle essaie de voir les choses du point de vue de Luca, et non strictement du sien. La boutade « homme à tout faire » signifiait qu'il n'avait pas encore trouvé une fonction précise pour elle… Parce qu'il s'était consacré à plus urgent, sans doute. Et alors ? Quoi de plus normal ? Il avait déjà une équipe sous ses ordres, et elle n'était pas le centre de son univers !

Elle observa les gens qui travaillaient sur le yacht. Ils n'échangeaient ni moues agacées ni regards entendus. Aucun d'eux ne lorgnait vers le « patron » avec une petite grimace – quelque chose qui trahirait un trait de personnalité inquiétant chez Luca. Au contraire, ils avaient l'air sérieux et satisfaits. À vrai dire, ils étaient concentrés à leur ouvrage : exactement comme les cadres d'une entreprise prospère.

— Bon, d'accord. Mais quand ? s'enquit-elle d'un ton radouci.

— Après le dîner ? suggéra-t-il.

Il la fixa, fronça les sourcils et enchaîna :

— Qu'est-ce qui vous arrive ? Vous tremblez ?

Zut. Son trouble était donc tellement évident ? Il se rendait compte qu'il produisait sur elle toute sorte d'effets… électrisants ?

S'efforçant d'ignorer le feu qui lui montait aux joues, elle afficha un sourire innocent.

— C'est juste la brise qui s'est levée, mentit-elle. Je devrais sans doute aller visiter mes quartiers, non ? À quel étage, s'il vous plaît ?

Il lui adressa un regard moqueur qui la fit encore frissonner.

— C'est un yacht, rappela-t-il. Pas un de vos buildings flottants.

— Oui, et il est superbe, marmonna-t-elle, sachant qu'elle était devenue écarlate.

Il allait falloir qu'elle apprenne à maîtriser son corps en présence de cet homme, songea-t-elle. Car elle avait l'impression très nette de ne plus en être le capitaine.

Au cours de l'heure qui s'écoula, Samia resta étonnamment silencieuse. Elle contemplait la mer en souriant, hypnotisée par le large, ou caressait d'une main timide les bastingages. Luca lui fut reconnaissant de sa discrétion, tandis qu'il réglait plusieurs points de navigation avec ses hommes. Il n'avait pas pour habitude d'embarquer sur *Diamant noir* une femme rencontrée une heure auparavant.

Enfin, il l'emmena faire le tour du navire, et la pétulante Samia réapparut, enthousiaste et admirative, excitée comme une petite fille devant chaque détail de l'aménagement. C'était si rafraîchissant ! Il ne se lassait pas de voir ses grands yeux verts s'agrandir de joie ou d'étonnement. Chaque fois qu'elle souriait, il sentait quelque chose se réveiller dans sa cage thoracique et l'inonder de chaleur. La plupart des gens qu'il invitait à bord avaient déjà vu cent yachts dans leur vie, navigué sur les mers les plus exotiques. Ils étaient blasés, revenus de tout – insensibles à la beauté. Raison pour laquelle il se lassait lui-même très vite des femmes avec lesquelles il passait quelques nuits.

Depuis quand n'avait-il pas lu tant d'innocence, tant de candeur sur un visage ? Et tant de sincérité ? Car elle ne prenait pas de gants, contrairement à toutes les personnes qui peuplaient son entourage depuis sa naissance. Elle disait haut et fort ce qui lui plaisait et ce qui ne lui plaisait pas. Un trait de personnalité hautement séduisant…

— Dites-moi, je suppose que des armées de designers et de stylistes ont travaillé sur la décoration pendant des mois ? demanda-t-elle tandis qu'ils traversaient le grand salon.

— Il a fallu des années de travail préparatoire, acquiesça-t-il en jetant un coup d'œil à ses pieds nus.

Elle avait ôté ses bottes et, de toute évidence, son sac à dos ne contenait pas ce dont elle aurait eu besoin pour se chausser à bord… Ce qui n'était pas un problème, se rappela-t-il en songeant à la surprise qu'il allait lui faire.

— C'est un peu fade à mon goût, avoua-t-elle.

— Fade ? répéta-t-il, stupéfait par cette critique.

— Ma foi, oui. Ces dégradés de beiges et de gris taupe… C'est un peu dépassé, vous ne trouvez pas ? J'aime les couleurs plus vives.

— Sur un bateau noir ?

— Oui, pourquoi pas ? rétorqua-t-elle.

Tiens donc. Le décor de sa suite personnelle ne lui déplairait donc pas ! Il n'avait jamais vraiment prêté attention aux teintes des pièces communes, mais maintenant qu'il les voyait par son regard, il devait tomber d'accord avec elle. En effet, c'était un peu trop sage – cela manquait de *caractère.*

Pendant qu'elle se hissait sur la pointe des pieds pour regarder une carte ancienne, encadrée sur un mur, il ne put s'empêcher d'admirer la finesse de ses chevilles et la délicatesse de ses petits orteils aux ongles vernis de rose. Les épingles de son chignon retenaient de plus en plus mal la masse couleur de feu de sa crinière, à mesure que la journée filait. De même qu'il réprimait de plus en plus mal son désir d'y plonger ses doigts.

— Alors ? Vos premières impressions ? s'enquit-il dès qu'ils eurent fini d'arpenter les pièces communes.

Elle lui retourna un regard pétillant de mystère.

— Vous êtes le maître de ce vaisseau du premier au dernier détail de son aménagement. Et *Diamant noir* est un jouet de milliardaire.

— Quoi ? Ce yacht est un fabuleux joyau de navigation moderne, pas un joujou !

— Vous m'avez demandé mon opinion.

Et elle la lui avait donnée, songea-t-il, irrité. Sans ménagement.

— Vous pourriez peut-être rédiger un rapport de vos remarques et critiques, suggéra-t-il avec cynisme.

— Vraiment ? Cela vous intéresserait ?

Oh ! non, il ne manquait plus que cela ! Elle le prenait au pied dc la lettre.

— Bah, après tout, oui. Pourquoi pas ? soupira-t-il.

— J'ai gâché beaucoup trop de temps à me taire par le passé, expliqua-t-elle, comme si elle devinait enfin sa contrariété. C'est une erreur que je n'ai plus l'intention de commettre, alors je décris ce que je vois selon ma sensibilité, et si vous souhaitez que j'en fasse un rapport pour vous, dans le cadre d'une future révision de la déco de *Diamant noir*, je me plierai volontiers à l'exercice.

— Bon, d'accord.

L'information qu'elle venait de lui livrer lui donnait envie d'en savoir plus. Comment une femme comme elle avait-elle été réduite au silence ? Samia était un défi permanent, et cela le confortait dans son choix. Elle serait l'épouse idéale.

— Merci pour la leçon, ajouta-t-il sur un ton sarcastique. Je comprends mieux moi-même pourquoi j'aime tant naviguer.

— Parce que le bateau ne répond pas ? s'esclaffa-t-elle.

— Exactement.

Leurs regards restèrent arrimés l'un à l'autre durant une seconde si brûlante qu'il sentit son entrejambe devenir douloureux.

— Vous ne deviez pas me montrer mes quartiers ? lâcha-t-elle.

Sa voix était un peu éraillée. Elle avait ressenti ce courant électrique, elle aussi.

Un moment plus tard, après l'avoir conduite dans un dédale de couloirs, il lui ouvrit la porte de la suite qu'il lui réservait. Enfin, elle poussa les exclamations enthousiastes qu'il avait tant attendues.

— Oh ! mon Dieu ! C'est magnifique ! Je n'ai jamais rien vu de plus beau !

— C'est mon frère qui a signé l'ensemble de cette décoration, dit-il d'une voix vibrante de fierté.

Il se rappela l'insistance de Pietro à concevoir cet espace pour les invités, et sa réplique hilare, car il ne comptait inviter personne sur *Diamant noir*. « Mauvaise idée. Tu ne devrais pas t'enfermer dans la solitude, Luca. Ce n'est pas bon pour toi », avait répliqué son aîné.

L'imagination et le talent de Pietro étaient là, désormais : dans la vibrance des tapis colorés, dans les motifs abstraits et sophistiqués des frises murales répondant à la sobriété des murs aux patines chaleureuses. Le lit à baldaquin, couvert de coussins en soie et en voile de coton, faisait face à un grand hublot.

— Votre frère avait un goût très sûr, observa-t-elle, visiblement fascinée, devant une petite collection d'estampes anciennes d'officiers marins.

Luca approuva d'un hochement de tête.

— Il avait une passion pour l'histoire et pour le design. Il aurait adoré en faire son métier, s'il n'avait pas été prince.

— Mais, être prince… c'est *faire* l'histoire, non ? répliqua-t-elle.

— Pietro ne voyait pas les choses sous cet angle. Il aurait préféré une vie paisible, loin des feux des projecteurs. Son rêve aurait été de créer des décors de théâtre et de cinéma.

Il se rappela leurs jeux d'enfants, et la passion de son frère pour leurs petites comédies de cape et d'épée. Ils passaient des heures à se déguiser et à apprendre leur texte, pour donner une modeste représentation à leur grand-mère, chaque dimanche. Naturellement, leur *nonna* était très bon public et les applaudissait à s'en faire mal aux mains.

— Oui, une vie paisible, répéta-t-il sombrement. C'était tout ce qu'il demandait. Et c'était impossible…

Lentement, la jeune femme se dirigea vers lui. Elle le toisa d'un œil inquiet et s'enquit :

— Ça va ? Vous vous sentez bien ?

Il serra les poings dans son dos, afficha un sourire et confirma :

— Oui, merci.

— Je suis très admirative du style de votre frère, déclara-t-elle. Il avait un œil exceptionnel.

— C'était un homme remarquable, renchérit-il.

— Et vous l'adoriez… Cela se lit sur votre visage. Je suis certaine que le prince Pietro vous aimait beaucoup, vous aussi.

Comme il sentait l'émotion lui piquer les yeux, il désigna le pont à travers le hublot et précisa :

— Il y a une piscine, vous savez. Deux, en fait. N'hésitez pas à aller y faire un plongeon.

— Oh… Je n'ai pas de maillot.

— Vous en trouverez toute une collection dans votre dressing. Servez-vous. Ils n'ont jamais été utilisés. Il y en aura forcément un à votre taille.

— Mais…

Comme elle semblait hésiter, il l'invita à le suivre dans la pièce attenante.

— Voilà, dit-il avec un sourire malicieux, désignant les innombrables placards et tiroirs du dressing en chêne clair. Des centaines de vêtements sont rangées ici. Rendez-moi service et portez-les : pour le moment, ils n'ont pas servi, et je n'aime pas le gâchis.

Il avait du mal à ne pas l'imaginer dans l'une des fabuleuses robes du soir dont il avait garni cette suite, au baptême de *Diamant noir*, afin que ses invités conservent un souvenir émerveillé de leur croisière. Luca avait ainsi passé une commande délirante aux plus grands créateurs italiens. Le dressing contenait, en sus, les achats frénétiques de quelques aristocrates, qui n'avaient pu s'empêcher de vider leur portefeuille à chaque escale, sans voir l'intérêt, ensuite, de rapporter leurs emplettes chez eux. En fin de compte, cet endroit contenait un vrai trésor.

Samia le regarda avec de grands yeux éberlués.

— Vraiment ? Je peux porter tout ce que je trouverai là-dedans ? C'est le dressing de l'équipage ?

Elle semblait tout excitée… Et pleine d'appréhension.

— Bien sûr que non ! répliqua-t-il en riant.

— C'est vraiment généreux de votre part… Merci. J'ai toujours adoré me déguiser. Quand j'étais petite, j'empruntais à ma mère toute sa garde-robe, et comme cela ne me suffisait pas, je portais même les nappes ! s'esclaffa-t-elle.

Il sourit. Cette femme serait toujours elle-même. Naturelle et directe. Il aimait cela. Le peuple de Madlena aimerait cela aussi… Beaucoup ! Or il n'épouserait pas Samia Smith pour se faire plaisir. C'était un mariage politique, il ne l'oubliait pas. Rien d'autre qu'une union de convenance pour instaurer la confiance dès le début de son règne.

7

— Où se trouvent vos appartements ? demanda Samia, comme Luca s'apprêtait à quitter la suite que son frère avait décorée.

— Au bout du couloir, du même côté que la vôtre. Alors si vous avez besoin de quoi que ce soit…

— La *mienne* ? répéta-t-elle sans comprendre.

Il lui décocha un regard consterné, à l'instar de celui d'un instituteur à son élève, après avoir expliqué trois fois le problème à résoudre.

— Vous ne voulez pas dire que…

Elle balaya les lieux du regard et resta un instant bouche bée avant d'enchaîner :

— Sérieusement ? C'est *ici* que je vais loger ?

Il secoua lentement la tête.

— Cela ne vous convient pas ?

— Mais…

— Prenez une douche et détendez-vous un peu pendant que vous en avez encore le temps, conseilla-t-il.

Samia ne sut comment interpréter cette phrase. Comptait-il lui faire nettoyer le pont durant la nuit ?

— Dernière chance de retourner à Saint-Tropez, ajouta-t-il. Vous avez changé d'avis ? Vous préférez qu'on vous ramène au port ?

— Euh, non. Mais je n'avais pas compris que nous étions prêts à partir.

— Je n'ai pas fait mystère de mon désir de lever l'ancre. En effet, nous allons bientôt démarrer. Alors : vous avez bien réfléchi ?

Elle s'accorda une seconde de réflexion avant de répliquer :

— Oui. Je reste.

Pas question de faire machine arrière maintenant… Même si elle ne savait toujours pas quel poste elle allait occuper. Au fond, pourquoi est-ce que cela la tracassait tellement ? Qu'avait-elle à redouter ? Qu'il se jette sur elle ? Aucune chance. Le prochain souverain de Madlena n'avait que faire d'une petite roturière de son espèce. Et puis, à aucun moment il n'avait eu l'air d'avoir envie de la séduire… Non, c'était une fausse piste. Les sirènes du Prince Pirate appartenaient à la jet-set.

Il paraissait tout aussi peu probable qu'il l'enchaîne à fond de cale pour la vendre sur un marché exotique. Ou qu'il exige qu'elle nettoie l'ensemble du yacht à raison de quinze heures de labeur par jour. De quoi avait-elle peur, alors ? Elle n'avait pas du tout envie d'affronter cette question… Elle verrait plus tard. En ce moment, Luca la considérait avec une satisfaction visible.

— C'est vrai ? insista-t-il. Vous êtes contente de m'avoir rejoint ici ?

— Bien sûr, affirma-t-elle. Mais je tiens absolument à me rendre utile. Sinon, comment pourrais-je payer le voyage ?

— Ne vous inquiétez pas. Je suis sûr de vous trouver quelque chose à faire. Mais pour le moment, je vous laisse. Le dîner sera servi à 20 heures précises. Ce sera formel. Tenue correcte exigée.

— Formidable ! Nous aurons l'occasion de parler de mon poste à bord, et cela me laissera le temps de rédiger mon rapport. Je vous le remettrai tout à l'heure.

Il la dévisagea avec perplexité.

— Mon rapport au sujet de l'aménagement et de la décoration ? rappela-t-elle.

— Ah ! oui. Naturellement.

Il s'était moqué d'elle, réalisa-t-elle soudain. Il se fichait complètement de savoir ce qu'elle proposait pour rendre un peu de personnalité aux salles de bord. Rien d'étonnant à ce qu'il soit si seul… Il n'avait pas l'habitude d'accorder beaucoup d'importance aux autres, pensa-t-elle.

— Pour ce soir, conclut-il en posant la main sur la poignée

de la porte, votre unique mission consiste à arriver sur le pont à l'heure. Le chef ne tolère aucun retard, et moi non plus.

— C'est noté, capitaine, répondit-elle en riant.

Samia ne parvenait pas à croire qu'elle était en train de prendre un bain dans une baignoire aux dimensions extravagantes, au cœur d'une salle de bains en marbre rose aussi vaste que sa chambre à Londres. La mousse généreuse caressait sa nuque, et le parfum de miel et de lavande de la crème de bain la berçait. Quel luxe ! Quelle volupté ! Elle n'était pas habituée à être traitée ainsi – et elle redoutait d'y prendre goût très vite.

Qu'est-ce que cela ferait de vivre tous les jours dans ce faste ? Hum. Sans doute était-il beaucoup plus délicieux d'y rêver que d'en faire l'expérience. Elle n'avait pas oublié qu'après une enfance dorée, elle avait connu les vaches maigres. Sa mère avait tenté à tout prix de préserver les apparences, mais son père, joueur compulsif et pathologique, perdait l'argent qu'il leur restait sur les tables de poker ou les tapis verts des casinos. Or sa mère était démunie pour affronter le déclassement. Elle appartenait à une autre époque, une autre génération – elle avait été dépendante de son père, puis de son mari : de leur argent et du confort qui allait avec. Samia, en revanche, avait su réagir et s'adapter. Elle était jeune et, contrairement à ses parents, elle n'avait pas baigné dans le luxe assez longtemps pour en être prisonnière. Elle devait avoir six ou sept ans lorsqu'elle avait compris que la fortune familiale se fissurait. Les semelles trouées des chaussures hors de prix de son père, le réfrigérateur vide, l'absence de livres neufs dans la bibliothèque... Certains détails ne trompaient pas. Dans un premier temps, la mère de Samia avait fait comme si de rien n'était, préparant sa fille à pénétrer dans un monde de privilèges qu'elle ne connaîtrait jamais – avant aujourd'hui.

Elle sourit. Oh oui, sa mère aurait adoré la savoir ici, pensa-t-elle en soufflant sur les bulles. Sa nostalgie fit place à la douleur. Elle se revit, décachetant la lettre d'adieu... Sa pauvre maman lui avait écrit que Samia vivrait mieux sans elle, et elle lui demandait pardon.

Du bout des doigts, elle écrivit « Maman » dans la mousse.

Samia passerait le reste de sa vie à regretter qu'elles n'aient pas davantage parlé, toutes les deux.

Fermant les yeux, elle laissa échapper un long soupir. Les apparences étaient souvent trompeuses. Même cette rencontre fortuite avec Luca n'était pas ce à quoi elle s'attendait au début. Le touriste à l'esprit vif et au charme fou était devenu un prince. Un soldat davantage qu'un personnage de conte de fées. Un homme contrasté, énigmatique, solitaire… qui avait adoré son frère aîné. Le propriétaire du plus grand yacht du monde irradiait de glamour, et pourtant, impossible de le réduire à sa qualité de prince ou de pirate.

Avec lui, elle se sentait étrangement à l'abri. Sa généreuse invitation lui permettait d'entamer ce nouveau chapitre de sa vie avec panache. Elle avait envie de lui renvoyer l'ascenseur. Certes, elle ne savait pas encore comment, mais elle voulait l'aider à surmonter le deuil qui le rongeait de l'intérieur : parfois, il était plus facile à un inconnu de voir clair sur la situation, et elle ne doutait pas que le peuple de Madlena aurait besoin d'un souverain fort, après la mort brutale du précédent. Si Luca restait l'otage de son passé, il ne serait pas apte à relever le défi.

Ce qui valait pour elle aussi, pensa-t-elle. Comment aider quelqu'un d'autre alors qu'elle n'avait plus ni travail ni logement, et qu'elle était poursuivie par les foudres d'un ex-mari enragé ? A posteriori, elle voyait bien pourquoi il l'avait épousée : d'une part à cause de l'influence de son éditorial quotidien, de l'autre pour les terres que son père possédait en Écosse, et dont il entendait faire un terrain de golf.

Elle n'aurait jamais dû s'engager dans ce mariage… À l'époque, elle ne savait plus comment aider ses parents. Et au début, Oliver s'était montré si prévenant ! Un vrai gentleman. Il avait payé les dettes de son père et offert à sa mère de ravissants accessoires de mode siglés des plus grands couturiers de Londres. Plus tard, lors de l'un de ses fréquents accès de rage et de violence, elle avait compris qu'il se servait d'elle. Le chantage avait commencé : si elle ne le laissait pas transformer son éditorial et le corrompre, Oliver lui appliquant la couleur politique qui servait ses intérêts publicitaires, il se vengerait sur son père. Lorsqu'elle s'était rebellée, il avait fait accuser son père d'évasion fiscale, et des comptes mystérieux étaient soudain apparus dans la comptabilité du malheureux. Croyant que l'argent qu'elle dépensait sans compter avait été détourné, sa mère avait sombré dans une profonde dépression nerveuse, tandis que le père de Samia, pétrifié de stupeur, ne savait se défendre à son procès.

Oui, elle était titulaire d'un pedigree digne des princesses de conte de fées, songea-t-elle, aigre-douce, en attrapant une serviette pour s'y envelopper. Après tout, quelle importance ? Luca n'était plus l'homme charmant et ordinaire qu'elle croyait avoir rencontré dans une brasserie très chic, mais un prince dirigeant son yacht, le plus célèbre du monde, en direction de son royaume. Difficile de comprendre quel rôle lui était assigné dans ce scénario.

Après avoir peigné son épaisse chevelure, adoucie par le masque à la lavande, elle alla se planter au milieu du fameux dressing et ouvrit au hasard un premier tiroir.

Émerveillée, elle contempla les réserves de maquillage neuf. En coffrets de velours ou en sachets de cellophane, pinceaux, crayons, poudres, mascara, rouges en bâtons et en version liquide, palettes et houppettes s'offraient à son regard, déclinés dans toutes les tailles ou teintes de la Création. Plus rapidement, elle ouvrit d'autres tiroirs. L'un ne contenait que des foulards. Un autre des pochettes : en soie, en cuir, en lamé, en bois laqué. Dans la réserve aux maillots de bain, elle trouva au moins quatre bikinis et deux une-pièces à sa taille. À quoi servait cette caverne d'Ali Baba ? Qui avait besoin de tant de choses ?

De plus en plus médusée, elle fit l'inventaire de la garde-robe proprement dite et constata que la majorité des pièces était exactement à sa taille. Elle eut le vertige, en passant en revue les débardeurs en soie sauvage issus de collections de haute couture parisienne, les petits pulls italiens en cachemire ou en coton de luxe, les jupes – portefeuille, crayon, à volants, jupons légers et kilts de laine, formes moulantes et évasées, fendues, longueur genou, cheville, minijupe…

D'une main tremblante, elle caressa quelques-unes de ces étoffes de luxe. Tout était beau, de bon goût, élégant sans ostentation. La personne qui avait composé ce dressing était experte dans l'association des couleurs et des coupes. Nul doute que cet as de la mode était une ancienne maîtresse de Luca.

C'était embarrassant. Elle n'aimait guère l'idée de porter les vêtements d'une autre. En même temps, Luca avait bien spécifié que tout était neuf. Alors que conclure ?

Hum. « Tenue formelle exigée ». Cela, au moins, c'était clair et précis. Un dîner formel. Son sac à dos contenait ce qui lui restait de plus précieux maintenant qu'elle n'avait plus de chez-elle, ainsi que les affaires indispensables à son voyage. Ses livres de chevet, une enveloppe de photos personnelles, des carnets de notes, des sous-vêtements, le maillot de bain qu'elle avait déchiré à sa troisième baignade à Saint-Tropez – mais conservé dans l'espoir de trouver une couturière capable de remplacer une bretelle. Hormis le short et le T-shirt qu'elle portait aujourd'hui, elle possédait un jean, un pantalon en toile, un gros pull et deux débardeurs. Autrement dit, rien qui convienne à une soirée habillée !

« C'est ridicule. Faire des façons quand on vous propose de choisir une tenue dans cette malle au trésor ! » pensa-t-elle en envoyant valser ses scrupules pour se concentrer sur le nouveau problème : que choisir ?

Luca était grand, il était doté d'une solide carrure, et il aurait belle allure dans n'importe quel costume. Même en bermuda, il était beau comme un prince. Elle avait vu quelques photos de lui en uniforme militaire et, à ce simple souvenir, elle sentit une onde la transpercer, sensuelle et tentatrice.

Pas question de se laisser aller à rêvasser ! Mais elle avait envie de lui plaire… N'ayant pas l'habitude de s'habiller de façon sophistiquée, elle consacra un long moment à associer diverses pièces. Hélas, l'exercice se révélait plus complexe qu'un puzzle. Il fallait tenir compte d'une foule de paramètres. Il ne fallait pas avoir l'air trop timide. En même temps, elle ne voulait pas lui laisser supposer qu'elle voulait le vamper.

Elle hésita longuement entre une ravissante robe noire, flatteuse pour sa silhouette, et un ensemble déstructuré en soie grège avant d'avoir un coup de foudre pour une robe du soir d'un vert profond.

Sans être plongeant, le décolleté était beaucoup moins sage que ce qu'elle avait l'habitude de porter. La jupe tombait juste au niveau du genou, et Samia virevolta plusieurs fois devant le miroir, enchantée de ce choix. De petits cristaux brodés sur le voile de soie illuminaient cette robe de rêve, qu'elle n'aurait jamais pu se payer avec son salaire, ni même avec la somme que son ex avait dû lui verser, lors du divorce. Il n'en restait presque rien : l'ayant privée d'emploi, il l'avait contrainte à vivre sur ses réserves… jusqu'à épuisement de celles-ci. Samia avait désormais épuisé sa pelote. Elle en était à ce moment très étrange de sa vie où elle ne possédait plus rien, et où tout était encore possible – elle voulait le croire. Oliver lui avait juré qu'elle ne trouverait plus un poste dans la presse, mais… elle n'avait pas dit son dernier mot. Luca lui offrait une chance de repartir du bon pied.

Durant une demi-heure, elle s'appliqua à se coiffer et à se maquiller – opérations auxquelles elle consacrait bien trop peu de temps depuis qu'elle ne travaillait plus. Pour son propre étonnement, elle éprouva beaucoup de plaisir à renouer avec les gestes de la féminité. Ayant trouvé une immense trousse d'accessoires à cheveux, elle se contenta d'attacher ses longues boucles avec une fine barrette en nacre.

Le seul placard ne contenant que l'essentiel était celui des chaussures. Espadrilles, claquettes, mules en cuir et en tissu : on avait songé au confort à bord, rien d'autre. Samia enfila des mules à petits talons, couleur fauve, aux lanières de cuir torsadées : sobres et élégantes.

Puis, elle vérifia l'heure à la pendulette de sa table de chevet. Il était 19 h 50 et elle n'avait pas vu le temps filer.

Après la douche fraîche qui n'avait guère réussi à apaiser sa libido enflammée, Luca se sécha, se lava les dents et se rasa. Il enfila un jean et un T-shirt propres. De l'autre côté du navire, dans son bureau, la boîte rouge l'attendait. Mais la perspective d'une vie entière à ouvrir une boîte rouge *chaque jour, sans exception*, le décourageait. Bah, il pourrait s'occuper de cela plus tard, quand il reviendrait dans sa cabine pour s'habiller, avant le dîner, décida-t-il. Il devait d'abord parer à quelque chose d'urgent.

Quittant sa suite, il remonta sur le pont afin de donner de nouvelles instructions. *Diamant noir* ne prendrait pas tout de suite la direction de Madlena. Le navire ferait d'abord escale dans une charmante petite ville côtière en Italie, Portofino, où il irait s'entretenir avec ses avocats afin que tous les aspects du contrat de mariage soient abordés, prévus, verrouillés. Naturellement, Samia aurait l'obligation de signer ce document... ainsi qu'un autre, rendu nécessaire, à cause d'elle. Luca ne laisserait rien au hasard, et il avait la ferme intention de protéger jalousement Madlena de toute éventuelle tentative de déstabilisation. À cette époque de l'année, en pleine saison estivale, la célèbre fête foraine de Portofino attirait les touristes chaque soir et lui servirait d'appât... Dès qu'ils auraient réglé les aspects formels de leur accord, Samia pourrait enfin se détendre et ils apprendraient à se connaître, afin d'apparaître heureux et détendus aux yeux de ses sujets, à Madlena.

Après avoir donné le nouvel itinéraire à ses hommes, il se résolut à descendre dans son bureau. Il s'installa à sa table de travail, prit la clé de sécurité de la fameuse boîte rouge dans sa poche et l'ouvrit. Le dossier concernant Samia s'y trouvait. Il ouvrit la chemise devant lui et lâcha un juron : son téléphone sonna. L'appel provenant du palais, il le prit. Le deuxième secrétaire de son futur cabinet souhaitait seulement revoir avec lui certains détails concernant le prochain mariage de Luca – avec une femme qui ne se doutait nullement de ses intentions envers elle.

Visiblement accoutumé au formalisme très strict qu'aimait à entretenir Pietro, l'homme s'enquit prudemment :

— Vous avez bien une fiancée, Votre Altesse ? Car vous ne nous avez encore transmis aucun nom.

— En effet. La discrétion est toujours de mise en ces

circonstances. Et je ne veux pas que la dame en question soit harcelée par la presse. Mais soyez rassuré : ma fiancée existe.

Après quelques politesses d'usage, il coupa la communication et referma la chemise du dossier de Samia.

8

Luca n'avait aucune envie de s'y plonger maintenant. Ni le besoin. Mieux valait apprendre à connaître Samia Smith sans être influencé par un rapport.

Le dîner de ce soir était censé agir comme un prologue agréable à leur séjour à Portofino. Une fois qu'ils seraient sur place, le lendemain, elle aurait eu tout le temps de réfléchir à son offre. Elle pourrait même, si elle le souhaitait à tout prix, proposer quelques aménagements à leur contrat – il ne doutait pas qu'elle serait raisonnable à ce propos, et qu'elle comprendrait que la raison d'État exigeait de sa part quelques efforts. De toute façon, il préférait qu'elle exprime ses réserves sur-le-champ. Étant donné le caractère entier de la demoiselle, Luca était confiant. Elle lui dirait franchement ce qu'elle aurait sur le cœur. L'essentiel, l'atout majeur pour que cette entreprise réussisse, c'était d'éviter toute mauvaise surprise.

Ce fut seulement plus tard, dans son dressing, tandis qu'il ajustait son nœud de cravate, qu'il changea d'avis. Maudissant le morceau de tissu qu'il avait encore échoué à nouer convenablement, il le laissa pendre sur sa chemise. Puis, avec humeur, il jeta la cravate et renonça au smoking. C'était excessif. Il garda sa belle chemise blanche mais enfila un jean brut et glissa une main dans ses cheveux pour les discipliner – seule concession à l'art de la coiffure qu'il était prêt à faire. Enfin, jetant un coup d'œil à sa montre, il put constater qu'il disposait de vingt minutes avant d'aller dîner : exactement le temps qu'il fallait pour lire ce qui concernait Samia. Aussi, finalement, se rendit-il à son bureau.

Samia se sentait merveilleusement bien. Elle avait un peu redouté de souffrir du mal de mer, mais sur un tel yacht, c'était aussi inconcevable qu'au cœur d'un grand restaurant de Londres. Sa robe ondulait avec légèreté sur ses hanches, la brise soulevait ses cheveux, l'air était tiède et le soleil allait bientôt se coucher. Quelle chance incroyable que de vivre une telle aventure !

Sur la terrasse principale du pont, elle vit une table dressée pour Luca et elle. Chandeliers anciens, couverts en argent, verres en cristal, nappe amidonnée... Chaque détail correspondait au luxe d'un palais. Quoi de plus étonnant ? Elle dînait en tête à tête avec un prince !

Son cœur battait joyeusement dans sa poitrine, et elle se sentait rayonner de l'intérieur. Elle avait l'impression d'être dans un film, une réinterprétation de *Cendrillon* sur un bateau.

— Bonsoir, lança-t-elle en rougissant.

Dès qu'il l'avait aperçue, il s'était immobilisé. Debout devant la table du dîner, il la contemplait – ou plutôt, il la dévorait d'un regard de braise. Samia sentit aussitôt sa température grimper de plusieurs degrés. Des frissons coururent sur ses bras nus, tandis qu'elle s'avançait vers cet homme plus séduisant que jamais. Sa chemise blanche faisait ressortir son teint méditerranéen et les reflets mordorés de ses cheveux. Son regard avait pris une teinte de miel, et elle était hypnotisée.

— Bonsoir, répondit-il.

Oh oh. Il y avait un accent glacial dans sa voix, et elle se raidit sensiblement. Quelque chose le contrariait.

— J'ai l'impression d'avoir reçu une pincée de poudre magique sur la tête, avoua-t-elle en parvenant près de lui. Tout est fantastique, ici.

Le visage de Luca restait impassible, mais Samia avait de la bonne humeur pour deux : elle saurait lui faire oublier ses désagréments de la journée, se promit-elle.

— Quelle soirée exquise ! enchaîna-t-elle. Le coucher du soleil va être spectaculaire et je suis sûre qu'on voit les étoiles comme nulle part ailleurs, depuis la mer. J'ai l'impression d'avoir gagné le gros lot : avoir une place sur votre yacht, c'est extraordinaire. C'est incroyable comme il est rapide et stable... Il fend l'océan, n'est-ce pas ?

— Comme un couteau dans du beurre ? répliqua-t-il sèchement.

— Voilà, c'est ça.

Rien ne pourrait ternir sa joie ce soir, pensa-t-elle en le voyant conserver son air sombre.

— Et les claquements des cordages et des voiles sont la seule musique qu'on a envie d'entendre par une nuit pareille, ajouta-t-elle.

— Vraiment ? C'est ce que vous pensez ? rétorqua-t-il d'un ton cassant.

Elle observa un bref silence, désigna les sièges et demanda :

— Puis-je m'asseoir ?

Il haussa les épaules.

— Si vous voulez.

En dépit de cette réponse presque discourtoise, il fit le tour de la table et vint tirer la chaise pour elle, l'invitant à prendre place. Sans un mot, Samia le regarda s'installer à son tour, tandis qu'un silence gênant tombait. Ils étaient seuls. Entièrement seuls : pas un homme d'équipage en vue, nota-t-elle.

Elle remarqua également qu'il portait des sandales, alors qu'il lui avait dit que le dîner serait formel. Étrange. Mais c'était le Prince Pirate, après tout. Il pouvait faire comme bon lui semblait sur son yacht – et du reste, sa tenue n'était pas négligée non plus.

Toutefois, son silence obstiné l'inquiéta. Pourquoi ne disait-il rien ? Était-elle censée faire la conversation ? Avait-elle commis une bévue sans s'en rendre compte ? Elle n'était pas arrivée en retard, elle en était certaine. Et il avait eu l'air d'apprécier sa tenue... Alors ?

Peut-être se posait-elle trop de questions. Il était fatigué, voilà tout... Non. Elle releva discrètement la tête vers lui. Sans le moindre doute, *elle* le contrariait. Il faisait la tête de quelqu'un qui aurait voulu être n'importe où ailleurs... Pourquoi ne lui avouait-il pas qu'il avait changé d'avis ? Qu'il ne souhaitait plus dîner en sa compagnie ?

Un steward surgit, armé d'un plateau. Il vint déposer plusieurs plats devant eux ainsi que des petits pains chauds, et repartit aussi vite qu'il était apparu.

C'était un merveilleux assortiment de plats provençaux : poivrons et tomates farcis, marinade de courgettes, confit de souris d'agneau. Le fumet à lui seul était à se pâmer d'envie, et Samia en eut l'eau à la bouche. Hélas, son hôte ne semblait guère disposé à donner le signal, et elle se contenta d'arracher un morceau de croûte à son petit pain chaud, pour en savourer le goût en silence.

Elle saurait se montrer patiente. Elle était prête à tous les efforts pour que sa première soirée sur *Diamant noir* soit réussie.

Bon sang, pourquoi fallait-il qu'elle soit si belle ? Cela retournait le couteau dans la plaie. Et il n'avait aucune idée de la façon dont il convenait de réagir, après ce qu'il avait découvert.

Il était resté bouche bée dès les premières notes que contenait le fichier. Cette femme faisait *quoi* ? Elle était *qui* ? Il l'avait fait monter à bord animé des meilleures intentions. Pour en faire son épouse, une princesse ! Pour la couvrir de cadeaux et lui offrir la vie dont n'osaient rêver les femmes les plus fortunées d'Europe ! Il n'éprouvait pour elle qu'amitié et sympathie, l'avait présentée à tout son équipage, et maintenant… Il se sentait trahi, et avait également l'impression d'avoir trahi ses hommes. Parce qu'il était tombé dans un piège cousu de fil blanc – le plus vieux du monde, en ce qui concernait les familles royales.

De ses premières impressions au sujet de Samia, tout était faux. Sa candeur, sa spontanéité… rien n'était vrai. Même son enthousiasme faisait partie de la comédie qu'elle interprétait.

Le dossier qui lui était consacré livrait les détails de l'existence de Samia Smith, incluant son récent divorce et son métier de *journaliste d'investigation*. Rien d'étonnant à ce que ses conseillers ne lui aient pas adressé le fruit de leurs recherches par texto ! Pire encore, son ex-mari l'avait traitée avec une cruauté rare. Il avait détourné à son profit l'éditorial qu'elle publiait quotidiennement… Et pour l'heure, la jeune femme *n'était plus* une signature influente dans la presse.

Luca n'était pas né de la dernière pluie : « Chassez le naturel, il revient au galop. » Samia Smith avait-elle renoncé à sa carrière médiatique, ou bien prenait-il ses désirs pour la réalité ? Pouvait-il se permettre de faire entrer cette louve dans la bergerie du palais royal ?

Une *journaliste d'investigation* ?

Après la mort de son frère, il s'était efforcé de rester indifférent à tout. De ne plus permettre à aucune émotion de s'exprimer. Il n'y avait de place dans son cœur que pour le chagrin et la culpabilité. Et puis il avait rencontré Samia. Sa légèreté, son humour, son esprit l'avaient rendu à lui-même – ou lui avaient du moins donné cette impression. Il s'était senti un homme neuf, auprès d'elle, dans la brasserie.

Dans le meilleur des cas, s'il voulait lui accorder le bénéfice du doute, elle lui avait menti par omission. Car elle avait accepté de monter à bord, *sachant qui il était*, et en se gardant bien de lui révéler son métier. Oh ! bien sûr, il avait compris qu'elle tentait d'échapper à quelque chose – probablement un ex. Et il n'aurait pas manqué de l'aider si elle lui avait exposé honnêtement sa situation.

Alors comment interpréter cet étrange silence de sa part ? Pourquoi n'avait-elle rien dit ? Il n'existait hélas qu'une seule réponse possible. *Parce qu'elle comptait tirer profit de ce voyage à bord de* Diamant noir, *auprès du Prince Pirate*. Elle avait saisi la chance qui lui était offerte exactement comme l'aurait fait, à sa place, n'importe quel autre journaliste. Et si elle s'imaginait qu'elle allait s'en sortir comme ça… Eh bien, elle allait avoir une très mauvaise surprise.

— Luca ?

En lui se jouait un conflit qui s'envenima dès que la jeune femme rappela son attention. Il lui était infiniment pénible de croiser ce regard d'émeraude. D'admirer ce visage harmonieux, cette adorable bouche pulpeuse, cette peau transparente. La robe qu'elle portait soulignait l'opulence de sa poitrine, la souplesse de sa taille, la longueur de ses jambes. Sa chevelure flamboyante cascadait dans son dos, ranimant sans cesse son désir. Comment osait-elle apparaître ainsi devant lui, séduisante, irradiant de joie ?

Il était dangereux de se montrer sensible aux charmes d'une personne comme Samia. Il avait adoré son frère, et il l'avait perdu. Pour toujours.

— Je suis ridicule dans cette robe, c'est ça ? s'enquit-elle en le dévisageant avec une inquiétude remarquablement interprétée.

Elle méritait un Oscar.

— Vous pouvez me le dire franchement, vous savez, ajouta-t-elle. Je suis capable de supporter la critique.

Comme il la considérait avec sévérité, elle soupira.

— Alors c'est ça ? Elle ne me va pas du tout ? Pas mon style...

Cette réflexion l'agaça. Ne songeait-elle donc qu'à son apparence ? Sans doute redoutait-elle de ne pas parvenir à ses fins. Elle comptait se servir de sa beauté pour lui faire perdre la tête...

Non. Absurde, admit-il pour lui-même. Cette femme ignorait à quel point elle était belle. Car elle était profondément abîmée – la seconde partie du dossier ne lui avait rien épargné du calvaire qu'avait connu Samia Smith auprès de son époux. C'était pire encore, car il avait d'autant plus envie de la protéger, de l'aider à surmonter les démons de son passé. Mais impossible d'oublier qu'elle était une menace pour la Couronne. Plus il y réfléchissait, plus il avait du mal à croire que leur rencontre était fortuite. Que faisait-elle dans cette brasserie ? Elle l'attendait, bien sûr.

— Je ne suis pas de cet avis. Je trouve qu'elle vous va à ravir, répondit-il.

Il observa un bref silence avant de préciser :

— Vous êtes très en beauté.

— Vraiment ? répondit-elle en rougissant. Inutile de me flatter...

— Ce n'est nullement mon intention. Mangez pendant que c'est chaud. S'il vous plaît, servez-vous. Nous discuterons plus tard.

Lorsque le steward revint déposer sur leur table une bouteille dans un seau de glace, Samia se demanda s'il avait entendu leur conversation. Ou plutôt, les tristes bribes de leur bref échange. Quelle importance, au fond ? Luca devait être habitué à vivre entouré de serviteurs qui assistaient à bien des rencontres, entendaient bien des propos destinés à demeurer dans l'intimité. Quelle drôle de vie, pensa-t-elle en regardant l'homme aux gants blancs déboucher le champagne et tendre la bouteille à Luca.

— Je vous en sers une coupe ? demanda-t-il.

— Il vaudrait mieux que je ne boive pas d'alcool, dit-elle. Si je me mets à tituber, je pourrais finir avec les petits poissons.

— Non, je ne permettrais pas que cela arrive, assura-t-il galamment.

C'était la première fois qu'il s'exprimait de façon moins tendue, depuis le début du dîner.

— Alors d'accord. Juste un verre, acquiesça-t-elle.

Après avoir rempli deux coupes, Luca rendit la bouteille au steward, qui la plaça dans le seau.

— Merci, dit Luca. Je vous appellerai si j'ai encore besoin de vous. Nous allons nous servir nous-mêmes, ce soir.

L'homme hocha la tête et disparut. Espérant alléger l'atmosphère et rendre un peu de bonne humeur à Luca, Samia ouvrit la jolie pochette de soie dorée et posa son rapport sur la table.

— Tenez, dit-elle fièrement. Voici mon compte rendu.

— Ah ?

— Sur la décoration, rappela-t-elle. Je ne suis pas une experte, mais j'ai des yeux et une opinion. J'ai noté mes idées à la main, j'espère que cela ne vous dérange pas ? Mon écriture n'est pas la plus élégante qui soit, mais elle est assez lisible, me semble-t-il, et...

— Vous ne comprenez vraiment pas ce qui se passe, n'est-ce pas ? interrompit-il en la sondant d'un regard noir.

— En matière d'architecture d'intérieur ? Euh, non, j'avoue ne pas avoir suivi les dernières modes, surtout en matière maritime. Mais j'ai cru que mon avis vous intéressait quand même... Enfin voilà, tout est noté ici.

Elle ignora le frisson glacé qui passait dans sa nuque.

— Je n'ai pas de temps à accorder à ces fadaises, rétorqua-t-il. J'ai des choses beaucoup plus importantes en tête !

— Ah ? Je peux vous aider à les résoudre, peut-être ?

À ces mots, il renversa la tête en arrière et s'esclaffa. Puis il lâcha un profond soupir et plongea son regard dans le sien. Un regard indéchiffrable.

— Oh oui. Je crois que vous pouvez, en effet.

Samia ne savait comment réagir. Il était en train de se mettre en colère, alors qu'elle avait espéré que… Visiblement, elle ne savait pas du tout comment s'y prendre. Posant sa serviette sur la table, elle s'apprêta à se lever.

— Je crois que vous aimeriez beaucoup mieux retourner à la navigation plutôt que dîner avec…

— Avec une journaliste d'investigation ? la coupa-t-il.

9

Durant une fraction de seconde, comme la jeune femme accusait le choc de sa réplique, le dévisageant avec effarement, Luca se demanda si elle éprouvait davantage de stupeur que de culpabilité.

Une colère blanche le rattrapa. Des scrupules, *elle* ? Non seulement elle lui avait joué la comédie, mais elle continuait ! Il était satisfait d'avoir mis un terme à cette farce avant qu'elle ne tourne mal.

— Sérieusement, vous avez cru que je ne l'apprendrais pas ? reprit-il d'un ton sec.

Elle retomba sur son siège, secoua lentement la tête et répondit :

— Ce n'est pas ce que vous pensez.

— Tiens donc ! Pourriez-vous au moins me dire ce que je pense ? Ou plutôt, ce que *vous aimeriez* que je pense ?

— Vous êtes injuste. Notre rencontre est purement fortuite, affirma-t-elle.

— Vraiment ! Vous espérez que je vais croire ça !

— C'est vous qui m'avez invitée à venir sur votre yacht, rappela-t-elle.

— Mais bien sûr. Le scénario est charmant, Samia, mais le fait est que vous n'avez pas été honnête avec moi. Vous auriez dû me dire la vérité dès le départ. Vous voulez que je vous dise ce que je crois ?

— Oui, j'aimerais beaucoup entendre votre version des faits, répondit-elle en le toisant avec défi.

Qu'à cela ne tienne : il pouvait facilement le relever.

— Me croiser par hasard dans cet établissement, entre tous ? C'est hautement improbable. Je crois que vous avez été renseignée. Vous saviez que je me trouvais à Saint-Tropez, et vous m'avez cherché dans les enseignes de luxe.

— Ah. Et qui m'aurait tuyautée ?

— Cela n'a aucune importance, dit-il en haussant les épaules, agacé.

— Je ne connaissais absolument personne en ville, et encore moins dans ce restaurant, quand je vous y ai rencontré.

— Ça, c'est ce que vous dites.

— Oui, et je le dis parce que c'est vrai. Ensuite ?

— Ensuite, vous avez prétendu chercher du travail pour que je vous en trouve un sur mon yacht.

— Mais c'est *vous* qui m'avez invitée ! répéta-t-elle. Et je ne prétends pas chercher du travail : j'en ai désespérément besoin ! Or vous n'avez guère manifesté de réticence à me faire visiter *Diamant noir*, alors que je ne sais toujours pas quelle tâche vous envisagiez de me confier

Luca ne s'attendait pas à un tel discours de défiance de la part de quelqu'un qui l'avait roulé dans la farine.

— Qu'est-ce que vous êtes en train de me dire, au juste ? protesta-t-il. Que vous ne tirez aucun avantage de cette croisière ? Que je me contente de me faire plaisir ? À vos dépens, en plus ? Je suis censé avaler ces sornettes ?

— Avalez ce que vous voudrez. Je ne peux pas vous faire changer d'avis, mais j'aimerais comprendre pour quelle raison vous êtes aussi soupçonneux.

Elle le toisa en fronçant les sourcils.

— Bien essayé, lâcha-t-il. Mais vous ne retournerez pas la situation si facilement.

Elle se pencha au-dessus de la table, planta son regard vert dans le sien et murmura :

— Je sais que vous souffrez terriblement du décès de votre frère et que vous tentez de sortir la tête de l'eau, mais... je ne suis pas responsable de cette tragédie.

Luca eut l'impression d'avoir reçu une gifle en plein visage. Personne n'osait parler de Pietro devant lui. Personne n'osait s'introduire dans son chagrin. C'était strictement personnel !

— Et je ne sais pas si quelqu'un porte la responsabilité de cette tragédie, enchaîna-t-elle. Depuis notre rencontre, j'ai fait quelques recherches à son sujet sur Internet. Vous n'ignorez pas que les circonstances de sa disparition ne figurent nulle part dans les journaux. Je suspecte votre frère d'avoir quitté ce monde par les mêmes moyens que ma mère, et je comprends tout à fait que vous n'ayez aucune envie d'en parler. Mais sachez que vous n'êtes pas le seul à vivre ce que vous vivez. J'ai connu cette épreuve, et je sais combien il est effroyable de perdre quelqu'un qu'on aime...

Elle s'interrompit, la voix étranglée dans un sanglot. Durant un moment, elle resta silencieuse, le regard dans le vide. Elle devait penser à sa mère. Par respect pour sa douleur, il garda le silence, lui aussi, même si la colère d'avoir été trompé ne le quittait pas.

— Mais en dépit de la difficulté de ce que vous subissez, finit-elle par conclure, je ne dois pas vous servir de punching-ball.

Elle était allée trop loin. N'y tenant plus, il tapa du poing sur la table.

— C'est assez ! s'exclama-t-il avant de se lever. Cette conversation est terminée !

— Ce serait trop facile ! cria-t-elle en se levant à son tour pour lui faire face. Si j'ai des aveux à faire, vous devrez me faire les vôtres aussi !

L'atmosphère était tellement chargée d'électricité que les tempes de Luca bourdonnaient. Le courant qui passait entre eux, c'était de la passion, une passion déchaînée par la colère et l'incompréhension. Même la brise maritime semblait s'être pétrifiée.

— Vous cachez quelque chose, vous aussi, maintint-elle, sans le quitter des yeux.

— Et s'il y a un scoop à livrer au public, vous n'allez pas passer à côté, rétorqua-t-il d'un ton empoisonné, tandis que de la lave courait dans ses veines.

— Comment pouvez-vous manquer à ce point de confiance envers autrui ? se rebella-t-elle.

— Cela ne vous crève pas les yeux ? Je devrais m'excuser, en plus ?

Perdre son frère était déjà un coup fatal, mais découvrir que Pietro avait mis fin à ses jours... C'était plus qu'il n'en pouvait supporter. Il n'avait pas été là pour empêcher ce drame. Il n'avait pas soupçonné que la détresse de son frère avait atteint le point de non-retour.

— Et qu'est-ce que vous espérez gagner d'autre ? reprit-il.

Son regard vert avait viré au gris d'orage.

— Comment cela ?

— Oh ! vous devez miser sur une rétribution assez grasse, contre votre petit reportage en immersion. Mais vous avez peut-être plus d'ambition que cela ?

— Je ne comprends rien à vos sous-entendus, asséna-t-elle. Exprimez-vous clairement.

— Votre ex était riche, expliqua-t-il. Mais je le suis davantage encore.

Interloquée, elle le dévisagea un bon moment avant de paraître écœurée par cette accusation.

— Ce n'est pas digne de vous, Luca, dit-elle plus bas.

Serrant les poings, il débordait de colère – une colère également dirigée contre lui-même.

— Non ? Vous n'êtes pas une prédatrice de première classe, peut-être ?

— J'ai des besoins, comme tout le monde, et les circonstances me conduisent à des choix qui ne sont pas toujours les bons, c'est peu dire, mais... Est-ce que je profiterais délibérément d'autrui ? Non. J'ai des principes, des valeurs solides, et j'ai respecté la déontologie de mon métier durant toute ma carrière, jusqu'à mon mariage. C'est vrai, je l'admets, j'ai cru que mon mariage pourrait sauver mes parents de la faillite et de l'infamie. Mais je ne commets jamais deux fois la même erreur. Alors soyez certain que lorsque je ne peux pas mettre de beurre dans les épinards, je me contente des épinards, et cela ne me pose pas de problème.

Il resta un instant silencieux avant de demander :

— Alors vous prétendez que vous n'en avez pas après mon argent ?

— C'est exactement ce que je viens de vous dire, oui, confirma-t-elle d'un ton exaspéré.

— Parce que vous méprisez tout cela. Ce genre de luxe.

D'un ample geste du bras, il désigna la table dressée comme le yacht.

— C'est un monde qui n'est pas le mien, dit-elle. Le mépriser ? Non, pourquoi ? Je sais que vous avez acquis votre yacht en travaillant.

— Je n'aurais jamais pu rêver de naviguer sur un engin pareil quand j'étais enfant, confirma-t-il.

Sa colère commençait à retomber.

— Madlena était un État ruiné quand mes parents ont accédé au trône, poursuivit-il. Ils ont réussi à rebâtir le pays, à en faire ce qu'il est aujourd'hui, mais j'ai été élevé dans l'idée que je ne posséderais rien que je n'aie gagné par mes efforts. Si vous avez fait des recherches à mon sujet, vous savez certainement que j'ai créé mon entreprise depuis ma chambre…

— Avec un ordinateur d'occasion que vous avez restauré vous-même, compléta-t-elle.

— En effet. Vous n'avez donc pas cherché uniquement des informations à propos de Pietro.

— Vous n'avez pas le monopole des enquêtes, protesta-t-elle. Vos parents et votre frère méritent toutes les louanges pour avoir rendu sa superbe à Madlena. Et tout en dirigeant votre entreprise, vous avez offert vos services à la défense de votre nation. C'est remarquable.

— Je ne suis donc pas complètement mauvais ? railla-t-il.

— C'est une conclusion qui devrait valoir pour vous comme pour moi, vous ne croyez pas ?

Il poussa un profond soupir.

— Quand comptiez-vous me dire qui vous êtes réellement ? demanda-t-il. Ce que vous faites dans la vie, car je suppose que vous souhaitez continuer à être journaliste… Peut-être grâce à votre éditorial si populaire en Angleterre, et à un petit reportage rédigé à bord de *Diamant noir* ?

— Mais, ainsi que vous venez de le souligner, j'ai *perdu* mon éditorial, lâcha-t-elle. Mon ex-mari m'a renvoyée à l'instant où il a considéré que je ne lui servais plus à rien. Il possède le groupe de presse auquel appartient mon magazine. On m'a donné dix minutes pour vider mon bureau, et le service de sécurité m'a escortée jusque sur le parking, comme si j'étais l'ennemi public numéro un.

— Quand comptiez-vous me le dire ? répéta-t-il avec fermeté.

— Je ne sais pas. Au moment opportun.

— Sur l'oreiller, peut-être ?

Elle secoua lentement la tête et s'esclaffa.

— C'est l'image que je renvoie ? Sérieusement ? Vous pensez que je suis ce genre de femme ?

— Je n'en ai pas la moindre idée, répondit-il. Je ne vous connais pas, Samia Smith.

— Je ne vous connais pas non plus, fit-elle valoir.

Agacé, il leva les yeux au ciel.

— Êtes-vous venue ici pour m'espionner, oui ou non ?

— Non. Absolument pas. J'admets volontiers que vous avez piqué ma curiosité, que j'ai eu envie de mieux vous connaître et que j'étais très excitée à l'idée de vivre une croisière de rêve, du genre réservée aux stars et aux hommes d'affaires d'envergure internationale. Mais pour des raisons innocentes ! À aucun moment je ne vous ai tendu un piège, et il n'a jamais été dans mes intentions de partager nos conversations avec le reste du monde !

Déstabilisé par sa ferveur, il resta indécis un court instant.

— Comment puis-je en être certain ? rétorqua-t-il.

— Vous ne le pouvez pas, admit-elle.

— Vous me demandez donc de vous croire sur parole quand vous prétendez avoir accepté ce voyage par curiosité pure et simple ?

Elle parut hésiter, mais précisa :

— Et pour fuir. Mon ex-mari est un homme tyrannique et malveillant. Que vous acceptiez de me croire ou non, c'est la vérité.

Il ne le savait que trop, hélas.

— Justement. Vous tenez une occasion en or de faire revenir en force votre nom dans la presse britannique. Et vous tourneriez le dos à cette opportunité ?

— Oui. Je vous l'ai dit : j'ai des principes. Et nous sommes logés à la même enseigne, vous et moi. Nous n'avons pas d'autre choix que de nous faire mutuellement confiance.

Quelle désinvolture ! Impossible d'admettre qu'elle-même se satisfaisait de cette philosophie.

— En résumé, vous me priez de croire que vous n'écrirez pas un papier à mon sujet ?

— Oui. De même que je dois croire que vous ne me ferez pas de mal, acquiesça-t-elle.

La suggestion le choqua à tel point qu'il en resta muet. Lui ? *Faire du mal à une femme* ? Il en était incapable ! Ce qui ne changeait rien à son devoir de faire passer la sécurité de son pays avant toute autre considération.

— Bon, nous allons devoir trouver un terrain d'entente, soupira-t-il.

— Comment cela ? lança-t-elle d'un ton suspicieux. Il n'est pas question que je couche avec vous pour sceller un marché, si c'est ce à quoi vous pensez.

Comme il lui retournait un regard sidéré, elle ajouta :

— Pour moi, le sexe est un engagement sérieux.

— Un engagement tenu dans la peur et la brutalité ?

Elle pâlit.

— Vous... Vous avez également enquêté sur ma vie intime ? bredouilla-t-elle.

— Naturellement. Il ne s'agissait pas d'un caprice de ma part, et je n'ai aucune tendance à l'indiscrétion. Cependant, il en va de la sérénité de toute une nation et de son peuple. Au départ, vous cherchiez un petit boulot sur *Diamant noir* : je ne me rappelle pas vous avoir proposé le rôle de ma maîtresse.

Il la vit déglutir avec peine, et comme il ne souhaitait pas la mettre davantage mal à l'aise, il enchaîna :

— Je n'ai jamais eu l'intention ni de vous intimider ni de

vous contraindre à me suivre en mer. Mon projet, c'est que nous passions un accord qui nous satisfera l'un comme l'autre.

Elle le considéra avec perplexité.

— Je ne comprends pas ce que vous entendez par « un accord ». Qu'attendez-vous de moi, au juste ? Vous ne m'avez toujours pas décrit la fonction que je suis censée occuper.

— Pour le moment, trancha-t-il, je ne vous demande qu'une chose : ne projetez pas sur moi le visage, et encore moins la personnalité de votre ex.

Il savait tout de ce petit moghol des médias. De cet infâme personnage, et de ce qu'il avait osé faire subir à Samia.

— Mes avocats vont s'assurer qu'il ne puisse plus jamais vous importuner, promit-il, la mâchoire serrée par la rage.

Il sentait son estomac s'imprégner d'acide à l'idée qu'elle ait été prisonnière d'un mariage sans amour avec une telle brute. Il lui avait fallu un long moment pour absorber les informations contenues dans le rapport. Violences physiques et psychologiques, basses manœuvres pour récupérer les terrains écossais de la famille de Samia, censure de ses articles et violation du Code du travail… La liste des crimes de son mari était longue. Il s'agissait presque d'un cas d'école : le séducteur pervers atteint d'un narcissisme pathologique et totalement privé de surmoi. Dans son délire de toute-puissance, cet homme avait enfreint toutes les lois… certain que personne ne lui demanderait de comptes ! Aussi Luca était-il confiant, quant à son arrestation imminente. Samia n'aurait même pas besoin de témoigner contre lui à son procès si elle ne le souhaitait pas : les fraudes, les vols, les tentatives de corruption et les licenciements abusifs suffiraient à le mettre hors d'état de nuire pour deux ou trois décennies.

Comme elle lui retournait un regard vaguement effrayé, il sourit.

— Oh ! ne vous inquiétez pas. Je ne suis pas un mafieux. Tout sera réglé dans la plus stricte légalité, mais je vous garantis qu'à compter de cet instant, vous n'avez rien à redouter de sa part.

Une expression indéchiffrable sur le visage, elle observa un long silence avant de demander :

— Et… Qu'est-ce que vous espérez de la mienne, en échange de votre protection ?

Il remplit à nouveau leurs coupes de champagne, se rassit et l'invita à l'imiter.

— Je ne considère pas cela comme une protection, expliqua-t-il. Vous n'êtes pas un petit oiseau que j'ai mis en cage et qui dépendrait de moi pour survivre… Je crois plutôt que vous êtes une tigresse qui sait très bien se défendre. Notre passe d'armes de ce soir vient de le prouver. Et désormais, il me reste une question à élucider. Pourriez-vous aussi être une princesse ?

Pendant qu'il portait tranquillement le verre à sa bouche, Samia le fixait avec ébahissement.

— Je vous demande pardon ? murmura-t-elle d'une voix à peine audible.

— Quel meilleur moyen de restaurer votre crédibilité auprès de vos lecteurs que de rédiger à la première personne le récit de votre existence avec le Prince Pirate ?

— En tant que… *votre femme* ? glapit-elle, incrédule.

Il hocha la tête en signe d'assentiment.

— Parce que vous pensez que si j'étais votre femme, j'écrirais des articles sur vous dans la presse ?

— Absolument.

Visiblement agacée, elle repoussa son verre et fronça les sourcils.

— Nous venons de convenir d'une trêve pour repartir sur des bases saines, et vous ne trouvez rien de mieux à faire que de vous moquer de moi ? protesta-t-elle.

— Qu'est-ce qui vous fait croire que je me moque de vous ? Cela n'a rien d'une plaisanterie.

— Bien sûr que si ! s'exclama-t-elle en le foudroyant du regard. Sauf si vous avez perdu l'esprit !

Il sourit, avala une dernière gorgée de champagne et se leva.

— Portofino demain, déclara-t-il. La ville est en fête tous les soirs, durant l'été. Cela devrait vous aider à vous détendre. Ne vous couchez pas trop tard : vous avez besoin d'une bonne nuit de sommeil et de toutes vos forces.

Sur ces mots, tandis qu'elle le fixait, médusée, sans répondre, il tourna les talons.

10

Le petit port de Portofino baignait dans la lumière du soleil lorsqu'ils accostèrent, en début d'après-midi. Le bleu du ciel semblait presque irréel, et la brise charriait les parfums de la mer et des chèvrefeuilles qui cascadaient sur les façades des maisons. Comme ils approchaient de la rue principale où s'alignaient cafés et restaurants, Samia identifia une autre essence dans l'atmosphère : celle des citronniers pour lesquels la région était si fameuse. Sur les terrasses, toutes les tables étaient décorées de guirlandes de citrons.

— Un verre ? proposa Luca.

— Oui, volontiers.

À son propre étonnement, en dépit de la soirée mouvementée – et un peu folle – qu'ils avaient vécue la veille, Samia avait dormi comme un bébé. Sans doute les émotions d'une journée trop bien remplie l'avaient-elles épuisée. Aussi, à son réveil, elle avait décidé d'oublier leur dîner, leur querelle et la proposition invraisemblable de Luca. Maintenant qu'ils s'étaient parlé franchement, ils pouvaient entamer une relation de confiance, et c'était l'essentiel.

Dans le dressing, elle avait trouvé toute une collection de robes d'été très simples, et elle avait porté son choix sur un modèle en lin rouge brique à fines bretelles. Un caraco assorti et des sandales complétaient sa tenue.

Elle laissa Luca passer la commande : la spécialité locale était un citron pressé servi glacé. Afin que les clients l'accommodent à leur goût, le garçon leur confiait plusieurs verres, une carafe d'eau gazeuse, une autre d'eau plate, un pot de miel, du sucre et un grand bol de glaçons. Luca et elle passèrent ainsi un moment à tester diverses possibilités et à discuter de la meilleure recette.

— Goûtez-le ainsi, insista-t-il en lui tendant une version très sucrée.

— Hum... Délicieux ! admit-elle.

Il se comportait bien davantage comme le pirate que comme le prince aujourd'hui, pensa-t-elle. Même s'il était vêtu de façon un peu plus formelle que la veille au soir – pantalon de toile marine, chemise blanche et blazer.

— Mais je préfère le mien, ajouta-t-elle en reprenant une gorgée de son eau gazeuse citronnée.

Luca se pencha pour goûter.

— Pas mal, convint-il.

— Je sais, dit-elle en lui reprenant son verre en riant.

Il se pencha encore, plongeant son fascinant regard noisette dans le sien. Ses iris pétillaient de mille éclats d'or et, durant une fraction de seconde, elle crut qu'il allait l'embrasser.

Mais il se leva et alla régler l'addition.

Cet homme se comportait avec elle comme un musicien virtuose joue du violon, songea-t-elle en admirant sa silhouette de dos. Il émanait de lui un charisme tel qu'elle n'en avait jamais vu chez un homme, avant lui. Et il avait l'art de la surprendre à chaque instant.

Au cours de la première heure qu'ils passèrent dans le village, elle se sentit gagnée par la joie contagieuse de la fête locale. C'était un véritable ravissement : les ruelles romantiques de l'ancien port s'étaient toutes mises aux couleurs du festival d'été. Chaque boutique, chaque bar, chaque restaurant était festonné de banderoles et de rubans. Un peu partout, des groupes de musiciens entonnaient qui un air de jazz, qui une salsa, et une foule composée de personnes de tous les âges se pressait devant les étals des artisans qui vendaient bijoux, coquillages et spécialités du pays. Sur les petites places ou au milieu du trottoir, on voyait des gens danser et rire. Il flottait dans l'air une irrésistible odeur de viennoiserie, et Samia se sentit saliver en apercevant les marchands de fromages et de gâteaux. Luca insista pour qu'elle goûte au *panettone*. Le fondant de la brioche fourrée de fruits lui donna l'impression d'être au paradis – impression renforcée par le fait d'être escortée par un authentique prince.

À mesure qu'ils s'enfonçaient dans la ville, la foule devenait plus compacte, et ils s'arrêtèrent devant un haut immeuble orné d'une plaque en cuivre. Un cabinet d'avocats.

— Cette étude travaille pour moi, expliqua-t-il.

— Ah ! Vous voulez y faire un saut pendant que je vous attends ici ? proposa-t-elle.

— Non, venez avec moi.

C'était aimable à lui de la faire participer à sa visite au lieu de la laisser patienter seule au bas de l'immeuble. Dès qu'ils pénétrèrent dans l'ancien bâtiment, elle resta en arrêt devant les boiseries en acajou, les sols de marbre et les hauts plafonds.

— Vous avez rendez-vous ? s'étonna-t-elle.

— Oui. Ils nous attendent, confirma-t-il.

— Nous ?

Il hocha la tête.

— J'aimerais vous faire signer quelque chose, avoua-t-il.

Naturellement ! Elle aurait dû y penser tout de suite.

— Un document par lequel je m'engage à vous garantir la confidentialité de nos échanges ? suggéra-t-elle.

— Oui. Cela vous gêne ?

— Non.

Mais elle aurait préféré qu'il ait eu la courtoisie de lui en parler auparavant. Bah, au fond, cela n'avait guère d'importance. Après réflexion, elle comprenait qu'il ait été choqué en découvrant qu'elle était journaliste et qu'elle s'était gardée de le lui dire, lorsqu'elle avait su qui il était. Sans doute en aurait-elle conçu une certaine méfiance, elle aussi, si les rôles avaient été inversés. Maintenant qu'ils étaient là, pourquoi lui refuser cette faveur ?

Durant une bonne heure, elle écouta un avocat bilingue lui exposer la signification de chaque clause du contrat de confidentialité. Le vieil Italien insista longuement : il voulait être sûr qu'elle comprenait ce qu'elle signait.

À la vérité, elle était heureuse d'en passer par cette formalité si cela pouvait lui permettre de retrouver la sérénité avec Luca.

— Je suis navré d'avoir été contraint de vous demander cela, déclara-t-il dès qu'ils retrouvèrent les rues chaudes et citronnées.

— Ne le soyez pas, répondit-elle en souriant. Je comprends vos raisons.

Il observa un bref silence, la dévisagea d'un regard intense et conclut :

— Je ne vous en suis que plus reconnaissant. Merci de votre bonne volonté.

Une nouvelle fois, un courant électrique circula entre eux et, embarrassée, elle se tourna vers la foire pour lui dissimuler ses joues en feu.

— Et si nous allions jeter un coup d'œil par là-bas ? suggéra-t-elle.

— Adjugé.

Durant le reste de l'après-midi il fut un compagnon idéal – et osa la battre au tir aux pigeons, elle qui s'enorgueillissait d'être championne à ce jeu depuis ses sept ans. Ils osèrent toutes les attractions et quittèrent le stand de chamboule-tout les bras chargés de peluches, incapables de s'arrêter de rire.

— Cela doit vous changer de votre empire des hautes technologies ! s'exclama-t-elle.

— Il est certain que ce sera un beau souvenir à l'heure de rentrer chez moi, acquiesça-t-il.

— Pourquoi ? Vous ne pourriez pas organiser la même chose chez vous ? Les enfants de Madlena seraient certainement ravis d'avoir une fête foraine, eux aussi.

— Vous nous prenez pour les adeptes d'une secte austère ? railla-t-il. Nous avons déjà une belle fête foraine durant l'hiver, mais vous avez raison. Nous pourrions peut-être copier le modèle de Portofino, avec le festival de musique et de produits locaux qui se tient en même temps...

Tandis qu'ils échangeaient des idées à ce propos, Luca distribua leur butin de peluches aux parents qui se promenaient à proximité.

— Bravo, souffla-t-elle en voyant le dernier enfant partir, surexcité, un gros ours vert dans les bras.

— Maintenant que nous voici libres... vous ne voulez pas danser ? proposa-t-il.

Samia avait toujours jugé qu'elle avait deux pieds gauches, mais au fond, pourquoi pas ? Ce n'était pas comme s'ils étaient entourés de danseurs d'un grand ballet, et elle avait envie de continuer à s'amuser. La danse était un exercice bien innocent... Du moins était-ce ce qu'elle croyait avant de se retrouver dans les bras de Luca Fortebracci.

Il suffit qu'il pose une main sur sa taille et qu'elle sente sa paume large et chaude serrer la sienne pour qu'un vertige délicieux l'envahisse – et ne la quitte plus. Elle se retint de respirer tandis qu'ils entamaient une sorte de valse informelle, devant un quintette à cordes. Une boule de feu se formait dans son bas-ventre, ses seins tendaient la toile de sa robe et ses tempes bourdonnaient... Pourtant, elle ne parvenait pas à détacher son regard de celui de son cavalier.

Ils virevoltaient, dans l'air chaud et parfumé, sous le ciel zébré de rose et d'orange, comme le soleil se couchait. Son cœur battait tellement fort qu'elle était certaine que tout le monde l'entendait. Et le visage de Luca exprimait... une sorte de gravité mystérieuse. Elle se noyait dans la teinte caramel de ses yeux, toute au rythme de leur danse, envoûtée par l'harmonie de leurs mouvements. Ils ressemblaient à d'autres couples, autour d'eux. Des amoureux, des pères et des mères de famille, savourant leur bonheur à être ici.

Elle ne put s'empêcher de se demander ce que cela ferait de vivre ainsi *tout le temps*. Pourquoi l'existence n'était-elle pas toujours aussi exaltante et simple que cette danse improvisée avec Luca ?

Comme le rythme ralentissait et que chaque danseur adoptait la position lascive et facile du slow, elle sentit son compagnon l'attirer plus étroitement contre lui. Son imagination se mit aussitôt à galoper. Il se montrait si prévenant, si tendre, si… Non, se rappela-t-elle. Ils n'étaient *pas* des amoureux.

— Tout va bien ? chuchota-t-il à son oreille.

— Oui, parfaitement bien, souffla-t-elle, tandis qu'une nouvelle onde la traversait.

Une onde de désir.

Elle rêvait beaucoup trop. Et il allait falloir qu'elle perde cette dangereuse habitude.

Serrer Samia contre lui tandis qu'ils dansaient raidissait certaines parties de son anatomie jusqu'à le mettre dans l'embarras, réalisa Luca. Leurs corps se frôlaient régulièrement, et il était ivre du parfum de ses cheveux, de sa peau. Cette peau si douce, au creux de sa main, qui décuplait la force de son désir à chaque seconde. Tout comme son regard d'un vert incandescent, sa bouche insolemment pulpeuse, et les formes exquises de sa silhouette. Il devrait se montrer patient, pensa-t-il en serrant la mâchoire. Savoir attendre qu'elle exprime son désir, et la laisser venir à lui. La tigresse se manifesterait tôt au tard, il n'en doutait pas, mais il n'oubliait pas non plus qu'elle avait été malmenée par un sinistre personnage… et qu'elle avait besoin qu'on lui laisse du temps.

De toute façon, il avait envisagé cette journée uniquement sous le signe de la détente, et il pensait y avoir réussi. Il était indispensable que Samia se trouve dans un état d'esprit favorable au moment où il lui ferait sa demande de façon formelle. Le lendemain matin, il retournerait voir ses avocats afin de s'assurer avec eux que tout serait prêt à Madlena, lorsqu'il y rentrerait accompagné de sa femme.

Comme les musiciens posaient leurs instruments afin de s'octroyer une pause, la jeune femme poussa un soupir de regret.

— Oh ! quel dommage ! Je n'avais pas envie que ça s'arrête, admit-elle avec une franchise confondante.

Il aimait tant cette spontanéité ! En cet instant, elle avait l'air si innocente et si heureuse qu'il aurait presque pu croire qu'il lui faisait réellement la cour.

— Et si nous allions dîner ? Nous profiterons d'une vue imprenable sur les festivités depuis le yacht.

— Vous ne vous êtes pas suffisamment gavé de *panettone* ? moqua-t-elle. Vous avez encore faim ?

— Ma foi, oui. Et cela vous donnerait l'occasion de porter une autre robe du soir.

— Ou un short ? plaisanta-t-elle, comme ils revenaient lentement vers le quai. Parce que, pour être honnête, je me sens un peu ridicule dans la tenue que j'avais hier soir.

— Vous avez tort. Loin de paraître ridicule, vous aviez l'air d'une princesse.

Elle partit d'un rire incrédule et conclut :

— Vous savez obtenir ce que vous voulez, vous !

Il préféra renoncer au thème de la princesse sur le chemin du retour. Rien n'importait davantage que de voir Samia détendue, à son aise. Ses grands yeux verts brillaient d'excitation à la perspective de la soirée qui commençait. Ce fut en se laissant hypnotiser une nouvelle fois par l'intensité de son regard qu'il prit conscience de son sentiment. Il l'appréciait. Il commençait à s'attacher à elle. Pas seulement parce qu'elle était l'épouse idéale... Parce qu'elle lui rendait le sourire. Auprès d'elle, il reprenait goût à tout. Ses sens s'éveillaient d'un long sommeil.

En dépit de ce qu'il s'était promis, ils ne parvinrent pas devant leurs suites respectives. Quelque chose avait changé entre eux – probablement pendant qu'ils dansaient. La vedette les conduisit au yacht sans incident, mais une tension désormais familière s'installa. Comme si c'était la chose la plus naturelle du monde, il prit sa main... et leurs doigts s'entrelacèrent. Ils montèrent à bord sans un mot et, alors qu'ils traversaient le couloir au niveau des cabines, mus par une force invisible et surpuissante, ils s'élancèrent dans les bras l'un de l'autre, comme si leur vie en dépendait.

Samia avait la gorge sèche et le souffle court. Le vertige de la danse était devenu un tourbillon. Son sang bouillait dans ses veines. C'était une pure folie. Mais c'était si bon... Elle n'avait aucune idée de ce qu'elle était en train de faire, et aucune envie de réfléchir à l'instant d'après. Tout ce qu'elle savait, c'était que ce qu'elle éprouvait était délicieux, merveilleux, électrisant.

Les murs du couloir, le grincement discret d'une porte, tout passa dans un brouillard, car Luca l'entraînait, et leurs mains enlacées semblaient à jamais soudées l'une à l'autre, jointes dans le secret de ce qu'ils s'apprêtaient à partager. Elle se sentit attirée dans sa chambre et l'entendit fermer le verrou.

Elle se plaqua contre le mur et le vit s'avancer lentement, arrimer son regard de braise au sien, et se pencher sur ses lèvres. Le cœur battant à se rompre, elle ferma les yeux pour accueillir le contact de sa bouche ferme et chaude. L'effleurement la fit vibrer d'une onde d'une telle sensualité qu'elle chancela. Aussitôt, il la soutint, glissant son bras autour de sa taille pour l'attirer plus étroitement contre lui. Tous ses membres tremblaient – de désir et non de crainte. Sans hésiter, elle enroula ses bras autour de son cou et répondit fiévreusement à son étreinte. Affamées, leurs bouches s'unirent, et elle laissa échapper un gémissement de plaisir. Enroulant sa langue autour de la sienne avec une langueur lascive, elle planta ses ongles dans sa nuque avant de les glisser dans ses cheveux. Elle aimait l'ampleur de ce torse musclé et dur, tellement rassurant... Bientôt, elle sentit ses doigts brûlants défaire son chignon et arpenter la longueur de ses boucles. Puis il laissa errer ses mains sur sa taille, ses hanches. En elle, un volcan entrait en éruption. Ses seins étaient durs et gonflés, une lave furieuse fusait dans ses artères. Lorsqu'il la pressa tout contre lui, elle perçut l'ardeur de son érection, les contours de son sexe énorme et dressé. Une nouvelle vague d'excitation la submergea. Elle était en train de perdre tout contrôle de son corps, et c'était... divin.

Les mains de Luca erraient follement sur sa taille, et lorsqu'elle les sentit s'arrêter sur ses seins, elle gémit :

— Oh oui... Oui !

Comme il tentait de lui arracher son caraco, elle vint à son secours en se débarrassant elle-même du vêtement, et il fit aussitôt glisser sa robe à terre. Elle ne portait pas de soutien-gorge, et elle renversa la tête en arrière, emportée par un spasme de plaisir surpuissant, dès qu'il effleura du bout des doigts l'un de ses tétons dressés. Car la volupté qui l'envahit était inconnue et suffocante.

Elle le laissa l'entraîner vers son lit et la faire basculer sur le matelas, tandis qu'il s'allongeait près d'elle et posait sa bouche sur la pointe rose et tendue de ses seins.

— Oh oui, oui... Encore ! supplia-t-elle.

La langue de Luca se mit à tracer des cercles de feu sur ses aréoles. Samia se cambrait d'extase, accueillant les secousses de plus intenses qui faisaient onduler son corps. Il happa sa chair entre ses lèvres et, comme s'il devinait exactement ce que son corps espérait, lui prodigua encore et encore sa lente torture, de sa bouche alternant baisers et succions. Sans s'en rendre compte, elle se tordait de plaisir et écartait instinctivement les cuisses, et lorsqu'elle sentit sa main s'insinuer jusque sous le coton de sa culotte, elle crut défaillir. Un cri lui échappa quand elle sentit son doigt pénétrer l'antre brûlant de son sexe, trempé de désir pour lui.

— Oui ! Encore ! implora-t-elle, ivre des sensations qui atomisaient sa chair.

Lentement, elle se sentit sombrer au gré d'un torrent furieux. Luca la caressait avec une douceur ensorcelante, tournant autour de son clitoris avec une délicatesse infernale.

— Encore, j'en veux encore ! cria-t-elle.

— Ne t'inquiète pas, je n'en ai pas fini avec toi, murmura-t-il avant de descendre sur elle.

Il enfouit alors sa tête entre ses cuisses, et elle lâcha un nouveau cri.

Sa bouche et sa langue experte déclenchèrent un véritable tsunami en elle. Les spasmes la secouaient sur un rythme de plus en plus soutenu et pourtant, son plaisir ne cessait de croître. Enfin, l'orgasme l'arracha à elle-même, comme un feu d'artifice de sensations pures embrasait son corps tout entier.

Elle réalisa qu'elle avait plongé ses doigts dans les cheveux de Luca et qu'elle devait lui avoir fait mal. Pourtant, lorsqu'il revint planter son regard dans le sien, il souriait, et il demanda :

— Encore ?

Le cœur battant à se rompre, les yeux embués par le plaisir, elle le dévisagea, stupéfaite. Devait-elle lui avouer qu'elle redoutait par-dessus tout la pénétration ? Ou, au contraire, qu'elle brûlait de le sentir en elle ?

Il se pencha sur son visage et l'embrassa avec une infinie tendresse, qui fit chavirer son cœur.

— Prends ton temps pour te rhabiller et regagner ta suite, dit-il d'une voix si douce qu'elle frémit.

Quoi ? *Il la mettait dehors* ? Maintenant ? Estomaquée, elle le regarda se lever et se diriger vers la porte.

— Nous aurons tout le temps de discuter au cours du repas, précisa-t-il. J'ai une urgence à régler dans mon bureau. À tout à l'heure.

Dès que la porte se referma sur lui, elle retomba sur le matelas, encore tremblante d'avoir fait l'expérience de son premier orgasme.

11

De quoi diable voulait-il « discuter » ? Elle entendait encore et encore sa dernière phrase résonner dans son esprit, tandis qu'elle se dirigeait vers sa suite, un quart d'heure après que Luca l'eut quittée. Livrée à cette énigme, elle se résolut à opter pour la seule réponse logique : il avait enfin trouvé quel poste il lui confiait à bord.

Un bon bain chaud allait l'aider à se remettre de ses émotions et clarifier ses idées, songea-t-elle. Luca ne lui avait donné aucune raison de s'inquiéter : il lui avait parlé avec chaleur, en souriant. Il était si sexy, si... irrésistible.

Elle s'émerveillait encore des qualités de son compagnon quand elle entra dans sa cabine et qu'elle repéra sur-le-champ, étendue sur son lit, une robe d'une beauté à tomber par terre. Le cœur empli de joie, elle alla caresser la soie ivoire du long fourreau qui exposerait avantageusement ses formes. Il s'agissait cependant d'une robe très sage : longueur chevilles, à col bateau. Tout excitée, elle alla se plonger dans la baignoire avant de choisir un soutien-gorge en dentelle blanche et un string assorti, pour enfiler le cadeau somptueux du prince.

Cette attention la touchait profondément, et elle souriait encore lorsqu'elle rejoignit Luca. Elle le trouva sur le pont, accoudé au garde-corps, en jean et en T-shirt, les cheveux encore humides d'une douche. Elle fixa son menton voilé de gris, cette barbe naissante et abrasive qui avait laissé une marque sur sa lèvre inférieure, après leurs baisers trop voraces.

Lorsqu'il la vit arriver, il sourit et s'excusa :

— Je suis navré d'être habillé ainsi. J'ai dû me rendre en soute pour superviser une réparation et je n'ai pas vu le temps passer.

— C'est ta manière de m'annoncer que nous allons couler ? Nous avons touché un iceberg ? railla-t-elle.

Il sourit, la détailla de la tête aux pieds et lâcha :

— Tu es sublime.

— C'est vrai ? s'enquit-elle en sentant son rythme cardiaque s'accélérer. Ma robe te plaît ?

— La personne qui l'a choisie a un goût très sûr, rétorqua-t-il avec arrogance. Contrairement au styliste qui t'avait suggéré un concombre à paillettes, hier soir.

Elle éclata de rire et se sentit rassurée.

— Ce concombre a dû coûter une fortune, observa-t-elle.

— Dans ce cas, il doit y avoir quelqu'un par ici qui jette son argent par les fenêtres. Ou par les hublots... Et je regrette de devoir plaider coupable. Mais, de toute évidence, je me suis racheté.

Il la dévora encore d'un regard de braise, approcha, prit ses deux mains pour les écarter et admirer la robe, avant de conclure :

— Celle-ci vaut mille fois son prix.

Au contact de ses doigts sur les siens, elle déglutit lentement. Sa gorge était redevenue sèche. Elle se noyait dans les yeux de Luca, s'enivrait de son parfum et fixait sa bouche. Cette bouche qui l'avait conduite aux cimes de l'extase. Cette bouche qu'elle rêvait d'embrasser encore.

— J'ai pensé que nous pourrions dîner ici, sous les étoiles, dit-il en désignant une petite table, beaucoup plus modeste et simple que celle de la veille.

— C'est parfait, acquiesça-t-elle.

C'était comme un guéridon de café, très intime. Dès qu'ils s'installèrent, il s'enquit :

— J'espère que tu ne regrettes pas d'avoir signé ce document, aujourd'hui ?

Elle lâcha un petit soupir.

— J'avoue que je n'en vois pas la nécessité, admit-elle, mais je me mets à ta place. Je comprends cette précaution.

— Alors, tu me pardonnes ?

Malicieuse, elle sourit et soutint son regard de façon explicite avant de répondre :

— Peut-être. Ça peut se négocier.

Il rit et souleva la cloche d'un plat qui contenait une grande salade composée aux légumes et au pamplemousse, entourée d'un rang d'écrevisses, de crevettes et de bulots.

— En attendant, bon appétit, dit-il.

Samia se laissa servir et dégusta lentement cette succulente assiette de mer. Tandis qu'elle en savourait la fraîcheur, elle éprouva le besoin de prévenir Luca de son handicap. Elle était gênée de ne pas l'avoir fait plus tôt, mais... il n'était pas facile de trouver les mots justes.

— Luca, il faut que je te dise quelque chose, fit-elle en pesant chacune de ses paroles. Quand tu m'as vue foncer dans la brasserie... Je fuyais.

Il releva les yeux vers elle.

— Ton ex-mari ?

— Les brutes qu'il avait envoyées à mes trousses, précisa-t-elle. Il était en voyage de noces avec sa nouvelle femme. Et il avait donné pour instruction à son service de sécurité de me démolir le portrait sur mon lieu de vacances. Il s'est débrouillé pour savoir que je me rendais à Saint-Tropez. Est-ce que c'était une vengeance ? Un avertissement ? Par sadisme, ou par peur que je prévienne la malheureuse qui venait de tomber entre ses griffes ? Je ne sais pas. Mais j'ai repéré ses sbires sans difficulté, parce que le réceptionniste du petit hôtel où je logeais m'avait prévenue que plusieurs hommes m'avaient demandée. J'ai réglé la facture et j'ai pris mon sac à dos.

Sans mot dire, Luca l'écoutait. Ses traits exprimaient une profonde empathie – et parfois, une colère intense.

— Alors, avec le recul, reprit-elle, je comprends que j'ai dû avoir un comportement anormal avec toi. Je ne me suis pas présentée, j'ai refusé de te dire mon métier... Je regrette de...

— Chut, la coupa-t-il. S'il te plaît, ne t'excuse pas.

— Je n'ai pas réfléchi, insista-t-elle, et j'aurais dû...

— Tu *as* réfléchi. Tu savais que tu devais fuir et tu l'as fait. Tu n'as mis personne en danger, et tu ne m'as causé aucun tort.

À ces mots, elle sentit une douce chaleur l'envelopper, mais malgré elle, elle frissonnait. Il fallait qu'il sache. Elle voulait lui expliquer d'où elle venait.

— Il m'a envoyé un texto où il décrivait l'état dans lequel il souhaitait que ses hommes me mettent, dit-elle en détournant les yeux. Il m'a écrit que je ne trouverais jamais « un terrier où me cacher », où rester à l'abri de lui... Il n'a jamais lâché quelque chose qu'il considère lui appartenir. Et ce qui est à lui est un objet dont il se sert comme il l'entend. J'ai eu amplement le temps de le vérifier durant notre mariage, et mille fois j'ai eu le désir de partir, mais j'étais comme pétrifiée. J'avais perdu ma mère, je ne voulais surtout pas perdre mon père. C'est seulement quand il s'est retrouvé en prison que j'ai repris ma liberté. Parce que Oliver ne pouvait plus lui faire de mal. Oh ! bien sûr, mon père n'est pas blanc comme neige, dans toute cette affaire, mais ce monstre a profité de sa faiblesse. Je suis restée avec lui dans le seul espoir de protéger mon père... Et cela n'a servi à rien. Je me suis trompée sur toute la ligne.

Il la considéra longuement et se pencha au-dessus de la table pour répondre :

— Samia, comment aurais-tu pu protéger ton père ? Tu ne pouvais pas te protéger toi-même, face à une cette brute épaisse.

— C'est vrai, soupira-t-elle. Je ne sais pas. Ma pensée était corrompue par le besoin absolu que j'avais de protéger mon père. Il fallait que je l'aide. À n'importe quel prix. Et j'ai fait n'importe quoi.

— Tu as fait *de ton mieux*, corrigea-t-il. Et d'une façon générale, c'est le maximum qu'on puisse attendre d'un être humain, dans n'importe quelle circonstance.

Luca se sentait profondément touché que la jeune femme se confie à lui. Peut-être sa sensibilité était-elle à fleur de peau, depuis quelques heures, car tandis qu'il l'écoutait, il luttait contre l'envie de la prendre dans ses bras et de lui promettre que plus jamais personne ne lui ferait du mal. Qu'il ne le permettrait pas.

Plus il la découvrait et plus il admirait son courage. Il n'avait pas fait erreur en devinant une tigresse en elle. Samia était tout feu, tout flamme, et lorsqu'elle s'était tordue de plaisir dans ses bras, il avait éprouvé lui-même un sentiment si fort qu'il en était encore bouleversé.

— Et puis je t'ai rencontré, enchaîna-t-elle. Et sincèrement, je n'avais aucune idée de qui tu étais avant que le portier s'incline devant toi. Il faut me croire, Luca, c'est la vérité. Mais il est également exact que lorsque tu m'as proposé un travail sur ton yacht, j'ai voulu saisir cette chance. Parce que je savais qu'en mer je serais en sécurité.

Il resta silencieux un court instant avant de répondre :

— Merci de ta franchise. Quant à moi, je veux que tu saches que non, les hommes ne sont pas *tous* les mêmes.

Un sourire timide apparut sur son petit visage.

— Oui, je le sais, maintenant, dit-elle.

Il posa sa main sur la sienne.

— Nous devrions peut-être... ralentir un peu la cadence, suggéra-t-il en plongeant son regard dans le sien.

Aussitôt, elle parut profondément peinée et se récria :

— Non... Je n'en ai pas envie. Toi, si ?

La même lame lui transperçait le cœur quand il voyait vibrer son immense regard vert.

— Je ne sais pas, admit-il. Avant de te répondre, il faut que je te pose une question.

Elle haussa les sourcils.

— Je t'écoute.

D'un trait, il lança :

— Épouse-moi.

— Q... Quoi ? balbutia-t-elle.

— Deviens ma femme. Tu seras en sécurité, je te protégerai, et tu me rendras un fier service.

Il vit le visage de Samia devenir livide. Durant une longue minute, il attendit qu'elle reprenne la parole – certain qu'elle ne pourrait pas refuser.

— Non, lâcha-t-elle froidement.

— *Non* ? répéta-t-il, choqué.

— Tu ne penses pas sérieusement que je viens de me libérer d'un mariage désastreux pour sauter à pieds joints dans un autre ?

— Mais... Il s'agirait d'un *arrangement*. D'un *accord*. D'un *marché* équitable entre personnes sensées, articula-t-il patiemment.

Visiblement scandalisée, elle se leva brutalement, jeta sa serviette sur la table et s'insurgea :

— Ah, parce que tu trouves que c'est une proposition sensée ? C'est tout ce que je représente pour toi ? La possibilité d'un *marché* pour que je te rende un *service* ?

— Mais...

Il voulut se lever pour la rattraper – trop tard. Elle était déjà à l'autre bout du pont, et il poussa un long soupir de frustration.

La journée avait été absolument parfaite... Et elle se terminait sur un beau fiasco.

Une heure de musculation dans la salle de sport n'avait pas davantage réussi à apaiser sa libido en feu que son humeur noire, réalisa-t-il sous la douche, en se demandant comment il allait trouver le sommeil. Une serviette attachée sur les reins, il passa dans sa chambre et sursauta en trouvant Samia plantée devant lui.

Sa magnifique chevelure rousse cascadait sur ses épaules, ébouriffée. Elle avait les yeux rougis. L'échancrure de son peignoir révélait qu'elle portait une nuisette. Sans doute était-elle venue le trouver parce qu'elle ne parvenait pas à dormir.

— Je suis divorcée, déclara-t-elle de but en blanc. Et mon père est en prison.

Il sentit son cœur saigner. Non à cause de la tristesse qu'il décelait dans sa voix, mais de sa résignation. On aurait dit qu'elle portait le monde sur ses épaules.

— Oui, répondit-il avec calme. Il est en prison pour évasion fiscale, c'est bien cela ?

Elle lui retourna un regard torve.

— Tu as enquêté sur lui aussi, j'imagine ?

— Oui. De façon complète, car je sais aussi que les fonds qui sont apparus très soudainement sur les comptes de ton père mènent droit à ton ex.

Elle haussa les épaules avec humeur.

— Tout le monde le sait. Il s'agissait de le renflouer à cause des dettes de jeu qu'il a contractées.

— Bien sûr que non. Il les avait déjà remboursées.

— Quoi ?

Elle releva vers lui une expression stupéfaite.

— Les sommes qui ont envoyé ton père en prison ont été virées bien après qu'il a réglé ses dettes, insista-t-il. Il s'est fait piéger, et je ne pense pas qu'il soit très difficile de le démontrer. C'est pourquoi mes avocats ont déjà le dossier en main. Et ils m'ont déjà confirmé que l'appel était demandé. Ils sont très confiants quant à l'issue de leur démarche.

Samia le fixait, bouche bée, et il sourit.

— C'est vrai ? murmura-t-elle. Tu pourrais faire ça ? Obtenir sa libération ? Et qu'il soit blanchi ?

— Mais oui, c'est ce que je viens de te dire.

— Oh ! Luca, si tu réussissais à faire cela, je... Je...

— Tu m'épouserais ? suggéra-t-il avec un sourire espiègle.

— Non, je n'ai pas dit ça ! s'insurgea-t-elle.

Il secoua lentement la tête, s'assit sur le lit et l'invita à l'imiter. Non sans réticence, elle s'exécuta, et il prit soin de rester à bonne distance, afin qu'elle finisse par se débarrasser de sa nervosité.

— Oh ! Samia... Voyons, jamais il ne me viendrait à l'esprit de te faire du chantage. Je te le répète : je ne suis pas ton ex. Et d'ailleurs, je ne peux pas te promettre que ton père va sortir de prison rapidement, je ne suis pas magicien. Mais je te garantis que mes avocats font tout pour, et qu'ils ont pour mandat de continuer jusqu'à ce qu'il soit libre. Je ne peux malheureusement rien faire en ce qui concerne la mort de ta mère, et crois-moi, je le regrette. Les dégâts causés par ton ex sont inchiffrables, ta famille entière en a été victime. Mais tu es là. Il ne t'a pas tuée. Tu es plus forte que lui.

Comme il la fixait intensément, elle détourna la tête et protesta :

— Non, ne fais pas ça... N'essaie pas encore de me séduire

comme tu l'as fait aujourd'hui. Je sais ce que tu veux. J'ai besoin de réfléchir.

Il soupira.

— À ta convenance, mais... Il me faut une réponse demain matin, dernier délai. Tu auras tout le temps de réfléchir ensuite.

Il crut qu'elle allait s'étrangler.

— Tu... Tu plaisantes ?

— Pas du tout. Je suis un homme pressé avec un pays à rassurer. Madlena est en deuil. Il lui faut un souverain qui assure la continuité de la politique économique et fiscale mise en place par mes parents et poursuivie par Pietro. À tort ou à raison, j'ai une réputation de play-boy qui ne pense qu'à prendre du bon temps sur son yacht de super-milliardaire. Je ne peux pas arriver au pouvoir avec cette image. Il est impératif de la casser et de la reconstruire. Tout de suite. Une épouse est un gage de confiance pour le peuple, un signe de stabilité, la promesse d'une succession, d'un avenir, etc. Et dans mon cas, il doit s'agir d'une épouse qui a les pieds sur terre, qui sait ce qu'est le travail. Une femme qui n'est pas née avec une cuiller en or dans la bouche.

Samia écoutait ce discours avec ébahissement. Depuis plusieurs heures, elle se demandait si Luca était sérieux en lui proposant de l'épouser. Or elle ne voyait pas pourquoi un prince porterait son choix sur elle plutôt que sur une splendide sirène de l'aristocratie européenne.

— Bien. Si tu cherches une femme qui inspire confiance, je ne suis pas la candidate idéale, observa-t-elle.

— Je ne partage nullement cet avis.

Bon sang... À quoi jouait-il donc ? Même en oubliant qu'elle était divorcée, que sa mère s'était suicidée et que son père était en prison – pedigree de rêve pour une princesse —, elle ne valait rien dans une chambre à coucher et se révélait donc incapable de donner à la famille régnante la succession indispensable à sa continuité ! Et puis, elle avait un caractère rebelle, une nature indépendante. Et une passion pour son métier de journaliste.

— Tu as tort. Et de toute façon, il y a autre chose, objecta-t-elle.

— Ah bon ? Quoi ?

— Je ne veux pas être princesse.

Il croisa les bras sur sa poitrine et la toisa d'un air moqueur.

— Tiens donc. Les bijoux, les meilleures places au théâtre et aux concerts, les voyages en jet privé… Tout cela te répugne, n'est-ce pas ?

— Non, admit-elle.

— Sourire aux dignitaires ? Tenir des propos polis à certains chefs de gouvernement qui ne méritent que l'opprobre ?

— Oui, voilà, acquiesça-t-elle. Je ne pourrai jamais m'y soumettre.

— Oh si. Parce qu'il n'existe aucune fonction, aucun métier sans contrainte. Et que le rôle de princesse réserve aussi quelques moments merveilleux. Tu n'aimes pas venir en aide aux autres ? Avoir le sentiment que tu peux faire la différence dans la vie de quelqu'un ? Rendre le sourire à un enfant, en aidant ses parents à trouver un logement et une école ?

Luca était habile. Redoutablement habile, pensa-t-elle.

— Naturellement. Ce serait formidable. Je ferais tout pour aider les gens si on m'en donnait la possibilité.

— Eh bien, tu vois, Samia, cela va peut-être te surprendre, mais moi aussi. Je suis prêt à tout pour me rendre utile à mon peuple, améliorer la situation des individus, des familles, de telles et telles catégories professionnelles et ainsi de suite. Alors oui, parfois, il faut subir un banquet ou un entretien déplaisant. Il me semble que c'est un petit prix à payer quand on ambitionne de grandes choses. Par exemple, le développement d'une recherche médicale de pointe, une université sans frais de scolarité, des logements sociaux à énergie passive… Tout cela, c'est possible. À condition de voir à long terme et d'admettre qu'il y aura sans doute des difficultés, des échecs, des moments de découragement… Et des gens désagréables à côtoyer. Pourtant, il y a une chose dont je suis sûr : l'objectif est trop important pour que je m'arrête à ces détails.

Bigre. Il était tellement convaincant qu'elle était à court d'argument… Désarçonnée. Comment refuser de contribuer à l'avenir d'un pays lorsque c'est décrit de cette façon ? À une mission aussi noble et gratifiante ?

— Mais… Et mon métier ? demanda-t-elle.

Il haussa les épaules.

— Tu n'auras qu'à dire que tu as mal à la tête, ton secrétaire attitré te trouvera un remplaçant.

Elle s'esclaffa avant de secouer la tête avec accablement.

— Luca, je ne plaisante pas. Qui a envie d'être une tête couronnée ? Plus de vie privée. Impossible d'ouvrir la bouche sans courir le risque de retrouver ses propos imprimés ou sur Internet, le plus souvent déformés. Faire des courbettes du matin au soir et être entouré de courtisans hypocrites, voire malhonnêtes. Non, franchement… J'ai déjà eu droit à mon quart d'heure d'infamie, je ne tiens pas à subir les prolongations !

— Parce que tu étais malheureuse et que personne n'était là pour te soutenir, rappela-t-il.

Il avait raison. Son erreur fatale avait été de laisser Oliver cannibaliser son univers entier. En même temps que son métier et ses lecteurs, elle avait perdu ses collègues, ses amis. Il en allait tout autrement d'un couple uni, à la tête d'une nation, traversant les succès et les épreuves grâce à un lien profond. Un couple sans doute entouré d'arrivistes, mais aussi de personnes dévouées à leur cause.

— Franchement… Comment veux-tu cacher mon passé tel un tas de poussière qu'on pousserait sous le tapis ? C'est impossible. Je ne serai jamais la princesse vierge, innocente et sans tache à qui on pose une auréole sur la tête.

— Ce n'est pas du tout ce que je veux ! s'exclama-t-il. Il n'est *pas question* de dissimuler ton passé. C'est précisément parce que tu as toi-même connu le deuil, les difficultés et l'adversité que tu peux aider les autres à franchir les mêmes épreuves. Je t'ai vue discuter avec mes hommes. Tu es naturelle, décontractée, et il est évident que tu t'adresses aux autres avec ton cœur. C'est la plus grande qualité que peut avoir une princesse. Quant à ton intransigeance et ton indépendance d'esprit, je ne doute pas qu'elle t'a valu la confiance de tes lecteurs, avant que ton ex fasse main basse dessus. Tu as de l'intuition. Tu as de l'empathie. Tu représentes une chance immense pour Madlena.

Ce torrent d'éloges, prononcé avec une sincérité évidente, la laissa un moment sans voix. Enfin, elle murmura :

— Tu... Tu es *sérieux*. Tu me demandes *réellement* de devenir ta femme ?

Il fronça les sourcils, piqué par sa remarque.

— Évidemment que je suis sérieux, asséna-t-il sèchement. Je n'ai pas pour habitude de plaisanter avec la sécurité de mon pays.

Il marqua une pause avant de reprendre d'un ton radouci :

— Tout ce que je te demande, c'est de tenir ton rôle durant notre mariage. Mettons pendant cinq ans, afin que je sois considéré comme un souverain fiable. Tout du long de notre union, tu bénéficieras d'une liberté totale en ce qui concerne tes activités de journaliste, et ensuite tu...

— Cinq ans ? coupa-t-elle d'une voix blanche.

Elle avait l'impression que le sol se dérobait sous ses pieds et, incrédule, elle lâcha :

— Tu... Tu as déjà décidé que nous allions divorcer ?

12

Luca parut désarçonné par sa réaction.

— Je croyais que cela te conviendrait, s'étonna-t-il. Que tu ne souhaiterais pas que nous soyons liés de façon définitive.

Il s'agissait des paroles d'un homme dévasté par la mort de son frère, se rappela-t-elle. Qui avait le cœur brisé, et qui refusait de courir le risque de souffrir encore.

— Notre mariage doit durer le temps qu'il faudra pour que je gagne la confiance du peuple, poursuivit-il.

— Je vois. Et ensuite ? Je fais mes bagages, j'écris mes mémoires et j'en vends des millions d'exemplaires ?

— Il faudra prévoir une clause au contrat pour que ce type de scandale n'ait pas lieu, admit-il. De toute façon, nous pourrons voir ces détails avec les avocats demain. Nous avons rendez-vous avec eux et...

— Pardon ? *Moi*, j'ai rendez-vous avec *tes* avocats pour m'assurer que *je* serais pieds et poings liés après mon divorce, si j'acceptais de t'épouser ? Tu as perdu la tête, Luca ? Tu te rends compte de ce que tu dis ? Tu arpentes les mers en solitaire pour perdre tout contact avec les réalités, c'est bien cela ? Sache que dans *mon* monde, les femmes travaillent, elles ont une famille, elles tissent des liens profonds avec ceux qu'elles aiment et elles tentent d'aider les autres. Je refuse de laisser le volant de ma vie à un homme.

Il fronça les sourcils.

— Je crois que tu m'as mal compris.

— Oh ! je crois que je t'ai très bien compris, au contraire ! Dans ton petit scénario, tu commandes et j'obéis.

— Non, ce ne serait pas comme ça…

— Alors où sont mes garanties ? Les clauses à *mon* avantage dans *mon* contrat ?

— Parce que tu dis oui ? s'enthousiasma-t-il.

Lentement, elle prit son visage dans ses mains. Le Prince Pirate était – pour l'heure – bloqué sur son obsession. Il n'entendrait rien tant qu'elle ne répondrait pas par l'affirmative à sa proposition.

— À aucun moment tu n'as songé que cette idée était complètement absurde ? demanda-t-elle.

— Non. Les mariages arrangés ont donné d'excellents résultats dans les familles royales durant des siècles. Je vois les avantages que chacun de nous peut trouver dans celui-ci. Et il n'y a aucune raison pour que notre union ne soit pas un succès.

— Pour cinq ans ?

— Ou la durée que tu choisiras, répondit-il en haussant les épaules. Pour moi, cinq ans, c'est un minimum.

Samia avait le sentiment d'avoir été propulsée dans une dimension parallèle. Or, comme elle se méfiait de sa nature rêveuse, elle réfléchit. Luca était… beaucoup trop séduisant pour qu'elle imagine vivre cinq années auprès de lui sans que l'affection qu'elle éprouvait déjà pour lui se change en un sentiment amoureux profond et durable.

Ce projet n'était pas seulement fou. Il était hautement dangereux pour elle.

— Écoute… Cela va peut-être te sembler difficile à croire, après ce que je t'ai raconté et ce que tu sais de mon mariage, mais je crois encore en l'amour. J'ai encore foi dans le mariage. Et si un jour je devais décider de me remarier, mon engagement envers mon mari serait absolu, et j'attendrais le même de sa part. Des sentiments profonds, pas de contrat de divorce programmé… Rien de tout cela.

Il marqua un silence.

— Mais tu accepterais de courir le risque que ce second mariage ne fonctionne pas ? finit-il par demander.

— Eh bien... Oui. Il n'existe pas de garantie, concéda-t-elle.

— Alors, quelle différence avec le mariage que je te propose ? triompha-t-il.

— Une différence essentielle. Dans la première hypothèse, je me serai remariée par amour.

— Tu attends peut-être un peu trop de la vie, objecta-t-il.

— Peut-être.

Durant un long moment, ils restèrent silencieux. Enfin, Luca serra sa main dans la sienne et la dévisagea d'un air grave.

— Tu ne me dis pas tout. Il y a autre chose. Je le sais. Parle-moi, Samia. Dis-moi ce qui te tourmente.

Elle baissa la tête et avoua très bas :

— Je ne pourrai pas te donner de descendance, Luca.

— Pourquoi cela ? s'enquit-il avec douceur.

— Parce que...

Elle hésita avant de se décider à lâcher d'un trait :

— Je ne peux plus aller jusqu'au bout.

Il caressa délicatement le revers de sa main et opposa :

— Je n'en crois pas un mot. Tu as fondu dans mes bras, tout à l'heure. J'ai senti la force de ton désir. Je sais que tu as éprouvé du plaisir. N'est-ce pas ?

Elle devint écarlate.

— Oui, mais...

— Mais tu as été maltraitée par un véritable monstre. Et tu as besoin de temps pour te sentir en confiance. Nous prendrons le temps qu'il faudra, Samia. Nous irons étape par étape, tout doucement. Cela n'a rien d'un motif d'opposition à notre mariage. Alors, à moins que tu aies un autre argument à avancer... Tu veux bien m'épouser ?

Elle déglutit lentement et lui retourna une expression dubitative.

— Pour ta communication ? Pour corriger ton image ? Tu penses sincèrement que c'est un fondement solide pour un mariage ?

— Parce que je sais que tu aimeras être au service de nos sujets. Parce que je sais que tu es faite pour cela. Parce que j'ai besoin de toi pour changer les choses en profondeur, et non pour maquiller les apparences. Mon frère vivait dans une tour d'ivoire. Il était respecté, mais intouchable. Sa réputation est vierge parce qu'il n'a jamais mis les mains dans le cambouis. Je ne suis pas comme lui. Je suis un entrepreneur, j'aime les défis. Je suis prêt à courir des risques et à vivre sous le regard de mes sujets. À affronter leur jugement. C'est pourquoi je veux à mes côtés une épouse qui ne cessera pas de travailler, qui poursuivra son métier. Je serai fier que ma femme écrive, et que nous servions tous les deux notre pays sans nous renier.

Cette fois, Samia sentit les larmes lui monter aux yeux. Peut-être parce qu'il avait dit « nous ». Peut-être parce que « notre pays » étaient deux mots qui lui faisaient battre le cœur. Peut-être parce qu'elle refusait de suivre l'exemple de sa mère, de se fermer à toute possibilité d'évolution. Peut-être parce que la confiance dont Luca la gratifiait était le plus beau cadeau qu'elle ait reçu depuis très, très longtemps.

Princesse de Madlena… Quelle folie !

— Bon, murmura-t-elle. Avant toute chose, il faut que tu écoutes ce que j'ai à te dire.

— Je t'écoute.

— Je me remettrai à écrire. Je publierai mes articles dans les journaux. Et tu ne pourras pas me censurer.

— Aucun problème, acquiesça-t-il.

— Parfait. Point numéro deux. Je ne serai pas poussée dans un avion quinze fois par semaine pour servir de potiche dans des galas aux autres coins de la planète. Ni derrière toi, à faire le caniche silencieux pendant que tu discuteras avec tes homologues à couronne.

À ces mots, Luca se mit à rire.

— Toi, un caniche ? Non. Aucun risque, avec ou sans moi. Justement, pourquoi crois-tu donc que je te choisis ? Je compte bien exploiter tes talents et non les museler.

— Mais…

— Il y a encore autre chose ? s'impatienta-t-il.

— Oui, dit-elle en rougissant.

Leurs regards s'arrimèrent l'un à l'autre. Elle contemplait

l'homme qui allait devenir son mari et qu'elle désirait… tout en redoutant de ne pas savoir le satisfaire.

Il l'invita à se lever, et passa un bras autour de sa taille.

— Ma chérie, murmura-t-il, nous allons maintenant attendre notre nuit de noces. Et je ne veux plus que tu t'inquiètes au sujet de notre intimité. Va dormir.

Il déposa un baiser sur son front.

Samia hocha la tête et sortit. Elle devait déjà rêver. Il n'était pas possible que, ce soir, elle ait *presque* accepté de devenir l'épouse du prince de Madlena. Oui, elle rêvait.

Le lendemain matin, Luca avait fait dresser une table somptueuse sur le pont, pour le petit déjeuner. Porcelaine fine, verres en cristal, viennoiseries tout juste sorties du four, jus de mangue fraîche et orange pressée, café italien… Il avait prié son chef de donner le meilleur de lui-même pour que Samia prenne conscience des avantages de la vie d'une princesse.

Il était déjà attablé quand elle parut, et il se leva avec galanterie pour l'accueillir. Dans une longue robe de coton bleu très simple, les cheveux relevés en chignon, elle était radieuse.

— Tu as bien dormi, j'espère ? s'enquit-il.

Pas lui, en tout cas. Tiraillé par la force de son désir, il n'avait trouvé le sommeil qu'aux premières lueurs de l'aube.

— Tu es très en beauté, ajouta-t-il.

Elle baissa les yeux sur sa tenue et sourit.

— La personne qui a acheté toutes ces robes bain de soleil a le sens de l'élégance.

— Merci, répondit-il avec un petit sourire de fierté.

— Je me demande à qui elles étaient destinées, reprit-elle.

Il lui décocha un coup d'œil goguenard.

— Jalouse ?

— Pas du tout ! protesta-t-elle en rougissant vivement. Ce qu'elle a perdu, c'est moi qui le gagne.

Il sourit, et attendit que le steward leur ait servi le café et se soit éclipsé pour en venir au sujet essentiel.

— À propos de ce que tu gagnes, Samia… Il faut que tu me répondes, maintenant.

— Je regrette, annonça-t-elle en avalant une gorgée de café. J'ai besoin de davantage de temps.

— C'est hélas impossible.

Il sortit de sa poche un écrin de velours qu'il posa sur la table et poussa doucement vers elle du bout de l'index.

— La pierre est exceptionnelle, précisa-t-il, et elle a été taillée et montée par le plus grand bijoutier de Madlena. S'il te plaît, essaie-la.

Une bague de fiançailles officielle rejoignait le trésor de la Couronne : il s'agissait d'une pièce unique, une extravagance qui devait faire la fierté de la principauté. Aussi Luca n'avait-il pas lésiné sur les moyens. Il avait lui-même dessiné le bijou, et son dessin avait été révisé par les orfèvres de l'atelier diamantaire du palais.

Samia retint son souffle de façon visible en ouvrant le coffret et en regardant briller de toute sa splendeur la pierre verte à douze facettes, sertie de diamants et montée sur un anneau d'or pur. Sa couleur était hors du commun, semblable aux forêts d'Amazonie.

— Quel énorme caillou ! s'exclama Samia en riant. Ma grand-mère aurait adoré porter ça !

Les pales de l'hélicoptère se mirent à vrombir au-dessus de leurs têtes à l'instant où Luca avait le sentiment d'avoir pris un seau d'eau glacée en plein visage. Il attendit que l'engin aille se poser à son emplacement réservé sur le navire pour exprimer sa déception.

— Je vois, murmura-t-il.

— Tu veux aller souhaiter la bienvenue à tes invités ? suggéra-t-elle.

Comme il ne répondait pas, elle poursuivit :

— Non, sincèrement, elle est magnifique. Très voyante, mais d'une beauté spectaculaire… J'espère que je ne t'ai pas vexé ? Je me rends compte que ce vert… Tu as voulu assortir cette bague à mes yeux, n'est-ce pas ? C'est une attention adorable. Je n'avais jamais vu une émeraude d'une teinte aussi pure.

— Parce que ce n'est pas une émeraude. C'est un diamant.

— C'est vrai ?

Impressionnée, elle porta une main à ses lèvres et murmura :
— Mon Dieu... Un diamant...
— Samia, dit-il, tout ce dont j'ai besoin désormais, c'est d'une réponse. Veux-tu devenir ma femme ?
Contre toute attente, il vit la jeune femme relever vers lui un visage réjoui et s'exclamer :
— Oui !
Elle quitta son siège et esquissa un petit entrechat sur le pont. Son excitation soudaine le laissait pantois, et... ivre de joie.
— Et même si c'est un projet complètement fou, je pense que je vais finir par m'habituer à cette idée, reprit-elle. Si tu me laisses un peu de temps, je...
— Nous n'avons pas de temps, la coupa-t-il. Nous arriverons à Madlena demain matin, en tant que mari et femme. Nous allons nous marier dans deux heures.
Samia battit des cils en dévisageant l'homme qui lui tenait ce discours insensé.
— Qu'est-ce que tu racontes, lâcha-t-elle, médusée. La publication des bans, la préparation d'un mariage princier...
— Oublie tout cela, répondit-il d'un revers de main. Je suis l'heureux propriétaire d'un horrible building flottant. L'un de ces paquebots que tu apprécies tellement...
Il lui adressa un clin d'œil et enchaîna :
— Le capitaine vient d'arriver par hélicoptère, ainsi que tes stylistes et tes esthéticiennes, un notaire et un avocat. Nous serons mariés cet après-midi. Deux d'entre eux officieront comme témoins. Domenico, mon secrétaire chargé de l'événementiel, est déjà en train de préparer la cérémonie. Ce soir, nous dînerons aux chandelles, en tête à tête, avant la nuit de noces.
Sur ces mots, il se leva et, avant de prendre congé, conclut :
— Maintenant, comme je ne suis plus censé revoir la mariée avant l'échange de nos consentements... je te laisse profiter de ton petit déjeuner.
Vingt minutes plus tard, encore sous le choc de la précipitation des événements, Samia avait fait la connaissance de Domenico, un homme dont le portrait aurait été parfaitement à sa place

sur les murs d'un relais de chasse de la Renaissance – et qui, contrairement aux apparences, se révélait aussi chaleureux que plein d'humour.

Dans une sorte de sarabande endiablée, Samia se laissa masser, shampouiner, habiller, maquiller et coiffer par un trio de professionnelles aux doigts de fée. Comme dans un rêve, elle regarda sa chevelure trop épaisse se lisser devant le miroir, et ses mèches, plus lumineuses que jamais, boucler en délicates anglaises sur ses oreilles, tandis que le reste était remonté en coiffure savante – et aussi naturelle, aussi élégante que le chignon de sa chère Brigitte Bardot.

Dans la crinoline à trois jupons et au bustier en faux cœur, elle retint son souffle, comme sa généreuse poitrine semblait prendre des proportions parfaites, et que sa taille se faisait de guêpe. Jamais elle n'aurait cru possible d'avoir une silhouette aussi flatteuse dans une de ces meringues qu'elle avait coutume de railler… Alors que *sa* meringue était une splendeur ! Un chef-d'œuvre de haute couture témoignant d'un savoir-faire séculaire. La qualité des soies et des voiles, la finesse des broderies, la coupe des tissus et leur sophistication… Tout était à tomber à la renverse.

La tiare en diamants qu'on posa sur sa tête était une pièce historique, sortie d'un coffre blindé. Et ainsi, elle réalisait peu à peu qu'elle était sur le point de devenir princesse. Si seulement sa mère avait pu assister à l'événement… Elle aurait été très fière.

— Il y aura des photographes du palais, précisa Domenico en revenant dans le petit salon du yacht transformé en salon d'habillage et de coiffure.

Il la contempla en souriant et ajouta :

— Que vous êtes belle ! Je vous en supplie, dites-moi que la robe vous plaît, sinon le prince me jettera à la mer.

Elle s'esclaffa :

— Aucun risque. Je n'arrive pas à croire que vous ayez su concevoir quelque chose qui honore la tradition et corresponde en même temps si bien à mes goûts. Vous êtes devin, Domenico !

— Oh non, tout le mérite revient au prince Luca. Il m'a communiqué des instructions très précises.

Après avoir baissé un regard anxieux sur sa montre, Domenico lui offrit son bras et demanda :

— Vous êtes prête ?

Samia sentit l'émotion la déborder. Luca la devinait mieux que personne – mieux qu'elle-même. Il avait organisé cette cérémonie en un temps record, et pourtant rien n'était laissé au hasard. Elle s'en voulut de sa réaction infantile, lorsqu'elle avait vu la bague de fiançailles qui étincelait désormais à son annulaire. Un diamant rappelant la couleur de ses yeux… Quelle attention merveilleuse.

— Peut-on y aller ? insista Domenico.

— Oui, excusez-moi. Je rêvais. C'est un trait de mon caractère dont je dois me débarrasser… Je suis une incorrigible rêveuse.

— Ne vous en corrigez surtout pas, répondit-il. Sans les rêves, que serions-nous ? Avec eux, nous ne sommes jamais seuls.

Dans la salle de bord, des douzaines de guirlandes de fleurs ornaient les murs. Une estrade en chêne avait été disposée au fond de cette pièce immense, ainsi que des bancs ; l'espace entre eux formait une travée comparable à celle d'une église, menant à l'autel. Samia était heureuse d'être conduite par Domenico, qu'elle appréciait déjà beaucoup. Deux hommes de Luca entonnèrent un air nuptial à deux guitares dès qu'elle fit son entrée dans la pièce, et elle sentit son cœur s'emplir de joie. Cette touche de fantaisie la séduisait au plus haut point, et elle savait qu'elle la devait à Luca, à son désir de lui plaire.

Elle remonta vers l'estrade où il l'attendait, l'air grave. Il portait son uniforme militaire de parade, bleu marine, et ses décorations. Dans cette tenue, il était impressionnant. Elle avait soudain conscience de ce qu'il incarnait : un homme d'État, responsable de la sécurité de son pays, déjà bardé d'honneurs pour son service dans l'armée.

Une angoisse monta en elle. Était-il sûr de ce qu'il faisait ? N'allait-il pas très vite regretter de l'avoir choisie, elle, plutôt qu'une vraie princesse ? Que ressentait-il ?

La cérémonie fut prononcée si vite qu'elle n'eut pas le temps de douter, ni d'éprouver autre chose qu'une folle excitation dans son cœur.

— Oui, répondit-elle à la question cruciale.

— Oui, dit Luca.

— J'ai l'immense plaisir et l'honneur insigne de vous déclarer mari et femme. Vous pouvez embrasser la mariée, conclut, tout sourires, le capitaine.

Tout son corps frémit d'impatience et de plaisir lorsqu'elle sentit les lèvres de Luca effleurer les siennes d'un baiser d'une infinie délicatesse.

— Ne crains rien, ma chérie, souffla-t-il à son oreille. Je vais prendre soin de toi, désormais.

L'émotion l'étranglait. Elle plongea son regard dans le sien – si tendre, si bienveillant.

— Merci, murmura-t-elle.

Un conte de fées. Elle devait être en plein conte de fées. Et elle n'avait aucune envie de se réveiller.

13

Un orchestre de jazz face au coucher du soleil, sur une mer d'huile. Des danses d'un romantisme irréel, les yeux dans les yeux avec *son mari*. Le rire de Domenico, chaque fois qu'il lui écrasait les pieds dans leur cha-cha-cha. Des fontaines de champagne. Elle tenait sans cesse à porter un toast aux stewards, au chef, à son équipe d'esthéticiennes. L'ivresse légère que procurait cet alcool de fête. Les félicitations de chacun.

Et le sourire magique de son prince, chaque fois qu'il posait une main sur sa taille et répétait à tous sa fierté de l'avoir pour épouse.

Cette journée semblait n'avoir duré qu'une seconde et pourtant, tout avait changé pour Samia. Son bonheur la grisait, même s'il s'y mêlait une forte angoisse. Comment être à la hauteur ? Pour Luca et pour Madlena ?

— Tu ne passes pas un test de bravoure, murmura-t-il à son oreille comme s'il avait lu dans ses pensées.

Elle ferma les yeux et entrelaça ses doigts dans les seins, tandis qu'ils dansaient une valse sous les étoiles. À son annulaire, elle sentait maintenant le poids léger de la sublime alliance en platine qui voisinait sa bague de fiançailles. Leurs hôtes s'étaient éclipsés depuis un long moment, et le pont du yacht leur appartenait.

— Tu n'as rien à prouver à personne, ajouta-t-il.

Cet homme était-il réel ? Pour la première fois de sa vie, elle commençait à croire possible qu'un mari soit à la fois un amant prodigieux et… son meilleur ami. Quelqu'un qui la soutiendrait toujours, qui l'encouragerait à devenir pleinement elle-même, à s'épanouir.

Bouleversée par sa délicatesse, elle se hissa sur la pointe des pieds, enroula ses bras autour de son cou et l'embrassa d'un élan passionné.

Luca parut surpris, mais il répondit très vite à son embrasement, happant ses lèvres avec une langueur étourdissante. Leur étreinte s'enfiévra à tel point que, sans un mot, ils l'interrompirent pour se précipiter, main dans la main vers la cabine de Luca.

Domenico avait transformé les lieux en suite nuptiale : une trentaine de candélabres éclairaient la chambre d'une lumière tamisée, et d'immenses bouquets de roses embaumaient la pièce. Mais Samia admirerait les efforts de son ami plus tard, pensa-t-elle, tandis qu'un brasier s'allumait en elle. Elle avait follement envie de lui, et elle ne se sentait plus aucune réserve. Elle voulait découvrir le corps de Luca, l'apprivoiser et lui donner autant de plaisir qu'il était capable de lui en donner.

— Bon sang, il va me falloir au moins trois heures pour te retirer cette robe, gémit-il sous sa bouche, tandis qu'elle l'embrassait voracement.

Elle rit et protesta :

— Tu te plains ? Pauvre de toi…

Il lui retourna un regard faussement choqué.

— Tu me mets au défi, ma chérie ?

— Oui, confirma-t-elle.

Il déposa une traînée de baisers brûlants dans son cou, là où la peau était très fine, très sensible, et aussitôt elle sentit le sang qui coulait dans ses veines se changer en lave. Une nouvelle fois, leurs bouches se rencontrèrent, et elle se laissa entraîner par la force de leurs baisers. Les lèvres de Luca étaient fraîches, fermes, exigeantes. Il l'attirait toujours plus près, et les effluves de son parfum caressaient ses narines, tentateurs.

Elle sentit sa main s'aventurer dans son dos, et elle l'aida à trouver un premier cordon tandis qu'elle baissait un zip latéral du bustier. En moins d'une minute, la partie supérieure de la robe tomba à terre. Il contempla sans mot dire sa poitrine moulée dans un soutien-gorge pigeonnant dont chaque dentelle et chaque broderie avaient été réalisées à la main.

— Il te plaît ? demanda-t-elle très bas.

— *Tu* me plais, corrigea-t-il. Infiniment, Samia.

Ses seins durcissaient. Elle avait très chaud. Tellement chaud que la moiteur de son sexe devenait embarrassante, et que les ondes de désir qui fusaient en elle la tyrannisaient. Elle avait désespérément envie de ses caresses.

— Enlève ça, dit-elle en se jetant sur les boutons de sa redingote.

Ses doigts étaient tellement fiévreux qu'elle trembla en le débarrassant de ce vêtement trop strict.

— Et ça, dit-elle tout bas en défaisant son nœud de cravate, avant de déboutonner sa chemise.

Un silence incandescent hantait la pièce. Elle entendait les battements frénétiques de son cœur se réverbérer contre les murs. Luca se laissait faire, les pupilles dilatées, sans la quitter des yeux.

Quand il fut torse nu face à elle, elle ne put retenir plus longtemps son désir de poser ses lèvres sur ses épaules si rondes, ses biceps, ses pectoraux impeccablement dessinés. Du bout des doigts, elle caressa la fine toison brune qui courait jusqu'à la boucle de sa ceinture, mais se poursuivait forcément, hors de sa vue. Sa peau de bronze était fine et douce, ses muscles durs comme la pierre... De la pointe de sa langue, elle savoura le goût d'ambre de son corps viril.

Puis elle releva les yeux vers lui.

— C'est moi qui vais enlever ça, prévint-elle en posant la main sur sa ceinture, qui glissa de son pantalon avec un chuintement érotique, avant de rejoindre le reste du tas de vêtements sur le sol.

Ayant ouvert le bouton de sa braguette et baissé le zip, elle lui ôta son pantalon et contempla, électrisée, la puissance de son érection sous le tissu marine de son boxer.

Poussée par un désir dont elle faisait l'expérience pour la première fois, elle caressa cette forme intrigante d'une main aventureuse, tandis qu'il lâchait un soupir entre ses dents serrées.

— Samia...

C'était chaud et dur, et tellement excitant qu'elle passa sous le coton pour toucher la partie lisse et délicate de son sexe, par un effleurement d'une infinie douceur. Mais à peine eut-elle accompli ce geste qu'il lâcha un grondement avant de la soulever dans ses bras et de la faire basculer sur le lit. Ils roulèrent ensemble, enlacés, s'embrassant à pleine bouche tels des fous, puis, elle se remit à caresser son sexe pendant qu'il se penchait sur ses seins, agaçant leur dard rose de ses caresses languides et faisant jaillir en elle des vagues de plaisir.

— Oh oui, Luca, oui ! Encore...

Sans même qu'elle s'en rende compte, il parvint à la défaire de sa somptueuse jupe et à arpenter ses cuisses de ses mains en feu. Si lentement, si patiemment que la torture en devenait insoutenable. Enfin, il remonta vers son sexe et, poussant le triangle de soie de son string, introduisit un doigt dans son antre humide.

Comme elle ondulait de plaisir, fondant sous ses caresses expertes, il ne tarda pas à se pencher sur son bas-ventre.

Dès qu'elle sentit ses lèvres se poser sur son clitoris, elle ne put réprimer un cri de plaisir. Les sensations qui fusaient en elle atteignaient un tel degré d'intensité qu'elle ne pouvait plus respirer. Audacieuse, douce et ferme, la langue de Luca faisait palpiter son sexe ouvert, s'y insinuait de plus en plus profondément. Emportée par un torrent furieux, elle sentit la vague ultime monter...

— Luca ! gémit-elle, tandis que tout son corps explosait en millions de particules de plaisir.

Mais cet orgasme ne suffisait pas. Elle en voulait *davantage*. Loin d'être repus, son désir la débordait, sa chair se tordait d'un besoin irrépressible – elle avait envie de le sentir en elle.

Alors qu'elle était pantelante, elle se redressa, le poussa et le fit basculer sur le dos. Avant qu'il n'ait eu le temps de protester, elle baissa son boxer sur ses chevilles et commença par caresser son sexe de ses seins nus. Dès qu'elle le vit fermer les yeux, elle glissa plus bas sur le lit et pencha sa tête au-dessus de son érection, avant de le prendre dans sa bouche.

— Samia ! geignit-il, comme elle découvrait, fascinée, le goût salé de sa peau si lisse et si fine.

Son cœur battait à se rompre, et elle éprouva une sensation jouissive et inconnue – celle de lui procurer enfin le même plaisir que celui qu'il lui donnait. Elle adorait sentir son sexe gonfler et durcir encore entre ses lèvres, alors qu'elle se contentait de lui prodiguer des caresses d'une légèreté aérienne, et de promener sa langue sur son impressionnante longueur.

Les mains de Luca, qui se posèrent sur ses poignets, l'interrompirent brutalement.

— Viens, murmura-t-il.

Il enfouit son visage dans son cou, y déposa une myriade de baisers brûlants et s'enquit :

— Tu veux bien ?

— Oui. Je te veux en moi, Luca. Maintenant… Je t'en prie.

Il se pencha vers la table de chevet pour en ouvrir le tiroir et y prendre un préservatif.

Un instant plus tard, ivre de désir, elle s'accrochait à son cou et sentait enfin la brûlure de son premier coup de reins.

Elle retint son souffle. Le brasier de ses émotions semblait partir d'une nouvelle flamme, plus furieuse. Lentement, il entra encore en elle, dans un mouvement tellement languide qu'il en devenait infernal. Il la pénétrait de façon si progressive qu'elle bascula la tête en arrière et supplia :

— Oh ! je t'en prie ! Viens, viens !

— Tu en es certaine, chérie ?

— Oh oui ! Je t'en prie… Maintenant !

Luca imprima alors un va-et-vient sauvage à leur étreinte. À l'unisson, collés l'un à l'autre, en sueur, ils ondulaient sur un même rythme. L'union de leurs chairs était parfaite, et la sensation de plaisir absolue. Samia se laissa porter par la mystérieuse danse qu'elle suivait à l'instinct, le regard rivé à celui de Luca – quand ils n'échangeaient pas des baisers incandescents. Chaque atome de son corps était une sensation. Un feu liquide courait sous sa peau, et son cœur battait à coups lourds. Rien de ce qu'elle avait connu jusqu'alors ne ressemblait à cela : elle vibrait de plaisir en partageant de manière absolue son intimité avec son mari. Un homme qui allait et venait en elle, et auquel elle voulait s'offrir et s'abandonner, encore et encore… *Toujours*.

En sueur, elle planta ses ongles dans son cou comme elle sentait venir la vague du plaisir ultime. Ils se rejoignirent dans la volupté par un seul cri avant de retomber, haletants, l'un contre l'autre sur le matelas.

Un seul mot lui venait à l'esprit, tandis que son cœur affolé tentait de recouvrer un rythme normal. *Magique*. Luca était magique. *Ensemble*, ils se donnaient quelque chose de *magique*.

La nuit fut longue et blanche, riche encore de bien des découvertes pour Samia. Elle prenait conscience qu'elle extirpait son corps d'un long sommeil… Et que son cœur subissait le même phénomène. Lorsqu'elle s'endormit au creux de l'épaule de Luca, l'aurore venue, elle sut qu'elle avait changé. Et que rien ne serait plus jamais comme avant.

En s'apprêtant à débarquer de *Diamant noir* sur le port de Madlena, Samia ne parvenait pas à se détacher du sentiment de vivre, dans sa chair comme dans son âme, une authentique révolution. La nuit qu'elle venait de partager avec Luca l'avait rendue plus proche de lui qu'elle ne l'aurait cru possible. Comme s'il faisait partie d'elle, désormais, comme s'ils étaient chacun devenus un prolongement de l'autre.

De tout son cœur, elle espérait que son époux éprouvait la même chose, mais il se préparait à livrer un discours à son peuple, et il lui était impossible de percer ses pensées. Cinq ans de mariage… Elle frémit. C'était déjà inconcevable.

— Alors ? s'enquit-il, comme elle le rejoignait dans son bureau. Comment te sens-tu, au moment de découvrir ton nouveau pays ?

— Très bien, mentit-elle.

Elle avait revêtu une robe bordeaux à col bateau, seyante et assez stricte, avec des escarpins assortis. Domenico lui avait laissé la veille un petit guide rédigé par ses soins, afin qu'elle sache toujours quelle tenue choisir pour les occasions officielles. Elle aurait dû se sentir pétrifiée d'angoisse à l'idée de se tenir devant une foule inconnue. En cet instant, elle aurait dû avoir envie de disparaître entre les lattes du plancher, à la perspective d'endosser son rôle de princesse et les responsabilités qui allaient avec.

Or il n'en était rien. Elle regardait Luca, sublime dans son costume blanc. Plus élégant que jamais. Et elle comprit qu'elle était tombée follement – éperdument – amoureuse de lui.

Son mari était au centre de ses pensées. Ni parce qu'il était prince ni parce qu'il était milliardaire… Mais parce qu'elle vivait les plus beaux moments de sa vie depuis qu'elle le connaissait. Parce qu'il était drôle. Charmeur et charmant. Parce qu'il se montrait avec elle aussi patient que bienveillant. Qu'avec lui, elle ne se sentait plus seule mais épaulée et choyée. Parce qu'il était la seule personne avec laquelle elle avait envie de tout partager, ses joies comme ses peines.

Oui, elle l'aimait.

Cette révélation était si violente que Samia débarqua sous les hourras sans vivre l'instant présent. Elle était là, mais elle était ailleurs. En automate, elle sourit, secoua joyeusement la main en guise de salut et se tint ensuite très droite, à côté de Luca, pendant qu'il s'exprimait dans le micro.

On avait aménagé une luxueuse estrade pour le couple princier, sur le quai où s'était pressés une foule de journalistes et, plus loin, des milliers d'habitants curieux de découvrir le visage de leur nouvelle princesse.

Enfin, comme le discours de Luca était accueilli par la liesse populaire, elle s'efforça de sortir de sa torpeur.

— Samia ? s'inquiéta-t-il, après avoir coupé le micro. Tout va bien ?

— Je… Je suis impressionnée, admit-elle. J'ai eu un moment de timidité, mais je me sens mieux, maintenant.

— Tout va bien se passer ma chérie. Tu es sublime, dit-il en la couvant d'un regard gourmand. Et je ne suis pas le seul de cet avis.

Elle rit et sentit son cœur déborder d'émotion en contemplant les milliers de visages souriants tendus vers eux.

Un moment après, ils traversaient la ville en limousine. Les rues étaient bondées, les trottoirs noirs de monde. Visiblement, partout les citoyens de la principauté se réjouissaient de leur arrivée.

— C'est toi qu'ils veulent voir et qu'ils acclament ! fit observer Luca en souriant.

Samia adressa aussitôt de chaleureux saluts au travers de la vitre teintée, et entendit sur-le-champ la réponse réjouie de la foule qui redoublait de ferveur.

Enfin, quand ils parvinrent au palais, Luca fit lui-même le tour de la limousine pour lui ouvrir la portière, avant de lui donner le bras afin de gravir les marches du perron.

Grâce au guide qu'elle avait lu avec avidité au matin, Samia savait que le palais royal de Madlena abritait l'ensemble du gouvernement et les plus importantes administrations du pays depuis plus de trente ans. Seul un appartement privé, au dernier étage, était encore réservé à la famille princière.

Alors qu'ils pénétraient dans le grand hall, elle se tourna vers son mari.

— C'est la première fois que tu reviens ici en tant que souverain. Comment te sens-tu ?

Il prit sa main dans la sienne et la serra très fort.

— Comme quelqu'un qui entame une nouvelle ère... Après la fin douloureuse de la précédente.

Il avait prononcé des mots à peu près semblables lors de sa courte allocution. « Mais après cette épreuve, ensemble, nous donnerons à Madlena une nouvelle impulsion, pour que chaque citoyen sache que chez nous il est possible de donner corps à ses rêves », avait-il conclu sous un tonnerre d'applaudissements.

— Viens, dit-il en l'entraînant à sa suite. La journée ne fait que commencer.

14

La première journée à Madlena s'était en effet révélée longue et harassante pour Samia qui découvrait tout en même temps : son pays, le protocole, le peuple et les membres du gouvernement, la ville et le palais royal… Mais en fin de soirée, comme ils en avaient enfin terminé avec les charges et se retrouvaient seuls, Luca se réjouit que son épouse apprécie l'appartement princier. Il était certain que ce lieu historique saurait la séduire, avec ses fresques murales et sa vue sur le parc. Samia s'était mise à sautiller d'enthousiasme dans chaque salon, chaque chambre, chaque salle de bains, avant de tomber nez à nez avec une femme de chambre.

Luca lui avait promis qu'il allait rompre avec la tradition de l'armée de domestiques mise à leur service dans le logement.

— Viens tester le lit tout neuf, susurra-t-il dès qu'elle sortit de la douche pour le rejoindre dans la chambre.

Il s'était allongé en travers du lit en l'attendant.

— Tout neuf ? répéta-t-elle.

— Il a été livré ce matin. Et comme les princes ont besoin d'un confort de literie exceptionnel, j'aimerais que nous passions une partie de la nuit à vérifier que ce matelas nous convient vraiment. Qu'en dit ma princesse ?

— Que tu as raison, acquiesça-t-elle en lui rendant son œillade langoureuse. C'est un achat important, et nous devons en être satisfaits à cent pour cent.

Tout au long de la journée, il avait songé à leur nuit de noces, à leurs étreintes, à la manière dont Samia s'était épanouie dans ses bras, telle une fleur privée trop longtemps de soleil. Sa femme était une tigresse. Jusqu'au bout de ses griffes.

— Un peignoir est un vêtement beaucoup plus facile à ôter qu'une robe de mariée, observa-t-il en lui faisant signe de le rejoindre. Pour les cinq années à venir, je propose que tu ne portes plus que cela !

Un recoin de sa conscience enregistra la réaction de Samia. Elle avait blêmi. Mais il n'eut pas besoin de s'y attarder avant le lendemain matin.

Oui, elle avait été follement heureuse dans les bras de Luca durant la nuit. Mais oui : sa décision était prise.

Samia s'éveilla avec l'impression étrange d'y voir enfin clair et d'en avoir le cœur retourné. Désireuse de ne pas réveiller Luca, elle se glissa hors du lit et se faufila jusque dans le dressing sur la pointe des pieds.

Elle trouva ses affaires, que Domenico y avait fait porter, et se sentit soulagée à la vue de la paire de bottes de sa mère. Après avoir enfilé son short, son vieux T-shirt et sa veste en coton, elle passa les vieilles chaussures et alla poser uniquement sa bague de fiançailles sur la table du salon – puisque son alliance refusait obstinément de quitter son doigt.

— Mais qu'est-ce que tu fabriques ?

Zut. Quel bruit avait-elle pu faire ? Pourquoi était-il debout ? Le cœur brisé, elle décida de lui opposer un volontarisme intraitable. Pas question de le laisser tenter de lui faire changer d'avis – or il essaierait forcément.

— Je m'en vais, Luca. Je te quitte.

Il avait enfilé une chemise sur son boxer. Ses cheveux ébouriffés et ses yeux encore engourdis par le sommeil le rendaient plus séduisant que jamais. Il était pieds nus, et elle ne parvint pas à détacher son regard de son torse de dieu grec.

— Quoi ? coassa-t-il.

— Je te quitte, répéta-t-elle. Désolée, mais je ne peux pas faire ça. Je n'y arriverai pas, je le sais.

— Mais nom d'un chien, de quoi parles-tu ? gronda-t-il.

— De tout cela ! s'exclama-t-elle en désignant l'appartement et la ville, au-delà du palais. Une journée m'a suffi. Je t'avais prévenu. Les visites, les poignées de main avec des gens en costume, les discours et les palais, tout ce faste… Ce n'est pas pour moi. Je ne saurai pas m'y habituer.

— Bien sûr que si, voyons, rétorqua-t-il. La journée d'hier a été infernale, mais ce ne sera pas toujours…

— Ne te donne pas la peine de vouloir me convaincre, l'interrompit-elle. Ça ne marchera plus. Tu n'avais qu'à m'écouter. C'est terminé, notre arrangement est rompu.

— Notre arrangement ? répéta-t-il d'un ton furieux. C'est ainsi que tu appelles notre mariage ? Parce que nous sommes mariés, au cas où tu l'aurais oublié !

Elle haussa les épaules.

— Justement. Nous ne nous connaissons même pas. Cette histoire est absurde.

— Il me semble, au contraire, que nous avons déjà appris à bien nous connaître, toi et moi. Que nous avons déjà vécu des choses très intenses, tous les deux. Que nous avons échangé des confidences, que nous avons vécu des moments très agréables et…

— Et c'est fini, trancha-t-elle.

Muet de stupeur, il la contempla un instant, les yeux ravagés par l'incompréhension, et elle sentit une lame s'enfoncer cruellement dans sa poitrine.

— Tu viens donc de décider que notre mariage avait une date de validité et qu'elle a expiré ? demanda-t-il d'un ton incrédule.

— C'est *toi* qui as décrété le premier que notre mariage était à durée limitée, accusa-t-elle.

— Eh bien, j'ai changé d'avis.

Elle ne s'attendait pas à cette réplique et en fut très décontenancée.

— Je… Je ne te crois pas, balbutia-t-elle. Et de toute façon, je ne peux pas devenir une princesse.

— Tu es une princesse ! s'écria-t-il en levant les yeux au ciel. Et personne n'attend rien d'autre de toi que tu sois toi-même ! Moi le premier. Alors cesse d'accorder une attention démesurée à des détails sans importance, comme le décorum et quelques poignées de main… C'est ça qui est absurde.

— Tu m'as bien regardée ? Tu trouves vraiment que je ressemble à une princesse ? protesta-t-elle en désignant sa tenue.

Il haussa les épaules.

— À mes yeux tu es sublime. Même si tes bottes mériteraient un bon séjour chez le cordonnier.

Malgré elle, elle ne put réprimer un sourire. L'humour de Luca était contagieux, mais… Pas question de flancher.

— Ces bottes, insista-t-elle en croisant les bras sur sa poitrine, sont ce que je suis. Et si elles m'empêchent d'avoir l'air d'une princesse à tes yeux, eh bien, cela signifie que je n'en suis pas une, que je ne le serai jamais ! Personne n'a jamais fait rentrer une clé en cylindre dans une serrure carrée.

Il lui renvoya un regard indéchiffrable et rétorqua froidement :

— Je ne sais peut-être pas réaliser ce tour de force, mais je connais quelqu'un qui saura. Attends-moi une minute.

— Pour quoi faire ?

— Je vais m'habiller, et je t'emmène quelque part. Si tu veux toujours partir ensuite, je ne t'en empêcherai pas. Mais accorde-moi une heure. Ce n'est pas trop demander, tu ne crois pas ?

Après avoir pris une douche glacée et enfilé un jean et une chemise, Luca parvint à convaincre Samia de s'installer à l'arrière de sa Harley. *Une heure*. Elle ne pouvait pas lui refuser ça. En une heure, il saurait lui prouver que le mot princesse n'était pas coulé dans le marbre, que tous les modèles du genre pouvaient exister.

L'aube se levait sur le palais quand ils le quittèrent pour gagner, en quelques minutes, le quartier des artistes de la capitale. Dans un entrelacs de petites rues pavées s'élevaient d'anciens ateliers aux murs couverts de lierre, dans le secret desquels officiaient les peintres et les musiciens les plus réputés de Madlena.

Luca gara sa moto dans la cour arborée du vieil immeuble qui lui était si familier, et conduisit la jeune femme au dernier étage.

— C'est extraordinaire, murmura-t-elle, visiblement séduite.

— Cet immeuble ne contient que des ateliers communautaires, expliqua-t-il. Chacun dispose de son espace mais sans attribution définitive, les artistes changent de place régulièrement, ce qui leur permet de bénéficier d'une lumière différente. Il y en a qui résident sur place. En fait, on leur donne carte blanche... C'est ainsi que ma *nonna* a conçu ce lieu.

— Ah bon ? Ta grand-mère a fait du mécénat pour les artistes ?

— Bien sûr. En tant qu'artiste elle-même, c'était sa priorité. À l'époque où le palais royal tombait en ruines, elle s'est retroussé les manches et a elle-même entamé la restauration des fresques de plafond. Puis elle a constitué une équipe. À soixante-dix-huit ans, elle grimpe encore au sommet d'une échelle, à dix mètres de hauteur, pour sauver des peintures endommagées par le temps et l'humidité...

— Mais... Tu veux dire que ta grand-mère est...

— *Nonna* ! cria-t-il en repérant la vieille dame.

Vêtue de sa blouse peine de taches et d'un pantalon de travail, elle semblait aussi menue qu'un petit oiseau, et Luca la serra tendrement dans ses bras, tandis que Samia le suivait, visiblement éberluée.

— Luca, mon petit vaurien ! s'exclama-t-elle en l'embrassant avec affection. Comment se fait-il que tu ne sois pas venu me voir plus tôt ?

Il sourit et répliqua d'un ton moqueur :

— Parce que j'ai suivi ton conseil, *nonna*. Je suis allé me chercher une épouse.

— Comme s'il t'arrivait de suivre mes conseils ! railla-t-elle. Et pourtant...

Elle passa devant lui, un large sourire aux lèvres, avant de s'enquérir :

— Eh bien ? Tu ne me présentes pas ?

— Mais si. Princesse Aurélia, permets-moi de te présenter ma femme...

— Samia, annonça celle-ci d'une voix timide, en esquissant une petite révérence. Juste Samia.

— Oh ! Un esprit libre ! se réjouit sa grand-mère en serrant chaleureusement la main de la jeune femme. Je l'ai su tout de suite !

Elle se rapprocha d'elle pour enchaîner :

— Pas une fille qui ne rêve que de chiffons, ni une intrigante qui aime les jeux politiques… Non. Une vraie femme qui connaît la vie et qui l'affronte avec courage. Ainsi que le confirment vos bottes, mon petit.

Elle parut enchantée par le choix de son petit-fils et demanda d'une voix inquiète à Samia :

— Alors ? Vous voici responsable de cet homme ? Veillez bien sur lui. Je ne supporterais pas qu'on lui fasse du mal. Mon cœur appartient à mon petit Luca.

Reportant son attention vers l'intéressé, elle fronça les sourcils.

— Vilain garçon. Pourquoi t'a-t-il fallu tellement de temps pour devenir quelqu'un de sensé ?

— Tu ne m'as pas dit toi-même que les princesses idéales ne poussaient pas sur les arbres ? se défendit-il.

La vieille dame secoua la tête d'un air blasé.

— Même si elles y poussaient, tu passerais sous les branches sans les voir. Je suppose qu'il a fallu que Samia se fracasse contre toi ?

Luca échangea avec Samia un regard stupéfait. Puis ils éclatèrent de rire tous les deux.

— Comment avez-vous pu deviner ? s'étonna son épouse en dévisageant son aïeule.

— Oh ! C'est très simple. Parce que Luca n'a jamais su s'épanouir que dans l'imprévu, et que je vois à son regard qu'il est éperdument amoureux de vous.

Samia écarquilla les yeux.

— Vous voyez cela ? souffla-t-elle, interdite.

Les deux femmes s'éloignèrent de lui, bras dessus, bras dessous, tandis qu'un vieil artiste venait saluer Luca, qu'il connaissait depuis qu'il était tout petit.

— Mais naturellement ! reprit Aurélia en souriant à Samia. Comment pouvez-vous en douter ? Mon petit-fils ne fait jamais rien comme tout le monde, et le simple fait qu'il vous ait conduite jusqu'ici en dit très long sur ses sentiments !

— Vous croyez, murmura Samia, profondément troublée.

— J'en suis certaine.

— Mais je…

— Vous n'êtes pas sûre d'avoir envie d'être une princesse ?

Une nouvelle fois, Samia fut sidérée par la perspicacité de la vieille dame.

— Eh bien, oui, c'est vrai, avoua-t-elle.

— C'est bien normal, mon petit. Moi aussi j'ai été terrifiée, quand ça m'est tombé dessus. J'étais déjà une artiste quand j'ai rencontré le grand-père de Luca. Même à cette époque, j'étais très peu conventionnelle. Mais vous savez, quand on aime quelqu'un, il est très facile de se mettre à aimer tout ce qu'il aime. Ce tout petit pays et les gens qui y vivent sont merveilleux. Ils ont besoin d'une princesse comme vous, et vous allez sans doute découvrir que vous aussi, vous avez besoin d'eux. De leurs attentes, de leurs rêves, de leur affection… Et même de leurs critiques. Et puis, ils ont besoin d'une famille royale qui ne soit pas juste une image toute rose sur papier glacé. Comme moi, vous allez leur prouver que nous sommes faites de chair et de sang.

Elle s'interrompit, leva vers elle son pétillant regard noisette et conclut :

— Bienvenue dans notre famille, ma chérie.

Après avoir laissé sa Harley sur le parking du palais, Luca conduisit sa femme dans les jardins privés. Au milieu des buis taillés, il se retourna vers elle et demanda :

— Eh bien ? Quel est ton avis sur la dernière princesse de Madlena ?

— Ta grand-mère est extraordinaire, admit-elle en approchant d'une longue plantation de rosiers. Il est impossible de ne pas tomber amoureux d'elle. Tu dois être très fier.

— Très, confirma-t-il. C'est elle qui nous a élevés après la mort de nos parents. Et puis elle a eu envie de renouer avec sa vie bohème, de revivre dans un atelier communautaire, et elle a souhaité que Pietro se charge de moi.

— Quelle femme formidable !

— Et quelle princesse, ajouta-t-il. Car le peuple de Madlena est fou d'elle. Peut-être parce qu'elle a une personnalité hors norme, ou bien parce qu'elle a été très présente dans toutes les œuvres de charité du pays, depuis un demi-siècle. Mais elle n'aimerait pas servir de modèle imposé, et j'ai plutôt envie que nous inventions notre propre façon d'être prince et princesse. Parce que je te le demande encore, Samia. Sois ma princesse. Je ne peux pas envisager ma vie sans toi. Tu es la femme de ma vie. L'amour de ma vie. Et même si je me montre très maladroit, je veux te dire chaque jour combien je t'aime. Je t'aime comme un fou.

— Oui, s'il te plaît, redis-le.

— Je t'aime. Je veux que tu sois sans cesse près de moi. Tu es bien plus que ma princesse. Tu es la femme dont je suis amoureux et que j'aimerai jusqu'à mon dernier souffle.

— J'adore le son de ces mots, avoua-t-elle en se jetant à son cou, avant de plonger son regard dans le sien.

— Tu l'*adores* ? répéta-t-il en fonçant les sourcils. Comme tu adores les hamburgers ? Mais, et moi dans tout ça ?

— Toi, je t'aime *et* je t'adore, dit-elle en le couvant d'un long regard amoureux.

— Pas plus que moi.

Épilogue

Un an plus tard

La bénédiction de mariage de Luca et de Samia eut lieu le jour de la fête du prince Pietro. Luca avait fait en sorte que le calendrier de Madlena observe désormais une journée fériée en hommage à la mémoire de son frère bien-aimé.

Dans la somptueuse nef de la cathédrale gothique résonnèrent les grandes orgues, tandis que le soleil filtrait par la majesté des antiques vitraux.

Une foule venue des quatre coins du globe tenait à célébrer le prince Luca et la princesse Samia. L'événement donnait certes lieu à la production de toute sorte de produits à l'effigie du couple royal, mais il permettait aussi d'inaugurer avec faste la campagne promotionnelle de la princesse en faveur du tourisme à Madlena, qui s'appuyait sur des œuvres réalisées par les artistes membres du collectif de sa belle-grand-mère. Et puis... La principauté avait un autre motif de liesse nationale, car la princesse Samia attendait un heureux événement !

Domenico insista pour reprendre son rôle et escorter la jeune femme jusqu'à l'autel où l'attendait son prince charmant, tandis que la princesse Aurélia, vêtue pour l'occasion d'une étonnante robe rose, et arborant tous ses diamants, se tenait auprès de son petit-fils.

Libre depuis près de onze mois, le père de Samia s'était installé en Écosse, sur les terres qui lui avaient été restituées grâce à Luca.

Il ne jouait plus, et coulait une retraite paisible en s'adonnant aux joies de la pêche.

— Même si je dois dire que cela me rend malade de te rendre à ce pirate, je dois avouer que depuis que tu es sa femme, il est devenu beaucoup plus fréquentable, maugréa Domenico, comme ils approchaient des marches de l'autel.

— Tu vois que rien n'est perdu, vieux fou, répliqua sèchement Luca.

Samia se retint de rire et sentit son cœur déborder d'amour en se tenant auprès de son mari.

Dans le costume officiel, en noir et or, il était irrésistible, parce que… Parce que c'était son homme, son Luca, et qu'elle l'adorait. Il avait restauré sa confiance en elle, sa confiance en la vie et, grâce à lui, elle avait recouvré la liberté.

Tous deux brûlaient d'impatience de connaître le futur petit prince ou la future petite princesse dont tout le palais préparait l'arrivée. Machinalement, Samia posa une main sur son ventre. Sa robe avait dû être ajustée à sa grossesse de cinq mois. Dentelles et soies blanches, cascades de broderies : il s'agissait encore d'une meringue, mais elle était enchantée de la porter… ne serait-ce que pour faire mentir Luca, qui avait affirmé au couturier que sa femme refuserait d'être déguisée en princesse de conte de fées. Qu'en savait-il ? Le conte de fées avait du bon !

— Tu es très en beauté, dit Luca d'une voix émue. Comme toujours. Cette robe est exquise, mais… j'ai hâte de te l'enlever.

— Chut ! souffla-t-elle en désignant l'archevêque du coin de l'œil, et en tâchant de garder la tête bien droite.

Car Aurélia avait insisté pour qu'elle porte sa tiare en diamants, une couronne ancienne, magnifique, et beaucoup plus lourde que celle qu'elle arborait un an plus tôt.

— Il faudra aussi que tu enlèves ce truc avant que je te fasse l'amour, fit observer Luca.

— Tu es tellement romantique, chéri, railla-t-elle.

— Tu trouves ? Eh bien, sache que si c'était à refaire, je ne changerais rien.

— J'espère bien, chuchota-t-elle. Parce que je t'aime.

— Moi aussi, je t'aime. De tout mon cœur. De tout mon corps, et de...

— Quelle coïncidence ! intervint la voix persifleuse de Domenico derrière eux.

Luca et Samia se retournèrent d'un seul mouvement, et le vieil homme fronça les sourcils pour leur faire comprendre que la cérémonie avait commencé.

— Parce que, moi aussi, j'aime Samia, déclara-t-il très fort. Et je l'aimerai jusqu'à la fin de mes jours.

— Mais moi le premier, répliqua Luca en lui adressant un clin d'œil.

JULIA JAMES

Scandaleuse liaison au casino

Traduction française de
SÉVERINE QUELET

AZUR

HARLEQUIN

Titre original :
HEIRESS'S PREGNANCY SCANDAL

Ce roman a déjà été publié en 2020.

1

Nic Falcone entra dans le casino par la porte de service et le balaya d'un regard satisfait. Décidément, il avait eu raison d'acquérir et de rénover cet hôtel sur le déclin. De type *hacienda*, planté au beau milieu du désert tout en restant à une distance raisonnable de Las Vegas comme de la côte, c'était un nouvel atout prestigieux pour la chaîne hôtelière internationale Falcone. Une preuve supplémentaire de son parcours fabuleux. Lui, le gamin sans père issu des quartiers pauvres de Rome, était devenu l'un des trentenaires les plus riches d'Italie.

Avant même son seizième anniversaire, il avait commencé à travailler dans le sous-sol du légendaire hôtel Viscari de Rome. Par sa seule force de caractère et son travail acharné, il avait gravi les échelons, atteint les sommets et égalé ce play-boy de Vito Viscari, dont le seul exploit avait été d'accepter l'empire hôtelier que lui avait offert sa famille sur un plateau d'argent.

À ce souvenir, les traits de Nic s'assombrirent. Il s'était battu et avait travaillé dur afin de mériter chaque promotion, jusqu'à prétendre au poste de direction pour lequel il était parfaitement qualifié.

Mais c'était sans compter l'oncle de Vito, P-DG de la société. Celui-ci lui avait préféré son neveu tout juste diplômé et sans aucune expérience du terrain, histoire de lui donner un avant-goût de son futur héritage.

À partir de cet instant, Nic avait décidé d'être son propre patron. Les graines des hôtels Falcone étaient semées... Falcone deviendrait le challengeur qui surpasserait Viscari une bonne fois pour toutes !

Nic s'était jeté à corps perdu dans le travail et cela avait payé, au-delà de ses espérances. Si bien que l'année précédente, profitant d'une lutte de pouvoir au sein de la famille Viscari, il avait attaqué, tel le faucon qui le symbolisait, et avait raflé la moitié du portefeuille Viscari.

Un triomphe de courte durée cependant… De nouveau, Nic avait fait les frais du népotisme. Cette fois, c'était la belle-mère de Vito qui était intervenue : elle avait racheté les hôtels aux investisseurs de Nic pour les redonner à son gendre.

Là encore, Vito l'avait emporté sans lever le petit doigt, grâce à sa famille.

Étreint par la farouche détermination qui lui avait permis de s'extirper de la pauvreté, Nic avait alors multiplié les acquisitions immobilières, dont le Falcone du Nevada qui venait d'ouvrir, avec son casino ô combien lucratif.

Il embrassa de son regard perçant la salle de jeu bondée avant de la traverser d'un pas assuré. Parmi les clients, il remarqua les participants au colloque d'astrophysique qui se tenait ces jours-ci dans le hall des conférences de l'hôtel. Un groupe de jeunes optimistes quittaient le bar et se dirigeaient vers les tables de jeu, délaissant une femme qui les salua d'un geste de la main nonchalant.

Une femme dont la vue lui coupa le souffle et le stoppa net dans son élan. Blonde, élancée, d'une grâce éblouissante.

Tous ses sens s'éveillèrent. Au fil des années, il avait rencontré et séduit de nombreuses femmes toutes plus belles les unes que les autres, mais aucune aussi magnifique que celle-ci. Hypnotisé, il sentit un désir brûlant s'emparer de lui, aussi intense qu'immédiat.

Fran suivit du regard les étudiants de troisième cycle qui partaient s'essayer aux cartes et espéra qu'ils n'y laisseraient pas leur chemise. Pour leur dernière soirée de colloque, ils avaient bien l'intention d'en profiter. Pour sa part, elle envisageait plutôt d'aller se coucher : elle avait encore une présentation le lendemain matin avant la dernière réunion, et revoir ses notes ne lui ferait pas de mal.

Alors qu'elle se tournait vers le barman pour demander l'addition, une voix s'éleva dans son dos.

— Vous n'allez pas tenter votre chance au jeu ?

La voix était profonde, teintée d'un accent européen ; son timbre rauque la fit se retourner.

Son cœur s'arrêta une fraction seconde.

Waouh !

L'exclamation silencieuse, instinctive et irrépressible, résonna dans son esprit.

L'homme devant elle, faussement décontracté, était très grand, avec de larges épaules, des hanches étroites et un torse musclé qui donnait l'impression de pouvoir encaisser les coups sans frémir.

Son nez, en revanche, avait dû en recevoir, à en croire la légère bosse sur l'arête. Mais plus qu'un défaut, cela ajoutait encore à son charme redoutable. Malgré son smoking, l'inconnu dégageait une aura de dur à cuire.

Sans doute un membre du service de sécurité, songea-t-elle, troublée par le tumulte qu'il éveillait en elle. Jamais aucun homme n'avait provoqué une réaction aussi animale chez elle, pas même le séduisant Cesare, qu'elle avait pourtant failli épouser.

À l'exception de son ex-fiancé, avec sa prestance aristocratique et va-t'en-guerre, c'était plutôt les hommes à l'apparence studieuse qui l'attiraient, pas les gros bras qu'elle considérait comme des brutes.

Mais il n'y avait rien de brutal chez cet homme, et l'intelligence luisait dans ses yeux d'un bleu intense qui ressortaient avec sa peau mate et ses cheveux bruns.

Soudain, elle prit conscience qu'elle devait répondre à cet inconnu au lieu de s'absorber dans sa contemplation. Fran savait, sans vanité aucune, que sa beauté blonde attirait le regard des hommes, et d'ordinaire, ainsi accostée, elle restait indifférente jusqu'à ce que l'autre se lasse. Au besoin, elle finissait par l'éconduire.

Cette fois, elle décida de jouer le jeu et, avec un sourire fugace, elle secoua la tête.

— Ce n'est pas mon truc, répondit-elle en inscrivant son numéro de chambre sur l'addition que le barman venait d'apporter.

— Vous participez au colloque ?

De nouveau, la voix profonde et rauque la troubla.

— En effet.

Elle commença à glisser au bas de son tabouret ; l'homme lui tendit aussitôt la main pour l'aider. Elle le remercia dans un murmure tout en priant pour réussir à conserver un air indifférent.

Peine perdue. L'effet que l'homme exerçait sur elle était trop puissant. Il s'intensifia encore lorsqu'il lui offrit un sourire... sauvage.

Fran se figea, le souffle coupé. Le mouvement avait été furtif : un bref étirement des lèvres, l'éclat de dents blanches, l'adoucissement des traits. Comme le soleil qui apparaît à la dérobée avant de se cacher à nouveau derrière les nuages.

— Pardonnez-moi pour le stéréotype, mais vous n'avez pas du tout l'air d'un astrophysicien !

Un léger tressaillement amusé fit frémir ses lèvres ; il se fichait de la banalité de sa remarque. À la lueur sans équivoque qui brillait dans ses yeux d'un bleu azur, elle devina qu'il était prêt à tout pour poursuivre leur conversation.

Fran réfléchit un instant : qu'il soit un client de l'hôtel ou un membre du service de sécurité, cet homme la draguait. Peut-être valait-il mieux y mettre un terme tout de suite et s'en aller.

Sauf qu'elle n'en avait aucune envie. Sa peau frémissante, les battements redoublés de son cœur, l'en empêchaient.

— Parce que vous connaissez beaucoup d'astrophysiciens, bien sûr ? répondit-elle d'une voix taquine.

Sa réplique lui valut un nouveau sourire aussi bref que ravageur.

— Plusieurs, répondit-il avec un battement de cils enjôleur.

Des cils longs et sombres.

— Citez-m'en trois, le défia aussitôt Fran.

Il s'esclaffa. D'un rire bas et séduisant qui la fit fondre.

Fran avait l'impression d'être redevenue une adolescente. Exit le docteur en cosmologie sérieux de presque trente ans qui rédigeait des thèses scientifiques obscures dans une prestigieuse université californienne.

Les chercheurs universitaires zélés comme le Dr Fran Ristori ne perdent pas la tête pour le sourire d'un apollon baraqué. Quant aux héritières bien nées, elles font preuve d'une réserve à toute épreuve.

Tous l'ignoraient autour d'elle, mais Fran se nommait en réalité Donna Francesca di Ristori. Elle était l'héritière de deux nobles maisons, l'une italienne, l'autre anglaise, dont les lignées ancestrales remontaient au Moyen Âge, et propriétaires de domaines, de châteaux et de *palazzos*. Elle était également la fille du marquis d'Arromento, et la petite-fille du duc de Revinscourt, noble britannique.

Personne aux États-Unis ne le savait, ni n'en avait cure. Dans le cercle universitaire, seule la qualité de ses travaux importait. Un désintéressement que sa mère, née Lady Emma et aujourd'hui marquise d'Arromento, n'avait jamais vraiment compris. Mais celle-ci n'avait pas non plus accepté le besoin de Fran de se détourner du milieu dans lequel elle était née pour assouvir sa soif de connaissances.

Un fossé s'était creusé entre elles et c'était seulement lorsque Fran avait consenti à se marier dans l'aristocratie italienne que sa mère s'était résignée à sa carrière de chercheuse.

Or l'année précédente, au terme de longues fiançailles, Fran avait rompu avec Cesare, conte de Mantegna. Depuis, sa mère lui adressait à peine la parole.

« Il est parfait pour toi ! s'était-elle récriée. Vous vous connaissez depuis toujours et il t'aurait laissée poursuivre ta lubie des étoiles tout en devenant comtesse ! »

« On m'a proposé mieux », fut tout ce que Fran avait réussi à répondre.

Une offre dont sa mère ne mesurait pas l'importance :

l'invitation à intégrer une équipe de chercheurs dirigée par un prix Nobel, en Californie !

Fran l'avait acceptée avec soulagement, et pas uniquement pour elle. Cesare était un très bon ami, il le resterait toujours, mais il était en réalité amoureux d'une autre. Fran se réjouissait pour lui et pour Carla, qu'il avait épousée et qui venait de lui donner un enfant.

De son côté, elle avait déménagé aux États-Unis, s'était installée dans un appartement en location et jouissait de l'atmosphère grisante d'un des centres de recherches sur le cosmos les plus avancés au monde.

Malheureusement, le semestre dernier, son professeur révéré et mentor avait pris une retraite anticipée après avoir subi une crise cardiaque, et son successeur ne lui arrivait pas à la cheville. Fran s'était résolue à trouver un nouveau poste, dans une autre université. Le colloque terminé, elle commencerait à prospecter.

— D'accord, je me couche, lança l'homme, les mains écartées devant lui en signe de reddition. Vous m'avez démasqué.

Ce sourire, de nouveau, fit chavirer le cœur de Fran, chassant de son esprit ses obligations professionnelles.

Elle laissa échapper un petit rire. Ce type ne doutait de rien ! D'ordinaire, une telle assurance la faisait fuir mais, chez cet homme, elle était charmante. Et Fran aurait été bien en peine d'expliquer pourquoi.

— Nous venons de participer au dîner officiel, alors nous sommes tous sur notre trente et un, répondit-elle. Aucun de nous ne ressemble à un scientifique, ce soir !

Il la couva de son regard bleu intense, empli d'admiration.

— *Sicuramente no.*

« Certainement pas. » À ces mots, l'expression de Fran se transforma.

— *Sei italiano ?*

Elle posa la question sans réfléchir et vit une légère surprise et un plaisir non feint se peindre sur le visage de l'homme. Elle venait de lui fournir matière à poursuivre son jeu de séduction, ce qui n'était pas pour lui déplaire.

— Comme de nombreux Américains, répondit-il d'un ton évasif qu'elle ne nota pas. *E sei ?*

— Italienne par mon père, britannique par ma mère.

Malgré elle, Fran s'abandonnait avec douceur à cette conversation. Pourquoi discutait-elle avec ce bel inconnu qui suintait l'arrogance et la draguait ouvertement à cette heure tardive, alors qu'elle aurait dû se trouver dans sa chambre pour revoir sa présentation, au calme ?

Tout ce qu'elle comprenait, c'était qu'un sentiment grisant l'avait envahie à la seconde où il s'était adressé à elle. Avec un seul mot, il lui avait donné l'impression d'être bien plus qu'une universitaire sérieuse ; différente de l'impressionnante Donna Francesca que sa naissance lui imposait d'être.

— Anglaise, donc ? reprit-il. Je vous aurais crue originaire de la côte Est.

— J'y ai vécu un moment, reconnut-elle. Pendant mon doctorat.

Un brusque cri en provenance d'une table de black-jack attira son attention. Elle considéra les étudiants avec un froncement de sourcils.

— J'espère qu'ils n'essaient pas de doubler la maison en comptant les cartes. Ce sont tous des cracks en maths, alors ils en sont capables, mais je sais que les casinos n'apprécient pas…

— Ne vous inquiétez pas. Les croupiers savent éviter ce genre de comportement.

Les paroles se voulaient rassurantes, mais Fran le dévisagea avec circonspection.

— Vous semblez vous y connaître.

— En effet, approuva-t-il d'un hochement de tête sans la quitter du regard.

La preuve qu'il faisait partie de la sécurité de l'hôtel, non ? Pourtant, elle doutait encore… Puis se rendit compte qu'elle s'en fichait.

— Alors, avez-vous apprécié le colloque ? reprit-il de sa voix profonde et séduisante.

— Oui, acquiesça-t-elle, réjouie qu'il cherche à prolonger leur échange. C'était très stimulant sur le plan intellectuel. Intense mais positif. Et cet endroit, fit-elle avec un geste de la main, est absolument fantastique. Je ne connais pas très bien les hôtels Falcone, mais celui-ci est un palace ! Je regrette juste de ne pas avoir profité des installations. Je n'ai même pas testé la piscine ! J'irai demain, sans faute, avant de partir. Et quel dommage que je n'ai pu participer à aucune des excursions proposées ; je n'ai même pas visité le Grand Canyon.

Pourquoi avait-elle dit ça ? Il allait croire qu'elle sollicitait une invitation !

À son grand soulagement, il ne releva pas.

— Je suis ravi que l'hôtel vous plaise. Il a exigé beaucoup de travail.

La fierté perçait dans sa voix ; ce qui confirma qu'il travaillait ici.

— Je l'aurais préféré sans casino, mais puisqu'on est au Nevada..., ajouta-t-elle, insouciante.

— Les casinos rapportent énormément d'argent, répliqua-t-il d'un ton laconique.

Il accompagna ses paroles d'un battement de cils qui attirait l'attention sur le bleu de ses yeux.

Un autre cri de joie s'éleva de la table de black-jack.

— Peut-être un peu moins ce soir, répliqua Fran avec un rire.

— Peut-être, concéda-t-il, amusé.

Alors, un léger voile de doute traversa son expression, indiquant qu'il n'était probablement pas aussi sûr de lui qu'il le prétendait. Son incertitude plut à Fran.

— Et peut-être..., continua-t-il, plus circonspect, avec un regard interrogateur. Peut-être que, si je vous offrais un verre pour fêter l'évidente réussite au jeu de vos confrères astrophysiciens, vous accepteriez ?

Fran le considéra un instant, jeta un œil vers la table de black-jack.

Que faire ? Accepter ? En avait-elle envie ? Ou valait-il mieux qu'elle décline poliment et regagne sa chambre pour réviser sa présentation ?

Tout à sa réflexion, dans les millisecondes que mirent les synapses de son cerveau à envoyer leurs signaux, elle nota l'émotion qui enflait en elle. L'envie irrépressible de vivre davantage. Elle désirait plus que le simple travail acharné qu'elle fournissait depuis sa rupture avec Cesare.

Face à ce séduisant inconnu au regard intense et à la mâchoire carrée qui lui faisait la conversation avec nonchalance, elle ne pensait plus qu'à une chose.

Non, elle ne voulait pas suivre la raison et retourner docilement dans sa chambre. Ce qu'elle souhaitait, c'était faire plus ample connaissance avec cet homme et continuer à ressentir l'adrénaline fuser dans ses veines.

Un sourire étira ses lèvres quand elle se réinstalla sur le tabouret. Il ne chercha pas à l'aider, cette fois. Elle plongea son regard dans le sien, apprécia ce qu'elle y vit et joua le tout pour le tout.

— Pourquoi pas ?

Nic la regarda se réinstaller sur le tabouret d'un air appréciateur. Reconnaissant même. Il avait lancé son invitation sans être certain qu'elle accepterait, mais c'était aussi ce qui l'attirait chez elle. Il en avait assez des femmes trop empressées ; voilà pourquoi il se montrait vague sur son identité : Nicolo Falcone, fondateur et propriétaire milliardaire des hôtels Falcone.

Afin de préserver son anonymat, il décocha au barman qui approchait un regard entendu auquel celui-ci répondit d'un hochement de menton imperceptible.

Leur commande passée, Nic grimpa sur le tabouret voisin.

— Alors, est-ce que vous animez une conférence ?

— Oui, je livre une présentation demain sur l'avancée de mes recherches.

— Quel est le sujet ? Vais-je comprendre l'intitulé, au moins ? s'enquit-il avec humour.

Car, s'il considérait que sa beauté illuminait le ciel, il devait aussi reconnaître qu'elle évoluait à des années-lumière de son monde de requins.

Il la regarda prendre une gorgée de son Campari et en profita pour admirer ses doigts fins et l'élégance qui émanait de tout son être. Elle portait une robe de soirée sobre à mancherons avec une encolure carrée qui, si elle convenait tout à fait à un dîner de conférence, n'en était pas moins distinguée. Ses cheveux étaient savamment ondulés et son maquillage discret. Elle était l'image même de l'universitaire en soirée.

Le désir l'envahit – affirmé et exigeant. Il réprima sa réaction primale pour se concentrer sur ce qu'elle disait.

Elle évoquait sa passion avec un enthousiasme qui adoucissait sa voix, claire et vive, et illuminait son regard.

— Mon champ de recherches est la cosmologie : l'étude des origines et de la fin inéluctable de l'univers. Ma présentation ne se concentre que sur un infime aspect. Je rentre des résultats d'observation dans une matrice informatique, je teste diverses options de géométrie et de densité de l'espace qui pourraient indiquer, pour faire simple, si l'univers est ouvert ou fermé.

— Comment ça ? s'enquit Nic, les sourcils froncés pour mieux se concentrer.

— Eh bien, expliqua-t-elle d'une voix encore plus chaleureuse, s'il est ouvert, l'expansion qui a débuté au Big Bang fera se dissiper toute la matière de l'univers ; il n'y aura donc plus d'étoiles, plus de planètes, plus de galaxies, plus d'énergie. On appelle cela la mort thermique de l'univers, et ce serait vraiment nul, ajouta-t-elle avec une moue dépitée. Pour ma part, je préfère la théorie d'un univers fermé qui entraînerait un Big Crunch – ou effondrement terminal – et causerait un autre Big Bang. L'univers renaîtrait alors. C'est beaucoup plus positif !

Nic but une grande lampée de bourbon, sentit avec délice l'alcool puissant descendre dans sa gorge.

— Lequel des deux est-ce, alors ? s'enquit-il, direct.

Elle esquissa une petite grimace.

— Nul ne le sait avec certitude ; la tendance actuelle est à un univers ouvert, hélas. Quoi qu'il en soit, nous devons l'accepter, même si cela ne me plaît pas.

— Non, répliqua Nic en secouant la tête. Je ne suis pas d'accord.

Perplexe, elle l'invita de ses grands yeux magnifiques à poursuivre.

— Nous ne devrions jamais accepter ce qui ne nous plaît pas. C'est une attitude défaitiste, affirma-t-il, péremptoire. D'accord, c'est peut-être le cas pour l'univers, mais pas pour l'humanité. Nous pouvons changer les choses. Rien ne nous oblige à rester inactifs.

Elle le dévisageait toujours, avec curiosité maintenant.

— Un sujet qui semble vous tenir très à cœur, commenta-t-elle en le sondant.

Il haussa une épaule.

— Il ne faut jamais accepter les choses telles qu'elles sont.

— Certaines, si, répliqua-t-elle avec un léger froncement de sourcils. Il y a des choses que nous ne pouvons pas changer. Qui nous sommes, par exemple. De par notre naissance…

Comme elle, qui était née Donna Francesca. Qu'elle le veuille ou non, c'était son héritage, un aspect indélébile de son identité. Elle aurait beau tout modifier, elle ne changerait pas sa naissance.

— Au contraire, c'est exactement ce qu'il est possible de changer ! répondit-il avec véhémence avant d'avaler une autre gorgée de bourbon.

Les souvenirs se bousculèrent soudain dans la tête de Nic ; de mauvais souvenirs. Sa mère miséreuse, abandonnée par le père de son enfant, par tous les autres hommes auxquels elle s'attachait – ou pire. Ses réminiscences s'assombrirent. Il se rappela le monstre qui l'avait frappée jusqu'au jour où Nic, adolescent, avait été assez fort pour la protéger de ces brutes épaisses…

Je devais changer ma vie ! songea-t-il. Il avait dû agir pour lui et par lui-même. Il n'y avait eu personne pour l'aider. Et il avait réussi !

Elle acquiesça avec légèreté.

— Dans ce cas, remémorons-nous cette ancienne prière ; celle où l'on implore de nous accorder le courage de changer ce qui peut l'être, la patience d'accepter ce qu'on ne peut changer et la sagesse de faire la différence entre les deux.

Nic médita ces paroles un instant.

— Non, répéta-t-il avec assurance. Je veux changer tout ce qui ne me convient pas.

Elle laissa échapper un rire léger.

— Eh bien, vous ne serez jamais un scientifique, ça c'est sûr.

Il s'esclaffa aussi, conscient de s'être malgré lui confié sur ses sentiments les plus intimes, plus qu'avec n'importe qui. Serait-ce… révélateur ?

Jamais il ne s'était ainsi ouvert à une femme. Alors pourquoi elle ?

Parce que c'était une scientifique ? Sans doute. Inutile d'y lire autre chose.

Elle était d'une beauté incroyable, et il avait envie de la découvrir. Il avait pourtant connu d'autres femmes magnifiques dans sa vie… Certes, elle était différente. C'était une astrophysicienne talentueuse, alors que les femmes qu'il fréquentait habituellement étaient frivoles et ne possédaient pour seul talent que celui de le divertir tout en lui laissant le temps de se consacrer à son obsession : bâtir son empire. Des femmes qui n'exigeaient aucun engagement, rien de plus que ce qu'il pouvait leur donner.

Mais peu importaient ses anciennes conquêtes ! Il préférait se consacrer à celle-ci.

Il roula des épaules, détendu, et couva du regard sa beauté enchanteresse.

Ils avaient terminé leurs boissons. L'instinct et l'expérience lui soufflaient que le moment était venu de mettre fin à la soirée. Il avait posé les jalons mais ils n'iraient pas plus loin ce soir. Elle n'était pas de celles qu'on peut brusquer. Il avait suivi son impulsion et l'avait accostée ; pour l'instant, cela suffisait.

Il fit signe au barman, signa la note en veillant bien à ce que le « Falcone » qu'il griffonnait ne soit lisible que de son employé, et se leva.

Fran l'imita. Saisie d'émotions inconnues, elle lui rendit un sourire poli et le remercia pour le verre.

— Avec plaisir, assura-t-il de son regard enjôleur. Et merci à vous pour la leçon d'astronomie.

— De rien, répondit Fran, un peu hésitante.

Alors, elle se dirigea vers les ascenseurs du hall d'entrée, consciente qu'il l'observait. Était-elle déçue qu'il mette un terme à leur soirée ? Pourquoi le serait-elle ? Aller plus loin était inenvisageable, n'est-ce pas ?

Et pourtant, si sa raison lui hurlait que c'était pour le mieux, une autre partie de son corps lui susurrait qu'elle regrettait de devoir se retirer dans sa chambre solitaire.

Son cœur battait la chamade et sa peau frémissait. La nervosité courait dans ses veines. Son histoire avec Cesare remontait à plus d'un an maintenant et, en plus, leur relation n'avait jamais été charnelle. Cette étape aurait attendu leur nuit de noces, car Cesare était un Italien soucieux des traditions.

Peu auraient compris leur relation, l'inéluctabilité de leur union puisqu'ils se connaissaient depuis l'enfance. En attendant d'officialiser l'évidence, ils avaient tous deux mené une vie de célibataire et elle ne doutait pas que Cesare, en bon parti – riche et séduisant –, avait eu de nombreuses liaisons.

Une liberté qui fonctionnait dans les deux sens et, tant que les fiançailles n'étaient pas officielles, Fran avait pu elle aussi fréquenter d'autres hommes. Elle n'avait vécu que deux histoires sérieuses – la première, une relation tout ce qu'il y avait de plus banal avec un étudiant de Cambridge et l'autre, une courte liaison, avec un universitaire étranger lorsqu'elle préparait son doctorat sur la côte Est des États-Unis. Ce qui était amplement suffisant à son goût.

Ses fréquentations se résumaient en général à des confrères et leurs rendez-vous consistaient en des sorties au théâtre, au cinéma ou à des concerts. Aucune passion fulgurante dans ces relations, ce qui ne la dérangeait pas puisqu'un jour, après tout, elle épouserait Cesare…

Sauf que non, en fin de compte.

Elle était maintenant libre comme l'air. Si c'était ce qu'elle désirait. Libre d'oublier Cesare et d'offrir son cœur à un autre, libre de prendre du temps et de se couper des exigences de la vie académique.

Libre de se laisser séduire par un bel étalon aux yeux d'un bleu si profond qu'elle voulait s'y noyer, aux origines italiennes qui plus est. Un homme dont le sourire était nonchalant, le discours laconique et qui la couvait d'un regard sans équivoque.

Elle appuya sur le bouton d'appel de l'ascenseur et, agitée par un tumulte d'émotions, elle pénétra dans la cabine qui la mena au deuxième étage de cet hôtel à l'architecture en harmonie avec le paysage désertique.

Dans sa chambre, elle jeta un coup d'œil à son dossier mais, plutôt que de l'ouvrir, elle se déshabilla, se démaquilla et brossa sa longue chevelure, les battements de son cœur toujours précipités.

Son sommeil, lorsqu'il vint, fut troublé de rêves intenses et fiévreux.

2

Le colloque touchait à sa fin, les derniers orateurs se congratulaient, satisfaits de leur prestation.

Fran étira ses doigts, douloureux d'avoir pris autant de notes. Elle hésitait sur la suite de son programme : elle n'avait pas envie de rentrer en Californie comme prévu cet après-midi, mais plutôt de profiter des prestations de l'hôtel. Et pourquoi s'en priver ? Elle ne s'était pas octroyé de vacances depuis un an ; elle méritait bien une pause !

Et sa rencontre avec le bel agent de sécurité la veille n'était pour rien dans sa décision... Juste un catalyseur. Le trouble l'envahit à son souvenir.

Ses collègues prévenus, elle les regarda sans regret partir tenter leur chance à Las Vegas, le dernier endroit où elle rêvait d'aller.

Elle préférait visiter les grands espaces désertiques de l'Ouest américain, en participant, pourquoi pas, à l'une des excursions au Grand Canyon proposées par l'hôtel.

Elle récupéra une brochure à l'accueil et s'installa au café de la piscine, où elle commanda un déjeuner léger. Tandis qu'elle picorait sa salade, elle se surprit à penser à l'agent de sécurité. Travaillait-il en journée ou seulement le soir ? S'ils se recroisaient, lui témoignerait-il le même intérêt ?

Bonjour ! Le colloque est terminé ?

La voix au timbre profond et rauque dans son dos la fit sursauter. Un frisson la parcourut lorsqu'elle posa les yeux sur la silhouette musclée. Il ne portait pas de smoking aujourd'hui, mais un polo bordeaux flanqué du logo de l'hôtel – « Falcone, Nevada » surmonté d'un faucon doré aux ailes déployées. Le vêtement s'étirait sur son torse puissant.

Fran sentit son cœur battre plus fort, un sentiment de légèreté l'envahit.

— Ça y est, oui. Il ne me reste plus qu'à revoir mes notes.

Il jeta un œil aux papiers étalés sur la table avant de reporter son attention sur elle.

— Vous permettez ? demanda-t-il avec un geste vers la chaise libre.

Elle acquiesça. Son corps tout entier, son âme aussi, s'embrasait à sa vue, sa réaction était plus fulgurante encore que la veille.

Pendant qu'il s'asseyait avec grâce et agilité, elle comprit qu'elle avait hâte de le voir poursuivre son jeu de séduction.

Car, malgré son manque d'expérience, elle savait reconnaître un homme qui flirtait. Et celui-ci le faisait sans vergogne.

— Vous avez décidé de rester un peu. J'en suis ravi.

Elle lui décocha un regard dubitatif. S'était-il renseigné auprès du personnel de l'accueil ?

— Ravi ? répéta-t-elle avec un air de défi.

— Oui, que vous ayez l'opportunité de profiter de la piscine et des autres installations. Peut-être même de partir en excursion ?

Il baissa les yeux sur l'épaisse brochure de l'hôtel qui détaillait les sorties proposées, individuelles ou en groupe.

— Peut-être aimeriez-vous commencer par aller admirer le coucher du soleil ce soir ? continua-t-il avec une expression neutre que contredisait la lueur dans ses yeux azur.

Fran réprima sa surprise : elle n'avait pas remarqué cette excursion-ci dans la brochure.

— C'est un tour personnalisé, ajouta-t-il comme pour répondre à sa question muette. Le départ se fait de l'hôtel en fin d'après-midi. La visite dure deux heures. Vous serez revenue à temps pour le dîner.

Il esquissa son fameux sourire, tout aussi ravageur que la veille mais moins confiant.

— Ça me semble parfait, répondit Fran après avoir pris le temps de la réflexion.

— Formidable.

La satisfaction perçait dans sa voix. Mission accomplie, pouvait-elle presque l'entendre penser, à son grand amusement. Tout lui plaisait chez cet homme. Ses intentions étaient claires et il n'hésitait pas à faire ce qu'il fallait pour les assouvir. D'ailleurs, cette promenade panoramique ne lui était-elle pas spécialement réservée ? Nul doute qu'il jouerait les chauffeurs pour son unique passagère.

Il se leva, avec cette même grâce féline, surprenante pour un homme de sa carrure, et la gratifia d'un nouveau sourire, appréciateur.

— Je m'en occupe, annonça-t-il avant de la saluer d'un geste nonchalant de la main et de s'éloigner à grandes enjambées.

Fran le suivit du regard, le vit échanger quelques mots avec une des serveuses, elle aussi loin d'être insensible à ce charme décontracté.

Elle poussa un soupir de plaisir. Le colloque terminé, elle se sentait détendue, plus légère, comme si elle refaisait surface après être restée en apnée cérébrale toute une année.

L'avenir lui souriait. Un avenir riche en promesses et en aventures. Et si l'aventure se présentait sous les traits d'un homme qui, contre toute attente, lui plaisait, elle était prête à se lancer.

De nouveau, elle se sentit pétiller de l'intérieur.

— Là, laissez-moi faire.

Nic aida Fran à grimper dans le 4x4 qu'il avait réquisitionné et garé devant l'entrée de l'hôtel, puis il sauta sur le siège conducteur. Pour l'occasion, il avait enfilé une chemise à carreaux, un jean et une paire de bottes. De son côté, Fran avait troqué ses sandales pour des chaussures plus adaptées et revêtu un chemisier ample et un pantalon en coton.

— Et c'est parti pour la balade coucher de soleil ! lança-t-il en accompagnant ses paroles de son sourire ravageur.

À l'abri derrière ses lunettes de soleil, Fran se réjouit de saisir sa chance, pour une fois.

Il démarra et s'engagea sur la voie rapide.

— Alors, avez-vous bien profité de votre après-midi de détente, docteur Ristori ?

Il connaissait donc son nom. Il avait dû se renseigner à la réception de l'hôtel.

— Oui, répondit-elle sur le même ton aimable et courtois que lui. J'ai mis mes notes au propre puis je me suis baignée et j'ai lézardé sur un transat au bord de la piscine. Une vraie paresseuse.

— Quel mal y a-t-il à cela ? Vous êtes en vacances, vous faites ce que vous voulez.

Il lui jeta un regard désinvolte, en partie dissimulé par ses lunettes d'aviateur, avec un grand sourire, amical et franc, qui soulignait tout ce qu'il entendait par « ce que vous voulez ».

Elle pouvait se permettre de faire bien plus que paresser au bord de la piscine...

Fran répondit d'une moue incertaine et concentra son attention sur la route poussiéreuse qui s'étirait au milieu du paysage désertique, digne d'un décor de film.

Ils roulèrent quelques kilomètres puis il tourna sur un chemin de terre qui courait le long d'une falaise et menait à un col surplombant la vallée.

Une fois garés, ils sortirent dans la chaleur étouffante et le silence environnant. Nic enfonça un chapeau à bords larges sur sa tête et lui en tendit un autre dont elle se coiffa consciencieusement pour se protéger du soleil couchant. Il s'empara ensuite d'un sac à dos contenant deux bouteilles d'eau et la trousse de premiers secours obligatoire.

— C'est à dix minutes de marche, annonça-t-il avant de se diriger vers un sentier qui montait à travers les affleurements escarpés.

Fran suivit d'un pas agile, découvrant, à mesure qu'ils prenaient de la hauteur, la vallée qui se parait d'une lumière dorée, la voûte céleste d'un bleu azur au-dessus. Avec seulement le gémissement du vent aux oreilles, elle avait l'impression de se trouver au bout du monde. Ils finirent par atteindre un plateau d'où ils bénéficiaient d'un point de vue d'exception. Ils s'assirent, adossés à la roche chaude.

— Et maintenant, on attend, déclara Nic.

Il lui tendit une bouteille d'eau, à laquelle elle but avec avidité. Il l'imita. Sous leurs yeux, le soleil ocre commença à descendre. Derrière ses lunettes noires, Fran contempla, émerveillée, l'astre qui semblait fusionner avec la terre, empourprait le ciel d'un halo cramoisi avant de disparaître derrière la ligne d'horizon.

Comme le ciel s'assombrissait, elle retira ses lunettes. Il fit de même puis se tourna vers elle.

— Alors, ça valait le coup ?

Elle hocha la tête et répondit dans un souffle :

— Oh oui.

Leurs regards s'accrochèrent. Plus rien autour n'existait, seulement ce qu'ils partageaient, ici et maintenant. Un moment en harmonie avec ce paysage paisible, désolé, à la beauté si particulière, solitaire et unique.

Tout à coup, une pensée la frappa.

— Je ne connais même pas votre nom ! s'exclama-t-elle, les sourcils froncés, comme si cet anonymat rendait ce moment de partage irréel.

Avec un sourire, il lui tendit la main pour se présenter.

— Nic. Nic Rossi.

Elle serra sa main, chaude et puissante.

— Fran, répondit-elle.

Ils se souriaient, leurs regards rivés l'un à l'autre, conscients de la tension entre eux. Quoi qu'il advienne à compter de cet instant, elle n'était plus une cliente de l'hôtel et lui n'en était plus l'agent de sécurité.

Ce qu'ils partageaient n'appartenait qu'à eux.

— Docteur Fran, murmura Nic d'un air songeur en la couvant du regard. Ça vous va bien.

Sans lâcher sa main, il se leva puis l'aida à se relever.

— Il faut repartir avant la tombée de la nuit, déclara-t-il sur le chemin du retour vers la voiture. Vous avez faim ?

Il avait posé la question avec une nonchalance maîtrisée.

— Parce que, si vous ne voulez pas rentrer tout de suite, je connais un restaurant pas très loin…

Il n'acheva pas sa phrase, la laissa décider sans insister.

— Bonne idée, répondit-elle au bout d'un moment. Pour changer de l'hôtel.

Ils repartirent, les phares fendant le crépuscule qui s'abattait sur le désert. La nuit était installée quand ils se garèrent sur le parking d'un *diner* en bord de route.

C'était un restaurant typique de l'ouest des États-Unis, à l'atmosphère conviviale et détendue, où les employés portaient des tenues de cow-boys qui collaient au décor.

Ils dînèrent à une table qui offrait une vue imprenable sur le désert, bien installés sur des banquettes rembourrées. Fran commanda un thé glacé et Nic une bière pour accompagner leurs steaks.

Le sien était si énorme qu'elle en découpa un tiers qu'elle déposa dans l'assiette de Nic.

— De l'énergie pour vos muscles, dit-elle avec un sourire, sans s'attarder sur l'incroyable intimité de son geste.

Il s'esclaffa avant de pousser son bol de salade vers elle.

— Je vous l'échange.

— C'est bon pour ce que vous avez, la salade ! protesta-t-elle en lui redonnant.

Sa main était toujours posée sur le bol. Les doigts de Fran l'effleurèrent, sans doute, elle n'en était pas sûre, mais lorsqu'elle retira sa propre main elle sentit un frisson la parcourir, électrisée.

Elle attaqua son steak en bafouillant sur la tendreté de la viande.

Que lui arrivait-il ?

La réponse coulait de source. Elle dînait au restaurant avec un homme. C'était un rendez-vous. Impromptu, improvisé, non officiel, certes, mais un rendez-vous quand même. Ils avaient contemplé le coucher de soleil ensemble, et maintenant ils partageaient un repas.

Que feraient-ils ensuite ?

Elle refusait d'y réfléchir. Pour le moment.

Elle préféra l'interroger sur le désert. Puisqu'il travaillait dans le tourisme local, il devait s'y connaître !

Il répondit sans hésitation à toutes ses questions et, lorsqu'il ignora une réponse, ils interrogèrent leurs voisins de table, des gens du pays, qui les prirent alors pour des touristes.

Fran se garda de les détromper.

Ils supposèrent aussi qu'ils étaient un couple.

Elle ne les contredit pas non plus.

L'idée était séduisante, évocatrice, prometteuse… Elle laissa son esprit vagabonder. Pouvait-elle envisager une liaison ? Non, tout de même pas. Une aventure, plutôt. Une nouveauté dans sa vie, une exception qui ne se reproduirait pas, car ils appartenaient à deux mondes différents.

De nouveau, elle étudia son visage au dessin parfait, son corps musclé. Un frisson de plaisir la traversa, comme en réponse à la tension entre eux qu'elle ne s'expliquait pas. Elle en saisissait seulement l'attrait et la puissance.

Pourquoi ne pas saisir l'opportunité qui se présentait à elle ? Elle devait oublier Cesare, passer à autre chose… À quelque chose de différent.

Nic Rossi, avec son charme inexplicable, était à l'opposé des hommes qu'elle avait connus jusque-là…

L'idée tourna dans sa tête. Ils avaient terminé leur plat et Nic se renfonça sur son siège, repu, dans une pose détendue et souveraine.

Sexy.

Ce n'était pas un mot habituel dans son vocabulaire, ni un qu'elle pouvait appliquer aux hommes de sa connaissance. Pas même à Cesare. Ses lèvres frémirent. Cesare aurait détesté qu'on dise cela de lui. Quant à Nic, songea-t-elle avec un nouvel émoi, il aurait certainement approuvé.

Elle le devinait tout à fait conscient de son charme ; il faisait partie de lui. Ce n'était pas de l'arrogance ni de la vanité. C'était qui il était, simplement.

Inutile d'exprimer son sentiment à voix haute, inutile d'y

réfléchir, d'analyser, de spéculer. Tout ce qu'elle avait à faire, c'était répondre à la question qu'il lui posait à cet instant.

— Une glace ?

Fran sourit. Cette décision-ci était facile à prendre.

— Avec plaisir.

Ils regagnèrent l'hôtel sous un ciel constellé d'étoiles luisant pour accueillir la lune qui se levait à l'est. Ayant surpris le regard de Fran sur la voûte céleste avant qu'ils ne montent en voiture, Nic eut une idée.

— Cela vous intéresserait-il de visiter la centrale solaire demain ?

— Pouvons-nous y aller sur la journée ? demanda-t-elle aussitôt sans se rendre compte qu'elle l'incluait dans le projet d'excursion.

— Si nous partons à l'aube, tout à fait, répondit Nic avant de marquer une pause. Alors, qu'en dites-vous ?

— Oui ! s'exclama Fran, enthousiaste. Vous savez, en tant que théoricienne, je me contente d'analyser les données que les scientifiques de terrain me fournissent. Mais voir de mes propres yeux l'endroit où ils collectent ces données serait un privilège. Cette centrale solaire vient juste d'entrer en activité...

Elle attrapa son téléphone dans son sac et le consulta. Son visage s'illumina.

— Nic, est-ce que ce serait possible ? Je peux leur écrire ce soir, pour demander à voir un des techniciens sur place demain...

Elle marqua une pause.

— Ce sera peut-être très ennuyeux pour vous, en revanche, l'avertit-elle.

Elle se demanda si ses propos n'étaient pas présomptueux. Il s'agissait peut-être d'une autre excursion proposée par l'hôtel, avec son propre chauffeur. Non, impossible. Pas après qu'ils avaient partagé un coucher de soleil et un repas.

Son cœur se mit à battre plus vite, plus fort, dans sa poitrine.

— Vous pourrez me donner un autre cours de physique durant le trajet, suggéra Nic avec un sourire. Les bases.

— La physique, c'est simple, répondit-elle sur le même ton enjoué. Ce sont les mathématiques qui sont compliquées !

Il laissa échapper un grand rire, profond et grave, qui la fit tressaillir de plaisir. Un frisson similaire la parcourut lorsque, une fois garés sur le parking de l'hôtel, il l'aida à descendre de voiture, gardant sa main dans la sienne une seconde de plus que nécessaire.

Alors qu'ils longeaient un couloir latéral qui menait au hall d'entrée, une porte de service s'ouvrit et un homme apparut. Avec un regard à Nic, il lança :

— Bonsoir, patron.

Nic le salua d'un bref hochement de tête.

— Patron ? murmura Fran tandis qu'ils poursuivaient leur chemin.

— Il fait partie de mon équipe, répondit Nic à voix basse.

Ils se dirigèrent vers les ascenseurs et sans attendre d'y être invité, il monta avec elle.

— Je vous raccompagne à votre chambre.

Fran ne protesta pas mais eut soudain une conscience aiguë de l'étroitesse de la cabine, de la proximité de Nic et de son extrême sensibilité à ce qui l'entourait. Allait-il essayer de l'embrasser ? La nervosité la gagna, ne sachant pas si elle en avait envie ou pas.

Il ne tenta rien, cependant. Elle ouvrit la porte de sa chambre, se tourna vers lui pour lui souhaiter bonne nuit, le regard plongé dans ses yeux azur.

La main posée sur le chambranle, il l'emprisonna dans l'embrasure.

— Merci pour la soirée. C'était très agréable, dit-il d'une voix rauque et basse.

Un sourire se profilait sur ses lèvres, ses longs cils battaient sur ses yeux d'un bleu profond. Et alors, tandis qu'elle se noyait toujours dans son regard, il approcha sa bouche de la sienne.

C'était un baiser tel qu'elle n'en avait jamais reçu. Lent, délicat, décidé, et qui n'avait qu'un seul but : lui montrer ce qu'elle pouvait avoir, si elle le désirait.

Elle s'y abandonna, paupières closes, les épaules contre la porte, les mains lâches tandis que son corps tout entier se focalisait sur la sensation qu'il éveillait en elle.

Son baiser de velours l'enveloppait en douceur, la goûtait, l'explorait, lentement. Puis, sans qu'elle s'en rende compte, il s'enhardit, entrouvrit ses lèvres et la laissa savourer l'intensité du moment. La promesse de ce qui pourrait être.

L'excitation la gagnait, plus puissante que jamais, plus fulgurante, sensuelle, et elle confia sa bouche avide à la sienne pendant un temps infini. Puis il s'écarta légèrement, frôla ses lèvres des siennes une dernière fois, planant au-dessus en douceur.

Il releva la tête et elle ouvrit les yeux, plongea son regard dans le sien. Tout près. Elle se sentait étourdie, comme prise de vertiges. Il l'observait avec un sourire, heureux.

— Bonne nuit, docteur Fran, dit-il en s'écartant d'un pas. Dormez bien.

Elle lui souhaita bonne nuit à son tour et le regarda s'éloigner dans le couloir, grisée.

Ce que cet homme voulait d'elle, elle le voulait aussi.

Cette nuit-là, allongé dans la suite de son hôtel à plusieurs millions de dollars, les yeux rivés au plafond et un bras replié sous la tête, Nic fut assailli par un mélange de trouble, de satisfaction et de plaisir anticipé.

Dio ! Comme il aurait voulu rester avec elle ! Ce baiser avait été comme plonger les doigts dans un pot de miel pour en goûter la douceur. Et elle avait apprécié... mais il savait aussi qu'il ne fallait pas la brusquer. C'était une femme mature et incroyablement intelligente, pas une fille délurée et superficielle. Elle déciderait seule, le moment venu, si elle souhaitait aller plus loin.

Ce qu'il espérait de tout son cœur... Mais rien ne serait possible à l'hôtel. Pour elle, il n'était pas Nicolo Falcone, ce qui lui plaisait, mais ici, la vérité finirait par éclater. La rencontre avec son employé tout à l'heure en était la preuve. Non, mieux valait s'échapper quelque part où on ne le connaissait pas pour qu'il puisse être Nic Rossi.

Nic Rossi, son nom de naissance, qu'il avait abandonné des années auparavant lorsqu'il avait posé la première pierre à son empire scintillant, résonna dans son esprit. L'utiliser de nouveau lui avait paru étrange. Tout comme la facilité avec laquelle il s'était confié sur ses sentiments intimes et ses passions lors de leur première conversation la veille. Sa conviction de ne jamais accepter ce que la vie nous réserve, de se réinventer à force de travail, de dévouement et de détermination.

Il laissa ses pensées vagabonder. Revint en terrain plus familier et se concentra sur la construction de son empire. Il envisageait d'ouvrir un hôtel à Manhattan. Une ambition difficile, onéreuse, mais qu'il assouvirait. Il parvenait toujours à ses fins. Sa détermination à réussir, que ce soit en affaires ou pour le plaisir, ne le quittait jamais.

Il repensa à Fran, la ravissante et enchanteresse blonde qui l'avait envoûté, seule dans son lit, seule une dernière nuit.

Il sourit, de nouveau envahi par le plaisir anticipé.

— Waouh ! souffla Fran, face à la vue qui s'offrait à eux.

Nic sourit devant l'émerveillement de la jeune femme. Il venait de garer leur 4x4 au sommet d'une montagne.

On se serait cru dans un film de science-fiction, sur une autre planète, avec ces gigantesques antennes paraboliques, tournées vers le ciel afin de capter le signal le plus infime en provenance des étoiles.

Tout le périmètre était clôturé et ils se rendirent au centre des visiteurs, où Fran se présenta en indiquant le nom de son université. Sans attendre, un technicien se proposa de leur faire visiter les lieux.

Nic fut impressionné par les prouesses technologiques et mécaniques du site, mais ne comprit pas grand-chose à leur échange savant. Il était seulement heureux de voir les traits de

Fran s'animer et l'intérêt briller dans ses yeux vifs et intelligents, une lueur qui mettait sa beauté en valeur, et l'attirait encore plus.

Lorsqu'ils repartirent enfin du site, elle se confondit en remerciements.

— Je comptais bien vous faire plaisir ce matin ! Et je sais déjà comment nous pourrions nous amuser cet après-midi !

Ils roulèrent encore une soixantaine de kilomètres, jusqu'à un parc pourvu d'un complexe de sports aquatiques, où ils déjeunèrent dans le café au bord du lac. Puis Nic la conduisit au bout d'un ponton où il loua le bateau à moteur le plus puissant.

Sitôt à bord, il poussa les gaz.

Le souffle coupé et les cheveux au vent, Fran se cramponna au bastingage, tandis que l'embarcation fendait la surface de l'eau. Des exclamations apeurées en italien lui échappèrent et Nic s'esclaffa.

— N'ayez crainte ! Vous ne risquez rien ! lui cria-t-il, amusé.

Filant comme une fusée, il tourna dans un dérapage en soulevant une gerbe d'eau dans laquelle le soleil se refléta en milliers de petits arcs-en-ciel, puis il repartit vers le ponton.

À son approche, il ralentit et se tourna vers Fran. Sa chevelure était tout emmêlée, son regard brillait de joie. Nic passa le bras autour de ses épaules et l'attira contre lui.

— Ça vous a plu ?

La question était inutile ; la jubilation se lisait sur son visage.

Elle posa la joue contre son torse puissant.

— Énormément !

— Ravi de vous faire plaisir, dit-il avant de planter un baiser sur son front.

Fran soupira d'aise. Son geste était d'une grande délicatesse, tout comme la façon dont il resserra son bras autour de ses épaules… Ainsi enlacés, ils voguèrent sur le lac, Nic pilotant le bateau avec agilité tel César sur l'une de ses montures.

Sans le vouloir, Fran songea alors à Cesare.

Nic surprit son changement d'expression.

— Qu'y a-t-il ? demanda-t-il tout bas.

Sans quitter son étreinte, elle se tourna vers lui.

— Je pensais à l'homme que j'ai failli épouser.

Nic s'immobilisa. Il lui était impossible de l'imaginer mariée ou même fiancée ; promise à un autre, alors qu'il avait tant envie d'elle.

— Que s'est-il passé ? demanda-t-il malgré lui d'une voix tendue.

— J'ai rompu. On venait de me proposer un poste de chercheur en Californie, auprès d'un prix Nobel, et je ne pouvais pas refuser. Et puis, j'avais la conviction qu'il aimait une autre femme.

— Il était fou alors, répliqua Nic. Fou de vous préférer une autre.

Elle lâcha un petit rire.

— Merci. Mais, lui et moi, nous n'avons jamais, vous savez... Nous n'avions pas de liaison romantique. Nous avions une relation... attendue. Nous nous connaissions depuis toujours, Cesare et moi. Ça aurait pu marcher.

— Cesare ? répéta Nic en notant sa prononciation à l'italienne. Vous étiez donc ensemble sur le vieux continent ?

— Tout à fait, répondit-elle.

Nic abaissa de nouveau la manette d'accélérateur. Il ne voulait pas en entendre davantage sur ce type qu'elle avait failli épouser. Pour l'heure, il souhaitait être le seul homme dans son champ de vision et dans ses pensées.

Le seul homme de ses désirs.

— Allons voir ce qui se cache de l'autre côté du lac, lança-t-il.

Le soleil descendait à l'horizon lorsqu'ils rendirent le bateau.

— Et maintenant ? demanda Nic.

Il la couvait d'un regard doux, et Fran dut reconnaître qu'elle n'avait aucune envie de le quitter.

— La route est longue pour regagner le Falcone, fit-elle remarquer. Trop peut-être ?

Surprise par sa propre audace, elle tourna les yeux vers le motel du complexe sportif juché sur un petit escarpement.

— On est loin du standing du Falcone, mais ça semble correct, répondit Nic à voix basse.

— On reconnaît bien là l'employé fidèle à la célèbre chaîne

hôtelière Falcone ! s'exclama Fran, pour masquer son trouble. Allons-y, ajouta-t-elle.

Le rouge aux joues, elle réserva deux chambres à l'accueil du motel. Puis, repérant une petite boutique de souvenirs près de la réception, elle s'y engouffra, non sans avoir d'abord donné rendez-vous à Nic.

Une bonne heure plus tard, elle était fin prête pour le rejoindre au bar du motel.

— Ça alors ! s'exclama-t-elle en le voyant.

En plus d'un nécessaire de toilette, ils avaient tous les deux acheté des T-shirts à la boutique, rose pour Fran et bleu pour Nic, et les portaient à présent !

Fran avait même dégoté une jupe portefeuille en coton gaufré qui lui arrivait à mi-mollet et flottait avec grâce autour de ses jambes, pour remplacer son short trempé. Ses cheveux tout juste lavés retombaient en cascade sur ses épaules et une légère touche de mascara et de gloss rehaussait son teint.

Elle surprit l'œil admiratif de Nic sur elle et le couva elle aussi d'un regard approbateur. Il était rasé de près et le bleu profond du T-shirt qui moulait son torse rappelait celui de ses yeux. Il n'avait pourtant rien d'un bellâtre bodybuildé. Son style italien naturel était implacable ; une démonstration de virilité qui n'était ni de la vanité, ni de l'esbroufe.

— Vous avez l'air d'un vrai Italien, lui lança-t-elle comme ils se dirigeaient avec leurs cocktails vers une table surplombant le lac qui s'assombrissait. Je me demande d'où vous viennent ces yeux bleus. Une lointaine ascendance normande... Le résultat d'une invasion sur la péninsule pour élargir le royaume.

L'idée sembla plaire à Nic.

— Et vos yeux gris et votre chevelure blonde ? De qui les tenez-vous ? s'enquit-il à son tour. De votre mère britannique ?

Elle acquiesça, sans intention de s'étendre davantage sur ses origines, consciente de ne pas vouloir mêler cet aspect de sa vie au moment présent. Ici, avec Nic, elle était « docteur Fran », songea-t-elle avec un plaisir dissimulé. Et elle ne voulait être personne d'autre.

Peu importait ce que sa mère, Lady Emma, penserait de l'escapade de sa fille avec un agent de sécurité. Son autre identité, Donna Francesca, n'avait pas sa place ici aux États-Unis, que ce soit à l'université ou avec Nic.

Lui était simplement Nic. Et elle s'en réjouissait. Elle appréciait la grande force morale qu'il dégageait derrière ses muscles. Sous son attitude décontractée et nonchalante, elle devinait son assurance, sa confiance en lui, en sa propre valeur, sans aucun besoin de l'étaler.

Il l'interrogeait à présent sur ce qui l'avait poussée à devenir astrophysicienne.

— Je me suis découvert une passion pour les sciences à l'école, parce qu'elles expliquent le fonctionnement du monde. La physique et l'astronomie me fascinent, dit-elle avant de marquer une pause. Ma famille s'est montrée moins enthousiaste. Mon père s'est fait une raison car il a toujours été d'une grande indulgence envers moi, mais ma mère...

Elle se tut. Elle se confiait bien plus qu'elle ne le voulait.

— Préférait que vous épousiez un bon parti pour devenir une bonne ménagère ? termina Nic à sa place.

Fran approuva d'un hochement de tête puis but une gorgée de son daiquiri à la fraise.

En dehors du fait qu'elle serait devenue *contessa* et que le foyer dont elle se serait occupée aurait été un immense château médiéval, Nic avait vu juste.

Elle inspira profondément avant de reprendre.

— Ils sont fiers de moi aujourd'hui, pourtant ma mère ne m'a toujours pas pardonné d'avoir quitté Cesare...

Elle se tut à nouveau, cette fois, Nic ne répliqua pas.

— Et vous, Nic ? demanda-t-elle en détournant la conversation sur lui. Comment êtes-vous arrivé où vous en êtes aujourd'hui ?

Il s'immobilisa, son verre de tequila à quelques centimètres de la bouche. Il le rabaissa, le regard voilé.

— Eh bien, pas grâce à mes études, répondit-il d'une voix sombre. Ce que j'ai appris à l'école, c'est comment éviter de prendre des coups et de servir de coursier aux dealers de drogue.

Les lèvres serrées, il regarda Fran droit dans les yeux avant de poursuivre.

— J'ai arrêté dès que j'ai pu pour travailler. J'ai décroché une place tout en bas de l'échelle dans un hôtel de luxe.

Son expression s'illumina, son regard s'éclaircit.

— Tout a changé pour moi, alors. Je gagnais de l'argent, pas beaucoup mais il était à moi et gagné honnêtement. Et pour la première fois, je pouvais m'imaginer un avenir. Je pouvais devenir quelqu'un. Faire quelque chose du jeu minable qu'on m'avait distribué à la naissance et contredire tous ceux qui prétendaient que je ne valais rien !

Elle perçut la véhémence dans sa voix et la sentit résonner en elle : leur refus commun de suivre les règles qu'on leur imposait, chacun à sa manière.

— Et vos parents ? poursuivit-elle, admirative de la façon dont il avait remporté ses batailles.

Nic pinça les lèvres, attrapa son verre, but une grande lampée.

— Je n'ai jamais connu mon père. Il a fichu le camp avant ma naissance. Et ma pauvre mère...

Il ne put continuer ; il avala une autre gorgée de tequila.

— Eh bien, disons simplement qu'elle a dégusté avec les hommes. Le dernier l'a envoyée à l'hôpital, déclara-t-il, le regard sombre. Je l'y ai envoyé à mon tour, et je ne l'ai jamais regretté.

De nouveau, son expression changea, s'adoucit.

— Malgré son infirmité, elle a vécu assez longtemps pour me voir réussir, et j'en remercie le ciel.

Il vida son verre d'un trait et se leva. De toute évidence, il voulait chasser la morosité qui l'avait gagné à ces souvenirs et se concentrer sur le présent.

— Allons manger, lança-t-il.

Elle prit la main qu'il lui tendait et loua son esprit positif.

— Excellente idée !

Sans en avoir conscience, ils gagnèrent le restaurant main dans la main. Les doigts puissants de Nic enroulés autour de ceux de Fran, sa paume chaude et rassurante.

Leur « présent » ensemble s'annonçait bien.

Cependant, dans un coin de son esprit, Fran ne put s'empêcher de songer combien ils s'étaient confiés sur leur vie, leurs espoirs, leurs accomplissements en si peu de temps.

Tandis qu'ils prenaient place à table, elle jeta un coup d'œil discret à Nic, qui s'emparait déjà de la carte, et se demanda s'ils se parlaient aussi librement parce qu'ils venaient de se rencontrer ou bien parce qu'ils se ressemblaient, malgré leurs origines si différentes.

Nous partageons peut-être la même fréquence de résonance, se dit-elle avec humour.

Elle laissa cette pensée s'envoler et se concentra sur l'instant présent. Sur l'avenir qui l'appelait.

Son cœur s'emballa de nouveau, une douce chaleur monta en elle. La vie était belle ; elle vivait une aventure, différente, grisante, agréable.

Être auprès de Nic lui plaisait.

3

— S'il vous plaît, docteur Fran, parlez-moi des étoiles.

Comment résister à une telle invitation ?

Leur agréable dîner achevé, ils s'étaient promenés jusqu'au sommet de la falaise, isolé des lumières du complexe. Enveloppés par la nuit, ils s'étaient installés sur un banc et Nic avait remis d'office son bras autour des épaules de Fran pour admirer les scintillements magiques au-dessus d'eux.

Ce cadre féerique et enchanteur couplé à la distance prise avec sa vie quotidienne faisaient pétiller Fran de joie. Le monde de richesses dans lequel elle était née comme la vie universitaire dans laquelle elle évoluait désormais lui paraissaient bien loin.

Et ce n'était pas l'alcool qui la grisait mais bel et bien la présence rassurante de Nic à ses côtés, tandis qu'elle se laissait aller contre lui pour s'absorber dans la contemplation des splendeurs célestes.

— Par où commencer ? dit-elle dans un souffle, consciente de l'ampleur du sujet. Eh bien… Les étoiles sont des boules de gaz incandescent, de véritables centrales d'énergie, de fusion nucléaire. Nées au sein de nurseries stellaires, dans les profondeurs de la galaxie, elles brillent toute leur vie avant de s'éteindre. Certaines étoiles sont petites, d'autres énormes, et leur taille et leur température nous révèlent leur destin. Certaines – les plus massives – vont exploser en supernova qui s'effondrera dans des trous noirs, tandis que d'autres, plus petites, deviendront un jour des géantes rouges comme le soleil…

Animée par le feu de sa passion, elle lui parla de séquence principale, du diagramme de Hertzsprung-Russell, de la masse de Chandrasekhar, des différentes sortes d'étoiles naines, des étoiles à neutrons, des pulsars et des quasars, des amas d'étoiles et des nébuleuses, jusqu'à ce que Nic n'entende plus les mots, seulement la ferveur dans sa voix. Un enthousiasme qu'il partageait, même s'il n'était pas cérébral...

Il avait une conscience aiguë de son corps, doux et léger, contre lui, il était envoûté par le parfum qu'embaumaient ses cheveux et le frôlement de ses épaisses boucles sur son bras nu embrasait tous ses sens.

Le désir s'enflamma en lui, et soudain, il en eut assez des étoiles. Approchant doucement la main de son visage, il posa un doigt sur ses lèvres.

Fran se tut et plongea le regard dans le sien, elle y vit brûler un feu qui n'avait rien à envier aux constellations au-dessus d'eux. Un feu qui se propagea en elle.

— On ne parle plus des étoiles ? s'enquit-elle d'une voix rauque.

Dans la pénombre, le bleu azur des yeux de Nic était noir d'encre.

— Pour l'instant, répondit-il en caressant sa joue. Vous aimez tant votre sujet...

— Je l'adore, chuchota-t-elle.

Elle posa la main sur le visage de Nic, explora du bout des doigts les contours rugueux de sa mâchoire, suivit le tracé charnu de ses lèvres.

— Les étoiles brilleront pendant des milliards d'années, bien au-delà de ce que nous pouvons concevoir..., souffla-t-elle, le regard rivé au sien. Mais cette nuit nous appartient.

D'un mouvement lent et sensuel, elle approcha sa bouche de la sienne, goûta sa familiarité, son accueil tandis qu'il la laissait partir à sa découverte. Elle prit tout son temps pour l'explorer, glissa les doigts dans ses cheveux bruns, descendit sur sa nuque, et attendit qu'il lui rende son baiser.

Elle perdit toute notion du temps, happée par ce corps puissant.

Ses seins gonflés se pressaient contre son torse, sa langue partait à la découverte de la sienne.

Un gémissement bas, animal, monta dans la gorge de Nic, et soudain, d'un seul mouvement agile, il la souleva et la prit dans ses bras.

Grisée, elle laissa un rire lui échapper.

— Tu ne vas pas me porter jusqu'au motel quand même !

Pourtant si, Nic ne la relâcha qu'une fois devant la porte. Puis, la prenant par la main, il la fit entrer et la guida le long du couloir jusqu'à sa chambre qu'il ouvrit d'un seul geste.

À l'intérieur, il la serra de nouveau contre lui et céda au désir brûlant qui le consumait et auquel Fran répondait si bien.

À la lueur de la lampe de chevet, il la mena jusqu'au lit, éperonné par le sentiment qu'il n'existait rien de plus naturel qu'être auprès de cette femme magnifique et brillante, faite pour lui.

Pendant un long moment, il s'absorba dans sa beauté, contempla ses yeux gris clair qui lui disaient sans ambiguïté qu'elle avait décidé d'être avec lui à cet instant.

Pour ça.

Pour que sa bouche s'approche lentement de la sienne, l'embrasse avec délicatesse, pour qu'ils s'unissent enfin.

Fran était au paradis. Elle lui rendit son baiser, s'y abandonna, et il la serra plus étroitement. Consciente du désir de Nic, elle fit glisser ses mains dans son dos, se pressa davantage contre lui.

Avec délicatesse et maîtrise, sans jamais la quitter du regard, il lui retira ses vêtements et la laissa le déshabiller.

Alors elle put enfin toucher la peau douce et ferme de son torse qu'elle rêvait de caresser depuis si longtemps.

Un gémissement de plaisir monta dans sa gorge lorsque à son tour il posa les mains sur elle ; elle rejeta la tête en arrière, électrisée par ce contact. L'excitation la submergea, un sentiment d'urgence l'assaillit ; et unis par ce même empressement, ils gagnèrent le lit où il l'allongea.

Des mots en italien franchirent ses lèvres tandis qu'il contemplait son corps : il lui disait qu'elle était belle, qu'il avait envie d'elle. Elle lui répondit d'un sourire sensuel. Une nouvelle fois, elle fit courir ses mains sur son buste d'adonis, les descendit sur ses abdominaux contractés et découvrit quel plaisir elle lui procurait.

Avec un rire, il s'allongea à côté d'elle et la fit rouler sur lui. Une chaleur torride l'étreignit. La main sur sa nuque, il attira sa bouche à lui, avant de la basculer de nouveau sur le dos. Il entrelaça leurs doigts au-dessus de sa tête, sur l'oreiller où ses cheveux se déployaient, tel l'étendard du territoire qu'il s'apprêtait à conquérir.

— Fran...

Il prononça son prénom, rien d'autre. Comme pour vérifier qu'elle était certaine de ce qu'elle voulait.

Elle remarqua son sang-froid, sa maîtrise absolue : il ne se passerait rien qu'elle ne désire éperdument.

Elle l'embrassa doucement avant de laisser retomber sa tête sur l'oreiller, le regard toujours rivé au sien. Elle savait ce qu'elle voulait. Elle le savait sans l'ombre d'un doute.

C'était la seule réponse dont il avait besoin.

Avec une infinie douceur, il se pressa contre elle et elle s'ouvrit à lui, sentit son corps s'épanouir, une chaleur exaltée déferler en elle. Un feu ardent la consumait tandis qu'ils ne faisaient plus qu'un.

Le dos cambré pour renforcer encore leur union, elle poussa un gémissement de plaisir. Un regard sur Nic lui apprit qu'il était proche de l'extase.

Pourtant il patienta. Attendit qu'elle goûte l'ampleur de son désir et fonde dans son plaisir sensuel. À chaque mouvement, lent et contrôlé, le feu qui brûlait en elle était attisé, grossissait, jusqu'à exploser, consumé.

La tête rejetée en arrière, elle poussa un cri et l'entendit rugir de plaisir en même temps.

Le monde cessa de tourner autour d'eux. Plus rien n'existait que ce moment de fusion, de possession, la splendeur du désir assouvi qui faisait d'eux un seul être...

Puis avec lenteur, le temps reprit son cours. Elle perçut peu à peu les battements effrénés de son cœur, du sien, les tremblements de leurs deux corps. Il la berça doucement, l'éloignant pour mieux la rapprocher de lui, ses mains puissantes d'une grande tendresse sur elle, son souffle chaud sur son épaule tandis qu'il la serrait jusqu'à ce que son corps s'apaise.

Il écarta avec délicatesse les mèches de cheveux de son visage, embrassa ses pommettes, lui murmura des paroles qu'elle ne comprenait pas sous le bourdonnement de son cœur à ses oreilles.

Enfin, le calme et la sérénité l'envahirent. Un sentiment d'accomplissement, de bien-être qui existait dans chaque atome de son être, de son corps et de son âme. Elle sentit cet homme merveilleux se relâcher à côté d'elle, épuisé mais détendu après l'intensité de leur union.

Un sourire irrépressible s'épanouit à ses lèvres, et ses paupières, lourdes de sommeil, se fermèrent pour accueillir un repos bien mérité au creux des bras de son amant.

Bercés par la nuit et leur étreinte, ils s'endormirent...

— Bien, lança Nic. Prête pour le Grand Canyon ?

Ils prenaient un petit déjeuner tardif au buffet du motel après avoir profité d'une matinée lascive. Fran rougit de plaisir à ce souvenir.

Ils avaient passé une nuit extraordinaire, unique. Fixant l'homme assis en face d'elle, son corps d'apollon et son attitude détendue, indolente même, elle songea que lui aussi était unique.

Adossé à son siège, il exsudait la sérénité, la même qu'elle éprouvait ; ils avaient partagé la passion, l'assouvissement du désir et ils allaient partager la journée à venir.

Et ensuite ? Elle préférait ne pas y penser. C'était inutile. Ils vivraient au jour le jour, nuit après nuit. Pour l'instant, c'était tout ce qu'elle désirait. Et c'était bien suffisant.

Elle éprouva de nouveau cet élan qui la saisissait chaque fois qu'elle le regardait ou pensait à lui : un sourire étirait ses lèvres, son regard s'adoucissait, son pouls s'accélérait. Une vague de plaisir déferlait en elle. Cet homme la faisait chavirer.

Nic avait bouleversé son monde et elle vivait auprès de lui une aventure dans laquelle elle se donnerait corps et âme.

De nouveau, ce frisson de joie.

— Rive nord ou rive sud ? demanda-t-il. Par le sud, nous pourrions visiter Vegas, si ça te tente ?

Fran rejeta cette suggestion d'un mouvement de tête vigoureux. Nic en fut ravi ; il préférait éviter Las Vegas où il courait le risque d'être reconnu. Toutefois, une pensée le frappa, qui assombrit sa bonne humeur.

— Est-ce le genre d'endroit où t'aurait emmenée ton ex-fiancé ?

Qu'est-ce qui lui avait pris, bon sang ? Une telle question le faisait passer pour un homme possessif ; ce qu'il n'était jamais avec les femmes. Pas plus qu'il ne leur laissait une chance de se montrer possessives avec lui.

C'était inutile. Ça ne servait à rien qu'une femme cherche à s'engager avec lui. Ni avec aucun homme, d'ailleurs.

Sa pauvre mère ne le lui avait-elle pas assez répété pendant son enfance, sa triste et pitoyable vie pour preuve ? Les hommes abandonnent les femmes, ils ne restent jamais. Ils filent quand bon leur semble, ou en tout cas dès qu'on attend un minimum d'engagement de leur part.

Le rire que provoqua sa question chez Fran l'extirpa de ses sombres réminiscences.

— *Cesare ?* dit-elle en prononçant le prénom à l'italienne. Las Vegas est le dernier endroit au monde qu'il visiterait !

— Il est aussi astrophysicien ? s'entendit demander Nic, sans comprendre pourquoi il s'intéressait à cet homme.

— Oh ! ça non alors ! Cesare est...

Fran marqua une pause, songeuse.

— Eh bien, on pourrait dire qu'il s'occupe de ses terres.

Nic laissa échapper un petit rire satisfait.

— Il est paysan ? C'est un campagnard ?

Comme il lui plaisait de songer à ce Cesare comme à un fermier labourant son champ !

— Hum..., murmura Fran, évasive.

Elle n'en dit pas plus, et Nic préféra changer de sujet.

— Très bien ! On oublie Vegas, déclara-t-il.

Il but une gorgée de café et grimaça.

— Tes gènes italiens reprennent le dessus, fit remarquer Fran, avec un sourire bienveillant. Je vis aux États-Unis depuis plusieurs années maintenant et je ne m'habitue toujours pas à ce mauvais café !

Il s'esclaffa de bon cœur, sans renchérir. Si elle le prenait pour un Italo-Américain, il n'allait pas la détromper. Il tenait à rester Nic Rossi, simple employé qui avait gravi les échelons pour devenir un respectable agent de sécurité.

Il étira ses jambes et reporta la conversation sur le Grand Canyon.

— La rive ouest, alors ? La réserve indienne Hualapai propose des survols en hélicoptère, un panorama sur une passerelle aérienne et des balades en rafting. En plus, nous pourrons loger dans un de leurs chalets ce soir, si l'envie nous en prend.

Le visage de Fran s'illumina.

— Ça paraît fantastique ! Mais un peu cher, alors nous partagerons les frais.

Nic fut touché par sa proposition. Il avait aussi apprécié qu'elle lui demande de mettre la location du 4x4 sur sa note lors de leur première sortie. Il avait balayé son offre d'un geste nonchalant et assuré qu'il s'en chargerait sans entrer dans les détails. Par chance, elle n'avait pas insisté.

— Entendu !

Les réservations effectuées, ils se mirent en route pour le Grand Canyon.

Sur place, l'expérience se révéla incroyable. Sous la chaleur écrasante, ils se tinrent dans un silence émerveillé au bord du canyon. Là, ils admirèrent cette gigantesque gorge avec ses formations rocheuses, le ruban d'eau en contrebas et l'immensité du ciel au-dessus.

Sans échanger une parole, leurs doigts entrelacés, ils s'absorbèrent dans la contemplation de cette merveille de la nature.

Lorsqu'un autre groupe de touristes arriva, Fran lâcha la main de Nic pour s'écarter et leur laisser la place.

Nic baissa les yeux sur sa main vide avec tristesse. Il secoua la tête pour chasser ce sentiment. C'était l'effet du lieu, rien d'autre.

Ils déjeunèrent sous une grande tente avant de descendre en hélicoptère dans le canyon. Puis ils firent une balade tranquille sur le fleuve Colorado, au cours trompeusement calme sur ce tronçon, au pied de falaises impressionnantes.

— Tentée par une descente en rafting ? demanda Nic avec malice.

— Non merci ! répondit Fran avec conviction. Ça va bien assez vite comme ça pour moi.

Il s'esclaffa. À ses côtés, il se sentait bien, détendu, son bras entourant ses épaules avec naturel.

De retour sur la rive, ils rejoignirent le 4x4, poussiéreux après leur périple. Ils avaient parcouru une longue route.

— Bien, dit Fran en bouclant sa ceinture avant d'enclencher la climatisation. Où allons-nous maintenant ?

— Direction la rive nord ? proposa Nic. Le trajet est long mais il en vaut la peine.

— C'est parti !

Une joie intense se peignit sur le doux visage de Fran. Tout comme lui, elle profitait de l'instant présent. À ses côtés.

Au final, ils ne rejoignirent pas directement la rive nord. Ils déviërent de leur itinéraire pour flâner dans le parc national de Canyonlands, suivre les pistes touristiques, admirer le Grand Staircase, les canyons de Zion et de Bryce, s'arrêtant dans des chalets, des hôtels ou des motels le long du chemin.

Ils ne se posaient pas de questions, prenaient chaque jour comme il venait, mettant de côté leur vie personnelle, leur existence en dehors de cette aventure romantique dans l'Ouest américain.

Ils achetèrent ce dont ils avaient besoin au fur et à mesure, firent quelques randonnées et roulèrent beaucoup à travers les paysages à couper le souffle. Aucune obligation, seulement du plaisir…

Les journées se succédaient, riches en découvertes. Et chaque nuit était aussi passionnée et incandescente que la première. Ils vivaient chaque moment avec intensité, sans jamais réfléchir à ce qui se passerait quand, inéluctablement, ils arriveraient au bout du chemin. Au bout du temps qui leur était accordé.

Ils faisaient une pause en milieu de matinée dans un petit café sur la route de la rive nord du Grand Canyon quand le conte de fées prit fin.

Pendant leur voyage, Fran avait gardé son téléphone éteint et ne l'allumait que pour vérifier l'itinéraire jusqu'à leur prochaine destination. Il n'y avait pas eu de messages jusque-là.

Ce matin-là, pourtant, lorsqu'elle alluma son portable, une déferlante de SMS, d'appels manqués, de messages vocaux l'accueillirent. Tous venaient de son frère Tonio. Elle ne pouvait les ignorer. Inquiète, elle commença à lire les messages.

De son côté, Nic lui aussi consultait l'écran de son portable.

Le message qui s'y affichait réclamait toute son attention. Son directeur commercial l'informait qu'un site idéal pour un nouvel établissement était susceptible de se libérer bientôt à Manhattan. Le temps pressait.

Un cri de protestation s'éleva en lui. Il ne souhaitait pas mettre fin à son aventure avec Fran. Mais tout aussi vite, la raison, froide et implacable, s'imposa.

Après tout, combien de temps encore comptait-il mettre sa vie entre parenthèses pour vadrouiller à travers l'Ouest américain ?

Il transperça l'écran des yeux, comme pour faire disparaître le message. Peine perdue. Sa vie réelle le rappelait à l'ordre. Cette pause hédonistique impromptue, cette diversion aussi instinctive que primordiale avec cette femme incroyable, était terminée.

Il s'extirpa de ses pensées pour se concentrer sur Fran qui lui parlait. Elle s'exprimait d'une voix caverneuse, l'angoisse luisait dans son regard. Une fraction de seconde, il craignit avoir formulé tout haut ses pensées.

— Nic…, commença-t-elle, la tension palpable dans sa voix.

Nic, mon grand-père… Il a eu une attaque. Les médecins ignorent s'il va s'en remettre.

Elle s'étrangla sous les sanglots.

D'instinct, il prit aussitôt sa main dans la sienne pour la réconforter. Elle leva les yeux vers lui, ses doigts serrés dans les siens.

— Je dois me rendre en Angleterre. Ma mère s'y trouve déjà, ainsi que mon frère et ma sœur. Mon père est en route. Je… Il faut que j'y aille.

Il acquiesça. La décision était prise. C'était la seule à prendre. Il fit signe au serveur et régla l'addition.

— Nous pouvons être à l'aéroport McCarran de Las Vegas en un peu plus de trois heures, dit-il de retour dans la voiture. Tu peux réserver un billet pendant qu'on roule ?

Fran hocha la tête machinalement. C'était un mauvais rêve, forcément. Son grand-père, qui paraissait aussi indestructible que l'ancestral château ducal où il avait élu résidence, était en train de mourir. Le temps qu'elle arrive, il serait peut-être trop tard.

La culpabilité s'abattit sur elle. Elle avait gardé ses distances avec sa famille depuis sa rupture avec Cesare ; elle en avait assez des récriminations de sa mère et s'était réfugiée dans le travail, entièrement vouée à ses recherches.

Pire, elle n'avait aucune envie que sa mère apprenne son aventure dans l'Ouest américain avec un agent de sécurité.

Sa gorge se noua. Ces moments passés avec Nic étaient comme une folle et impétueuse parenthèse dans le temps ; loin de tout son quotidien. Une expérience grisante, fantastique, merveilleuse.

Mais ce n'était pas la vraie vie. Ça n'avait rien à voir avec son existence rangée de scientifique ni avec celle plus noble de sa naissance.

Celle de Donna Francesca, qui la rappelait maintenant au chevet de son grand-père mourant, pilier de sa famille maternelle. Le patriarche transmettait peut-être en ce moment même sa couronne ducale à son successeur – l'oncle de Fran – pendant que son gendre – son père, le marquis – présentait les respects de rigueur entre aristocrates.

Elle se devait d'être là-bas, auprès d'eux. En de telles circonstances, peu importaient les frictions entre sa mère et elle.

Par la vitre teintée de leur véhicule, elle contempla d'un regard absent les paysages rugueux et désertiques qui défilaient. Ce décor lui était devenu familier au cours de ces merveilleuses et inoubliables journées.

Je n'ai pas envie de partir, de quitter cet homme, de perdre tout ça.

Son cri venait du plus profond de son être, d'un endroit dont elle ignorait l'existence jusque-là. Elle devait l'étouffer.

En aurais-je eu envie un jour ?

Voilà la pensée qui la tenaillait. Sans le message de son frère l'implorant de venir, combien de temps serait-elle restée auprès de Nic ? Une semaine, au mieux ? Sans doute guère davantage. Car son autre vie, la vraie, l'aurait rattrapée tôt ou tard. Elle avait un travail à faire. Des essais à rédiger. Un nouveau poste de chercheur à trouver, peut-être dans une autre ville, voire un autre pays.

Ainsi, cette fin abrupte était peut-être une bonne chose ? Et pourtant, une douleur sourde lui tordait l'estomac.

Elle s'extirpa de ses pensées pour écouter Nic qui la rassurait au sujet de ses bagages laissés au Falcone : il veillerait à ce qu'on les lui retourne à l'université.

Elle le remercia distraitement, les poings serrés sur ses genoux. Elle ordonnait mentalement à la voiture d'avancer plus vite, de crainte d'arriver trop tard à Londres et, en même temps, elle avait conscience que son temps avec Nic était compté.

Une fois à l'aéroport, ils traversèrent main dans la main en courant le hall des départs. L'embarquement pour le vol qu'elle avait réservé commençait.

— Merci !

Son remerciement hâtif fut suivi d'un baiser tout aussi rapide, le contact de leurs lèvres si bref que Nic n'eut pas le temps de la serrer dans ses bras, contre son cœur, une dernière fois.

Ils avaient vécu leur dernière étreinte sans savoir qu'il n'y en aurait pas d'autres. Elle lâcha sa main, glissa son sac sur son épaule, attrapa son passeport. Elle avait procédé à l'enregistrement en ligne, n'avait pas de bagage à mettre en soute, si bien qu'elle n'avait plus qu'à monter dans l'avion. Maintenant.

Incapable de lui jeter un dernier regard, elle franchit d'un pas pressé les portes automatiques, derrière lesquelles elle disparut.

Pendant un temps qui lui parut infini, Nic garda les yeux rivés sur ces portes, sans réussir à croire qu'elle était partie.

Puis, au prix d'un gros effort, il fit demi-tour et remonta dans le 4x4 pour reprendre la direction du Falcone, Nevada.

C'était fini. Son aventure avec Fran était terminée. Sans savoir pourquoi, il eut l'impression d'avoir reçu un coup à l'estomac.

4

Fran arriva au château de Beaucourt en fin de matinée.

Elle sortait à peine de la Rolls-Royce qui l'avait attendue à Heathrow quand sa petite sœur Adrietta accourut vers elle pour la serrer dans ses bras.

— Il va mieux ! s'exclama-t-elle. Il a demandé au médecin de s'en aller et a commandé du homard pour le déjeuner. Arrosé d'un bon bordeaux !

Fran se fendit d'un sourire, lasse mais soulagée.

— Il a la peau dure, répondit-elle d'un ton affectueux.

Ensemble, elles gagnèrent la chambre de leur grand-père, qu'elles trouvèrent assis bien droit au milieu d'un immense lit à baldaquin pourpre. Il avait l'air frêle et la mine irritée mais était vivant, en dépit de tous les appareils médicaux auxquels il était relié et de l'infirmière à son chevet.

— Ils t'ont fait venir, toi aussi ? aboya le duc en la voyant.

Sa voix était éraillée et son visage avait vieilli. Malgré son attitude de défi, Fran savait qu'elle avait eu raison de venir.

Tant pis si Nic lui manquait terriblement.

Non, elle ne devait pas y penser. Durant les dix heures de vol, elle l'avait imaginé retournant au Falcone pour lui renvoyer ses affaires en Californie. Elle l'avait imaginé dans son smoking, prêt à reprendre son poste. Désormais, elle devait cesser de penser à lui.

Il y avait comme un vide en elle, une déchirure qu'elle devait ignorer. Pour l'instant, il lui fallait se concentrer sur sa famille, sur son indomptable grand-père qui se rétablissait et rêvait déjà de homard et de bordeaux. Par chance, le vieil homme était toujours de ce monde.

Il commandait ses troupes comme à son habitude : il ordonna à sa mère d'arrêter de s'inquiéter et conseilla à son oncle le marquis de s'habituer à son titre de courtoisie, parce que celui de duc lui appartenait encore !

En plus d'être soulagée de le savoir tiré d'affaire, Fran était aussi rassérénée par ses retrouvailles avec sa mère qui, le visage baigné de larmes, l'avait étreinte avec force en la remerciant à profusion de sa venue.

— Il n'aurait pu en être autrement, avait répliqué Fran en la serrant à son tour dans ses bras.

Leur échange s'était arrêté là, mais il avait suffi pour signifier la fin de leur brouille. Une réconciliation certes provoquée par la crise cardiaque de son grand-père mais renforcée aussi par l'annonce des fiançailles de sa sœur.

En effet, Adrietta allait épouser un très bon parti, héritier d'un vicomte – offrant ainsi à la marquise la perspective agréable d'organiser une somptueuse fête de fiançailles et des noces encore plus fastueuses l'année suivante.

Fran était heureuse pour sa sœur comme pour sa mère. Pourtant, elle se sentait bizarre. Auprès de sa famille, elle était de nouveau happée dans ce monde de noblesse, et le contraste entre Beaucourt et son aventure, peu auparavant, avec Nic dans l'Ouest américain n'aurait pu être plus prononcé.

Elle ne parla de lui à personne, s'efforçait de ne pas penser à lui. Leur histoire était une idylle de vacances : brève, impulsive et insouciante. Jamais il n'avait été question de plus.

Malgré cela, au creux de la nuit, dans son lit à Beaucourt, son corps se languissait de celui de Nic.

Les jours se succédèrent, son grand-père regagna en vigueur, et le souvenir de ses étreintes avec Nic s'estompa. Elle endossa son rôle de Donna Francesca ; pour tous, sa présence était naturelle et évidente ; elle était juste un autre membre de cette famille soudée dispersée entre l'Angleterre et l'Italie.

Le duc en voie de guérison, les autres décidèrent de rentrer en Italie. Fran les accompagna afin de passer une semaine dans la demeure de son enfance en Lombardie, un *palazzo* du XVIIIe siècle, avant de retourner à l'université, maintenant que ses vacances et ses congés pour raisons familiales étaient terminés.

Lorsqu'elle informa ses parents qu'elle allait chercher un autre poste, sa mère se prit à espérer qu'elle revienne en Europe, et pourquoi pas, qu'elle y trouve un remplaçant au fiancé qu'elle avait abandonné avec tant de désinvolture.

— Je ne veux que ton bonheur, ma chérie ! s'exclama sa mère.

— Je suis très heureuse. Dans mon travail, répondit Fran.

— Ce n'est pas pareil. Regarde Adrietta : elle rayonne ! C'est ce que je désire pour toi. Je souhaite que tu rencontres un homme extraordinaire qui ne sera comme aucun autre que tu as connu !

Fran ne répondit pas. Les souvenirs affluèrent dans son esprit. Sa mère en profita pour insister :

— Tu penses à Cesare, n'est-ce pas ?

— Non ! s'écria aussitôt Fran.

Ce n'était pas le souvenir de Cesare qui hantait ses pensées, son cœur. Mais un autre...

Non, se reprocha-t-elle machinalement. Son aventure avec Nic était la preuve que Cesare appartenait au passé ; elle était libre d'agir comme bon lui semblait. Mais tout l'intérêt des passades estivales, c'est justement qu'elles ne durent pas. Leur complicité tout comme le désir brûlant qui les faisait fondre dans les bras l'un de l'autre, tout cela était envolé.

C'était bien, mais c'est terminé.

Se répéter ce mantra devint une seconde nature lorsqu'elle regagna l'université, rédigea son essai, enseigna à son groupe d'étudiants, postula à un nouveau poste de recherches. Sa raison lui rappelait qu'elle devait se résoudre à oublier Nic.

Oui, c'était le plus sensé. Son cœur s'était tout de même serré lorsqu'elle avait retrouvé ses affaires que Nic lui avait retournées comme promis. Tout à coup, lui était revenu en mémoire le souvenir de leurs adieux précipités. Et celui, tout aussi vif, de leur dernier baiser, expédié.

Il valait sans doute mieux que leur histoire ait pris fin de façon si abrupte. Les vacances ne pouvaient pas durer éternellement. Avec le temps, ses souvenirs s'estomperaient. Elle poursuivrait sa vie. Il le fallait.

Néanmoins, plongée dans l'étude d'un graphique complexe sur les interactions des dernières données rassemblées, elle fut traversée par une pensée fugace.

Nous ne sommes jamais allés sur la rive nord.

Leur voyage avait pris fin avant. L'espace d'un instant, avant qu'elle ne réussisse à se concentrer de nouveau sur son travail, elle éprouva une pointe de regret.

Comme un goût d'inachevé...

Nic s'empara du stylo en or posé sur son bureau antique inestimable et signa d'un geste précis et puissant le contrat d'achat devant lui.

Il venait d'acquérir le site de Manhattan, pour une somme colossale certes, à laquelle s'ajouteraient les frais de réhabilitation et le lancement de l'hôtel, mais le jeu en valait la chandelle. L'année dernière, il avait géré avec plaisir et enthousiasme la rénovation du Viscari de Manhattan avant d'en perdre la direction au profit de Vito. Désormais, il possédait son propre établissement à New York et personne ne remettrait son poste en question.

Il reposa le stylo et attendit de ressentir la satisfaction de la réussite.

À la place, un souvenir s'insinua dans son esprit : la signature discrète apposée sur une note de bar auprès d'une femme à qui il cherchait à dissimuler son identité.

Aussitôt, la vue imprenable sur Rome qui s'offrait à lui, depuis le siège de Falcone situé dans un ancien palais papal, s'effaça. Devant ses yeux apparut un paysage désertique et rocheux, brûlé par le soleil, puis des forêts de pins immenses que Fran et lui traversaient au cours de leur voyage qu'ils ne voulaient jamais voir finir.

Sauf qu'il s'était achevé ; parvenus à une intersection, chacun avait suivi un chemin différent. Elle pour étudier les mystères impénétrables de l'univers, lui pour gravir des sommets toujours plus hauts.

D'autres souvenirs affluèrent, comme la douleur de regarder Fran franchir les portes pour l'embarquement.

Il se demanda s'il devrait chercher à la contacter.

Parce qu'il avait aimé sa compagnie.

Son corps s'embrasa à cette seule pensée. Fébrile, il se remémora leurs nuits passionnées. Comme il serait facile de la retrouver ! Tout ce qu'il avait à faire, c'était décrocher son téléphone et appeler son université.

Pourtant, sa main demeura immobile. Il l'y força.

Oublie-la ! La contacter était inutile. Ils avaient vécu de beaux moments mais c'était terminé. Il devait passer à autre chose.

Il agissait toujours ainsi. Ses liaisons étaient éphémères. Il ne se risquait pas à davantage. Il se remémora sa mère, traumatisée par les épreuves que la vie lui avait infligées, qui se lamentait sur l'infidélité des hommes. Sur la lâcheté de celui qu'il l'avait séduite puis abandonnée enceinte, faisant d'elle la proie idéale des autres hommes.

« Tu seras pareil, lui répétait-elle avec tristesse. Tu lui ressembles… tu es si beau. Mais infidèle. »

Il serra les lèvres. Eh bien non, il ne deviendrait pas comme ce père qu'il ne connaissait pas ; parce qu'il ne laisserait jamais une femme attendre quoi que ce soit de sa part.

Et Fran… Avait-elle espéré plus que ce qu'ils avaient partagé ?

Il l'ignorait et mieux valait ne pas savoir. Ne pas s'interroger sur sa réaction si elle apprenait qu'il n'était pas Nic Rossi, agent de sécurité au Falcone du Nevada, mais Nicolo Falcone. S'ils se revoyaient, la vérité éclaterait, des explications seraient nécessaires, les complications inévitables…

Leur merveilleuse idylle appartenait au passé. Il était plus sage de l'y laisser. Et Fran aussi.

Dans son appartement californien, Fran contemplait les cartons de ses affaires qui attendaient d'être acheminés au Royaume-Uni. Elle avait fini par accepter un poste temporaire de chercheuse dans son ancienne université de Cambridge, au grand bonheur de sa mère. Fran, pour sa part, était plus mitigée : malgré le prestige de Cambridge, elle avait le sentiment de revenir en arrière, de retrouver son ancienne vie.

Aux États-Unis, elle s'était sentie libre d'être qui elle voulait, libre de partir sur un coup de tête avec un homme qu'elle venait de rencontrer.

L'affectueux surnom dont il l'avait affublée lui revint en mémoire – *docteur Fran*. Oui, avec lui, elle était docteur Fran et elle avait aimé ça. Un sourire s'épanouit sur ses lèvres à ce souvenir.

Puis le trouble la submergea de nouveau. Quitter les États-Unis tournerait définitivement la page de cette romance. Le souhaitait-elle vraiment ? Depuis qu'ils s'étaient quittés, malgré tous ses efforts, elle n'avait pu s'empêcher de penser à lui, de se demander si elle devait tenter de le contacter.

Elle avait beau se répéter qu'il fallait accepter que leur aventure, bien que fantastique et mémorable, ne soit qu'une amourette d'été, la question la taraudait.

Elle se rendit compte qu'elle avait son téléphone à la main.

Peut-être avait-elle seulement besoin de lui dire au revoir ? De l'informer qu'elle quittait les États-Unis. Afin de clore ce chapitre...

Elle refusait d'écouter la voix dans sa tête qui lui disait que Nic non plus n'avait pas cherché à la revoir.

Il était passé à autre chose, de toute évidence.

Son cœur se serra à cette idée, même si elle savait qu'elle devait l'étouffer.

Malgré elle, sa main se resserra sur le téléphone. Elle trouva le numéro de l'hôtel, le composa...

Deux minutes plus tard, elle raccrochait, une tempête d'émotions grondant en elle. La réceptionniste, très polie, s'était montrée catégorique : aucun Nic Rossi ne travaillait au Falcone du Nevada, ni dans aucun autre établissement de la chaîne.

Le regard dans le vide, Fran sentit une boule se former dans sa gorge. Nic avait quitté le Falcone sans laisser de trace. Il pouvait être n'importe où.

Elle balaya du regard les cartons qui renfermaient ses affaires comme le passé renfermait son histoire avec Nic. C'était terminé.

Nic se trouvait à Londres et logeait au Falcone de Mayfair, un élégant hôtel particulier georgien situé en bordure d'une place huppée dont le rachat lui avait permis d'oublier la perte du Viscari près du parc St James.

Ironie du sort, il devait se rendre le soir même au Viscari pour l'inauguration en grande pompe du nouveau jardin suspendu, à laquelle il accompagnerait la prometteuse conceptrice.

À l'évidence, à cause de ses relations houleuses avec la famille Viscari, Nic n'avait pas été invité, mais peu lui importait. Sa seule intention était d'évaluer les talents paysagistes de Lorna Linhurst car il prévoyait de faire appel à ses services. Il envisageait également une relation autre que professionnelle avec la jeune femme...

Il s'agita, tira sur ses boutons de manchette, d'humeur impatiente. Depuis Fran, il s'était consacré à l'ouverture de son nouvel hôtel à Manhattan. Complètement absorbé par les préparatifs et par la prospection de nouvelles acquisitions, il avait délaissé l'aspect personnel de sa vie. Le moment était sans doute venu d'avoir une nouvelle aventure.

Lorna Linhurst semblait idéale pour cela. Divorcée, pas encore trente ans, très séduisante, une silhouette agréable... Comment ne pas la désirer ?

La question lui trotta en tête lorsqu'ils pénétrèrent dans l'hôtel Viscari ce soir-là. Vêtue avec élégance d'une longue robe rouge foncé, ses cheveux châtains coiffés avec soin, Lorna était ravissante et sa nervosité auprès d'un potentiel client était charmante.

Elle était belle et intelligente. Parfaite. Sauf qu'elle n'était pas Fran.

Nic nota avec plaisir et satisfaction que sa présence au côté de Lorna ne passait pas inaperçue. Pour autant, il n'accorda aucune attention à l'employé qui leur appela l'ascenseur avant de sortir son portable, sans doute pour prévenir son patron de l'arrivée de Nicolo Falcone. Au diable ce prétentieux play-boy de Vito Viscari ! Nic était ici pour observer l'œuvre de son rival et lui piquer sa paysagiste, si le travail de celle-ci lui plaisait.

Et quelle merveille ! Au sortir de l'ascenseur, Nic découvrit un havre de verdure surplombant le trafic londonien de cette soirée automnale. Il se laissa guider par Lorna qui lui expliqua les difficultés et les impératifs de réalisation d'un jardin suspendu en termes de drainage et de ventilation.

De l'autre côté du toit, Nic s'immobilisa.

— Vous pourriez me présenter quelques idées pour la rénovation des jardins du Falcone de Florence, dit-il d'un ton professionnel mais chaleureux. Au cours d'un déjeuner par exemple.

Il vit son visage s'illuminer à la perspective d'une nouvelle collaboration, surtout pour une propriété aussi prestigieuse. Voilà qui confirmait sa décision. Florence serait le lieu idéal pour poursuivre leur relation professionnelle et personnelle. C'était exactement ce qu'il lui fallait.

Il garda les yeux sur elle un moment. Sur sa chevelure châtain clair, ses yeux profonds, sa bouche pulpeuse. Il ne serait pas difficile de la mettre dans son lit. Mais était-ce bien ce qu'il voulait ?

Lorna lui permettrait de tourner la page. D'oublier pour de bon cette brève romance avec Fran. Fran était différente, leur aventure était différente, mais ça ne changeait rien. Il ne s'engageait pas. Il s'amusait. Fran, si elle était certes inoubliable, n'était qu'une parmi d'autres.

Il était temps de passer à la suivante. Sa compagne de la soirée en l'occurrence.

Le regard de Nic quitta Lorna pour balayer le reste des convives, dont la plupart étaient rassemblés sur le parvis de pavés blancs devant le jardin d'hiver, qui abritait un restaurant à la lumière tamisée.

Il observa les invités qui bavardaient, les serveurs qui circulaient entre eux avec leurs plateaux chargés de flûtes de champagne et de petits-fours. Il aperçut Vito Viscari. Celui-ci naviguait entre ses différents hôtes avec élégance et splendeur, acceptait d'un sourire les baisers que lui envoyaient les femmes qui se pavanaient à son passage.

Les traits de Nic se durcirent, son visage traversé par une expression de mépris pour la facilité avec laquelle l'enfant chéri de la dynastie Viscari évoluait dans la vie.

Il se détourna légèrement. Il avait vu ce qu'il était venu voir et il était prêt à partir. Lorna, à n'en pas douter, souhaiterait rester pour profiter de son succès.

Néanmoins, à la seconde où il voulut la prévenir de son départ, son regard se figea sur une silhouette qui se détachait des autres.

Une femme, grande et élancée, dans une longue robe bleue, ses cheveux savamment noués en chignon, un châle en soie brodée sur les épaules, discutait avec deux autres personnes. Une femme qu'il avait vue disparaître derrière les portes du hall d'embarquement à l'aéroport de Las Vegas. Une femme qu'il ne pensait jamais revoir.

Aussitôt, avec une intensité fulgurante, deux pensées lui traversèrent l'esprit.

Il était incapable de bouger.

Lorna Linhurst et les autres avaient cessé d'exister.

Fran écoutait avec plaisir Carla, l'épouse de Cesare, relater une anecdote amusante à propos de leur fils. À côté, Cesare couvait son épouse d'un regard dans lequel luisait une expression que Fran ne lui avait jamais vue, même au cours de leurs brèves fiançailles.

Elle se détourna légèrement, soudain agitée, à l'étroit dans sa robe de soirée moulante créée par un de ses couturiers milanais préférés. Son collier de saphirs, offert pour son vingt et unième anniversaire par son père qui l'avait sorti du coffre-fort des Ristori, pesait autour de son cou. Elle était maquillée et coiffée avec élégance, et évoluer de nouveau dans tout ce faste lui coûtait étrangement.

De retour à Cambridge, elle avait limité ses interactions sociales au minimum. Elle rendait régulièrement visite à son grand-père à Beaucourt, heureuse de le voir redevenir le personnage irascible qu'il avait toujours su être. Avant Noël, elle irait en Italie pour la fête de fiançailles de sa sœur, un événement somptueux que sa mère et la future mariée se réjouissaient de préparer.

Mais elle était rentrée en Angleterre pour travailler, pas pour s'amuser. Ce soir était une exception.

Elle était venue avec Cesare et Carla à cette réception à l'hôtel Viscari car le cousin de Carla, Vito, en était le propriétaire. Le cousin de Fran, Harry, jeune comte de Cranleigh, l'accompagnait et leur présence apportait une touche aristocratique à cette soirée mondaine.

Carla les remerciait à présent d'avoir accepté son invitation.

— Je fais toujours mon possible pour aider Vito, avoua-t-elle sans détour.

— La famille sert à ça. Les amis aussi, répondit Fran avec un regard affectueux en direction de Cesare.

Elle le considérerait toujours comme un ami et éprouvait un grand soulagement à le voir aussi amoureux de Carla. Elle avait eu raison de rompre.

De nouveau, l'agitation la gagna. Elle avait oublié Cesare avec facilité, excitée à l'idée de travailler auprès d'un scientifique de renom ; en revanche, Nic ne quittait pas ses pensées.

Nic et ses yeux d'un bleu perçant qui se plissaient quand il lui décochait son sourire ravageur, riait avec elle, et la prenait dans ses bras musclés pour l'embrasser jusqu'à ce que le désir l'empêche de respirer.

Elle s'arracha à ces pensées. Elle avait décidé de ne plus se lamenter sur ses souvenirs, la vie continuait sans lui. Elle s'efforçait d'ignorer les émotions qui venaient l'assaillir de temps en temps, sans prévenir, tels de petits diablotins s'amusant à piquer son cœur.

Fran écouta d'une oreille distraite Cesare l'interroger sur son nouveau poste et Carla évoquer le musée Fitzwilliam et ses œuvres magnifiques de la Haute Renaissance, son domaine d'expertise professionnelle. Elle balaya du regard l'assemblée afin de se soustraire à ses souvenirs troublants de Nic. Elle était à Londres et lui se trouvait à des milliers de kilomètres.

Elle regarda les invités sans les voir, observa le parvis avec ses tables et ses bancs, contempla les bassins puis les petites allées bordées d'arbustes taillés jusqu'à l'autre extrémité du toit.

Son regard se figea.

Un couple se tenait au croisement des deux allées. Une femme dans une robe rouge sombre était tournée de trois quarts vers l'homme à côté. Un homme différent des autres invités. Un homme qui n'aurait pas dû se trouver à Londres, qui ne pouvait pas être ici, à quelques mètres d'elle.

Et pourtant.

Dans les brèves secondes qu'il lui fallut pour le reconnaître, Fran fut assaillie d'un tourbillon d'émotions qu'elle ne put identifier ; l'une d'elles se détacha pourtant.

La joie.

Nic fit un pas en avant, puis s'arrêta. Fran l'avait vu, elle l'avait reconnu.

Son estomac se noua, son esprit se vida. Il n'était pas préparé à cette rencontre. Il était sonné, comme après avoir reçu un coup. Il ne pouvait plus bouger. Puis, tel un automate, il se tourna vers la femme à côté de lui.

— Veuillez m'excuser un instant, dit-il d'une voix qui lui parut appartenir à un autre.

Il se mit en marche. Fran se dirigeait vers lui, elle longea une allée bordée de haies, accélérant à chaque pas sur ses talons hauts. Ils se rejoignirent dans un seul mouvement.

— Nic ! Que fais-tu ici ?

L'exclamation dans sa voix faisait écho à l'étonnement sur son visage.

Nic fouilla son regard en quête d'une autre émotion. L'espace d'un instant, plus rien n'existait.

Puis, avec une brutalité accablante, une pensée le frappa : leur rencontre ici, dans ces circonstances, allait faire éclater la vérité. Impossible de l'éviter. Tout ce qu'il pouvait faire, c'était river son regard au sien, laisser l'adrénaline fuser dans tout son corps, humer le parfum de ses cheveux, si familier, et succomber aux souvenirs. Se laisser emporter comme s'ils ne s'étaient jamais quittés.

— Tu travailles ici maintenant ? l'entendit-il vaguement demander. Au Viscari ?

L'esprit de Fran s'emballait, envahi de pensées incohérentes. Il avait changé d'employeur ? C'était la raison pour laquelle elle n'avait pas réussi à le joindre au Falcone ? Mais ces questions étaient insignifiantes à côté du feu d'artifice d'émotions qui explosait en elle.

Nic ! Oh ! Nic ! Son prénom résonna dans sa tête et dans son cœur, tandis que ses yeux s'accrochaient à lui, à son corps bien présent. Il était là, juste devant elle. Comme c'était bon de le revoir. C'était merveilleux !

Toutes ses belles tentatives pour se convaincre que ce n'était qu'une aventure romantique, rien d'autre, qu'elle devait l'oublier, s'envolèrent en un instant.

La vérité lui apparaissait clairement désormais, écartait toutes les bonnes excuses qu'elle avait pu trouver pour justifier la fin de leur voyage. À présent qu'elle le revoyait, si grand, si beau, si près...

Le rouge lui monta aux joues, le sang bouillait dans ses veines. Elle ressentit la même attirance primale, instinctive, que la première fois où elle l'avait vu. Elle éprouvait à nouveau cet impact physique, irrésistible, plus intense à chaque souvenir qui affluait.

La bouche sensuelle de Nic sur elle, qui la faisait fondre.

Ses bras puissants qui la portaient jusqu'au lit.

Son corps au-dessus du sien pendant qu'il la caressait, la possédait, la transportait dans un monde d'extase...

Les images étaient d'une clarté vive dans son esprit et la réalité de sa présence devant elle aussi inattendue que merveilleuse.

Toute à sa joie, elle mit un moment à remarquer qu'il ne répondait pas à sa question ; son exaltation retomba un peu.

Nic, de son côté, cherchait désespérément quoi dire, en vain. Il n'était capable que de la dévorer des yeux, sans même remarquer la robe de haute couture ni le collier en saphirs à l'opposé de son allure décontractée aux États-Unis. Seule comptait sa beauté, et elle était radieuse. Plus belle que jamais.

Comment ai-je pu la laisser partir ? Je devais être fou !

Les mots jaillirent dans son esprit, mettant à terre tous ses principes. Il se força à répondre.

— C'est... compliqué.

Sa voix était tendue et il se hâta d'enfiler un masque d'impassibilité tout en s'efforçant de rassembler ses pensées, de réfléchir à la meilleure façon de procéder pour se sortir de cette situation.

Elle allait découvrir que non seulement il ne travaillait pas à l'hôtel Viscari, mais...

— Oh ! je suis désolée, l'interrompit Fran, un pincement au cœur, avec un léger mouvement de recul devant sa réponse.

Elle songea trop tard que si Nic travaillait bien ici, au Viscari de Londres, il n'avait peut-être pas le droit de sympathiser avec les invités. L'ambiance décontractée du Falcone n'était sans doute pas de rigueur ici.

Ou bien il n'avait pas du tout envie de la voir, voilà pourquoi il se montrait aussi froid.

Avec violence, elle se rappela ce qu'elle n'avait cessé de se répéter au cours des derniers mois.

Il aurait pu la contacter quand il voulait. Il savait où elle travaillait, où elle vivait, et aurait facilement pu la retrouver à Cambridge. Il n'en avait rien fait.

Pour quelle raison selon toi ?

La réponse était aussi limpide que brutale. Il ne s'intéressait pas à elle.

La gorge nouée, elle vit la femme en robe rouge s'approcher d'eux. Elle était splendide et Fran en eut le cœur brisé. Nic était passé à autre chose.

Les émotions tempêtaient en elle, l'étouffaient, mais elles furent balayées d'un seul coup.

La magnifique brune toucha le bras de Nic avec légèreté, la voix hésitante.

— Vous voulez bien m'excuser un instant, monsieur Falcone ? Il y a une personne à qui j'aimerais parler…

Fran resta interdite. Elle laissa échapper un hoquet de stupeur.

Monsieur Falcone ?

Impossible.

5

Sous le choc, Fran regarda Nic congédier d'un hochement de tête furieux la jeune femme qui les avait interrompus.

La brune esquissa un sourire timide et gêné puis s'en alla, consciente d'avoir fauté sans savoir comment.

Restée seule avec Nic, Fran demeura interdite. Le sang battait à ses oreilles, la tête lui tournait. Elle ne comprenait pas. Il affichait un masque impénétrable. Ce visage qu'elle avait chéri et caressé restait de marbre.

Monsieur Falcone.

Impossible, elle avait du mal entendre.

— Dis-moi que j'ai mal compris, lança-t-elle d'une voix blanche.

Elle saisit son imperceptible mouvement de tête et l'incompréhension la submergea.

— Non, c'est bien ça, répliqua-t-il d'un ton sec. Je suis Nicolo Falcone.

— Mais tu as dit que tu t'appelais Nic Rossi.

— C'est mon nom de naissance. J'ai changé pour Falcone quand j'ai décidé de devenir quelqu'un.

Inconsciemment, elle recula d'un pas. L'instinct la poussait à prendre ses distances pour se protéger.

— Pourquoi m'avoir menti ? demanda-t-elle d'un ton tranchant et accusateur.

Ces yeux bleus dans lesquels elle s'était plongée si souvent, qui avaient exprimé le désir et la passion brûlante, se voilèrent sous le coup de l'émotion.

— Je ne t'ai pas menti. Je ne te l'ai pas dit, c'est tout.

Sa voix lui parvenait de très loin, comme si l'homme qu'elle connaissait s'éloignait d'elle. Parce que l'homme qu'elle croyait connaître n'existait pas.

Elle avait l'impression que son corps n'était plus qu'une coquille vide autour de son néant intérieur. Soudain, elle vit l'expression de son visage changer et son regard se détourner d'elle ; elle entendit des pas dans son dos, puis une voix. Grave et autoritaire, qui parlait italien.

— Francesca, tout va bien ?

Cesare s'approcha d'elle tel un comte impérieux venu la secourir et décocha un regard interrogateur à cet homme qui semblait l'importuner.

D'instinct, parce que Cesare était un vieil ami qu'elle connaissait depuis toujours, Fran s'accrocha à son bras en quête de soutien.

— Cesare..., murmura-t-elle faiblement.

Nic l'entendit ; Nic le milliardaire, propriétaire de l'hôtel prestigieux dans lequel s'était tenu son colloque et des dizaines d'autres à travers le monde.

Soudain, Vito Viscari les rejoignit et vint se planter de l'autre côté de Fran, comme pour doubler sa protection.

— Falcone, dit-il d'une voix hostile.

Nic se tourna légèrement, le salua d'un hochement de tête. Son regard se durcit, ses lèvres se pincèrent. Vito Viscari poursuivit sur le même ton froid.

— Je ne me rappelle pas t'avoir envoyé un carton d'invitation, Falcone.

— C'était inutile, répondit Nic.

— De ta part, ça ne me surprend pas.

Puis, avec un détachement étudié, il poursuivit :

— Alors, tu es venu admirer ou critiquer ?

— Évaluer, répliqua Nic.

— Et quelle est ton évaluation, Falcone ?

La raillerie dans la question n'échappa pas à Fran.

— Impressionnant, reconnut Nic comme à contrecœur.

Le sourcil arqué, Vito répliqua, acerbe :

— C'est tout à ton honneur.

L'animosité entre les deux hommes était palpable. À travers le voile de brume qui recouvrait son esprit, Fran nota l'arrivée de son cousin, Harry. Il approchait d'une démarche nonchalante, pénétré de toute l'assurance que son titre de comte lui conférait et de la certitude de devenir marquis puis duc. Un jeune aristocrate avec ses entrées partout dans le grand monde.

— Salut ! lança-t-il d'un ton enjoué avec son accent d'élève d'école privée. Superbe soirée, Vito.

Il leva son verre pour saluer son hôte, puis considéra d'un regard interrogateur l'homme en face de lui.

Aussitôt, la bienséance mondaine reprit le dessus et Vito expliqua :

— Falcone, permets-moi de te présenter mes invités…

Il appuya avec ostentation sur le dernier mot afin de bien signifier à son rival que lui n'en faisait pas partie.

— Lord Cranleigh…, annonça-t-il avec un geste du menton en direction de Harry, qui leva sa coupe de champagne. Monsieur le comte de Mantegna que tu dois déjà connaître, ou peut-être pas, ajouta-t-il avec dédain.

L'expression de Vito se modifia légèrement lorsqu'il jeta un rapide coup d'œil à Fran, aussi protecteur que Cesare.

— Il semble que tu aies déjà fait la connaissance de la cousine de Lord Cranleigh, la fille du marquis d'Arromento, Donna Francesca di Ristori.

Le temps parut se figer quelques secondes, puis le monde se remit à tourner. Les traits de Nic se liquéfièrent avant de se durcir à nouveau. Et dans son regard brillait une nouvelle lueur.

— Donna… Francesca, répéta-t-il.

Sidéré, Nic avait lâché ces deux mots comme deux pierres jetées l'une après l'autre du haut d'une falaise. S'efforçant de garder contenance, il reporta son attention sur l'homme qu'elle avait appelé Cesare.

« Cesare, le paysan, le campagnard, le fermier. » Les termes peu flatteurs dont il avait affublé l'ex-fiancé de Fran lui revinrent en mémoire avec une brutalité ironique.

Cesare était le comte de Mantegna. Raffiné, cosmopolite, aristocrate, propriétaire de domaines ancestraux, évoluant dans les plus hautes sphères de la société romaine, détenteur d'un titre de noblesse vieux de plusieurs siècles.

C'était de cet homme qu'elle lui avait parlé ce jour-là, à des milliers de kilomètres, dans une autre vie, alors qu'elle se blottissait contre lui sur un bateau au milieu d'un lac perdu dans l'Ouest américain. Elle, la femme qu'il avait courtisée au parc de Canyonlands, au creux des étendues sauvages, celle qui avait ri avec lui, voyagé avec lui, couché avec lui...

Il pinça les lèvres, l'estomac noué.

Il avait cru la connaître, *docteur Fran...*

Elle lui avait parlé des étoiles, était tombée dans ses bras et s'était serrée contre son cœur. Docteur Fran... qui se moquait de fréquenter un homme qu'elle prenait pour un agent de sécurité.

Mais elle n'était pas du tout cette personne. Elle était issue d'un autre monde ; un monde aux conventions strictes et aux lignées de sang bleu remontant sur plusieurs siècles. Un monde de palais et de châteaux, d'ancêtres cités dans les livres d'histoire. Un monde de privilèges et de droits de naissance ; à l'opposé du sien.

Jamais il n'appartiendrait à ce monde-là.

L'espace d'un instant infini, son regard resta rivé sur elle, puis il se tourna vers les hommes qui l'encadraient comme des gardes du corps, qui la protégeaient, le tenaient à distance. Ces hommes-là faisaient partie de son monde, celui de sa robe de grand couturier, de son collier de saphirs... Donna Francesca...

Elle n'était pas la femme qu'il connaissait, qu'il croyait connaître...

Il s'était bien trompé.

Avec le sentiment d'avoir été transpercé par une épée, éviscéré, il tourna les talons et s'éloigna, sans se soucier des convenances. Son pas était rapide, mécanique, et il bousculait presque les autres invités dans sa précipitation à rejoindre le jardin d'hiver, l'ascenseur, afin de quitter cet endroit.

Dans la cabine, il découvrit son reflet : il avait les traits figés, les yeux luisant d'une émotion qu'il ne pouvait nommer.

Pourtant, il savait très bien ce qu'il ressentait : un couteau aiguisé était planté dans son cœur.

— Nic, attends !

Après avoir retenu les portes d'une main, Fran se précipita dans la cabine, gênée dans ses mouvements par sa robe étroite et ses talons hauts. Elle se rattrapa à la rampe et attendit que l'ascenseur se mette en branle.

— Nic...

Mais il ne la laissa pas poursuivre.

— Nous n'avons rien à nous dire.

Il avait parlé d'une voix dure, puis, avec une brutalité méticuleuse, il ajouta :

— *Donna Francesca.*

Le visage de Fran se déforma.

— Ne m'appelle pas comme ça !

Les yeux de Nic étincelaient de colère, aussi flamboyants que les saphirs autour de son cou.

— C'est pourtant bien ton nom.

— Et alors ?

L'émotion tempêtait en elle. La scène qui venait de se dérouler était effroyable : Cesare avait joué les grands seigneurs pompeux, Harry les gosses de riches prétentieux, et Vito avait fait preuve d'une grossièreté inhabituelle en assenant ainsi son titre et son rang. Elle n'aurait pu imaginer pire manière de lui révéler qui elle était réellement.

Mais Nic non plus n'était pas celui qu'il prétendait être !

— Et tu t'appelles Nicolo Falcone ! lança-t-elle, haletante. Tu t'es bien gardé de le mentionner. Comme je n'ai jamais pris la peine d'évoquer un titre sans importance aux États-Unis !

— Mais nous sommes en Europe maintenant, répondit-il, les lèvres pincées. Et tu es Donna Francesca, comme Viscari me l'a si bien fait remarquer.

— Eh bien, c'est ainsi que Vito me connaît. Sa cousine est mariée à Cesare... l'homme avec qui j'ai rompu !

— Ah oui, répliqua Nic avec une brutalité qui était en fait dirigée contre lui parce qu'il avait pris un membre de l'aristocratie italienne pour un fermier. Son Excellence le comte de Mantegna, rien que ça !

— En effet, et alors ? C'est un ami de la famille. Je le connais depuis toute petite !

Le regard de Nic se durcit. Évidemment que l'illustre noble était un proche de la famille et un ami d'enfance, qui plus est ! Comment pouvait-il en être autrement ? Ces aristos se connaissaient tous : ils restaient entre eux et se fréquentaient, à l'abri dans leur monde de privilégiés.

Le souvenir de Vito Viscari le transperça. Des privilèges qu'ils ne méritaient pas. Sans fournir le moindre effort, ils s'octroyaient ce que leur nom leur conférait. Sans se préoccuper un instant de ceux qui se battaient corps et âme pour réussir.

Il refusait de côtoyer ces gens-là. Ou la femme qui s'avérait faire partie de ce monde.

Elle n'était pas celle qu'il croyait.

Cette pensée vint se planter dans son cœur comme une lame brûlante.

— Donna Francesca, votre famille et vos amis ne m'intéressent pas, grommela-t-il, une fureur sourde courant dans ses veines.

— Nic, ne sois pas comme ça..., fit-elle.

Elle tendit la main vers lui, comme par habitude, mais se retint de le toucher, hésitante. Il la repoussait, la répudiait. Il rejetait tout ce qu'ils avaient été...

Le souvenir d'un autre ascenseur pris ensemble se rappela à elle. Ils venaient d'admirer le coucher du soleil et elle se demandait s'il allait l'embrasser, si elle lui rendrait son baiser. Ce moment avait marqué le début de leur histoire, initié les prémices de leur désir, de leur amitié, de leur passion...

Qui était cet être froid et mesquin face à elle ?

L'écart monumental entre ce souvenir et le présent lui donna envie de hurler de douleur.

L'ascenseur s'était arrêté et les portes allaient s'ouvrir sur le hall d'entrée. Sans même se donner la peine de lui répondre, il se tourna, se préparant à sortir.

Elle ne le retiendrait pas. D'un doigt rageur, elle appuya sur le bouton de fermeture des portes et la cabine se remit à monter.

Sa démonstration de despotisme arracha un grognement de colère à Nic qui pivota vers elle. Il voulait en finir. Les émotions l'assaillaient, le terrassaient.

— Assez !

Une main fendit l'air et tout à coup, alors que la consternation l'envahissait, Fran vit l'homme devant elle se transformer. Elle avait su dès leur première rencontre qu'il recelait une dureté crue, mais celle-ci n'était pas dirigée contre elle. Et voilà que, à cet instant, elle en faisait les frais.

Et cette brutalité allait bien au-delà des prérogatives d'un agent de sécurité dans un hôtel de luxe.

Un regard d'acier, glacial, la cloua sur place. Il n'était plus Nic Rossi, l'homme avec qui elle avait passé des vacances aussi romantiques qu'inoubliables. Il était Nicolo Falcone, propriétaire milliardaire d'une chaîne hôtelière internationale, comptant des milliers d'employés sous ses ordres, un portefeuille de biens qui s'étendait à travers le monde, des revenus qui éclipsaient les propres richesses de son père. Nicolo Falcone qui avait fait fortune tout seul, commençant tout au bas de l'échelle pour gravir les échelons jusqu'au sommet, à la seule force de sa volonté.

De tels hommes étaient déterminés, rudes, impitoyables.

Comme lui.

Il baissa la main sur le tableau de commande et actionna le bouton d'arrêt. La cabine s'immobilisa dans un sursaut.

— Donna Francesca, commença-t-il avec une froideur qui la glaça jusqu'au sang. Je vous saurais gré de ne pas retarder mon départ. Je vous remercierais également, ajouta-t-il, plus autoritaire encore pour proférer son ordre, de ne pas chercher à me recontacter.

Il appuya sur un autre bouton et les portes s'ouvrirent.

— Bonsoir, Donna Francesca.

Immobile, il attendit d'un air ostentatoire qu'elle sorte. Elle le dévisagea, interdite. Une pointe aiguisée le transperça mais il l'ignora. Et dans une brusque volte-face, elle descendit de l'ascenseur, aussi raide qu'une statue.

L'espace d'une seconde qui sembla s'étirer à l'infini, Nic retint la porte, tiraillé. Puis il pressa machinalement le bouton du rez-de-chaussée.

En bas, il quitta l'hôtel d'un pas hâtif, sans prendre la peine d'appeler son chauffeur, et partit à l'aveugle en direction de Mayfair, contrarié et furieux.

Sourde au monde extérieur, Fran longea le couloir, poussa la porte de la cage d'escalier pour regagner la fête, son éducation lui imposant d'étouffer ses sentiments afin de veiller aux conventions sociales. Pourtant, les émotions se bousculaient en elle. Revoir Nic... Apprendre qui il était de manière aussi brutale... et lui révéler sa propre identité tout aussi abruptement.

Il avait paru ulcéré de découvrir qu'elle était Donna Francesca. Pourtant, elle n'était pas en colère qu'il soit Nicolo Falcone ! En fait...

Elle s'immobilisa au milieu des escaliers. Certes, chacun avait tu sa véritable identité mais, si elle acceptait que Nic soit Nicolo Falcone, ne pouvait-il pas admettre qu'elle soit Donna Francesca en plus de docteur Fran ? Quel mal y avait-il à cela ?

Au contraire... Car si elle était Donna Francesca et lui Nicolo Falcone, alors...

Ses pensées s'emballèrent tandis qu'elle finissait de gravir les marches jusqu'au toit. Faisant fi de la stupeur qui l'avait saisie lorsque la brune avait révélé l'identité de Nic, elle se laissa submerger par la joie qu'elle avait eue à le revoir.

Se répéter que Nic appartenait au passé, que leur histoire était terminée, n'avait servi à rien. L'émotion s'empara d'elle, la fit planer, et retomber lourdement.

Cette femme brune...

Son ventre se noua. Nic était passé à autre chose. Voilà pourquoi il l'avait repoussée.

Un nuage sombre vint obscurcir son cœur. À pas lents, elle se remit à monter. Nic ne voulait plus la voir, car il l'avait oubliée.

Il avait rencontré une autre femme, et qu'elle soit docteur Fran ou Donna Francesca n'y changeait rien.

C'était la seule explication.

Et cette idée l'anéantissait.

— Vito ! s'exclama Eloise Viscari en rejoignant son mari. C'est vrai ? Nicolo Falcone a eu le culot de venir ce soir ?

Fran se crispa aussitôt en entendant le nom. La soirée dans le jardin suspendu avait pris fin, mais Harry et elle ainsi que Cesare et Carla avaient été invités à dîner par Vito et son épouse Eloise, enceinte de leur deuxième enfant, dans leur suite privée.

Tandis que Vito répondait à sa femme, Fran eut conscience du regard appuyé que Cesare posait sur elle. Depuis qu'elle avait regagné la fête, il ne la quittait pas des yeux. Il la connaissait suffisamment pour savoir qu'elle était bouleversée, malgré tous ses efforts pour le dissimuler. Elle ne souhaitait pas qu'il l'interroge sur la raison de sa peine.

D'autant qu'elle-même n'était pas sûre de la réponse.

— Oui, il accompagnait Lorna Linhurst, confirma Vito.

— Eh bien, soit elle est sa dernière conquête dans une très longue liste de conquêtes, soit elle cherche du travail au Falcone, répliqua Eloise d'un ton caustique. Quoi qu'il en soit, elle ne travaillera plus pour toi, Vito !

— Falcone ? répéta Harry pour participer à la conversation après s'être allègrement servi au buffet. Vous parlez du type planté comme un joueur de rugby auquel vous nous avez présentés ? Celui au nez cassé ? C'est un sportif ?

— Non, répondit Cesare. C'est le propriétaire des hôtels Falcone.

— Sans blague ? s'écria Harry en enfournant le reste de sa part de quiche. Je trouve qu'il ressemble à un boxeur.

— Ça lui correspond, fit remarquer Vito. Surtout en affaires.

Harry l'interrogea du regard, mais Carla répondit à sa place.

— L'année dernière, pendant une courte période, il a acquis la moitié du portefeuille Viscari dans une OPA hostile. Au final, ça n'a pas marché, mais sur le moment c'était assez violent.

Elle changea de ton pour ajouter, contrite :

— C'était ma faute ; j'aurais dû empêcher ma mère, la tante de Vito, de lui vendre ses parts.

Eloise posa une main réconfortante sur le bras de Carla.

— Ne dis pas ça. Tout est arrangé maintenant.

— Seulement parce que *ta* mère a racheté les hôtels pour le compte de Vito aux investisseurs de Falcone ! s'exclama Carla.

— C'est un des avantages d'avoir une mère qui gère son propre fonds spéculatif, répliqua Eloise avec légèreté. Et Falcone n'est plus dans nos pattes, désormais. Nous l'avons mis à la porte ! Il était furieux ! Mais qui s'en soucie ?

Fran les observait, concentrée sur leurs paroles, incertaine de comprendre.

Eloise poursuivit :

— De toute façon, il a multiplié les acquisitions ensuite. La dernière en date se trouve dans le Nevada, pas à Las Vegas mais dans le désert.

Harry se tourna vers Fran.

— N'est-ce pas là que s'est tenu ton colloque, l'été dernier ? Tonio a dû te faire revenir de force quand grand-père a eu son attaque.

Tous les regards convergèrent vers Fran. Au prix d'un énorme effort, alors que ses pensées s'agitaient dans sa tête, elle parvint à répondre d'une voix calme.

— En effet. Le complexe venait juste d'ouvrir, je crois.

— Comment était-ce ? s'enquit Eloise. Je ne demande que par curiosité, pour évaluer la concurrence.

— C'était très luxueux. Le site est magnifique, juste à l'entrée du désert. Un lieu incroyable.

Elle parlait malgré elle d'une voix guindée, tandis que dans son esprit lui revenait le souvenir du coucher de soleil admiré avec Nic.

Elle cligna des yeux pour le chasser.

— Il vient d'acheter un site à New York, annonça Carla. Comme il ne pouvait pas avoir celui de Vito...

— Assez discuté de Falcone ! intervint Eloise, péremptoire. Que ce soit de l'homme misérable ou de ses hôtels. Il n'est pas digne des Viscari.

Elle leva son verre de jus d'orange avant de tourner le regard vers son mari, qui s'entretenait à voix basse avec Cesare.

— Chéri, nous allons trinquer à ton triomphe de ce soir. Concentre-toi !

Au milieu des rires, ils portèrent un toast à Vito, puis les conversations reprirent sur de nouveaux sujets. Assise sur l'un des canapés à essayer de calmer ses pensées agitées, Fran remarqua Cesare qui s'était approché.

— C'est pour cela que Falcone t'a accostée ce soir ? demanda-t-il, la tête penchée vers elle. Tu l'as rencontré pendant ton séjour au Nevada ?

Il s'exprimait à voix basse, en italien. Fran déglutit avec difficulté avant de répondre.

— Brièvement, reconnut-elle, embarrassée.

— Dans ce cas, Francesca, j'espère que tu prendras mes paroles pour ce qu'elles sont : des conseils amicaux. Je me suis inquiété lorsque je t'ai vue avec lui, c'est pour cela que je suis intervenu. Vito partage mon inquiétude, il connaît la réputation de l'homme. Nicolo Falcone est un coureur de jupons, alors...

Fran l'interrompit, sur la défensive :

— Cesare, j'apprécie ton intérêt, mais...

— Je sais, s'excusa-t-il avec un sourire. Ce ne sont pas mes affaires. Mais nous nous connaissons depuis longtemps, toi et moi, aussi je me permets de te parler comme un frère. Je n'aimerais pas te voir malmenée par un être aussi peu scrupuleux. Donc, si Falcone t'a importunée ce soir...

Elle secoua la tête avec vigueur. C'était plutôt elle qui l'avait importuné, songea-t-elle sombrement, lorsqu'elle avait exigé qu'il lui parle.

— J'étais surprise de le voir ici, c'est tout. Comme tout le monde, apparemment.

Les sourcils froncés, elle se mit en quête des bons mots pour exprimer ce qui la préoccupait le plus.

— J'ignorais qu'il avait tenté de prendre le contrôle de Viscari et échoué.

— Ça a fait les gros titres de la presse financière en Italie, mais tu vivais aux États-Unis à l'époque. Il existe des rivalités entre Falcone et Viscari.

À cet instant, Harry vint les rejoindre d'un pas nonchalant, évitant ainsi à Fran de répondre.

— Fran, ma vieille, je sors en boîte. Tu as les clés de l'appartement, n'est-ce pas ?

Elle acquiesça. À Londres, la plupart des membres de la famille logeaient dans l'appartement de Chelsea du père de Harry. Elle se leva, l'esprit et les émotions en ébullition, après tout ce qu'elle venait d'apprendre. Elle voulait s'éloigner d'ici.

Elle profita du départ de son cousin pour prendre congé à son tour. Dans la voiture avec chauffeur que lui avait appelée Vito, elle médita ces dernières révélations.

Nic s'était-il montré aussi froid avec elle parce qu'elle connaissait Vito Viscari ? Parce qu'il l'associait à son adversaire en affaires ? Ou bien parce qu'il l'avait oubliée dans les bras d'une autre ?

L'estomac noué, elle étouffa un cri pour libérer les émotions qu'elle avait contenues toute la soirée, après cette rencontre désastreuse sur le toit et leur échange tendu et pitoyable dans l'ascenseur. Comment en étaient-ils arrivés là ?

Leur histoire était peut-être terminée et lui l'avait oubliée, mais tout son être et toute son âme se révoltaient. Elle refusait que ce dernier échange cruel soit ce qu'il reste d'eux.

Les poings serrés, elle regardait défiler les rues quand elle sursauta. Au-dessus de la somptueuse entrée flanquée de piliers blancs du bâtiment qui s'élevait sur la place qu'ils traversaient à Mayfair flottait un immense drapeau bleu avec un faucon doré…

— Arrêtez la voiture !

Le chauffeur se gara le long du trottoir et elle put lire au-dessus de l'entrée le nom de l'établissement :

FALCONE MAYFAIR.

Elle hésita, consciente que le chauffeur attendait ses instructions. Consciente également de l'envie irrépressible qui montait en elle, une impulsion qu'elle ne pouvait contrôler.

C'était un signe, forcément, la preuve qu'elle devait agir.

Le cœur battant la chamade, elle renvoya le chauffeur et pénétra dans l'hôtel.

Après avoir rassemblé son courage, elle s'avança vers la réception comme si le monde lui appartenait. Parfois, être Donna Francesca, petite-fille du duc de Revinscourt, resplendissante dans sa robe de grand couturier avec ses pierres précieuses autour du cou, pouvait s'avérer utile.

— Bonsoir, commença-t-elle avec un sourire poli mais ferme. Pouvez-vous me dire si M. Falcone est déjà rentré, je vous prie ? Nous étions à la même soirée et avons prévu de nous retrouver ici plus tard.

La réceptionniste se montra coopérative mais méfiante.

— Il me semble, madame, mais laissez-moi vérifier.

Elle s'empara du téléphone.

— Monsieur Falcone, une jeune femme à la réception demande à vous voir, annonça-t-elle avant d'interroger Fran du regard pour connaître son nom.

Le cœur tambourinant dans sa poitrine, elle répondit avec le plus grand calme apparent :

— Lorna Linhurst.

6

Assis à son bureau dans sa suite, Nic tentait en vain de se concentrer sur les derniers chiffres des réservations qui s'affichaient à son écran. Une seule pensée occupait son esprit ; une image qu'il rejetait de toutes ses forces mais qui revenait le hanter, s'imposant à lui avec fureur. Il avait l'impression que Fran se tenait toujours là devant lui, aussi belle que jamais.

Avec un juron, il repoussa sa chaise et balaya d'un regard sombre le salon. Il logeait au dernier étage de son hôtel, sous les avant-toits en pente, dans les anciens quartiers des domestiques de cette demeure georgienne.

Il serra les mâchoires. Tout l'immeuble lui appartenait en réalité, ainsi que des dizaines d'autres à travers le monde. Pas mal pour un pauvre gamin des rues. Un gamin des rues qui avait « fait la connaissance » de la fille d'un marquis – comme l'avait mentionné Viscari avec dédain.

Donna Francesca.

Le titre de noblesse n'était guère plus utilisé, mais il continuait d'évoquer des siècles de conventions, de privilèges, d'armoiries, de palais ancestraux remplis d'œuvres d'art inestimables ; de liens entre individus du même rang qui se protègent des roturiers et veillent à conserver leurs droits.

Que l'Italie soit une république était sans importance pour ceux nés avec une cuillère en argent dans la bouche. Ils ne dirigeaient peut-être plus la vie politique aujourd'hui, pourtant ils continuaient de considérer comme leur dû le reste du monde.

Au souvenir des injustices dont il avait fait les frais auprès de la famille Viscari, un sentiment de mépris monta en lui ; un mépris familier qui ce soir avait atteint une femme qu'il avait chérie, une femme issue de ce monde doré. Une autre émotion se fraya un chemin : la colère. La colère qu'elle ne soit pas celle qu'il croyait.

Il avait cru qu'elle était le Dr Fran Ristori, une femme intelligente et époustouflante, dont le corps s'était soudé au sien comme s'il lui appartenait.

Il ressentit à nouveau la brûlure incandescente du souvenir.

À l'idée qu'il avait envisagé de briser ses principes pour la revoir, pour tenter de retrouver ce qu'il avait éprouvé auprès d'elle... Ses traits se durcirent. Heureusement qu'il n'en avait rien fait ! Il en avait fini avec elle.

La sonnerie du téléphone l'extirpa de ses pensées.

— Oui ? répondit-il d'une voix sèche.

Qui pouvait bien l'importuner à cette heure tardive ? Il ne se sentait pas d'humeur cordiale. Lorsqu'il apprit le nom de sa visiteuse, il se détendit. Il allait tirer profit de cette visite inattendue.

Après tout, il voulait passer à autre chose... C'était l'occasion. Maintenant. Quelle que soit la raison de la venue de Lorna, il allait ouvrir du champagne, lui faire clairement savoir que ses talents de paysagiste n'étaient pas tout ce qui l'intéressait chez elle, et voir où cela les mènerait.

Il voulait la séduire.

Un souvenir vint transpercer son cœur. À une époque, il avait espéré qu'une autre femme succombe à ses charmes...

Assez ! Le même mot qu'il lui avait crié fusa dans son esprit.

— Dites à Mlle Linhurst qu'elle est la bienvenue, répondit-il, plus aimable.

Il raccrocha et se dirigea vers le réfrigérateur, d'où il sortit une bouteille de champagne. Il la déposa avec deux flûtes sur la table basse avant de tamiser la lumière.

Un léger coup fut frappé à la porte. Un sourire accueillant aux lèvres, il ouvrit.

— Lorna, quelle agréable surprise.

Aussitôt, son sourire s'effaça.

Fran franchit le seuil avant que Nic ne puisse l'en empêcher.

— Qu'est-ce que..., tenta-t-il, sans chaleur.

Elle passa devant lui, les pans soyeux de sa longue robe bruissant à chaque pas.

— Je dois te parler, Nic.

Elle pivota pour lui faire face et fut de nouveau saisie par sa présence imposante.

Il portait toujours son smoking, mais sa chemise était déboutonnée et son nœud papillon pendait autour de son col entrouvert. L'ombre de barbe à sa mâchoire lui conférait un air de mauvais garçon qui remua quelque chose en elle.

Combien de fois au cours de leur voyage, alors qu'ils étaient étendus l'un contre l'autre, avait-elle passé ses doigts sur cette peau rugueuse, joui de cette virilité brute, espéré qu'il prenne sa main, attire sa bouche à la sienne et la possède une nouvelle fois ?

Un mot en italien échappa à Nic, une grossièreté qui résonna entre eux. Elle blêmit. Il se moquait visiblement qu'elle comprenne, il n'était plus animé que par une rage sourde.

— Je n'ai rien envie d'entendre, Donna Francesca, dit-il en la toisant des pieds à la tête.

Fran laissa éclater sa propre colère.

— Eh bien tant pis, Nic, car tu vas l'entendre quand même ! Je ne permettrai pas que tu me traites ainsi.

— Ne joue pas les aristos avec moi ! cria-t-il. J'ignore pourquoi tu es montée jusqu'ici, mais tu peux repartir sur-le-champ.

Il voulut ouvrir la porte, mais Fran l'en empêcha.

— Nic, non !

Elle avait changé de ton, l'émotion seule aux commandes. Elle avait rassemblé tout son courage pour venir et elle se devait d'aller jusqu'au bout.

— Nic, écoute-moi. Tu n'as aucune raison de me rejeter ainsi. C'est moi, Fran. Tu me dois au moins la courtoisie de m'écouter. Je ne t'ai rien fait.

Elle prit une inspiration avant de poursuivre.

— Ne dirige pas ta colère contre moi. Je n'ai rien à voir avec ce qu'il s'est passé entre Vito et toi. Je ne savais même pas que tu avais tenté de racheter son entreprise. Comment aurais-je pu ? J'ignorais même que tu étais Nicolo Falcone. Tu y as veillé.

— Et toi, tu as veillé à ce que je ne sache pas qui tu étais vraiment ! répliqua-t-il d'une voix glaciale.

— Parce que ça n'avait aucun intérêt ! Et ça n'en a toujours pas.

Elle tendit les mains vers lui, l'implorant du regard.

— Nic, je t'en prie, ne sois pas ainsi. Nous partagions quelque chose de beau, ne gâche pas tout maintenant. Ne gâche pas ces souvenirs...

Elle se tut, vaincue par l'émotion, les mains toujours tendues vers lui.

Derrière le masque de froideur qu'il lui présentait, Nic sentait en lui quelque chose couver. Gronder comme une vague près de déferler. Elle se tenait devant lui, la poitrine gonflée, les joyaux autour de son cou scintillant sous la faible lumière. La femme qu'il était décidé à oublier ; à laisser dans le passé, où était sa place. Or ce passé se rappelait à lui, alors que Fran le suppliait, testant sa détermination.

— Nous partagions quelque chose de beau, Nic, et ton hostilité envers moi n'est pas justifiée.

Il sentit une flamme s'allumer au plus profond de son être, alors qu'il détaillait chaque courbe de son corps qu'il connaissait intimement.

Malgré lui, il fit un pas en avant. Il ne saisit pas ses mains tendues mais vint caresser sa joue. Doucement.

— Dois-je te rappeler ce que nous partagions ? Te le montrer ?

Ses doigts s'attardèrent sur ses lèvres, en dessinèrent la courbe. Il parlait d'une voix rauque et séductrice.

Elle se figea.

— Nic, non ! Je ne suis pas venue pour ça...

Elle repoussa sa main avant de poursuivre.

— Nic, je sais que tu as quelqu'un d'autre dans ta vie maintenant. Je sais que notre histoire est terminée.

Il laissa échapper un ricanement amer.

— Il n'y a pas d'autre femme, souffla-t-il.

Comment pourrait-il y en avoir une autre quand celle-ci réapparaissait dans sa vie et chamboulait tout, embrasait tous ses sens comme la première fois où il avait posé les yeux sur elle ?

Comme elle le ferait chaque fois.

La vérité s'insinua en lui comme une lame acérée. Il la désirerait toujours, cette femme à laquelle il ne pouvait résister. Il serait fou de croire le contraire.

Il vit l'effet que ses paroles provoquaient en elle : le hoquet de stupeur, les pupilles qui se dilataient, les joues qui s'empourpraient, la poitrine qui se soulevait et s'abaissait. Elle laissa retomber sa main, trop faible pour le repousser à nouveau, tandis qu'il venait caresser la courbe de son menton, passait les doigts derrière sa nuque pour l'attirer à lui.

Elle frémit et céda, souffla son nom dans un soupir de capitulation et laissa l'autre main de Nic s'emparer de son sein.

Le désir l'assaillit. Brûlant, impatient. Le monde autour de lui cessa d'exister. Il perçut son halètement, le reconnut. C'était la marque de son excitation.

— Nic…

Sa voix n'était plus qu'un gémissement bas, une exhalation de désir.

Il s'approcha encore.

— Dois-je te montrer ce qu'il y avait entre nous ? répéta-t-il en approchant sa bouche de la sienne.

Son baiser était doux comme du velours. Lent, volontaire, contrôlé. Et Fran capitula, grisée de retrouver cet homme qui occupait toutes ses pensées depuis leur rencontre. Déjà, il se glissait entre ses lèvres avec une habitude maîtrisée. Elle laissa échapper un gémissement, écho de son cri intérieur. Ce n'était pas possible ; ce n'était pas pour ça qu'elle était venue…

Mais elle ne pouvait plus l'arrêter, plus rien faire pour empêcher l'inéluctable. Elle laissa tomber son sac au sol pour libérer ses mains qu'elle glissa le long de son dos musclé et elle sentit les vannes s'ouvrir en elle.

Elle répéta son prénom, dans un soupir, une supplique.

Elle ne pouvait pas lutter. Elle était venue en quête d'explications, de réconciliation...

De ça.

La vérité qu'elle se refusait à voir s'imposa.

— Oh ! Seigneur, Nic. Nic...

Elle lui rendit son baiser avec une ferveur incandescente qui la consumait, dévorait le monde autour d'elle.

Plus rien n'existait. Il n'y avait plus qu'eux deux, la bouche de Nic sur la sienne, ses mains sur son corps, son désir pour elle. La passion ardente qui s'emparait de tout son être.

D'un seul mouvement, Nic la prit dans ses bras et la porta dans une autre pièce où il la coucha sur le lit avant de s'allonger près d'elle, leurs lèvres toujours scellées.

Nic parlait sans savoir ce qu'il disait. Il comprenait seulement qu'il ne pouvait plus reculer. Tout ce qu'il désirait se trouvait ici et maintenant. Avec Fran.

Un sentiment d'urgence le saisit. Sa dernière once de raison lui hurlait que c'était de la folie, mais elle disparut en même temps que leurs vêtements. Seul comptait son corps nu, étendu sous lui, qui l'attendait ; ses yeux qui l'invitaient à succomber.

Il ne pouvait pas lui résister, et il n'en avait pas envie. Il voulait se plonger en elle, la conquérir, lui appartenir.

Dans un cri de triomphe, ils ne firent plus qu'un, leurs corps unis comme pour ne plus jamais se séparer.

Pas avant que la vague de jouissance ne déferle en lui, implacable, irrésistible, fulgurante, et ne se brise dans un mugissement bas et répété.

Il l'entendit résonner dans le cri de Fran, sentit son corps se serrer autour de lui, saisi de spasmes extatiques. Après une éternité d'exaltation, ses membres commencèrent à se relâcher et ils retombèrent, épuisés, sur les draps. Il la serra contre lui et leurs deux cœurs battirent à l'unisson un rythme effréné qui refusait de se calmer.

Puis il la serra plus étroitement, envahi par une lassitude

bienheureuse, impossible à repousser, jusqu'à ce que ses paupières se ferment et que le repos l'emporte.

Fran dans ses bras, contre son cœur. À la place qui était sienne.

Fran s'étira. Elle fit glisser ses jambes lourdes sur les draps en coton fin, à la recherche de celles de Nic.

Qui n'était pas là.

Elle ouvrit les yeux d'un coup, leur laissa le temps de s'acclimater à la pénombre avant de distinguer dans l'embrasure de la porte la silhouette de Nic, immobile dans son peignoir blanc.

— Il faut que tu partes, dit-il.

Il appuya sur un interrupteur et les deux lampes de chevet s'allumèrent.

— Il faut que tu partes, répéta-t-il.

Elle le fixa sans comprendre. Il avait les traits figés, impassibles, froids, comme taillés dans la pierre. Ses mains étaient enfoncées dans ses poches. Il prit une profonde inspiration, comme pour s'armer de courage.

— Ceci n'aurait jamais dû se produire. C'était... une erreur.

Le cœur de Fran se mit à battre plus vite, plus fort, plus douloureusement. Elle ne ressentait rien d'autre. Son esprit était vide de toute pensée.

Il inspira une nouvelle fois.

— Je te laisse te rhabiller. Une voiture te conduira à l'adresse de ton choix.

Il tourna les talons. Dans sa tête, Fran hurla son nom pour le retenir. Mais impossible de l'appeler à voix haute. Elle refusait.

Sans savoir comment, elle parvint à se rhabiller, se recoiffer. Ses mains tremblaient et son esprit était toujours aussi embrumé. Au rythme lancinant de son cœur, elle gagna le salon.

Nic leva les yeux à son approche. Un regard vide. Il ramassa sa pochette de soirée tombée à terre et la lui tendit sans un mot. Malgré son masque de froideur, un nerf tressautait à sa mâchoire.

Elle s'empara du sac sans toucher ses doigts, y glissa son collier. Elle murmura vaguement un « merci » sans prendre la peine de croiser son regard, puis se dirigea vers la porte qu'il ouvrit. Alors seulement, elle se tourna vers lui, la gorge si serrée qu'elle se crut incapable de parler.

— Au revoir, Nic, dit-elle d'une voix blanche, dépourvue d'émotion. Je ne t'importunerai plus. Tu as ma parole.

Sur ces mots, elle pivota et se dirigea vers l'ascenseur en attente. Elle y entra et, lorsque les portes se refermèrent, Nic fut hors de vue.

Hors de sa vie.

Enfin.

Sur le seuil de sa suite, Nic regarda sans bouger les portes se refermer. Il l'avait congédiée. C'était sa décision. Son obligation. Il avait repris ses esprits comme sous le coup d'un électrochoc, après son sommeil extatique. Leur histoire était impossible.

Il faut que tu partes.

Elle devait retourner dans ce monde auquel elle appartenait, redevenir celle qu'elle était – Donna Francesca, avec qui il ne voulait rien avoir à faire.

Rien.

C'était la seule option, forcément. Ce que la raison lui dictait. Et il devait s'y tenir, malgré la douleur cuisante qui lui tailladait le cœur et le vide immense qui l'emplissait à cet instant.

7

Devant la majestueuse façade de la chapelle de King's College, sous le vent d'est qui soufflait de l'arrière, Fran frissonna. Était-ce seulement le froid ? Elle se sentait fébrile depuis plus d'une semaine maintenant.

Un rhume était le cadet de ses soucis, tant sa détresse intérieure était incommensurable.

Comment avait-elle pu permettre qu'une telle chose se produise ? Comment avait-elle pu laisser Nic la traiter ainsi ?

Ses pensées s'envolèrent mais leur écho résonna dans sa tête, si fort qu'elle ne pouvait plus bouger. La vague de nausée la reprit. Elle aurait dû annuler son déjeuner avec Cesare, mais trop tard : il l'attendait déjà.

Il se trouvait à Cambridge avec Carla, qui devait interviewer un expert en art au musée Fitzwilliam, et malgré sa grande réticence, Fran n'avait pu refuser son invitation.

Elle n'était pas d'humeur sociable et désirait seulement se plonger dans le travail pour oublier tout le reste. Chasser tous les souvenirs, surtout celui qui hantait inexorablement son esprit.

Levant les yeux sur les imposantes façades si familières, elle fut saisie par un sentiment de claustrophobie. Cambridge semblait se refermer sur elle et, en dehors de son travail, elle ne trouvait plus d'intérêt à la ville universitaire. Elle n'appréciait plus autant l'ambiance antique ni les traditions archaïques, les grandes tablées et les rivalités entre collèges. L'époque où elle y était étudiante était révolue et elle avait passé trop de temps aux États-Unis depuis, à profiter de la liberté.

Et pas seulement une liberté académique...

Arrête ! s'ordonna-t-elle. Elle ne devait plus penser au passé. Rien qu'au présent. Elle redoutait son déjeuner avec Cesare, elle ne souhaitait pas qu'il pose son regard perspicace sur elle, qu'il devine son trouble, qu'il l'interroge sur sa cause. Quelle explication donnerait-elle ?

Elle n'avait aucune envie d'entendre à nouveau ses avertissements au sujet de Nicolo Falcone.

Un autre haut-le-cœur interrompit ses pensées. Elle prit une inspiration pour le calmer, en vain. Elle avait les seins sensibles, le ventre tendu, comme avant ses règles.

Confuse, elle calcula que celles-ci auraient dû arriver la veille, or son cycle était toujours régulier.

Elle s'immobilisa. Saisie par une brusque angoisse, elle porta la main à la bouche, écarquilla les yeux d'horreur. Non, ce n'était pas possible. À contrecœur, elle se força à revenir à cette nuit qu'elle voulait tant oublier, celle qui n'aurait jamais dû avoir lieu.

Il avait utilisé un préservatif ! Forcément ! Seigneur, faites qu'il ait pris ses précautions !

Mais elle était incapable de se souvenir d'autre chose que de la passion dévorante qui les avait emportés ce soir-là.

Un cri étouffé lui échappa. Elle se remit en marche, changea de direction, s'engouffra dans la zone commerçante de Cambridge, en quête d'une pharmacie.

Elle réussit sans savoir comment à survivre aux deux heures d'angoisse suivantes. S'il se rendait bien compte que quelque chose la tracassait, Cesare, n'écoutant que ses bonnes manières, ne lui demanda qu'une seule fois si tout allait bien. Elle prétendit couver un rhume, puis dévia la conversation sur les préparatifs de la fête de fiançailles d'Adrietta à laquelle Cesare et Carla étaient conviés.

Fran vit arriver la fin du repas avec soulagement, mais alors qu'elle se levait, les nerfs à vif, elle fit tomber son sac qui déversa tout son contenu par terre. Elle se précipita pour ramasser ses affaires, dont l'article incriminant qu'elle venait d'acheter et qu'elle était pressée d'utiliser afin de savoir si son angoisse était justifiée.

— Francesca ! s'écria Cesare, choqué.

Elle serra son sac contre elle comme pour mieux le cacher, mais l'expression de Cesare lui apprit qu'il était trop tard.

Elle releva la tête avec un air de défi.

— Ça ne te regarde pas, Cesare !

Devant sa mine peinée, elle regretta sa dureté. Elle prit une profonde inspiration et ajouta, d'un ton plus doux :

— Oui, je sais que tu cherches seulement à me protéger. Tu l'as déjà dit et je t'ai déjà répondu que c'était inutile.

Il darda un regard sombre sur elle.

— Si le test est positif, est-ce que tu le lui diras ?

Inutile de préciser de qui il parlait, elle entendit le nom haut et fort. Incapable de répondre, elle se mordit la lèvre. Cesare poursuivit.

— Un père a le droit de savoir, Francesca.

Elle ferma les paupières, saisie par la peur.

— Cesare, je t'en prie. Je ne peux pas parler de cela maintenant. Je ne sais même pas si je suis enceinte.

Une grande lassitude l'envahissait à présent et la souffrance se lisait sur son visage.

— Ma seule certitude, c'est que si c'est le cas ce ne sera pas une bonne nouvelle pour lui.

Il ne répondit pas mais son expression était grave. Sur le trottoir devant le restaurant, il se tourna vers elle.

— Un père a également des obligations, tu sais…, asséna-t-il d'une voix ferme.

Elle ne le laissa pas poursuivre.

Il n'y aura peut-être rien à dire ! Ça me concerne, c'est à moi de m'en occuper. Si jamais il faut s'occuper de quelque chose.

Moins d'une heure plus tard, tandis qu'elle fixait la ligne bleue qui s'était formée sur le petit bâtonnet blanc et qu'un engourdissement s'emparait de tout son corps et de son esprit, elle fut fixée.

Nic était de retour à Rome. L'inauguration de l'hôtel de Manhattan avait été un succès. Les nouveaux riches attirent les nouveaux riches. Et si le Falcone Manhattan était le dernier endroit où les vieilles fortunes voulaient être vues, eh bien, il s'en moquait.

Comme il se moquait de tous ceux qui possédaient des titres de noblesse tout aussi anciens. Et même d'une blonde dont la beauté illuminait la nuit.

Bon sang ! Pourquoi songer encore à elle ? Fran était sortie de sa vie. Rien n'était possible entre eux.

Avec un juron, il repoussa sa chaise, marcha à grandes enjambées jusqu'à la fenêtre et contempla sans la voir la vue imprenable sur Rome qui s'offrait à lui.

Tu dois l'oublier. Il le faut. Il suffit de le vouloir...

Le téléphone sur son bureau se mit à sonner ; il décrocha d'un geste brusque.

— Vous avez un visiteur, *signor* Falcone, annonça son assistante d'un ton mal assuré. Il n'a pas de rendez-vous, mais... il s'agit du comte de Mantegna.

Nic se figea.

— Faites-le entrer.

Il reposa le combiné, l'esprit en ébullition. Cette visite ne présageait rien de bon.

Lorsque la porte s'ouvrit sur son assistante et son visiteur inattendu, Nic se tenait droit, sur le qui-vive, tel un boxeur avant le gong.

Cesare di Mondave, comte de Mantegna, qui possédait ses entrées dans tout Rome, y compris au siège de Falcone International semblait-il, apparut. Par sa seule démarche, il semblait affirmer que le monde lui appartenait depuis toujours.

— Falcone, dit-il simplement en fixant Nic droit dans les yeux.

— *Signor il conte*, répondit celui-ci en soutenant son regard.

Il parlait d'une voix neutre mais tous ses sens étaient aux aguets, ses muscles contractés.

Une lueur d'amusement traversa les yeux du comte.

— Je ne suis pas venu me battre, Falcone, déclara-t-il en le sondant. Vous devriez vous asseoir.

— Vraiment ? répliqua Nic en se redressant encore.

L'adrénaline fusait dans tout son corps.

— Oui, insista Cesare.

Et sans y être invité, il s'installa dans le siège devant le bureau. Nic s'assit dans son fauteuil, les mains crispées sur les accoudoirs, se demandant de quoi il retournait.

Il ne tarda pas à le découvrir.

— Je vais vous accorder la politesse de supposer que vous n'avez aucune idée de la raison de ma présence, commença Cesare di Mondave d'un ton froid.

Nic plissa les yeux.

— Qui est ?...

Le regard sombre et indéchiffrable que Cesare dardait sur lui apprit à Nic qu'il s'armait de courage pour parler.

— Savez-vous, Falcone, continua Cesare avec une soudaine tension dans la voix, qu'il se pourrait que Francesca soit enceinte ?

L'air fut expulsé des poumons de Nic comme s'il venait de recevoir un coup de poing.

— Quoi ?

Le mot jaillit de sa bouche malgré lui, propulsant son corps en avant.

— Vous ne niez pas que c'est une possibilité ?

Au ton de Cesare, Nic comprit que l'homme n'était pas sûr de ce qu'il avançait jusque-là.

Un chaos total régnait dans l'esprit de Nic, mais il répliqua d'une voix tranchante.

— En quoi cela vous regarde-t-il ?

— Donna Francesca bénéficiera toujours de ma protection. C'est pourquoi je suis ici. Donc, maintenant que vous savez, vous pouvez agir comme il convient.

Les émotions se bousculaient en Nic, mais c'était surtout la rage qui bouillait en lui et il avait en face de lui une cible toute désignée.

— Et que dois-je donc faire, selon vous, *signor il conte di Mantegna* ? rétorqua-t-il, les doigts blancs de serrer si fort les accoudoirs.

Soudain, à la vitesse de l'éclair, Cesare se leva et abattit les paumes de ses mains sur le bureau devant Nic. Il le fusilla du regard.

— Si vous avez besoin que je vous le dise, Falcone, alors autant que je vous jette tout de suite par la fenêtre ! Que je laisse les chiens des rues vous dévorer !

Il se redressa et, de toute sa hauteur, assena une dernière réplique.

— Vous avez vingt-quatre heures avant que je ne lui révèle que je vous ai parlé. Elle est à Rome aujourd'hui. Chez ses parents.

Il sortit de la pièce. Derrière lui, Nic se rencogna dans son fauteuil, vidé. Il n'avait plus la force de bouger. Une seule pensée occupait son esprit, une seule émotion, pressante, l'envahissait.

Il décrocha son téléphone.

— Trouvez-moi immédiatement l'adresse de la résidence à Rome du marquis d'Arromanto ! aboya-t-il à son assistante.

Fran rédigeait sa lettre de démission sur son ordinateur. Elle ne pouvait pas poursuivre son travail à Cambridge ni même rester en Europe. Elle avait plus urgent à traiter et bien trop de choses en tête pour se concentrer sur le travail. Elle était donc venue se ressourcer un peu chez ses parents à Rome, après avoir vaillamment enduré la fête de fiançailles de sa sœur où elle s'était efforcée de paraître insouciante pour le bien de sa famille.

D'instinct, Fran porta la main à son ventre. Rien n'indiquait encore les changements profonds, irréversibles qui s'opéraient en elle. À la surface, elle était comme d'habitude. Il faudrait des semaines avant que la grossesse ne soit visible.

Comme la lumière des étoiles, qui met des années-lumière à nous parvenir, songea-t-elle. *Si longtemps que certaines sont mortes quand nous les voyons.*

C'était ce qu'elle prévoyait pour elle-même : d'être partie bien avant que les autres ne voient qu'elle était enceinte.

L'émotion la submergea. Mais comme la lumière des étoiles, le bébé finirait par arriver. Et il faudrait s'en occuper, ainsi que des conséquences. La première de toutes, implacable, étant d'informer Nic.

Mais elle ne pouvait pas lui en parler. Il avait été on ne peut plus clair : il ne voulait plus jamais la revoir.

Cette idée s'abattit de tout son poids sur son cœur. Elle devait s'en tenir à sa décision : partir le plus loin possible, se créer une nouvelle vie, pour elle et le bébé. Il n'y avait pas d'alternative.

Le chagrin pesa davantage encore. Elle ferma les paupières, pour tenter de mieux le supporter.

La sonnette retentit ; elle voulut l'ignorer, mais on insistait.

Elle se leva péniblement et gagna l'entrée de l'appartement aux hauts plafonds. Fran avait donné congé à la domestique.

Elle tira les verrous de la double porte et ouvrit un battant avant de s'effondrer contre l'autre.

C'était Nic.

Il entra d'un pas décidé, claqua la porte derrière lui.

— C'est vrai ? demanda-t-il sans détour en la toisant des pieds à la tête.

— Quoi donc ? s'enquit-elle d'une voix faible, submergée par l'émotion.

Sa réponse cingla.

— Que tu es enceinte !

Elle se figea.

— Comment... ?

— Mantegna. Il vient de me rendre visite ! cracha-t-il.

Devant sa rage manifeste, Fran vacilla.

Le sang la déserta, l'étourdissement la gagna. Elle entendit le juron que poussa Nic avant de s'approcher d'elle pour la prendre dans ses bras et la soutenir.

Il la conduisit dans l'opulent salon de ses parents, avec ses meubles dorés, ses tapisseries artisanales, ses œuvres d'art accrochées aux murs, et l'installa sur un canapé du XVIIIe siècle recouvert de soie. Debout devant elle, la dominant de toute sa hauteur, il exigea la vérité.

Cette vérité qu'elle lui avait cachée, car il était inutile d'apprendre à un homme qui ne voulait pas d'elle qu'elle portait son enfant. Un enfant dont il ne voudrait pas non plus.

En son for intérieur, elle maudit Cesare d'être intervenu.

— Dis-moi ! lui intima Nic. Je dois savoir !

Elle prit une profonde inspiration qui trancha comme une lame de rasoir les émotions qui s'agitaient en elle. Elle leva les yeux vers lui, rencontra son regard autoritaire, rassembla son courage.

— Non, Nic, tu ne *dois* pas savoir. Et je ne veux pas que tu saches. À quoi bon ?

Elle se remit debout et, puisant dans ses dernières forces, elle reprit :

— Nic, ce qu'il s'est passé aux États-Unis était une passade pour nous deux. Nous le savons toi et moi. Et ce qui est arrivé à Londres était une erreur. Ça aussi, nous le savons. C'est toi-même qui l'as dit, et je suis d'accord.

Elle s'exprimait avec calme et vit son visage se fermer.

— Une erreur qui a des conséquences, poursuivit-elle. Des conséquences que j'assumerai.

Elle leva le menton, et sans ciller ni trembler, elle ajouta :

— Je vais m'installer aux États-Unis. Je ne t'importunerai plus. Tu as ma parole.

L'ironie de ces mots ne lui échappa pas. Elle avait prononcé les mêmes cet horrible matin, lorsqu'il l'avait jetée hors de son lit, hors de sa vie.

Elle rassembla son courage et annonça :

— Je serai mère célibataire, et c'est très bien. Je prendrai sans doute un emploi à mi-temps, je n'ai pas besoin de travailler pour vivre. J'ai des fonds personnels, un fidéicommis ouvert par mon père à ma naissance, alors tu vois...

Il leva la main pour la faire taire.

— Non. Ça ne se passera pas comme ça, éructa-t-il, ses yeux bleus luisant comme des saphirs. Nous allons nous marier, voilà.

Fran s'immobilisa, sidérée.

— Tu n'es pas sérieux...

— Comment peux-tu imaginer une autre solution ?

Avait-il perdu la raison ? Elle était à mille lieues de s'attendre à ça.

— Nic, tu t'es montré parfaitement clair : tu ne veux plus me revoir. Et maintenant, tu me parles de mariage ?

— Évidemment ! Tu ne m'en croyais pas capable ?

Elle secoua la tête, confuse et ahurie. Les jambes en coton, elle se rassit.

— Nous allons nous marier, et c'est tout, insista Nic. Nous devrons réfléchir à l'endroit où nous installer ; au besoin, je peux déménager mon siège social en Californie, si tu tiens à continuer à travailler, mais sinon Rome me conviendrait mieux. Nous devrons acheter une maison ou un appartement qui nous plaira à tous les deux, bien sûr, mais ce ne devrait pas être un problème...

À son tour, elle leva une main pour le faire taire.

— Nic, arrête. Stop ! Tu te fais des idées, tu tiens pour acquis que nous...

Ses traits se durcirent.

— C'est la seule solution, affirma-t-il avec autorité.

Parce que Nic refusait que son enfant naisse bâtard, comme lui ; même si pour cela il devait épouser une femme qui représentait tout ce qu'il détestait.

Il martela les mots dans son esprit.

— Nic, intervint Fran. Laisse-moi du temps.

— Nous n'en avons pas ! s'emporta-t-il. Nous devons nous marier au plus vite. S'organiser, prendre les dispositions nécessaires.

Pour sa part, il préférait des noces rapides et intimes. Soudain, une idée le frappa. Il allait devoir rencontrer les parents de Fran, le marquis et la marquise. Sans parler de toute sa noble famille britannique ; comme ce *ragazzo* de la jeunesse dorée qui sifflait des coupes de champagne à la fameuse soirée de Viscari. Combien d'autres étaient-ils ? Des dizaines, sans doute. Tous ces aristos étaient liés par le sang et il en serait de même en Italie.

Fran se releva, interrompant ses pensées.

— Nic, écoute-moi. Écoute-moi bien, dit-elle d'une voix tranchante. Je ne vais pas t'épouser. C'est inutile.

— Au contraire ! grommela-t-il.

Pendant un moment infini, ils se dévisagèrent, la tension entre eux était palpable. Puis, sans prévenir, il sentit une nouvelle émotion l'envahir.

Elle portait son enfant. Il grandissait en elle.

Il était peut-être invisible, mais il était bien réel. Cet enfant le liait à elle. Et elle à lui. Malgré tout ce qui les séparait.

Il la prit soudain par les épaules, la sentit tressaillir à son contact. À travers la fine laine de son pull, il perçut la chaleur de sa peau, pouvait humer son parfum. Tout chez elle attisait ses sens.

Il accrocha son regard, empli d'incertitude. Eh bien, lui saurait pour eux deux.

— Fran...

C'était la première fois qu'il prononçait son prénom depuis leur aventure américaine, des mois auparavant ; les mois pendant lesquels il avait cherché à l'oublier.

Mais elle était bien là devant lui. À cause de son inconscience et de sa faiblesse, ce soir-là à Londres, elle faisait maintenant partie de son présent et de son futur.

Il répéta son prénom. Sans son titre, celui qu'il préférerait qu'elle ne possède pas. Puis il inspira profondément, les mains toujours sur ses épaules.

— Nous pouvons faire en sorte que ça marche. Nous le devons.

Il se comportait avec honneur, malgré l'attitude de Fran depuis qu'elle avait découvert qu'elle attendait son enfant, qui lui avait caché la vérité et avait fait des suppositions sur son compte.

Et maintenant, elle refusait d'agir comme il convenait !

— Ça ne sera pas facile, ni simple, mais c'est la chose à faire.

Elle le considéra avec tristesse. Comme si elle venait de subir une perte. L'échec se lisait dans son regard.

— Aucun de nous ne le souhaite, n'est-ce pas ?

Il ne répondit pas, c'était inutile. Fran connaissait la réponse. Elle la devinait à ses yeux voilés, à la brusque pression de ses mains sur ses épaules. Ses mains si fortes qui avaient autrefois caressé son corps jusqu'à l'extase...

Elle arracha son esprit à ces pensées. Ce n'était ni le lieu ni le moment. Son cœur se mit à battre plus vite et elle s'écarta d'un pas, se libéra des mains de Nic. Sans elles, elle se sentit perdre l'équilibre, mais elle n'y prêta pas attention.

— Tu ferais mieux de t'en aller, Nic, dit-elle, lasse. Nous avons tous les deux besoin de temps pour... réfléchir.

Il ne bougea pas.

— Mais tu reconnais que la seule solution est de se marier ?

Ce mot à nouveau, qui flottait dans l'espace béant entre eux – irréel, inenvisageable.

Pourtant elle devait y faire face.

Sa mâchoire se contracta, elle déglutit avec difficulté avant de répondre :

— Je suppose que oui.

La défaite imprégnait sa voix et Nic en eut le cœur brisé, de la même manière que voir son visage figé dans l'ascenseur, après qu'il l'avait congédiée, l'avait anéanti.

Ils étaient de nouveau réunis, malgré eux. Parce qu'il n'y avait pas d'autre choix.

Elle passa la main sur son front.

— Je ne sais plus quoi penser, quoi faire...

— Pour l'instant, rien. Repose-toi. Nous en rediscuterons ce soir, nous nous organiserons, répondit-il d'un ton professionnel.

— Nic, non, pas ce soir. Je dois retrouver Cesare et son épouse pour le dîner. C'était déjà prévu.

Un éclair traversa son regard tandis qu'il hurlait intérieurement : « Annule ! » Mais il se ressaisit et déclara :

— Je me joindrai à vous.

Il avait parlé avec fermeté. Ce nanti de Cesare pourrait bien supporter sa compagnie. Et puis, ce serait l'occasion d'informer *il conte* et le reste du monde que Fran et lui formaient un couple. Quoi que pensent ses amis aristos de son mariage avec un nouveau riche prétentieux, issu des quartiers pauvres de Rome.

Fran le considéra, pensive. La présence de Nic ce soir serait peut-être une bonne chose : ils devaient agir comme un couple fiancé puisqu'ils étaient censés l'être. Autant commencer avec Carla et Cesare.

Que Nic se sente obligé de l'épouser... Était-ce bien ce qu'elle voulait ?

Ces questions lui soulevèrent le cœur, elle se crispa pour combattre la nausée. Peu importe ce qu'elle ressentait, Nic avait raison : se marier était la seule solution...

— À quelle heure veux-tu que je vienne te chercher ce soir ?

Elle éloigna ses pensées de cette idée surréaliste : s'unir à l'homme devant elle, celui qui l'avait jetée hors de son lit, qui lui avait dit qu'il ne voulait plus jamais la revoir...

— Euh... vers 20 heures, si cela te convient ? Je dois les retrouver à 20 h 30, et il y a toujours une circulation épouvantable.

Une pensée la frappa et elle ajouta :

— Nic, nous avons rendez-vous au Viscari. Carla va toujours là-bas. Tu ne voudrais pas...

Il lui décocha un sourire froid.

— Je m'en accommoderai.

Il sortit une carte de sa poche intérieure de veste avant de poursuivre :

— Voici mon numéro de portable. Et mon assistante peut aussi me joindre n'importe où.

Elle s'empara de la carte sans conviction.

— Je ferais mieux de te donner le mien aussi.

Ils prévoyaient de se marier, alors qu'ils n'avaient même jamais échangé leurs numéros de téléphone !

Un cri de rage face à la folie qu'ils s'apprêtaient à commettre montait dans sa gorge. Mais il lui tendit une autre carte pour qu'elle y note son numéro, ainsi qu'un stylo, personnalisé et extrêmement coûteux. À l'opposé de ce que Nic Rossi, agent de sécurité dans un hôtel du Nevada, pourrait vouloir et posséder.

Son cœur se déchira ; ses souvenirs étaient taillés en pièces, ils s'effritaient et s'envolaient au vent, perdus pour toujours...

Elle lui rendit son stylo et la carte annotée puis s'obligea à bien considérer cet homme.

Il n'était pas Nic Rossi. Il ne l'avait jamais été. Il était Nicolo Falcone, un milliardaire contraint d'épouser une femme dont il ne voulait pas, parce qu'il l'avait mise enceinte.

Sa gorge se serra. À quoi bon ressasser tout cela ?

— À ce soir, donc, dit-elle.

Donna Francesca s'adressant à Nicolo Falcone.

— À ce soir, répondit-il en prenant une inspiration.

Puis il s'en alla d'un pas résolu et quitta l'appartement.

Laissant derrière lui la femme qu'il allait épouser pour le bien de l'enfant qu'elle portait. Et pour aucune autre raison.

Ces mots transpercèrent son esprit, gravèrent leur vérité dans sa conscience.

8

— Au Viscari.

Nic lança ses instructions d'un ton sec au moment où la voiture repartait de l'appartement du marquis d'Arromento.

Son chauffeur le considéra d'un œil interrogateur.

— Vous avez bien entendu, poursuivit Nic, sombre.

Il n'avait pas mis les pieds à l'hôtel Viscari de Rome depuis qu'il en avait claqué la porte des années auparavant, quand on l'avait spolié du poste de directeur qu'il méritait.

Sur la banquette près de lui se tenait la raison pour laquelle il y revenait à présent.

Depuis le vague « bonsoir » qu'elle avait murmuré du bout des lèvres quand elle s'était glissée à côté de lui, aucune parole n'avait été échangée. Nic profita de leur progression difficile dans le trafic dense de la métropole pour lui jeter un regard furtif et détailler son allure : la robe de cocktail chic mais discrète, le chignon raffiné à la base de la nuque, le double rang de perles qui reposait sur son corsage et s'harmonisait avec les pendants à ses oreilles. Tout en elle exsudait la Donna Francesca.

Lui revint en mémoire la robe qu'elle portait au bar de l'hôtel la première fois qu'il l'avait vue, élégante certes, mais qui ne rendait pas justice à sa beauté époustouflante.

Celle de ce soir la mettait certainement en valeur, pourtant il aurait donné une fortune pour retrouver la femme qu'elle était alors.

Il chassa ces pensées. Ressasser leur histoire, leurs omissions, ne servait à rien. Seule comptait leur responsabilité actuelle : Nicolo Falcone allait épouser Donna Francesca di Ristori.

— As-tu réfléchi à la cérémonie ? demanda-t-il soudainement.

— Pas vraiment, répondit-elle avec un battement de cils étonné.

Fran avait été incapable de réfléchir posément à quoi que ce soit, tant son esprit était embrumé par ce à quoi elle avait consenti. L'idée lui paraissait toujours aussi inconcevable, aussi irréelle qu'un dîner au Viscari avec Nicolo Falcone.

Elle avait prévenu Carla par texto que Nic l'accompagnerait, sans rien préciser de plus. Cesare aurait certainement mis son épouse au courant des derniers rebondissements.

— Il est évident que tu as le choix parmi tous mes hôtels, disait Nic. À moins que tu ne préfères te marier chez toi ?

— Non, répondit-elle. Ma sœur s'y marie l'année prochaine. Un de tes hôtels conviendra parfaitement. À l'étranger, peut-être ?

Aussitôt, l'image du Falcone au Nevada s'imposa dans son esprit. L'oasis de luxe, aux portes du désert, où elle avait rencontré Nic et vécu avec lui une aventure qui avait changé le cours de sa vie. Qui l'avait menée ici.

À nouveau, elle éprouva un déchirement violent.

— Pourquoi pas aux Caraïbes ? proposa Nic. Je possède plusieurs établissements là-bas.

— N'importe lequel conviendra.

Son dédain n'était pas volontaire. Mais la perspective d'épouser Nic lui paraissait surréaliste.

— Je regarderai sur Internet, ajouta-t-elle pour adoucir sa réponse.

La voiture se garait le long du trottoir devant l'imposante façade de l'hôtel Viscari. Nic descendit du véhicule et tint la portière à Fran qui sortit avec grâce.

Il posa le regard sur elle et sentit son ventre se nouer, comme chaque fois. *Per Dio*, comme elle était belle !

Il repoussa ce sentiment. Il ne l'épousait pas pour sa beauté mais pour le bébé qu'elle portait.

Nic adressa un sourire mordant au portier qui le considérait d'un œil noir.

— Nous venons retrouver Cesare et Carla dans le salon cocktail, annonça Fran.

Nic laissa son regard courir vers la porte de service qui se trouvait près du bureau de réception, derrière laquelle il avait occupé son premier emploi, tout au bas de l'échelle. Puis il se dirigea vers le salon cocktail, le visage de marbre.

À leur arrivée, le comte se leva et accueillit Fran d'un baiser sur la joue avant de se tourner vers Nic.

— Falcone, le salua-t-il en lui tendant la main.

Un instant, Nic resta immobile. Puis, sans un mot, il serra la main tendue. Après tout, s'il était là, c'était en partie l'œuvre de l'illustre comte.

— *Signor il conte*, répondit-il finalement.

Leur poignée de main fut brève, les doigts fins et délicats de Cesare étranges dans la poigne ferme de Nic. Cesare lui présenta ensuite son épouse, que Fran saluait déjà de bon cœur.

— *Contessa*, dit Nic avec obligeance.

La curiosité brillait dans les yeux de la comtesse. Brune sculpturale, elle faisait ressortir la blondeur pâle de Fran, et sa robe cerise foncé contrastait avec le vert d'eau de celle de Fran. Nic se demanda furtivement s'il l'avait déjà croisée lorsqu'il travaillait à l'hôtel, car elle était après tout la belle-fille de l'oncle de Vito Viscari.

Nic et Fran s'installèrent et Cesare se rassit. Le silence tomba un instant, la raison de la présence de Nic à cette table pesant de tout son poids sur eux. L'arrivée d'un serveur y mit fin.

— Un campari et une eau de Seltz, s'il vous plaît, commanda Fran.

Nic se rappela que c'était la boisson qu'elle buvait quand il l'avait accostée la première fois. S'en souvenait-elle également ? Sans doute, à en croire la soudaine pâleur de son teint.

Il commanda un martini et se réinstalla confortablement, les jambes croisées. Il se trouvait dans le salon de l'hôtel Viscari de Rome – en territoire ennemi – et il faisait connaissance avec le comte de Mantegna, ex-fiancé de la femme qu'il allait épouser.

Nicolo Falcone avait bien l'intention d'en profiter, ce soir.

— Francesca et moi essayons de décider où célébrer le mariage, annonça-t-il sans détour à ses hôtes, prenant ainsi le contrôle de la discussion. Pour le moment, les Caraïbes sont en tête. J'y possède plusieurs établissements.

— C'est très romantique, commenta la comtesse d'un ton enjoué.

Son choix de mot, peu approprié, résonna un instant entre eux.

Fran, forte de toutes ces longues années de pratique des convenances, vola à sa rescousse.

— Je ne connais pas très bien les Caraïbes, intervint-elle. Les îles sont-elles très différentes les unes des autres ?

Elle lança ainsi une conversation courtoise et banale, qui servait à masquer la tension ambiante, au sujet des variétés d'îles, chacune tout à fait adorable, tout à fait acceptable, tout à fait...

Quand on leur apporta les menus, la discussion glissa sur les spécialités culinaires et vins.

Un sommelier s'approcha à pas feutrés pour les aider dans leur choix parmi les grands crus que proposait le Viscari à ses clients.

Nic reconnut aussitôt l'expert en vins.

— Pietro... *Ciao*.

L'homme tressaillit légèrement.

— Bonsoir, *signor* Falcone.

Nic salua son professionnalisme d'un signe de tête. Pourtant, il n'oubliait pas qu'ils avaient travaillé côte à côte à leurs débuts dans l'établissement : Pietro en cuisine et Nic comme homme à tout faire.

— Comment vont Maria et les enfants ? poursuivit-il avec un sourire.

Pietro avait épousé une des femmes de chambre et ils n'avaient pas tardé à devenir parents.

L'homme esquissa un mouvement de tête, comme un employé les réserve aux clients.

— Très bien, *signor* Falcone.

— Je suis ravi de l'entendre.

Il devinait le regard interrogateur que Fran posait sur lui. Le comte feignait de ne pas suivre l'échange et son épouse observait la scène avec curiosité.

— Si jamais tu souhaites voir autre chose que Viscari, dis-le-moi…, termina Nic à l'adresse de son ancien collègue.

Avec tact, Pietro ne répondit pas.

— Pietro et moi nous connaissons depuis longtemps, expliqua-t-il à la tablée. Nous avons tous les deux commencé ici, quand nous étions adolescents.

La perplexité s'accentua sur les traits de Fran. Elle allait parler lorsqu'une voix derrière Nic la devança.

— Tu es venu débaucher mon personnel, Falcone, en plus de ma paysagiste ?

Nic se tourna sans se presser. Il s'attendait à cette rencontre.

— Seulement ceux qui veulent saisir leur chance, comme moi, répliqua-t-il, son regard bleu étincelant.

Vito Viscari ne prit pas la peine de répondre. Il se contenta de poursuivre, de sa voix guindée, l'œil vigilant.

— Et la chasse aux employés est la raison de ta présence ce soir ?

Tout son corps irradiait l'antipathie envers son interlocuteur. Carla s'empressa d'intervenir.

— Vito, je t'ai laissé un message. À l'évidence, tu ne l'as pas reçu, dit-elle d'un ton à la fois nonchalant et ferme. *Signor* Falcone accompagne Francesca.

Le regard de Vito s'aiguisa.

— Vraiment ?

— Oui, confirma Fran pour calmer la situation. J'espère que ce n'est pas un problème, Vito ?

Celui-ci esquissa un sourire pincé, professionnel. De ceux qu'on adresse aux clients privilégiés et influents, telle Donna Francesca di Ristori, songea Nic.

Pour sa part, se retrouver en présence de Vito Viscari lui hérissait toujours le poil et il ne décolérait pas.

— Pas du tout, répondit Vito.

Puis, avec un hochement de tête à l'attention de Pietro qui attendait la commande de vin, il poursuivit :

— Pardon, je vous ai interrompus. Passez une excellente

soirée, ajouta-t-il avec un sourire chaleureux à ses trois hôtes privilégiés avant de s'éloigner.

Tandis que le comte interrogeait Pietro sur un vin, Nic reporta son attention sur Fran.

— J'ignorais que tu avais travaillé ici, dit-elle.

La perplexité se lisait sur son visage. Peut-être se remémorait-elle leur conversation au motel au bord du lac, lorsqu'il lui avait raconté ses débuts professionnels ? D'autres souvenirs affluèrent dans l'esprit de Nic, notamment la suite de la soirée dans ce modeste établissement planté au milieu du désert.

Il les rejeta, se concentra sur le présent. Pietro était parti chercher les vins choisis.

— Oui. C'était mon premier emploi. Quand la police m'a laissé le choix entre trouver du travail ou être inculpé d'agression pour avoir cogné l'homme qui frappait ma mère.

Il s'adressait au comte et à la comtesse sans se soucier de les choquer.

Fran ne s'était pas offusquée lorsqu'il lui avait raconté cet épisode, cependant les traits de Cesare se durcirent. Quant à son épouse, elle était abasourdie.

— Alors vous avez travaillé ici ? déclara la comtesse. Je m'en réjouis. Mon beau-père, Guido Viscari, a toujours tenu à offrir aux jeunes les plus démunis une chance dans la vie.

— En effet, répondit Nic d'un ton sec. Il était ravi de nous donner une chance, tant que nous savions où était notre place et que nous y restions.

— Ce qui n'a pas été votre cas, à l'évidence, murmura Cesare, pince-sans-rire.

— À l'évidence, approuva-t-il d'un ton acerbe.

Le maître d'hôtel survint à cet instant pour les informer que leur table était prête. Tous se levèrent et, devant l'air pensif de Fran, Nic lui proposa son bras.

Après une hésitation, elle accepta et, suivis du comte et de la comtesse, ils gagnèrent la somptueuse salle de restaurant. Le contact était léger mais il suffisait pour permettre à Nic de s'enivrer de son parfum délicat et onéreux.

Il voulut se tourner vers elle pour lui sourire, mais son attention fut attirée par un autre client : un journaliste du carnet mondain d'un quotidien de renom. La comtesse l'avait elle aussi reconnu et elle se hâta de prévenir Cesare en toute discrétion.

— C'était inévitable, commenta-t-il.

Nic à son tour se pencha vers Fran.

— Il se pourrait que nous fassions la une des journaux mondains demain.

Fran sursauta légèrement et Carla enchérit :

— Il n'écrira pas d'article acerbe, ce n'est pas son style. Mais il fera des spéculations.

— Il pourrait aussi transmettre l'information à ses collègues des pages financières, ajouta Cesare. Nicolo Falcone qui dîne au Viscari…

Fran ferma les yeux un instant. Elle n'avait aucune envie que ses faits et gestes soient relatés dans les journaux ; pourtant elle aurait dû s'y attendre.

Rome était une vraie basse-cour, chacun cancanant sur tous les autres. Aux États-Unis, elle avait oublié ce petit monde fermé. Un peu tard, elle songea que d'autres clients avaient pu la reconnaître et s'interroger sur sa présence ici, en compagnie de Nicolo Falcone. Une information qui pourrait parvenir aux oreilles de ses parents.

Elle ne voulait pas qu'ils le découvrent ainsi, elle devait le leur apprendre elle-même.

Elle poussa un soupir, rouvrit les yeux, les plongea dans ceux de Nic.

— Grand bien lui fasse, l'entendit-elle répondre d'une voix froide d'homme d'affaires milliardaire.

L'arrivée de leur entrée fut une distraction bienvenue et la conversation reprit sur des sujets plus neutres. Fran était reconnaissante à Cesare qui faisait de gros efforts, même s'il ne pouvait se départir de son air de supériorité naturel. À ses côtés, Carla restait aussi perspicace et directe que d'habitude.

Pourtant, lorsqu'elle regardait Nic, Fran ressentait la même oppression que lors de leur effroyable échange dans l'ascenseur du Viscari à Londres. L'homme décontracté et accommodant avec qui elle avait passé de si beaux moments aux États-Unis avait disparu. À côté d'elle se tenait un homme riche et prospère, puissant et sûr de lui. Un homme qui peinait à sourire…

Le souvenir de son sourire ravageur la frappa de plein fouet, avec celui de ses yeux d'un bleu azur qui la réchauffaient quand ils se posaient sur elle.

D'un battement de cils, elle le fit disparaître, et retrouva le véritable Nicolo Falcone qui se fendait d'un commentaire cinglant sur les derniers retards du gouvernement en matière de système de prévention des tremblements de terre. Un sujet qui tenait à cœur à Cesare, dont le château médiéval situé au creux des Apennins était soumis aux séismes.

— J'ai envisagé un temps d'ouvrir un établissement dans les montagnes mais c'était trop risqué, disait Nic.

— C'est dommage. La région a bien besoin d'investissements étrangers, répliqua Cesare.

Nic cilla. Était-ce une critique ?

— Ne serait-ce pas une responsabilité qui incombe aux propriétaires terriens ?

Les aristocrates comme le comte supposaient-ils que leur richesse obtenue sans efforts devait servir à assouvir leurs propres plaisirs plutôt que soutenir le vaste patrimoine en leur possession ?

— En effet, reconnut Cesare dont l'air de supériorité s'affirma encore. Et j'investis énormément dans l'économie locale de mes domaines. Ma famille le fait depuis des siècles.

Il s'empara de son verre de vin, la lueur de la bougie fit étinceler sa chevalière en or flanquée du blason familial – un lion accroupi, prêt à bondir. Nic se sentit irrité de cette réponse, comme lorsque Vito était venu le défier en constatant sa présence sur son territoire tout à l'heure.

Les deux cousins par alliance se valaient.

— J'espère que vous viendrez un jour nous rendre visite avec Francesca au *castello* Mantegna, intervint Carla d'un ton enjoué.

C'est absolument magnifique ! Pour ma part bien sûr, le principal intérêt, ce sont les œuvres d'art.

Elle se lança dans l'énumération et la description de la collection de son mari, et Fran se joignit à elle et assura combien elle avait apprécié ces œuvres lors de sa dernière visite.

Elle se tut en se rappelant qu'à cette occasion elle était tout juste fiancée à Cesare et venait célébrer avec sa famille leur prochaine union.

Aujourd'hui c'était un tout autre homme qu'elle allait épouser. Par obligation.

Les émotions se bousculèrent en elle, la tiraillant de toutes parts. Machinalement, elle passa la main sur son ventre. Comment croire qu'un enfant y grandissait, silencieux et invisible ? Un enfant qui allait les unir, cet homme et elle.

Mais pouvaient-ils vraiment l'être ?

— Tout va bien ? lui demanda soudain Nic à l'oreille.

Il semblait inquiet. Mais pas pour elle. Plutôt pour le bébé qu'elle portait.

Sur une impulsion, elle saisit la perche qui lui était tendue.

— Je me sens un peu fatiguée. La journée a été longue...

Elle laissa traîner sa phrase. La durée de la journée n'avait rien à voir avec la lassitude qui s'abattait sur elle.

— Je vais peut-être faire l'impasse sur le dessert et prendre seulement un café.

Tous l'imitèrent et Fran les remercia silencieusement pour la conversation légère qui suivit ; Carla et sa bonne humeur naturelle, Cesare faisant de son mieux, et Nic. Elle poussa un soupir intérieur. Tout ce qu'elle voyait de lui, c'était qu'il n'était plus l'homme qu'elle connaissait.

La soirée se termina enfin, éprouvante. Elle se sentait épuisée mentalement.

Elle soupira au moment de monter dans la voiture de Nic.

— Qu'y a-t-il ? demanda-t-il d'une voix tendue en se laissant tomber lourdement à côté d'elle, l'humeur sombre.

Fran se tourna vers lui.

— Je ne suis pas habituée à te voir... tel que tu es, c'est tout.

— Tu ne crois pas que c'est la même chose pour moi ? rétorqua-t-il avec la même hargne dont il avait fait preuve toute la soirée.

Que répondre ? Rien...

— Bon, maintenant que nous avons rencontré ensemble le célèbre comte de Mantegna et sa *contessa*, poursuivit Nic, quand vas-tu me présenter à tes parents ?

La lumière des réverbères jouait sur son visage tandis qu'ils regagnaient l'appartement familial.

— Je dois d'abord les informer. Et m'assurer qu'ils ne l'apprennent pas dans les pages mondaines du journal.

Elle poussa un nouveau soupir. Tout était si compliqué. Si difficile...

Impossible, voilà ce que c'était.

Mais peu importe, c'était ainsi.

— Je ne sais pas quand, reprit-elle. Dans la semaine, je dois retourner à Cambridge. Mais je passerai peut-être par Milan pour m'arrêter chez moi d'abord. Ou alors...

— Je peux te conduire, l'interrompit Nic. Et je serai présent quand tu le leur diras. Inutile de tergiverser. Le plus tôt sera le mieux. Ce doit être fait.

Elle ferma les yeux. Oui, il le fallait. Elle devait prévenir ses parents, organiser un mariage quelque part, n'importe où, Nicolo Falcone devait devenir son mari, et...

Elle interrompit ses pensées, elle était incapable de voir au-delà.

Devant l'appartement de ses parents, Nic l'aida à sortir de voiture mais ne fit pas mine de l'accompagner jusqu'à la porte, au grand soulagement de Fran.

— Déjeunons ensemble demain, dit-il. Je t'enverrai une voiture.

Elle refusa d'un signe de la tête.

— Je ne veux pas manger à l'extérieur, Nic. Ce soir a déjà été bien assez pénible.

Le visage de Nic se durcit.

— Nous avons des choses à discuter et à organiser, insista-t-il.

— Dans ce cas, viens déjeuner ici, proposa-t-elle.

Il acquiesça puis remonta dans sa voiture, qui repartit aussitôt.

Lasse, Fran rentra chez elle. À la même heure la veille, elle pensait devenir mère célibataire, et maintenant…

— Passons à la salle à manger. J'ai préparé un repas frugal : de la viande froide, de la salade et du pain. J'espère que ça t'ira. Je donne toujours congé à la gouvernante quand je loge ici. Je n'ai pas besoin d'elle.

Fran conduisit Nic dans une pièce dont le mobilier antique rappelait celui des locaux de son siège et de ses hôtels. À la différence qu'ici il se transmettait de génération en génération. Malgré lui, la rancœur le gagna.

Leur repas était disposé sur une longue table en acajou. Du vin blanc attendait dans un seau à glace et une coupe de fruits était posée sur le buffet.

Il s'installa à l'endroit indiqué par Fran. Elle ne portait pas de la haute couture aujourd'hui mais un beau pantalon et un chemisier vert pâle avec une bande blanche. Ses cheveux étaient rassemblés en queue-de-cheval et elle n'était pas maquillée. Il était impossible de deviner qu'elle était enceinte.

Un instant - rien qu'un court instant - Nic songea à lui demander une preuve de sa grossesse. Il s'agissait peut-être d'une fausse alerte. Endurer tout ceci était peut-être inutile.

— Qu'y a-t-il ? demanda soudain Fran, de l'autre côté de la table.

Nic sursauta. Avait-elle lu dans ses pensées ? Sans doute pas, car elle continua du même ton froid.

— Quelque chose te déplaît ? demanda-t-elle en désignant d'un geste la pièce autour d'eux.

Nic perçut la note de défi dans sa voix, un ton qu'elle n'avait jamais employé avec lui auparavant.

Il se remémora alors leur rencontre au bar du Falcone ; la façon dont elle l'avait défié de citer trois astrophysiciens, avec humour, amusement, intérêt pour lui.

Rien de cela maintenant. À présent, elle était Donna Francesca qui exprimait son mécontentement face aux critiques sur les choix de décoration de son père le marquis.

Il secoua la tête, l'expression fermée.

— Non, c'est très beau.

— C'est démodé, admit-elle. Mais j'aime bien. Ça n'a pas beaucoup changé depuis l'époque de mes grands-parents. Ni des leurs, j'imagine.

Fran tenta une pointe de légèreté mais l'effort lui coûtait. Encore une fois, elle se rappela combien il avait été facile de discuter avec Nic autrefois, alors qu'aujourd'hui la gêne et la retenue prévalaient entre eux, rendant toute conversation laborieuse et guindée.

— Sers-toi, je t'en prie, fit-elle en montrant les plats sur la table.

Ils avaient pique-niqué plusieurs fois au bord de la route lors de leur voyage ensemble, s'arrêtant à des points de vue pour manger les aliments achetés dans des supérettes.

Elle repoussa ces souvenirs. Ces temps heureux et insouciants étaient révolus. Ils avaient des problèmes autrement plus sombres à régler.

— Je crois que tu as raison au sujet des Caraïbes, dit-elle en le regardant se servir allègrement.

Elle éloigna de son esprit les images de son torse musclé, de la peau douce sous ses doigts.

— Nous devrions y organiser la cérémonie, dans l'un de tes hôtels, reprit-elle. Mais en petit comité.

Elle marqua une pause pour le fixer droit dans les yeux avant de poursuivre :

— Ce sera plus facile pour mes parents, et puisque tu n'as pas de famille...

Elle se tut. Quel manque de tact ! Il lui décocha un regard incisif.

— Ça me convient.

Sa réponse laconique n'avait plus rien de la légèreté avec laquelle il s'exprimait aux États-Unis. Ici, elle était empreinte d'indifférence. Une manière de lui montrer à quel point il s'en fichait.

Elle blêmit mais tint bon. Elle repoussa du bout de sa fourchette une feuille de salade dans son assiette. Elle n'avait pas faim. Elle avait la nausée.

Et pas à cause de sa grossesse.

— Ça va être difficile pour eux, Nic. Je n'y peux rien. Aucun parent ne souhaite un mariage forcé pour ses enfants, soupira-t-elle. Et une grossesse non désirée n'est jamais idéale, de toute façon.

Les yeux bleu azur lui lancèrent des éclairs. La colère irradiait de tout son être.

— Je ne t'ai jamais demandé de venir me rejoindre cette nuit-là à Londres !

Les mots la poignardèrent en plein cœur. Fran tressaillit. Il porta un nouveau coup.

— Ne rejette pas la faute sur moi. Tu es tout aussi responsable de ta situation. Je t'ai dit clairement que je ne voulais pas continuer notre... relation. Et pourtant, tu as insisté.

Sa voix était glaciale, comme dans l'ascenseur lorsqu'il lui avait ordonné de ne plus le contacter. Elle poussa un cri, laissa tomber sa fourchette.

— Je ne t'accuse de rien. Je dis simplement que personne ne devrait avoir à se marier pour le bien d'un bébé qui n'était pas prévu.

Elle ferma les paupières. Une profonde tristesse l'emplit soudain.

Comment ce mariage pourrait-il fonctionner ? C'était impossible.

— Nic, c'est toi qui insistes pour qu'on se marie... Pas moi !

Elle rouvrit brusquement les yeux.

— Je t'ai dit que j'étais prête à l'élever seule.

— Eh bien, moi, je ne suis pas d'accord avec ça.

Tendu et de mauvaise humeur, Nic repoussa son assiette. Il n'avait plus d'appétit. Quel désastre ! Il fixa d'un regard dur la femme assise en face de lui. La femme qu'il ne voulait pas épouser par obligation. La femme qui appartenait à un monde qu'il méprisait et rejetait. La femme qui réprouvait de devoir s'unir à lui, un gamin des rues parvenu !

Elle avait le teint pâle, le sang avait déserté son visage et, l'espace d'un instant, cette vision le piqua au vif. Mais les mots franchirent ses lèvres sans qu'il puisse les rattraper.

— Vous allez m'épouser, Donna Francesca ! tonna-t-il en insistant bien sur son titre. Je n'accepterai rien d'autre. Je refuse d'entendre à nouveau parler de mère célibataire.

Il plissa les yeux.

— Tu peux bien raconter ce que tu veux à tes parents, ça ne me concerne pas.

Il se leva, jeta sur la table sa serviette d'un blanc immaculé en damas marqué du monogramme de la maison.

— La seule chose qui m'importe, c'est le bébé que tu attends. Rien d'autre.

Il quitta la pièce à grandes enjambées, le cœur tambourinant dans sa poitrine, l'émotion battant à ses oreilles, le rendant sourd au reste du monde.

Derrière lui, Fran tremblait de tout son corps, le regard vide posé sur la chaise désertée.

Elle était bouleversée, les larmes roulaient sur ses joues.

Jamais ça ne fonctionnerait.

9

Furieux, Nic se rejeta contre le dossier de son fauteuil derrière son bureau. Sa colère était dirigée contre lui-même, maintenant. Comment avait-il pu s'emporter ainsi ? Quel besoin avait-il de tempêter de cette manière ?

Il lâcha un juron violent, avant de se féliciter d'être seul et que personne n'entende.

Pourtant, malgré sa fureur et sa culpabilité de s'en être pris à une femme enceinte, il était toujours irrité et il ne savait pas comment se calmer.

Il ne voulait pas l'épouser.

Correction : il ne voulait pas épouser la femme qu'elle était – Donna Francesca di Ristori ! Avec toute sa grande et noble famille qu'il ne supportait pas et qui serait consternée et scandalisée par son mariage avec lui.

Ses traits se crispèrent. C'était qui elle était le problème. Son identité.

Elle avait été une autre à une époque…

Il repoussa ce souvenir. Non, elle avait toujours été la même, celle qu'il déplorait…

Il balaya d'un regard sombre son bureau, les richesses qu'il avait acquises de seconde main, grâce à l'argent. Il revit l'appartement splendide du *marchese*, rempli de biens antiques hérités de ses ancêtres, chacun lui rappelant le fossé qui les séparait, la fille du marquis et lui, le nouveau milliardaire.

Le privilège de la naissance, la richesse et la noblesse de droit, le statut social, tout cela tenu pour acquis.

C'était son monde à elle, pas le sien.

Il alluma son ordinateur d'un geste brusque. À quoi bon ruminer sur ce qui ne pouvait être changé ? Il avait du travail et se plongea dedans.

La toux discrète et nerveuse de son assistante l'en sortit un long moment plus tard.

— *Signor* Falcone, vous avez de la visite.

Il quitta son écran des yeux avec une impression de déjà-vu.

— Qui est-ce ?

— *Dottore* Ristori, répondit la secrétaire avec prudence face à son ton bourru.

Nic se figea. Bien, elle voulait jouer à ce petit jeu ? Prétendre qu'elle était une autre ?

Il se radossa à son siège et indiqua d'un geste du menton à son assistante de la faire entrer.

Fran apparut, dans la même tenue décontractée mais les traits crispés.

— Il faut que je te parle, annonça-t-elle sans préambule.

Il se leva aussitôt et fit le tour de son bureau avant de l'inviter à s'asseoir avec lui dans les fauteuils qui flanquaient la table en or moulu à laquelle il recevait de manière plus informelle. Mal à l'aise et le visage impassible, il attendit qu'elle s'exprime.

Elle s'installa dans un des sièges, posa son sac sur la table délicate. Un moment, elle garda le silence.

Quelque chose remua en Nic mais il étouffa le sentiment. Il voulait savoir ce qu'elle était venue lui dire et, lorsqu'elle parla, il en resta bouche bée.

— Pourquoi me hais-tu autant, Nic ?

Les mots tombèrent comme un couperet entre eux.

Il se crispa et fronça les sourcils. Il ne s'attendait pas à ça.

— Je ne te hais pas.

Sa voix était altérée.

Elle secoua la tête, rejetant sa réponse.

— Nic, tu irradies l'hostilité envers moi comme une étoile en train d'imploser. Je pourrais croire que c'est seulement parce que je suis enceinte, et que cette nouvelle te contrarie comme j'ai toujours su qu'elle le ferait. Pour cette raison, j'en veux beaucoup à Cesare d'être intervenu et de t'avoir dit ce que je ne voulais pas que tu saches. Mais ce n'est pas tout, n'est-ce pas ? C'est ainsi depuis que Cesare et Vito t'ont pris de haut lors de la soirée sur le toit du Viscari à Londres.

Bouleversée, Fran aspira une goulée d'air douloureuse. Il lui avait fallu rassembler tout son courage pour venir ici affronter Nic, mais elle y tenait. Pour que leur union fonctionne, ils devaient crever l'abcès maintenant.

Je refuse qu'il m'en veuille et me fasse des reproches.

— Alors explique-moi, Nic. Dis-le-moi en face. Pourquoi es-tu aussi en colère contre moi ?

Elle prit une nouvelle inspiration avant de poursuivre, penchée en avant.

— Cette fameuse nuit que tu me reproches tant, je ne me jetais pas à tes pieds ! Tout ce que je voulais, Nic, c'était faire la paix avec toi. Parce que, comme je te l'ai dit à ce moment-là, nous nous étions quittés en bons termes. Alors je ne comprends pas en quoi découvrir que nous avions *tous les deux* tu nos véritables identités a pu compliquer autant les choses entre nous. Je voudrais que tu m'expliques, Nic, vraiment.

Elle se radossa au fauteuil, à bout de souffle.

Il l'avait écoutée sans intervenir mais elle devinait à sa mâchoire crispée et au tressautement de ses pommettes qu'il se retenait d'exploser. Elle s'en fichait, elle était au-dessus de ça. Elle avait fait l'effort de venir pour obtenir des réponses. Des réponses qu'elle n'avait pas eues ce soir-là, à l'hôtel. Cette nuit à l'origine de sa présence ici maintenant.

Il la dévisagea. La regarda de ces yeux si bleus qui l'avaient autrefois baignée d'un désir brûlant et qui étaient désormais aussi distants que les dernières strates de l'atmosphère.

— C'est très simple. Je n'aime pas ce que tu es.

Elle resta interdite un instant.

— Je ne comprends pas..., dit-elle tout bas.

— Je déteste tout ce que tu représentes ! cracha-t-il d'une voix rauque. Je n'aime pas le monde auquel tu appartiens. Auquel vous appartenez tous autant que vous êtes. Je n'aime pas ton précieux ex-fiancé, le fameux comte de Mantegna, et je n'aime pas l'homme apparenté à son épouse, ce play-boy pourri gâté de Vito Viscari, à qui tout réussit sans qu'il ait jamais eu à lever le petit doigt, tout simplement parce qu'il est né dedans. Je n'aime rien de ce monde et je ne veux rien avoir à faire avec. Mais je vais m'y contraindre. Parce que je dois t'épouser.

Elle l'écouta sans dire un mot, puis, d'une voix basse et émue, elle déclara :

— Je ne peux rien changer à qui je suis, Nic, pas plus que toi. Et laisse-moi te dire une chose : je n'aime pas non plus l'homme que tu es, Nicolo Falcone. Je ne l'aime pas du tout et je ne veux pas l'épouser.

Elle se leva, les mains posées sur son ventre dans un geste de protection instinctif. Elle sentait son sang bouillir dans ses veines, l'adrénaline courir dans son corps, ses poumons se contracter, la nausée monter.

Elle lui jeta un regard. Il ne s'était pas levé, il semblait paralysé sur place. Comme c'était étrange. Il ressemblait à nouveau à Nic Rossi, l'homme qu'elle connaissait, au sourire ravageur et au charme nonchalant. Mais ce n'était qu'une illusion.

— Nous sommes des inconnus l'un pour l'autre, dit-elle tout bas. Et des inconnus ne devraient pas se marier. Au revoir, Nic.

Elle posa la main sur son ventre, où leur bébé grandissait en silence. Il faudrait qu'elle trouve une solution, mais plus tard.

— Nous ferons une garde partagée, Nic ; le moment venu. Mais je ne peux pas m'occuper de cela pour l'instant. Je ne peux m'occuper de rien.

Elle lui jeta un dernier regard, le cœur brisé.

— Je m'en vais, maintenant. N'essaie pas de me retenir, je t'en prie.

Alors, Nic la laissa partir. Il la laissa sortir de son bureau et de sa vie sans rien dire.

Il la laissa s'en aller avec leur enfant.

Incapable de bouger.

10

Au sortir de l'aéroport de San Francisco, Fran monta à bord de la navette de l'hôtel. Le vol avait été long et éprouvant ; les journées après avoir vu Nic, épuisantes. Elle avait quitté Rome l'après-midi même et était rentrée à Cambridge.

Le lendemain de son retour, elle s'était entretenue avec son professeur et lui avait annoncé qu'elle quittait le Royaume-Uni pour raisons personnelles. Elle avait accepté la demande d'entretien pour un poste de chercheur à l'université de Californie du Sud auquel elle avait postulé quand elle avait appris qu'elle était enceinte d'un homme qui ne voulait pas d'elle.

Désormais, c'était elle qui ne voulait pas de lui. De l'homme qu'il était.

Et ironie du sort, lui la voulait, ou plutôt le bébé qu'elle portait.

Toujours déterminé à ce qu'ils se marient, Nic lui avait envoyé des e-mails, des textos, lui avait laissé des messages vocaux qu'elle avait ignorés comme toutes ses autres tentatives de la joindre.

Elle savait ce qu'il voulait lui dire. Son premier message était clair.

Tu es bouleversée, je le comprends. Mais nous ne pouvons pas en rester là. Lorsque tu auras retrouvé ton calme, nous pourrons discuter. Pour l'instant, je te laisse tranquille. Je viendrai te voir à Cambridge plus tard et nous réglerons la situation. Nous n'avons pas d'autre choix.

Elle avait effacé le message. Et tous ceux qui avaient suivi. Sur le point d'embarquer pour les États-Unis, elle lui avait écrit. Un ultime message avant de quitter l'Europe.

Avant de gagner Los Angeles pour son entrevue professionnelle, elle avait décidé de faire une escale à San Francisco pour se rendre dans un lieu qui l'appelait.

Les accents américains résonnaient autour d'elle tandis qu'elle s'enregistrait à la réception de l'hôtel, et elle se sentit à nouveau le Dr Ristori, ce qui la rassura et la réconforta.

Mais ce sentiment de familiarité réveillait aussi sa mémoire, qui s'emplissait de souvenirs implacables, douloureux. Cette douleur, il lui faudrait l'accepter désormais. Effacer l'image d'un homme grand et musclé, au regard bleu azur et au sourire ravageur. Qu'elle avait perdu pour toujours.

Un seul endroit s'imposait pour qu'elle puisse faire son deuil de ces jours heureux. Et elle s'y rendait à présent.

Nic considéra les mots affichés sur son écran de téléphone avec ahurissement. Ils n'avaient aucun sens !

Nic, je ne vais pas t'épouser. Ce serait une terrible erreur pour nous deux. Aucun de nous n'est la personne que l'autre croyait. Tu n'es pas l'homme dont je me souviens et je ne suis pas la femme que tu te rappelles. Nous sommes mieux l'un sans l'autre. N'essaie pas de me faire changer d'avis, je t'en prie, ça n'arrivera pas. Ma décision est prise. Nous avons plus de six mois pour trouver une solution quant aux droits de visite. Je suis sûre que nous pourrons parvenir à un arrangement civilisé. Pour l'instant, je ne peux pas y penser.

Il relisait ces mots, encore et encore. Mais il ne les saisissait toujours pas. Leur mariage était impératif et primordial. Sauf que… elle ne comprenait pas cette obligation.

Nous sommes mieux l'un sans l'autre.

Un sentiment nouveau enflait en lui. Un sentiment qu'il ne reconnaissait pas ; puissant et intense. Comme la pression qui monte à l'intérieur d'un volcan qu'on croyait endormi. À tort.

Tu n'es pas l'homme dont je me souviens.

Il sentit la pression monter en lui. Son téléphone sonna – c'était sa secrétaire – mais il souleva le combiné uniquement pour raccrocher. Il était concentré sur ces mots, rien qu'eux. Et sur la tension qui emplissait tout son être.

Je ne suis pas la femme que tu te rappelles.

La pression en lui explosa, inonda son esprit comme la lave dévale les flancs du volcan, consumant tout sur son passage. Il se rappelait la femme qu'il avait cru qu'elle était. Il se souvenait avec une clarté aveuglante de chaque moment qu'ils avaient passé ensemble.

Et avec ces souvenirs venait aussi une prise de conscience qui faisait éclater tout le reste en mille morceaux.

Son téléphone sonna de nouveau ; cette fois, il décrocha.

— Trouvez-moi un vol pour Cambridge, en Angleterre. Tout de suite !

Une nouvelle fois, Fran descendait d'avion, cette fois à Las Vegas. Se retrouver à l'aéroport McCarran lui avait soulevé le cœur, tant elle se revoyait dans la chaleur étouffante de l'été précédent, le sac à dos à l'épaule, à échanger un dernier baiser, trop rapide, avec Nic.

Sa voiture de location n'avait rien du 4x4 de luxe. Elle se rappela s'être inquiétée que Nic ait emprunté en toute insouciance un véhicule à l'hôtel, et la façon dont l'avait salué le vigile à leur retour.

« Bonsoir, patron. »

« Il est dans mon équipe », avait expliqué Nic sans plus de précisions.

C'était la vérité. Sauf que son équipe comptait des milliers d'employés à travers le monde.

Tout ce temps, il était Nicolo Falcone et elle ne s'était doutée de rien.

Le trajet allait lui occuper l'esprit, il serait long ; elle devrait faire une escale, s'arrêter pour la nuit, mais ce ne serait pas un problème. Le plus difficile serait la fin du parcours.

L'hiver approchait et, même si la météo promettait d'être clémente, la neige l'arrêterait dans son élan.

Elle roula malgré tout, déterminée à aller jusqu'au bout.

Nic se montrait autoritaire et colérique, il en avait conscience et s'en fichait. Il usait d'un savant mélange d'arrogance impérieuse et de charme délibéré pour obtenir l'information dont il avait besoin.

Ses yeux bleus lançaient des flammes. Où était-elle ?

Car elle n'était pas à Cambridge, en tout cas. La secrétaire de son département le considérait d'un air contrit.

— J'ai bien peur que vous l'ayez ratée. Elle est allée en Californie, pour passer un entretien, je crois.

Il partit à grandes enjambées, les mâchoires serrées. Puis, le téléphone à la main, il contacta son service de sécurité à l'hôtel de Mayfair.

— Il faut que vous me retrouviez quelqu'un, ordonna-t-il.

Il attendit avec frustration la réponse qui, lorsqu'elle arriva, le stoppa dans son élan. Puis, il se sentit peu à peu galvanisé par la première émotion qu'il éprouvait depuis qu'il avait lu qu'elle refusait de l'épouser.

Une émotion à laquelle il pouvait se raccrocher.

L'espoir.

Fran poussa un soupir de soulagement. La neige n'était pas tombée, la route était ouverte et les tickets de visite pour la journée toujours en vente. Elle roula entre les hauts conifères, toute trace d'habitations disparue, puis atteignit enfin sa destination. Elle gara la voiture dans le parking presque entièrement vide et poursuivit à pied.

Afin de se remémorer ce qui n'était jamais arrivé. Ce qui n'avait pas pu se produire.

Elle s'assit sur l'un des nombreux bancs, emmitouflée dans le blouson de ski qu'elle avait acheté en chemin, les pieds bien au chaud dans ses bottes fourrées. Elle sentit la morsure du froid tandis qu'elle observait les quelques randonneurs chaudement vêtus prêts à partir à l'aventure, même à cette période de l'année.

Le ciel au-dessus de sa tête était chargé, mais la vue restait imprenable.

À quinze kilomètres se trouvait la rive où elle s'était tenue sous la chaleur écrasante, l'été dernier. Elle regarda au-delà du canyon qui séparait le point où elle avait été de celui où elle se trouvait à présent. Sa vie d'alors et sa vie d'aujourd'hui.

Impossible de revenir en arrière. De retrouver ce qui n'était plus. Ce que le temps avait effacé.

N'était-ce pas ce qu'elle s'était répété sans relâche tous ces mois ? Une nouvelle fois, elle martela ces mots, par nécessité. Parce qu'elle n'avait pas d'autre choix. Elle devait dire adieu à ce moment de sa vie. L'oublier.

Oublier Nic, l'homme à qui elle était venue faire ses adieux.

Lentement, sa main vint se poser sur son ventre. Alors, elle s'adressa à son enfant à naître. Elle parla d'une voix basse mais claire, dans ce lieu isolé sans personne en dehors des randonneurs qui entamaient leur marche. Elle prononça tout haut les mots qu'elle avait besoin d'exprimer.

— Je t'ai amené ici pour pouvoir te raconter un jour prochain que j'ai réussi à y venir. Mais toute seule, rien qu'avec toi. Et je veux que tu saches que je me suis tenue de l'autre côté, à des kilomètres de là, mais avec un autre. Je veux que tu saches que c'était le plus beau moment de ma vie, le plus important, même si, sur le coup, je l'ignorais.

Elle se croyait seule, libre de s'adresser sans entraves au petit être grandissant en elle, sans que personne ne l'entende.

Mais elle se trompait.

Une voix s'éleva dans son dos.

— Moi aussi, je l'ignorais.

Un hoquet de stupeur lui échappa. Elle reconnut instantanément cette voix profonde, rauque, évocatrice de tant de souvenirs.

Elle pivota, sous le choc des émotions.

Nic.

11

Fran n'en croyait pas ses yeux.

— Qu'est-ce que... ?

Une question banale, inutile.

Il s'avança vers elle. Lui aussi portait un blouson de ski pour se protéger du froid mordant et de grosses bottes qui crissaient sur le sentier de terre durcie.

— Mon service de sécurité a retrouvé ta trace. Ils sont doués.

Après avoir pris une inspiration, il ajouta :

— Ça m'a toujours plu que tu croies que j'en faisais partie.

— C'est toi qui m'as laissée le croire !

Elle était dans tous ses états et ne savait comment réagir. Nic ? Nic était ici. Ça n'avait pas de sens.

— Tout comme tu m'as laissé croire des choses à ton sujet.

Elle soupira.

— C'est ce que nous voulions tous les deux, sur le moment.

— Oui. Sur le moment, répliqua Nic, les mains enfoncées dans ses poches. Et maintenant ? Maintenant, que voulons-nous ?

Elle détourna le regard et répondit, sans cacher sa tristesse :

— Des choses différentes. Impossibles à concilier. Tu te forces à m'épouser et je ne le veux pas. Je refuse de me marier avec un homme qui déteste tout chez moi. Un homme que je n'aime pas pour cette raison.

— Ah bon ?

Il avait répondu avec une nonchalance feinte, comme si on

le tenait en joue avec une pointe acérée qui pourrait lui ôter la vie à la moindre pression.

— Oui ! s'écria-t-elle avec véhémence.

Comment était-il possible qu'elle soit ici, à des milliers de kilomètres de Rome, avec Nic ? Qu'ils aient cette conversation, une conversation qui était une perte de temps et d'énergie.

Un gâchis.

L'émotion forma une boule incandescente dans sa gorge.

— Oh ! Nic. Tu n'aurais pas dû venir. Ça ne sert à rien. Ça ne change rien. Tu es toujours Nicolo Falcone et je suis toujours Donna Francesca. Nous sommes des inconnus l'un pour l'autre. Des inconnus qui, par accident, ont fait un bébé ensemble.

Nic acquiesça. Il faisait son possible pour garder son calme, c'était essentiel. Parce qu'il avait des choses à lui dire. Des choses qu'il n'avait comprises que lorsque Fran était sortie de sa vie.

Dans ses poches, ses poings étaient serrés à cause de l'émotion qu'il tentait de lui dissimuler pour l'instant, peut-être pour toujours.

— Oui, des inconnus. La noble Donna Francesca et le nouveau riche Nicolo Falcone.

Il prit une inspiration, sentit l'air piquant dans ses poumons.

— Mais il existe deux personnes qui ne sont pas étrangères.

Il marqua une nouvelle pause. Il fallait qu'il s'exprime correctement. Il n'aurait qu'une seule chance et tout en dépendait. Tout.

— Deux personnes, continua-t-il, les yeux rivés sur elle, qui ne se connaissaient pas, se sont rencontrées et quittées amoureuses. Nic Rossi et docteur Fran.

Elle battit des cils, et il poursuivit.

— Fran, pourquoi selon toi avons-nous tu notre identité, lors de notre première rencontre ? Pourquoi souhaitions-nous être quelqu'un d'autre ? Parce que nous ne voulions pas porter le poids de notre naissance. Nous voulions nous en libérer.

Pourvu qu'elle comprenne !

— Ici, aux États-Unis, je n'ai pas besoin d'être Donna Francesca, répondit Fran à voix basse. Je peux être moi, tout simplement. Celle que j'aurais été sans le hasard de la généalogie. Une femme dont on n'attend pas qu'elle épouse quelqu'un comme Cesare, qu'elle devienne comtesse, qu'elle réalise les rêves de sa mère et non les siens.

Il hocha la tête, compréhensif.

— J'aimais que tu me croies agent de sécurité. Je n'avais pas à être Nicolo Falcone, l'homme qui doit prouver au monde entier qu'il vaut quelque chose, qu'il peut surpasser Viscari.

Un éclair traversa le regard de Fran.

— Je me rappelle que tu trouvais défaitiste d'accepter le monde tel qu'il est.

— Et moi, je me souviens du feu qui brillait dans tes yeux lorsque tu me parlais des étoiles. La passion dans ta voix.

Malgré lui, il sourit à ce souvenir.

— Mais tout cela est terminé ! s'écria Fran, la mine sombre. Tu as été on ne peut plus clair ce soir-là, à Londres.

Nic secoua la tête avec véhémence.

— Je parlais à Donna Francesca !

Il prit une inspiration pour se donner le courage de dire ce qu'il savait à présent. Cette vérité qu'il avait enfouie au fond de lui.

— Je me suis servi de cette excuse, de ton rang, pour te rejeter. Mais ce n'était pas la vraie raison. Je mentais. À toi et à moi-même.

Il marqua une pause, cherchant ses mots avec soin.

— Toute ma vie, j'ai redouté d'être comme mon père, avoua-t-il. Un homme qui abandonne une femme enceinte. Voilà pourquoi j'insistais tant pour que l'on se marie. Je me suis juré de ne pas être comme lui. Et la façon la plus simple et la plus sûre d'y arriver était de ne jamais laisser une femme s'attacher. Je les quittais avant, soulagé qu'elles n'aient pas à compter sur moi, qu'elles n'espèrent pas ce que je n'osais pas leur donner. J'ai fait ça avec toutes les femmes qui sont passées dans ma vie. Et c'est ce que j'ai fait avec toi aussi.

Sa gorge était nouée, mais il devait aller jusqu'au bout.

— Sauf que tu n'as jamais été comme toutes les autres. Dès le départ, tu as été différente. Spéciale.

Il prit une nouvelle inspiration.

— Quand je t'ai revue, ce soir-là à Londres, alors que j'essayais de t'oublier, j'ai ressenti des émotions inédites et interdites. Tu as éclipsé toutes les autres femmes. Et j'ai compris... que j'étais en danger. Je devais trouver quelque chose, n'importe quoi, pour te tenir à l'écart.

Touchée par la déclaration de Nic, Fran sentit les battements de son cœur redoubler. Elle aussi avait une confession à faire.

— Lorsque je suis venue te trouver à ton hôtel, je me suis convaincue que c'était pour faire la paix avec toi, parce que je ne supportais pas que tu me rejettes simplement parce que je ne t'avais pas dit la vérité, parce que j'étais amie avec Vito Viscari. Mais je me mentais à moi-même. Je le sais maintenant. Je suis venue te trouver pour une seule raison.

Elle s'interrompit une seconde avant de reprendre d'une voix émue.

— La vérité, c'est que lorsque je t'ai revu, Nic, j'ai été transportée de joie. Une joie intense et débordante. Et je voulais te retrouver, retrouver le Nic que j'avais connu ici, revivre nos moments ensemble.

L'émotion la submergea, l'empêchait de respirer. Elle n'arrivait plus à le regarder dans les yeux.

Elle s'éloigna, s'approcha du long muret qui séparait la terrasse du précipice. Elle porta le regard au loin, vers l'autre rive, où ils s'étaient autrefois tenus, main dans la main.

Où en étaient-ils aujourd'hui ?

— Nous n'avons jamais atteint la rive nord, dit Nic d'une voix basse dans son dos. Mais nous y sommes aujourd'hui, n'est-ce pas ?

Elle ne répondit pas, elle en était incapable. Il s'approcha davantage et elle sentit sa présence imposante près d'elle.

— Nous y sommes, répéta-t-il.

Comme elle ne répondait toujours pas, il insista :

— Que sont des noms ? Nic Rossi ou Nicolo Falcone. Docteur Fran ou Donna Francesca ? Que sont des noms comparés à ce que nous sommes ? Et pourquoi... ? Pourquoi devraient-ils nous définir ? Nous emprisonner ? Pourquoi laisserais-je les craintes de ma pauvre mère régir ma vie ? Il n'est écrit nulle part que je serai comme mon père ! Que j'abandonnerai mon enfant comme lui l'a fait ! Puisque je crois qu'il est défaitiste d'accepter le monde tel qu'il est, alors ce serait encore plus défaitiste de ma part de croire que je pourrais devenir comme mon père.

Il prit une inspiration.

— À cause de ces peurs, je t'ai laissée partir, me répétant que c'était la meilleure chose à faire. Et je n'ai pas cherché à te revoir.

Fran trouva enfin la force de répondre.

— J'ai essayé de reprendre contact, mais j'ai échoué. Et comme tu ne m'as pas cherchée, je devais accepter que c'était terminé. T'oublier. Mais ce n'était pas facile.

Elle plongea le regard dans le sien.

— Ce n'était pas facile non plus de te dire que je ne voulais pas t'épouser.

Elle sentit son corps, si près du sien, se crisper.

— Pourquoi ça ? demanda-t-il sans aucune accusation dans la voix, juste un réel désir de savoir.

Elle n'avait pas de réponse. Les larmes se mirent à rouler sur ses joues, silencieuses, impossibles à retenir.

Le calme et le vent froid soufflant du nord les enveloppaient.

Les yeux fixés sur l'horizon lointain, Nic reprit :

— Pour la même raison que je suis venu te retrouver ici. Cette destination que nous n'avons jamais atteinte lors de notre voyage ensemble.

Lorsqu'il prit sa main dans la sienne, Fran laissa échapper un sanglot, impossible à étouffer, à nier, comme il lui était impossible de ne pas serrer ses doigts entre les siens. Aussitôt, Nic l'enveloppa de ses bras tandis qu'elle pleurait, laissant libre cours à toutes les émotions qu'elle retenait depuis trop longtemps.

Il la laissa sangloter, nichée contre lui, la soutenant au cœur de cette tempête d'émotions.

— Ne me quitte pas, murmura-t-il en resserrant son étreinte. Je ne supporterais pas que tu me quittes.

Incapable de parler, elle s'agrippa à l'épais tissu de son blouson, tremblant comme une feuille.

— Fran, c'est nous. Qui nous sommes. Nous le savions, nous

le sentions quand nous étions ensemble, mais nous n'en avons rien fait. Nous avons laissé la vie nous mener dans des directions différentes. Et nous aurions dû empêcher cela.

Il la fit rasseoir sur le banc et s'installa à côté d'elle, le bras toujours autour de ses épaules. Elle enfouit son visage contre son torse, les larmes coulant encore malgré elle.

Avec douceur, il caressa ses cheveux de ses lèvres.

— Dois-je le dire en premier ? Dire ce que nous avons tous les deux refusé d'admettre ?

Il lui souleva la tête pour plonger son regard bleu azur dans le sien.

— Tu as dit qu'ensemble nous étions bien. Mais nous étions plus que bien. Nous étions parfaits l'un pour l'autre. Autant que deux personnes destinées à passer le reste de leur vie ensemble. Voilà ce que nous partagions. C'est cela que nous avons vu en l'autre, mais que nous refusions de reconnaître. Eh bien, je l'admets maintenant. Je l'avoue haut et fort.

Il ne la quittait pas des yeux, et elle était comme envoûtée par sa voix.

— Fran, je sais avec chaque fibre de mon corps que c'est aussi ce que tu ressens.

Il marqua une pause avant de poursuivre d'une voix émue qui fit chavirer le cœur de Fran.

— Nous avons retrouvé la légitimité de notre amour.

Il prit son visage en coupe, caressant sa peau de ses doigts fermes et tendres.

— L'amour de Nic Rossi pour docteur Fran. Et si nous parvenons à nous accepter, l'amour entre Nicolo Falcone et Donna Francesca. Eux aussi peuvent s'aimer désormais.

Sa voix se tendit brusquement.

— Je sais que je ne serai pas le bienvenu dans ta famille ; moi, l'enfant des rues sans père, qui s'est fait tout seul…

Elle posa un doigt sur sa bouche pour le faire taire. Les émotions irradiaient en elle aussi fort que l'univers rayonnait. La joie, l'émerveillement et un ravissement jamais ressentis jusqu'à cet instant.

— Comment peux-tu dire cela ? l'interrompit-elle. Tu es un homme d'affaires milliardaire !

Elle prit ses mains dans les siennes pour partager la peur soudaine qu'elle ressentait et poursuivit avec nervosité :

— Je ne veux pas que tu me détestes à cause du hasard de ma naissance. Je ne peux pas changer qui je suis. Pas plus que toi.

— Je le sais bien. Mais j'ai dû me battre pour obtenir tout ce que j'ai et j'ai toujours méprisé ceux qui avaient tout sans fournir le moindre effort, comme Vito Viscari.

Elle posa le front contre son torse puissant, leurs mains toujours entrelacées, et sentit son cœur battre.

— Nic, dit-elle en relevant soudain la tête. Tu dois te défaire de ces sentiments.

Elle prit sa main droite et la glissa sous l'épaisseur de son blouson, la fit descendre le long de son corps chaud. Elle le sentit sursauter mais garda sa main en place.

— Notre bébé, Nic, va naître au sein de nos deux familles. Il aura un marquis pour grand-père, un duc pour arrière-grand-père et sera l'héritier de ta fortune. Vas-tu le mépriser à cause du contexte de sa naissance ?

Elle acquiesça devant son silence approbateur.

— Tu vois ? insista-t-elle en douceur.

Elle entrelaça ses doigts aux siens, sur son ventre encore plat où leur bébé grandissait, bien réel.

Une joie intense l'envahit ainsi qu'un sentiment de gratitude envers cet enfant.

Un bébé, une mère, un père. Une famille.

L'émotion lui serra la gorge et elle se laissa aller contre le corps de l'homme avec qui elle avait créé ce miracle. Une sensation de paix s'empara d'elle, après le tumulte des larmes. Une paix profonde et un émerveillement si intense qu'elle pouvait à peine le supporter.

Elle était venue ici pour lui dire adieu. Et elle l'avait retrouvé.

Ils étaient ensemble désormais. Nic et Fran... Nicolo et Francesca. Et ils formeraient la famille qu'ils décideraient, avec leur bébé.

L'amour l'inonda. L'amour pour son bébé et pour l'homme avec qui elle l'avait conçu. Un amour qu'elle n'avait jamais imaginé ressentir, et qui ne s'éteindrait jamais.

— Est-ce que je suis en train de rêver ? demanda-t-elle en levant son visage vers lui.

Son regard couleur saphir la transperça. Dans ses yeux, elle lisait le même sentiment qui envahissait son cœur.

— Quel que soit le nom que tu me donnes, je suis là pour toi. Ma merveilleuse, adorée et exquise Donna Francesca et mon incandescente docteur Fran qui a enflammé les cieux tout autant que moi avec sa passion.

Elle prit son visage entre ses mains, caressa du bout du doigt ces lèvres capables d'un sourire ravageur et de baisers si tendres.

— Je t'ai dit que je ne t'aimais pas, Nicolo Falcone, mais c'est faux. Car tu es aussi Nic et tu le resteras toujours. Nic Rossi, l'homme dont je suis tombée amoureuse, qui a fait chavirer mon cœur la première fois qu'il est venu me draguer. Et je t'admire et te respecte pour ce que tu as accompli. Tu t'es battu et tu as gagné.

— J'ai perdu contre Viscari, corrigea-t-il avec une lueur amère dans le regard.

Elle balaya ses protestations d'un geste de la main.

— Et c'est tant mieux. Tu n'as plus rien à lui prouver. Ni à quiconque. Laisse ses hôtels à Vito et profite des tiens.

Elle marqua une pause avant de lui dire ce qu'il devait entendre.

— Nic, je sais d'expérience que tout ce qu'il faut pour réussir, c'est l'envie. Je n'ai pas besoin de prouver que je suis meilleure que les autres chercheurs. Je dois juste trouver ce petit plus à propos de l'univers que personne ne connaît au moment où je publie mon papier. Ça ne sert à rien d'en vouloir aux autres de faire pareil.

» Tu n'as rien à prouver à Vito. Tu n'as pas à lui en vouloir. Tu possèdes un fabuleux empire, que tu as toi-même construit, grâce à ton travail et à ton talent. Profites-en ! Profitons-en, ajouta-t-elle avec un sourire. Profitons de ce que la vie nous offre. Moi aussi, j'ai remporté mes batailles. Je mène une carrière de chercheuse telle que je la souhaitais. Mais aujourd'hui...

Elle se tut. Reposa la main sur son ventre.

— Maintenant, j'ai plus. Nous avons tellement plus ! Il y a nous et le bébé. C'est le bébé qui nous a réunis, Nic, et ça compte bien plus que tous les essais du monde et tous les hôtels de la planète !

— Ma douce et sage bien-aimée, répondit-il.

Sa main vint caresser son ventre, remonta vers sa poitrine. Le cœur de Fran s'emballa tandis que, dans les yeux de Nic, brillait une lueur familière.

Il prononça son prénom, comme un grondement bas, et elle lui offrit son visage, ses lèvres entrouvertes dans un soupir expectatif.

Son baiser fut lent, et doux, sa langue délicate pour se glisser en elle. Son pouls s'accéléra encore et la chaleur envahit son corps quand il prit sa main pour l'amener sur son torse musclé. Elle murmura son nom, éperdue. Il était tout ce qu'elle désirait. Pour toujours et à jamais.

Soudain, il la souleva et la fit tournoyer dans ses bras.

— Nic, où m'emmènes-tu ? s'écria-t-elle, à bout de souffle.

Le désir brillait dans son regard. L'envie, urgente, irrésistible.

— Je vais nous prendre une chambre, tout de suite !

Elle poussa un cri, entre le rire et le regret.

— Nic, les chalets sont fermés pour l'hiver. Seules les visites sont autorisées à cette période de l'année.

Il la reposa à terre, l'air déçu. Elle se pressa contre lui, le serra dans ses bras, le cœur léger.

— Il va falloir trouver un endroit en dehors du parc, dit-elle en sortant ses clés de voiture de son sac. Le premier arrivé à un hôtel réchauffe le lit ! lança-t-elle en courant vers le parking.

Il la rattrapa avant qu'elle n'ait pu ouvrir sa portière et la ramena contre lui.

— Nous prenons ma voiture, dit-il d'un ton qui ne tolérait pas la contradiction. J'enverrai quelqu'un chercher celle-ci. Parce qu'à partir de maintenant...

Il plongea son regard azur dans le sien et la fit fondre, avant de conclure :

— Partout où nous allons, ma Fran adorée, nous y allons ensemble.

Il la souleva et l'embrassa longuement.

— Prête pour un nouveau voyage ? demanda-t-il une fois en voiture. Celui-ci durera toute la vie.

Elle poussa un soupir de bonheur.

— Allons-y ! Allons où la route nous mène !

Elle sourit, le cœur et l'âme remplis d'amour. Nic, son Nic, était à elle pour toujours.

— Ensemble, ajouta-t-elle dans un souffle. Pour toujours, ensemble.

Il démarra, lui décocha son sourire ravageur, celui qui lui faisait tourner la tête.

— Ça me convient, répondit-il avec cette nonchalance qu'elle aimait tant. Mais on s'arrête au premier motel qu'on croise, d'accord ?

Son regard malicieux, plein de promesses, ne tolérait aucun refus.

Fran s'esclaffa, libre comme le vent.

— Absolument. Le tout premier !

Épilogue

Malgré le demi-tronc qui brûlait dans l'immense âtre, un froid glacial régnait dans la vaste entrée du château de Beaucourt, dont les murs en pierre s'ornaient d'une panoplie effrayante d'armes médiévales.

Fran et Nic, tout juste arrivés, s'avancèrent vers le vieil homme posté devant la cheminée. Tandis que Fran l'embrassait sur la joue, puis saluait sa tante, son oncle et ses cousins, celui-ci détailla de son regard perçant l'homme qui l'accompagnait.

— Ainsi, commença Sa Grâce le duc de Revinscourt, vous comptez épouser mon arrière-petite-fille ?

— En effet, répondit Nic.

— Hum. Certes, vous possédez une grande fortune, à ce qu'il paraît, mais rien d'autre.

— Non, reconnut Nic.

— Des hôtels, m'a-t-on dit ?

— Oui.

Nic résista avec maîtrise à cet interrogatoire en règle. Fran l'avait prévenu, mais il n'avait de toute façon pas l'intention de se laisser rabaisser. Pas maintenant, jamais.

— Et vous comptez célébrer le mariage dans l'un de vos établissements ?

— Adrietta a déjà prévu une somptueuse cérémonie à la maison pour ses propres noces, intervint Fran. Alors l'un des hôtels de Nic est une excellente alternative.

— Fran a opté pour une île privée dans les Caraïbes, ajouta celui-ci.

— Les Caraïbes ? Pourquoi pas au Royaume-Uni ? L'hôtel de Mayfair est tout à fait respectable ! s'exclama le duc, irrité.

— La météo là-bas sera plus agréable à cette époque de l'année, expliqua Nic.

— Eh bien, n'espérez pas m'y voir ! Je ne prendrai pas l'avion ! Pas à mon âge !

— Nous comprenons tout à fait, grand-père, le rassura Fran sans préciser que c'était la raison même pour laquelle son père avait proposé une destination si lointaine. Mais nous organiserons une fête de fiançailles au Falcone de Mayfair et bien sûr, nous comptons sur ta présence.

— Hum, maugréa Sa Grâce, son regard d'aigle jaugeant son futur petit-fils par alliance. Falcone, hein ?

Il leva les yeux vers les imposantes armoiries surmontant la cheminée. Au-dessus de la couronne ducale sculptée dans la pierre planait un faucon féroce. La lueur du feu fit scintiller le même blason à la chevalière du duc, dont le regard gris revint se poser sur Nic, un nouvel éclat brillant dans les yeux.

— Bien, je ne crois ni aux signes ni aux présages, et je préférerais que vous ne soyez pas un étranger comme votre futur beau-père, mais c'est ainsi. Cette petite fera ce qui lui plaira, de toute façon, comme sa mère. Elle épousera qui elle voudra et agira comme bon lui semble. Un docteur en astrophysique... Quel intérêt, franchement ? Et il y a bien assez d'hôtels dans ce monde, à mon avis. Mais si vous vous aimez tous les deux, ça me suffit. Vous êtes parti de rien et vous avez certainement du courage à revendre, ça compte pour beaucoup.

Il se tourna vers son petit-fils Harry, qui chercha du soutien auprès de Fran ; celle-ci roula des yeux avec lui devant l'attention inquisitrice de leur grand-père.

— Et en plus, ce jeune imbécile, qui un jour, Dieu nous en préserve, dirigera cet endroit, me dit qu'il va vous intégrer à l'équipe de rugby, poursuivit-il, désapprobateur. Un avant, exactement ce qu'il nous faut.

Harry expliqua, un grand sourire aux lèvres :

— Le château contre le village - le match annuel. Et toi, tu vas être notre arme secrète !

— Ravi d'être utile ! répondit Nic, pince-sans-rire.

Sa main se serra autour de celle de Fran et elle lui jeta un sourire furtif. Il s'en sortait avec brio, tout comme avec ses parents. À sa grande surprise.

Au lieu du dédain et de la désapprobation auxquels il s'attendait, il avait reçu une poignée de main chaleureuse de la part du marquis, qui s'était empressé de lui demander conseil pour transformer un *palazzo* en hôtel de luxe.

Idem pour le jeune frère de Fran, Tonio, qui avait trouvé très cool que son beau-frère ait eu quelques démêlés avec la police. La sœur de Fran, Adrietta, l'avait informé sans attendre, avec son plus beau sourire, qu'elle était résolue à passer sa lune de miel dans le Falcone des Seychelles dont elle avait vu des photos sur Internet et qu'elle avait trouvé « absolument divin ».

Quant à sa mère, Lady Emma, elle s'était contentée de s'exclamer : « Dieu merci, Fran a enfin accepté d'épouser quelqu'un ! », et elle avait ensuite mis Nic en garde contre sa fille, qui avait l'habitude de quitter les hommes avec qui elle se fiançait.

— Non, ma chère mère, avait rétorqué Fran avec douceur en lui plantant un baiser sur la joue, je ne le quitterai pas. Pour la bonne raison que j'aime Nic et qu'il m'aime.

Puis, après avoir rassemblé son courage, elle avait expliqué la raison de leur mariage précipité.

Fran fut tout aussi surprise par la réaction de sa mère que Nic l'avait été par l'accueil de son père. La marquise avait laissé échapper un cri d'excitation et le marquis avait gratifié Nic de grandes tapes dans le dos, réjoui de devenir grand-père.

Nic avait pris conscience, un peu stupéfait, qu'il était en réalité le bienvenu au sein de la famille di Ristori.

Un accueil chaleureux qui s'étendait au reste de la famille maternelle.

La tante de Fran s'avança.

— Allons, tout le monde, je refuse de rester ici à me refroidir plus longtemps. Si vous vous mettez à parler rugby, le salon est bien plus chaleureux, et il est temps de trinquer à l'heureux couple.

D'un geste maîtrisé, elle les conduisit dans le petit salon où un champagne de grand cru les attendait. Elle installa le duc dans le fauteuil à oreilles près de la cheminée.

Fran en profita pour murmurer à Nic :

— Je t'avais bien dit que grand-père t'adorerait ! En dépit de ses manières, il apprécie les gens qui ne sont pas impressionnés par lui. Et j'ose espérer que tu les aimeras tous aussi.

Elle fit une petite grimace pour dissimuler son émotion.

— Ils ne peuvent pas s'empêcher de jouer les aristos, tu sais, ajouta-t-elle avec une pointe d'humour et de méfiance.

— Je ferai de mon mieux pour ignorer leurs origines malheureuses, promit Nic, solennel.

Il était prêt à lui promettre le monde désormais, et à le lui offrir.

Un instant, l'expression de Fran vacilla, puis elle le frappa doucement en riant.

Enhardie, elle ajouta :

— Maintenant, tout ce que tu as à faire, en dehors de te retenir d'appeler Cesare « l'illustre comte » d'un ton sarcastique, c'est signer une trêve avec Vito Viscari.

Cette fois, le visage de Nic s'assombrit, son regard se durcit.

Mais Fran campa sur ses positions.

— Nic, tu ne peux pas continuer cette querelle éternellement. Vito n'est pas responsable d'avoir hérité des hôtels Viscari, ni du fait que sa belle-mère a racheté ta moitié des actions. Pas plus qu'il n'est responsable si son oncle lui a confié le poste de direction que tu convoitais. Et à ce propos, nous avons réfléchi avec Carla et Eloise... Hé, ne me regarde pas comme ça !

Il la dévisageait d'un œil méfiant.

— Et qu'est-ce que vous nous avez concocté, toutes les trois ?

Il avait le pressentiment d'une entourloupe mais pour une raison etrange – sans doute due au fait qu'il avait sacrifié sa vie par amour pour cette femme – il la laissa continuer.

— Eh bien, voilà, déclara-t-elle avec dans le regard la même lueur passionnée qui brillait lorsqu'elle évoquait les étoiles.

Nous pensons que Vito et toi devriez financer un programme international d'apprentissage pour les jeunes défavorisés, comme tu l'as un jour été, et les former aux différents métiers de l'hôtellerie. Pas uniquement la cuisine et le ménage, mais aussi le management et la finance. Un peu comme une université mondiale de l'hôtellerie.

Nic considéra cette idée.

— La fondation Falcone..., murmura-t-il.

Ce concept lui plaisait.

— Bon, j'imagine qu'il faudra l'appeler la fondation Viscari-Falcone, intervint Fran.

— Tu veux dire Falcone-Viscari, plutôt, la corrigea Nic.

— Peu importe ! Vous pourrez en discuter tous les deux ou avoir chacun votre fondation, si ça vous chante. Ce qui compte, c'est que vous coopériez, Vito et toi.

Elle baissa le ton avant de poursuivre d'une voix étranglée :

— C'est ce qui a fait de toi celui que tu es aujourd'hui, Nic. Un homme bon.

Il lui prit la main, la porta à ses lèvres puis contre son cœur.

— C'est toi qui m'as rendu bon, *mio amore*.

Les yeux plongés dans les siens, elle sentit son cœur se gonfler d'amour pour lui. Le monde disparut autour d'elle.

— Vous roucoulerez plus tard, les amoureux. Buvez donc une coupe de champagne, les interrompit sa tante d'une voix douce en leur tendant deux flûtes étincelantes.

Puis, avec un regard sur sa nièce, elle ajouta :

— Est-ce bien raisonnable ? Il paraîtrait que ma belle-sœur va devenir grand-mère !

— Quoi ? s'exclama Harry, non loin. Fran, tu n'es pas enceinte, quand même ? Waouh ! Quelle rapidité, Falcone. Tant mieux, ça fera plus de champ' pour moi !

Il s'empara du verre de Fran avant de s'adresser à Nic.

— Tout doux avec les bulles ce soir, mon vieux. Il y a entraînement demain à la première heure ; il faut qu'on détermine le meilleur poste pour toi. Qu'on te teste. Papa et moi, on te voit en avant, c'est sûr, mais où, là est la question. Je pense deuxième ligne, alors...

Fran posa une main sur la bouche de son cousin pour le faire taire.

— La ferme, Harry.

— OK, répondit-il avec bonne humeur. Bon, parlez-moi de cette île privée pour le mariage. Ça a l'air cool. J'ai hâte d'y faire la fête.

Fran s'esclaffa.

— Eh bien, tu ne feras pas la fête avec nous, Harry. Nous serons dans la *cabana* lune de miel, à l'autre bout de l'île. Totalement privée.

Son oncle approchait, un verre de jus d'orange à la main, qu'elle accepta avec reconnaissance. Puis, le marquis réclama le silence.

— Il me semble que mon père a quelques mots à dire.

Aussitôt, chacun se tourna vers le duc, assis sur son trône.

— Levez vos verres, je vous prie, ordonna-t-il à sa manière démodée, et chacun obéit en dehors de Fran et Nic. Je souhaite officiellement la bienvenue dans notre famille à son nouveau membre. Il a eu le bon sens de choisir ma petite-fille comme épouse et, pour cela, je ne peux que l'approuver.

Une vague de rire traversa les convives.

— Quant à ma petite-fille..., dit-il avant de s'interrompre, saisi par l'émotion. N'importe quel homme qui démarre dans la vie sans rien et qui finit plus riche que cette famille possède une grande valeur. Et ma petite-fille a eu le bon sens de le voir, de le vouloir et d'accepter de l'épouser.

Il prit une inspiration, les observa tous et porta son toast.

— À Francesca et à son futur mari. Et..., ajouta-t-il avec une pointe de fierté, à ma future descendance, mon arrière-petit-enfant !

Tous répétèrent le toast avec ferveur. Fran considéra Nic, les yeux brillants, envahie d'une joie pure et incandescente.

— À nous, Nic. À toi et à notre précieux bébé. Ensemble pour toujours.

Nic la couvait de son regard tendre.

— À nous deux, souffla-t-il. À nous tous.

Et il cogna son verre contre le sien.

— À l'amour, dirent-ils à l'unisson.

Ainsi qu'il en serait pour l'éternité.

Le soleil se couchait sur la mer des Caraïbes. Nic et Fran se tenaient la main tandis que le prêtre prononçait les mots qui les uniraient par le sacrement du mariage.

Dans la petite chapelle ouverte, Fran entendait derrière elle sa mère sangloter en silence. Elle savait que son père aussi avait la larme à l'œil. En dehors de leur grand-père âgé, le duc, toute la famille était présente. Fran, même si elle savait que tous étaient là pour eux deux, avait déclaré à Nic, avant la cérémonie :

— J'aimerais qu'on ait aussi une pensée pour ta mère, Nic. La mère qui t'a élevé et a fait de toi celui que tu es. Fort, courageux, déterminé. Et aussi pour le père que tu n'as jamais connu. Nous ignorons pour quelle raison il vous a abandonnés, mais je sais en tout cas que tu vas être pour ton enfant, notre enfant, le père qu'il n'a pas su être. Cet enfant, et ses frères et sœurs à venir, auront un père dont ils pourront être fiers. Qu'ils aimeront. Nous allons faire ce qu'il faut pour que ça marche, Nic. Toi et moi. Ensemble. Et que nos enfants deviennent astronomes comme moi ou hôteliers comme toi, nous les aimerons toute leur vie. Et nous nous aimerons aussi.

Ses paroles résonnaient à présent dans sa tête alors que le prêtre, avec un sourire, prononçait la phrase que tout couple fiancé attend.

— Vous pouvez embrasser la mariée.

Ce que s'empressa de faire Nic. Son baiser fut long et doux, tendre et passionné. Et Fran, sa magnifique et éblouissante épouse, lui rendit son baiser tandis que le soleil couchant les baignait de sa lumière dorée.